ビートルズ

マーク・ハーツガード
湯川れい子 訳

ハルキ文庫

角川春樹事務所

ビートルズ——目次

読者に（序文）

この本は、ビートルズについて最も評価されるべき点はその芸術性にある、という確信から始まっている。一九六〇年代、ジョン・レノン、ポール・マッカートニー、ジョージ・ハリスン、リンゴ・スターの四人が、髪型やファッションから、その時代の政治的または精神的な信条まで、あらゆるものに影響を与え、その華やかな私生活までが、限りなくマスコミを賑わせる話題となった。しかし、ビートルズが重要な意味を持つのは、つまるところその音楽そのものであって、それを作り出した四人の若者のプライベートな行動ではない。この本では、その音楽の歴史——どのように曲が作られ、それがどう育っていったか、レコーディング中のスタジオで、ビートルズのメンバーが何を語り何をしてきたか、どの歌のどの部分が特に素晴らしいか、自分たちが作り上げたものに対してビートルズ自身はどう思っていたのか——などを記している。何もないところからアーティストは生まれないわけで、本書では、ビートルズ一人一人の背景や、ビートルズの専属プロデューサーとしてのジョージ・マーティンにまつわる話なども、主に彼らが光を注いだ音楽に関連して取り上げている。

ビートルズがリリースした曲の楽譜のほかに、ロンドンのアビイ・ロード・スタジオの保管庫にあったテープや、海賊版のテープから見つかった完成曲のラフなレコーディングも、この本の重要な参考資料とした。また、ビートルズに関する出版物や情報についても慎重に採用した。慎重に、というのは、ビートルズに関するたいていの本に書かれている「事実」が、推測、噂、個人的見解以上のものであるとは単純に信用できないからだ。これまで何年間も、メディアが日々ビートルズについて伝えてきたことは、不用意であったり、愚にもつかぬものであることが多かった。本の著者たちは、推理を大胆に飛躍させて事実として表したり、確実な事実であっても巧みに選別して使ったり、また、ある一人の人物、たいていはビートルズのメンバーの一人が、こう考えるに違いないと憶測して、その口に語らせるというふうにして、よけいに事実をわかりにくくさせてきた。結論まできちんと書くという手間をかけている著者もめったにいない。

ジャーナリズムのいい加減さに加えて、人間の記憶というのもまた不確かなものである。一九九三年にロンドンのエア・スタジオで行ったインタビューで、ジョージ・マーティンは私に、彼とポール・マッカートニーがその頃にちょっと衝突したことがあったと話してくれた。「原因はつまらないこと――歌のある部分、つまり歌詞を誰が思いついたのかっていうことだった。僕がリンゴだと言うと、ポールは、違う、ジョージだと言う。僕らは互いに見つめ合った。でも、ポールは、『絶対にジョージだ』と言う。僕も、『絶対にリンゴだ』と言う。そして苦笑してしまったよ。そうしたらポールが言ったんだ。『なぜ歴史がでたらめなのかわかったよ。僕たちですら、こうなんだから』」

「音楽のことを書くのは、セックス（ファッキング）について喋るようなものだ」と、ジョン・レノンがぼやいたことがあった。「誰が喋りたいと思うかい?」レノンが言うのももっともだ。ただし、喋ってしまえばできなくなるわけではないし、それに、知れば知るほど、楽しさも倍増するだろう。本書は、その精神で書かれている。ビートルズの作品と人生を中心にすえて、率直に（可能なかぎり率直に）記録することを試みている。基本的には、全編を通じて、木の周囲に蔦《つた》が這うように、その二つがからまるように、音楽とそれにまつわるトピックの解説で章仕立てにして進め、それをつないでいった。特に、イギリス以外の国の読者には、「ビートルズが最初にレコーディングし、リリースした順に」記してあることに注意していただきたい。つまり、イギリスでリリースされた日付によっているからである。アメリカでは、少なくとも一九六七年にアルバム「サージェント・ペパーズ・ロンリー・ハーツ・クラブ・バンド」が発売されるまでは、レコード会社が気まぐれで欲深かったために、ビートルズ自身の目の届かぬ（実際、彼らは嫌がっていた）「アルバム」となり、彼らの音楽性の成長も反映されていなかった。発売した全レコードのリストは巻末に示してある。この本は彼らの音楽を聴きながらでも、気楽に読んでほしい。本書の一番の目的は、読者に、自分の耳でビートルズの音楽を――彼らの神話を抜きにして――聴いてもらい、そして自分自身のビートルズ観を持ってもらうことにあるのだから。

　さあ、自由な吟遊詩人である彼らの言葉に耳を傾けて、楽しいひとときをどうぞ。

ビートルズ

第1章　アビイ・ロード・スタジオの中で（「ア・デイ・イン・ザ・ライフ」）

ロンドンのアビイ・ロード・スタジオの中、表示もなく、三重に鍵がかかり、警察に直結した警報器付きのドアの奥に、二十世紀が生み出した音楽の中でも最も貴重な芸術作品が隠されている——八年近く続いたビートルズの、スタジオ活動の全レコーディング・セッションの生テープである。ビートルズに関して最も驚くべき事実の一つは、彼らが活動した期間に、レコードとしてリリースされたのはわずか十時間三十分——グループとしての二十二曲のシングルと、十四枚のアルバムだけ——であることだ。だが、アビイ・ロードの保管庫には、四百時間以上ものテープが残されている。

そのテープは、ＥＭＩレコードのオーディションの日、一九六二年六月六日、契約にこぎつけるためにプロデューサーのジョージ・マーティンをなんとか納得させようとした日から、一九七〇年一月四日、ポール・マッカートニー、ジョージ・ハリスン、リンゴ・スター（ジョン・レノンは休暇でデンマークにいた）が、グループ最後のアルバムになる「レット・イット・ビー」の最後のオーバーダビングを行った日にまでわたっている。テープ以外のものも一切合財《いっさいがっさい》が、分厚い電話帳ほどの大きさの赤と白の段ボール箱いくつかに収められている。一番好きなビートルズの曲を選んでみよう。ここには、アルバムのマスター・テープだけではなく、最初のリハーサルから最後の仕上がり段階までの曲の変化がわかるワーキング・テープも含まれている。一般には公表されなかった曲数曲とともに、ぶっつけ本番のジャム・セッションや、議論、ばか騒ぎ、スタジオでのお喋りなども入っている。

本書のための事前調査の過程で、私は幸いにも、二度、この保管庫に入ることができた。「ニューヨーカー」誌の仕事として、私はアビイ・ロード・スタジオで丸六日かかって、ビートルズやジョン・レノンのソロのテープを五十時間ほど聴いた。その間、私は時々、まるでピカソがスケッチする姿を見せてもらえたような気分になり、特にある午後、アルバム「サージェント・ペパーズ・ロンリー・ハーツ・クラブ・バンド」のラスト・ソング、「ア・デイ・イン・ザ・ライフ」の七テイクを全部聴けた時、その興奮は極限に達した。

ジョン・レノンは、アルバム「サージェント・ペパー」のことをビートルズの「絶頂期」の作品だといい、特に「『ア・デイ・イン・ザ・ライフ』を作った時は、ポールと僕がそれこそ一丸となっていた」時期だったと回想している。確かに、「ア・デイ・イン・ザ・ライフ」は、レノンとマッカートニー二人の曲作りのスタイルを、互いがいかにみごとに補い合っているかというお手本のような、究極の合作と言えるかもしれない。のちにジョンが、ポールと自分は、特に初期の頃にはそれこそ「互角の真剣勝負で」たくさんの曲を作ったと言っているが、一九六七年一月のこの頃までの曲作りは、たいてい一方がほとんど完成させた曲に、もう一方が足りない中間部分や、アクセントを補うというものだった。「ア・デイ・イン・ザ・ライフ」の場合、ジョンの作ったものをポールが完成させた。レノンが、メロディと話の筋――「blew his mind out in a car（運転中に意識がとんでしまった）」男、「had just won the war（戦争に勝った）」イギリス軍、「four thousand holes in Brackburn Lancashire（ランカシャー州ブラックバーンの四千個の穴）」という言葉――を考えていたのだが、歌にするにはさらに何かが必要だった。レノンは、直観を大切にする禅の精神を好み、歌を練り上げて作ることを嫌っていたので、だいたいの歌詞を作り上げて行き詰まると、その曲はそのままになった。「その曲にはミドルエイトが必要だった（「ミドルエイト」とは、基調となる歌詞にもどる前の、調子が変わる中間部分の八小節）。そしてそれを目立つものにしたかったんだ」と、彼はのちに説明した。「あとの部分は、スムーズに流れて問題がなかった。ミドルエイトのところは、それらしくするつもりでいたんだけれど、ポールがもう用意してたんだ」

確かにポールは、「Woke up, fell out of bed...（朝、目を覚まして、ベッドからころがり落ち……）」という言葉を考えていた。二人は、現代の都会生活のよそよそしい喧騒を生き生きと写し出すこと――朝、学校に急いで駆けていったというポールの記憶がもとになっている――が、地位や秩序や、世俗的な執着という虚しい愚かさについて語るジョンの、どこか不吉で夢のようなセリフとは理想的な対比をなしている。この曲のアイデアは、マスメディアのニュースから出てきたもので、レノンにはそういう場合が多かった。「ある日、僕は新聞を読んでいて、二つの記事が目にとまった」と、彼は振り返る。「一つは、車を運転していて死んだギネス社の後継者の話で、それはトップ記事だった。ロンドンで車をぶつけて死んだんだ。次のページには、ランカシャー州ブラックバーンの道路に四千個もの穴があいて、それを埋めなければならないという話だった。ポールの書いた部分は、曲の中の美しいちょっとした挿入節になっている。『I'd love to turn you on（君を興奮させたい）』という文句はずっと彼の頭の中にあったんだが、使えないでいたんだ。あの曲は傑作だったと思うよ」

ビートルズがたまたま知ることになったこのギネスの後継者は、それはすばらしい境遇に生まれついた人物だった。きまり文句で言えば、彼は、「a lucky man who made the grade（幸運にも成功した男）」だった。彼は、金で買えるものは何でも手に入れたが、自分の力ではどうしようもない冷酷な死からは、最下層の労働者と同じように逃れることはできないと悟ったのだ。一瞬、人は陥ってしまう――「he didn't notice that the lights had changed（彼は、信号が変わったのに気づかなかった）」――そして、逝《い》ってしまったのだった。死の瞬間、あらゆる妄想は砕け、すべての人は同じになる。レノンは、その瞬間に、焦がれるようなあざけるような墓碑銘を刻む――「Nobody was really sure if he was from the House of Lords（彼が上院議員だと断言できる者は誰もいなかった）」。集まった群衆は、「seen his face before（どこかで見た顔）」だとわかるが、特定はできない。広い世界の中では、彼は端役でしかない。後継者と巨大な社交界にとっては、あれほど重要に思えた富も地位も、とるに足らないはかないものに思えてくる。同じく、違った種類のつまらなさを歌っているのが、最後の部分の官僚たちで、ランカシャー州ブラックバーンの道路の穴が、たとえ「though the holes were rather small（かなり小さかったとしても）」、その正確な数を数えて表にしろと主張する。確かに歌い手は、「love to turn you on（君を興奮させたい）」だろう。同じ人間である仲間たちが夢遊病者のように、せっかく与えられたきらびやかな富の中をさまよい歩くのを見るのは、悲しいものだから。

音楽学者のウィルフリッド・メラーズは、「ア・デイ・イン・ザ・ライフ」の魅力の多くは、比較的シンプルな旋律と、ぞっとするような歌詞とのコントラストにあると評した。しかし、そのメッセージを訴えるのは、レノンの声にほかならない。一九九二年にジョージ・マーティンが作った、アルバム製作の舞台裏を描いたドキュメンタリー「ザ・メイキング・オブ・サージェント・ペパー」では、「ア・デイ・イン・ザ・ライフ」の初期のヴァージョンが紹介されている。ジョンについては、「この最初の頃のテイクでさえ、彼は、骨の髄まで痺れるような声をしていた」とマーティンは言う。レノンがさわりの部分——「I read the news today, oh boy（今日、新聞で読んだよ、なんと、まァ）／About a lucky man who made the grade（成功した幸運な男の話だった）」——と歌うところを聴いているマーティンの凝視した表情と、少し光った目が、去っていった友への思いがまだどんなに強いかを示していた。

しかし、私がアビイ・ロードのスタジオで、「ア・デイ・イン・ザ・ライフ」のワーキング・テープを聴いた時、最初のテイクでまず聞こえてきた音は、「シュガー・プラムの妖精、シュガー・プラムの妖精」という、ジョンのつぶやきだった。これは、EMIのビートルズの記録担当者で、アビイ・ロードにある四百時間以上のテープをすべて聴き、ビートルズの公式のスタジオ記録『The Beatles : Recording Sessions』を書いたマーク・ルイソンによれば、レノンがカウント代わりに入れたものだそうだ。「ポールかジョージの1、2、3、4というカウントが、いつもうまくタイミングが合うのに対して、ジョンのは――残っているテープの最初から最後まで――ハズレていた」とルイソンは書いている。「ジョン・レノンだけは、単純な四つの数を言うのに、それこそいろんな普通でない方法を編み出すことができたんだ」。場合によってそれらは狂気とも思えるものであり、また、ユーモラスなものでもあった。ちなみに「シュガー・プラムの妖精」とは、気晴らしの軽いドラッグを扱う売人をさす六〇年代のスラングである。

私は、今も一台残っているアビイ・ロード自慢の4トラッキングのテープデッキ――ここでは、六〇年代の録音を再生できる唯一の機械――のある音声映像化施設（Sound to Picture Transfer Facility）である第22ルームで、「ア・デイ・イン・ザ・ライフ」のテープを聴いていた。第22ルームは狭くて窮屈な部屋だが、奥の窓からアビイ・ロードの三つのメイン・スタジオの中でも一番大きな第1スタジオが見下ろせ、この部屋では、「ア・デイ・イン・ザ・ライフ」のオーケストラ部分のオーバーダブも行われた。だが、この時点で私がテープから聴けたのは、ピアノ、マラカス、そしてのちにはボンゴをバックに、レノンが、曲の出だしの数小節をギターで軽く弾いている音だけだった。きわめてシンプルなサウンドで、ほとんどフォークソングのようだったが、旋律が「ア・デイ・イン・ザ・ライフ」であることはわかった。最初のテイクの目的は、ビートルズがのちに念入りに仕上げていくための基本となるリズム・トラックを入れることだったが、他のメンバーたちはまだ方法が定まらず、レノンの声だけが抜きん出ていた。重い響き、マーティンが言ったとおりの魅力があり、時折聞こえる試験的なバックの楽器とは対照的に、アルバムで聴くのと見分けがつかないほどに、フレーズも歌い方も完璧につかんでいた。

この時には、まだマッカートニーのヴォーカルは入っておらず、レノンのヴォーカルにポールのパートが加わって、ハリケーンのような迫力となるのはまだこれからだった。代わりに、「君を興奮させたい」の行ののちに、アシスタントのマル・エヴァンズの声で一から二十四小節まで数えており、そのバックでポールが調子はずれにキーボードを叩いているのが聞こえる。目的は、二十四小節をはっきりわからせておいて、その時にはまだ決まっていなかったが、後にそこにポールの歌が入ることになっていたのだった。

ビートルズ自身が納得のいくリズム・トラックがとれるまで、四回録音した。この一九六七年一月十九日に行われたレコーディングは、午後七時半から夜中の二時半まで続いた。おそらく、七時間のうちの大半は、彼らの求める音とテンポをさがすために、テープにとらないリハーサルで終始したことだろう。二回目のテイクでは、ぐっとスローなテンポになり、ピアノをかなり強いエレメントにして、コードを叩くだけでなく、指がなめらかに鍵盤の端から端まで動いているが、まだポールのヴォーカルは入っていない。出だしのつまずきで、三回目は失敗に終わったが、四回目のテイクは成功し、哀しげだがきっぱりとした、抑えのきいた穏やかさから、盛り上がってクライマックスに至るという、アルバムで聴いたリズムになっていた。

マッカートニーの歌のパートの始まりを告げる目覚まし時計は、ジョージ・マーティンによれば、実はジョークだったという。マーティンはテープから「はずすことができなかったから、そのままにしておいた」とつけ加えた。しかし、この偶然のすばらしい発見は、ポールの「朝、目を覚まして、ベッドからころがり落ち」の歌詞を、これ以上の相応《ふさわ》しい形で導くことはできなかっただろう。二人のうち、レノンの方は哲学的だが、マッカートニーはもっと庶民の日常生活に近いものを持っており――たとえば、「レディ・マドンナ」とか「ペイパーバック・ライター」など――そして、そういった感覚が、レノンの宇宙的思想に対して安心できる錨《いかり》の役目を果たしていた。マッカートニーの描く人物は、自分のごく身近なこと以外は気づかないようだけれども――一杯の紅茶、仕事場に向かう途中で手早く喫《す》う煙草――無情な人たちではない。ただ、レノンのパートで話題になっているる道徳的な問題を直視しないで、汲々《きゆうきゆう》として自分の生活を固持しているだけの人間たちなのだ。彼は、生活のいっさいの拘束から逃れたいわれわれを代表している。彼は私たちと同じように、「君を興奮させたい」の「君」なのである。

「君を興奮させたい」の文句は、「ア・デイ・イン・ザ・ライフ」を、ほかのいくつかのビートルズ・ソングと共通の運命に導いた――つまり、お上から放送禁止の命令が下ったのだ。イギリス放送協会（ＢＢＣ）は、その歌が麻薬使用を助長すると主張した。ビートルズが、「サージェント・ペパーズ・ロンリー・ハーツ・クラブ・バンド」を製作した頃には、それまで彼ら自身その存在すら知らなかった世界の扉を開けて、マリファナやＬＳＤのような幻覚作用のあるドラッグを頻繁に使用し、それが彼らの創作活動に明白かつ有効な影響を与えたことは事実だった。のちにマッカートニーが、「ア・デイ・イン・ザ・ライフ」は、「人々をわざと挑発するために」書かれたものであることを認めて、こう言っている。「ただ、僕らは本当に皆に、くだらないマリファナよりも、真実に目覚めて興奮してほしかったんだ」。ビートルズは、ベトナム戦争や、現代の消費社会への迎合を批判し、その歌にカウンターカルチャー的な意味を込めようとしたのだった。ジョージ・ハリスンが言うように、「できるかぎり多くの人の意識を覚ますために――」

ビートルズは、レコーディングのスタジオでも反抗的だった。何十枚というヒット曲を武器に、彼らは常にＥＭＩのレコーディング手法の常識を打ち破り、笑いとばした。「傲慢なわがままからではなく、ただ僕らのやり方の方がいいと思ったからだ」と、マッカートニーは振り返る。「彼らはいつも、『私たちのルールでは……』と言った。僕らは、『それはもう古いんだ。ねえ、変えていこうじゃないか』と言ったんだよ」

たとえば、レノンのヴォーカルの強いエコーは、本当に魅力的だ。「ア・デイ・イン・ザ・ライフ」の四回目のテイクのリズム・セッションで、一瞬音が消えてジョンの声だけが聞こえるのだが、それがかえって広がりを感じさせる。それは彼が、完成されたリズムにのせてエコーのかかったヴォーカルを三度オーバーダブして、コーラスのような、ほとんど教会にいるような感じにさせたからだった。

そしてその教会の後ろの席では、やんちゃな少年二人が、冗談を言い合ってクスクス笑っている。ポールとジョージは、華やかで何とも言えず不思議な魅力的な声で、次のテイクの準備をしていた。普段なら、それはエンジニアの仕事だった。つまり五回目のテイクは、おどけた二人の声が笑いに変わるまで誰もほとんどわからなかったように、新しく録音するというよりも、「4トラックから4トラック・テープへの変換」であり、つまりは、さらにオーバーダブするために、テープにスペースを作るという技術的なものだった。スタジオの外にいる者は誰も、ポールとジョージのおどけた声を聞いてはいなかったが、それでも彼らのおふざけは止まらなかった。

六回目、七回目のテイクもミキシングであり、すでに録音されたリズムとヴォーカルのトラックをうまく合わせようとしていた。六度目のものが、ベストとされた。翌一月二十日の夜、「ア・デイ・イン・ザ・ライフ」の二回目のセッションで、ポールのベースとリンゴのドラム、ポールのヴォーカルを六回目のテイクにオーバーダブした。こういう追加は完璧にはいかないものなのだが、彼らは、完成の形にごく近いものにまで近づけた（誰かが、この夜のテープのコピーをスタジオから持ち出したに違いない。というのはマッカートニーがそのヴォーカルの最後の部分を失敗して、「クソッ」とつぶやいている面白い場面の入った海賊盤が、のちに入手できるようになったからである)。

曲は、二人の、二十四小節のギャップだけを残して完成した。クラシックとロックン・ロールと前衛音楽とメーンストリームの境界線をなくして、ビートルズは、謎めいた迫力満点のオーケストラのクレッシェンドで、「ア・デイ・イン・ザ・ライフ」の最後をしめることにした。オーケストラを入れるという、音楽的にはクレイジーともいえるアイデアを出したのが誰かは定かではない。こういった革新的なことは、ビートルズの中で最も「型破り」ということになっているジョン・レノンと結びつけて考えられがちだが、レノンでなくポール・マッカートニーだという意見も一度ならずあげられており、彼は、この頃にロンドンの珍しい芸術傾向に夢中になっていて、このクレッシェンドが「シュトックハウゼンから得たアイデアをもとにしたものであり、こういったかなり抽象的なものが好まれるだろう」とも語っている。一方、ジョージ・マーティンは、ジョンが「完成されたものをいっぱい聴きたいんだ……すごく静かなやつから、すごく騒々しいやつまで、音量だけじゃなく音の広がりのあるやつを」と言ったことを引き合いに出して、その発端はレノンだったと言う。

誰が生み出したにせよ、「ア・デイ・イン・ザ・ライフ」を、それまで傑作と言われ成功してきた曲のレベル以上にまでしたのは、この無謀なまでのひらめきだったのだ。レノンとマッカートニーは音楽について無知だった――どちらも、音楽について読んだり書いたりという勉強はしていない――ために、一九六七年二月十日の夜、アビイ・ロードのスタジオに、外部から集められた四十人のミュージシャンを前にして、何をしてもらいたいかを説明するのは、マーティンの役目だった。ギルドホール音楽学校で学んだマーティンは、ビートルズの曲でクラシック用の楽器を採用したものすべての楽譜を書いており、彼の自伝に、「ア・デイ・イン・ザ・ライフ」のレコーディング作業で自分がどういう役割を果たしたかを書いている。「楽譜をどう書いたかというと、二十四小節の最初は、オーケストラのそれぞれのパートで可能なかぎりの最低音を出させた。そして、二十四小節の終わりでは、ほとんどEメジャーに近い音で、それぞれの楽器が出せる最高音にしたんだ。そして全体を通して大まかに、みんなが出せると思う音をだいたい示すだけにして、統制のないメロディにした」。ルイソンによれば、マーティンは、彼が狂っているのでは……とミュージシャンが思ってしまうような、極めつきの指示をつけ加えたという。マーティンはこうも書いている。「とにかく、隣の人の音を聴くんじゃない、一緒の音を出して欲しくないんだ、と言った。もちろん彼らは全員、僕が正気じゃないと思っていた」。オーケストラの指揮を助けたマッカートニーが振り返る。「オーケストラの特徴がわかって面白かったよ。弦楽器奏者は羊のようで、互いを見て弾くんだ――『君も音を上げるの？僕もさ！』って。つまりは、全員の音が上がっていくわけで、リーダーがそれを引っ張り上げていく。その点トランペッターたちはもっと荒っぽい。ジャズの連中っていうのは、単純な音が得意だからね……でもそれが本当にとんでもなくうるさい音で、それこそが僕らの望んでいたものだったんだよ」

オーケストラの音だけを聴いた時には、曲の出だしは、信じがたいほど酷《ひど》いものだったが、レコーディングはいかにもお祭り気分だった。ビートルズは、ジョージ・マーティンとオーケストラの連中に、演奏する時には正装をしてほしいと提案し、ついには彼らに、馬鹿げたパーティ用の変装をしろとせっついた——たとえば、バイオリンのリーダーは、弓を持つ手にゴリラの手袋をはめさせられた。そしてローリング・ストーンズのミック・ジャガーとキース・リチャーズや、その他ロンドン・ポップ界の人気者たちもまたセッションに招かれ、その壮観なシーンはすべてカメラにおさめられた。新しいもの好きのビートルズは、シングルの「ペイパーバック・ライター」と「レイン」のプロモーション・フィルム二本の作成を企画して出演しており、話題になるより九か月も前に、すでに世界で初めてのミュージック・ビデオを作っていたのである。「ア・デイ・イン・ザ・ライフ」のオーケストラ・セッション前の数日間はさらにエスカレートし、「ペニー・レイン」と「ストロベリー・フィールズ・フォーエバー」用の、まったく演奏のないフィルムを撮っていた（「将来、すべてのレコードには、サウンドと同様に映像がつけられるだろう」と、マッカートニーは先見の明のある予言をしていた——「二十年もしたら、僕らがレコードを聴くだけだったなんてことに驚く時代になっているだろう」）。またこの時点でビートルズは、「サージェント・ペパー」のメイキングを描くテレビの特別番組を計画していた。

ＢＢＣの放送禁止命令のせいだろうか、特別番組が放送されることはなかったが、それでも「ア・デイ・イン・ザ・ライフ」用の映像は生き残った。二重写しのクローズアップはＬＳＤ時代の流れるようなフェイド・アウトへと進み、アビイ・ロードの第1スタジオの薄暗がりの中のあちこちにビートルズのメンバーとスタッフが立ち、セッションが始まる前に、お喋りをしたり、何か飲んだり、カメラに向かってふざけたりしている。暗くなりかけた空に一羽の鳩が行ったり来たりし、奇妙な仮面をつけた顔が大映しになったり引いたりし、マーティンは、ピノキオの鼻を付けてオーケストラを指揮する。サウンドトラックと見事に合って、フィルムはすばらしいクライマックスを見せ、オーケストラが曲の終わりに向けて激しく盛り上がっていくにつれて、画面の切り替わりがどんどん速くなって、ぼんやりとした画像になっていく――そんな、うっとりするようなビジュアル体験だ。

オーケストラがクレッシェンドで終わった時、スタジオの全員が思わず賞賛の声を上げていた。「オーケストラの部分が終わった時、僕の一部がこう言った。『ちょっと自己満足的だったかな』」と、ジョージ・マーティンは振り返る。「でも僕の別の一部がこう言った。『ゾクゾクするほど最高だね！』」。その後で、ビートルズは数人の友人と残り、曲の最後に入れる長いハミングの録音を四回行った。第22ルームでは、最初の三回のテイクが笑い声で中断し、ジョンが「興奮しないで」と宥《なだ》めている声が聞こえた。そしてついには成功するのだが、オーケストラの迫力ある盛り上がりのあと、盛り上がりきれなかった弱いハミングが、かろうじて五秒ほど続いた。

ジョンは、「この世の終わりのような音」に盛り上げて終わりたかったんだ、と言った。ついに彼らは、グランドピアノ三台でＥメジャーのコードを同時に弾くというアイデアを思いつき、その音を、電力量のゆるすかぎり長く引っ張った。ジョン、ポール、リンゴ、マル・エヴァンズは、九回目のトライにして初めてまったく同時にキーを弾くことに成功した。そしてオーケストラのクレッシェンドで終わる最後の部分に入って、その夜のオーバーダブは、ついにジョンの望みどおりになった。次第に弱くなる残響が五十三秒ほど続いた後にいきなり出るEメジャーのコードは、きのこ雲が不気味に広がっていくところを思い起こさせるような効果があった。

二十世紀後半の人類の悪夢である水爆の悲惨さを想起させるような音でポピュラー・ソングを締めくくることは、無名のアーティストならば尊大だということになるだろう。だがビートルズがやれば、滝が轟《とどろ》くような自然な音となって、人々に畏敬の念を想起させる。この畏怖と荘厳さを同時に表したEコードの持続は、永遠に続くように思われるし、リスナーにとっては、この曲の持つさまざまな意味を考え理解するのに、十分な時間を与えられることになる。

「ア・デイ・イン・ザ・ライフ」は、軍国主義や核兵器開発競争を直接露骨に非難しているわけではないが、その感性は、そういった愚かさへの警告を確かに含んでいる。歌詞にはむしろ、アメリカの超越的理想主義者たちの信条である「すべてのものはつながっている」という考えが内在している。富の栄光、階級による区別、存在という下らない幻想への固定観念――こういった価値観は、核戦争や、その他の起こりうる組織的暴力を生み出す社会構造と、切っても切り離せないものなのだ。そういった内容が暗示されているにもかかわらず、この歌には救いがあって、批評家のティム・ライリーはこう指摘している。「ア・デイ・イン・ザ・ライフ」にある絶望感は、「これは究極の救いである。『君を興奮させたい』は、啓蒙のセリフであり、自己を失わず、活力を取り戻す力を世界中に目覚めさせたいというレノンの〔言葉どおりの〕望みなのだ」。「ア・デイ・イン・ザ・ライフ」は、こうして偉大な芸術の聖なる使命のひとつ――聴衆の心に、人生の奇跡を信じるだけでなく、もっと積極的に人生を生きていこうとする新たな情熱を想起させる――を満たすことになるのだ。

「今から百年もすると、皆、モーツァルトを聴くのと同じようにビートルズの音楽を聴くようになっているさ」と、一九九二年にマッカートニーは言った。この主張は尊大かもしれない。実際、ビートルズはキリストよりも有名だと言った、一九六六年のレノンの悪名高き発言に負けず劣らず、これを冒瀆的で傲慢だと言う人もいるだろう。しかし、「ア・デイ・イン・ザ・ライフ」のような曲を聴くと、マッカートニーの発言も信憑性を帯びてくる。アルバム「サージェント・ペパーズ・ロンリー・ハーツ・クラブ・バンド」がリリースされてまもなく、批評家のジャック・クロールは、「ア・デイ・イン・ザ・ライフ」を、おそらくは今世紀最高のイギリスの詩人であるT・S・エリオットの「荒地」になぞらえている。ジョージ・マーティンも別の機会に、ビートルズは、まさに音を使って絵を描いていると言って、ピカソが一九三七年にスペイン市民戦争の悲惨さを描いた傑作「ゲルニカ」と比べて、さらに大胆な比較をしている。確かに「ゲルニカ」や「荒地」のように、「ア・デイ・イン・ザ・ライフ」は、二十世紀の芸術の傑作の中に位置づけられる美しさ、力強さ、社会性を十分に備えた作品である。「ア・デイ・イン・ザ・ライフ」は、今世紀をあとわずかばかり残す今でも（原著の出版は一九九五年）、最初にリリースされた一九六七年の時と同じように、魅力的で感動的である。つまりは、これから何十年先までも生き残り、二十一世紀に入っても、常にリスナーを興奮させ、勇気を与え続けるに違いない。

第2章　リヴァプールからやってきた四人の若者

ジョン・レノンは、マリファナやLSDのことを知るよりずっと前に、自分が人とは違う意識の世界を持っていることに気づいていた。八歳か九歳の頃のある日、彼はキッチンに入ってきて、「神様が黙って暖炉のそばに座っているのを見たよ」と、平然と話したという。何年か後に、LSDを服用したり、現代絵画を知るようになって、彼は、自分がずっと超現実的で幻覚的な眼鏡を通して世界を見ていたことに気づいた。しかし、成長している間は、ただ現実から逃避しているように感じていたし、その異常な幻覚に怯《おび》えることが多かった。後に彼は、「幻覚からくる共通の体験から、オスカー・ワイルドやディラン・トーマス、ヴィンセント・ヴァン・ゴッホのような」芸術家に、自分も似ていると思うようになった、と説明している。「彼らは強い孤独感や自分が見たものを表現しようとしたけど、世間には受け入れられなかったんだ」

レノンは、若い頃に身についた孤独感から逃れられなかったのだろう。彼とポール・マッカートニーは、共にティーンエイジャーの時に母親の死を経験しているが、その心の傷は、ジョンの方が耐えがたく辛いものだったようである。その理由の一つには、彼は母を二度失っている、ということがある。一度は五歳の時で、ジュリア・レノンは息子のジョンを、自分の姉のミミのところに養子に出しており、そしてもう一度は十七歳の時で、ジュリアは車に轢かれて死んだ。彼の人生や作品には、彼が母の死を克服できなかったことが何度となく表れている。「ジュリア」は、「ホワイト・アルバム」に入れるため、母親の死後十年たって書いた美しいバラードで、「Half of what I say is meaningless（僕の言うことの半分は意味がない）／But I say it just to reach you, Julia（だけど、僕はその言葉を君に届けたいだけなんだ、ジュリア）」と告白している。「マザー」は、ジョンのソロでのファースト・アルバム「ジョンの魂／JOHN LENNON～PLASTIC ONO BAND」の最初に入っている曲だが、自分をミミのもとに送ったジュリアの決断を悲しみ、嘆いている――「I wanted you（僕にはあなたが必要だった）／You didn't want me（でも、あなたには僕は必要なかった）」。そしてそのアルバムの最後は「母の死」という曲で、彼はその中で率直に嘆いている。私生活では十二年間の夫婦生活の間、彼はいつもオノ・ヨーコのことを「マザー」と呼んでいた。

ジョン・レノンがどんな大人になるかは、ある意味では子供のうちに決まってしまっていた。ジョンの七歳の時から生涯を通じての親友、ピート・ショットンは、ジョンはその頃でさえ、「一言では言えない」性格だったと語る。「僕たちの関係は、シャム双生児のようで、ジョンは僕たちの名前を『シェノンとロットン』とつけなおしたくらいだった」と、ショットンは語っている。「僕は、ジョンほど個性の強い人間に出会ったことがない。彼にはいつも、パートナーが必要だったんだ」。そして、パートナーだけでなく、ジョンが後に打ち明けたように、「ヤンチャなやつ……僕の人生でいろんな役をしてくれ、支えてくれ、従ってくれるやつ」が必要だった。彼の信奉者がジョンに惹かれる理由の一つは、頭の回転の速い機知に富んだユーモアだろう。ジョンは、「たまにジョークを言うというのではなく、いつも楽しいやつだった」とショットンは言う。レノンがあるストーリーを語り始めた十二歳の時のことだった。「ピートと僕に」(Pete and me) と言うと、ターナーという名の少年が、ジョンの文法を正した。「ピートと僕は (Pete and I)、じゃないのかい?」すると、「黙ってよ、ターナー」と、ジョンが言い返した。「君は話に出てこないんだからいいの」

ビートルズの他のメンバーと同じく、ジョン・レノンも戦時中の悲惨な戦火の町に生まれている。ビートルズの故郷であるリヴァプールは、イングランドの北西部の海岸沿いにあって、イギリスの主要港の一つであったため、ドイツ空軍の一番のターゲットにされていた。確かに、ジョン・ウィンストン・レノン——ミドルネームはイギリスの首相チャーチルに敬意を表している——が生まれた一九四〇年十月九日には、リヴァプールは激しい爆撃禍の真っ只中にあった。彼の伯母ミミは、妹が産んだ子供を見るために病院に駆けつけ、爆撃をかわして玄関に飛び込んだ時のことを、「本当にひどい状況だったわ」と回想している。

一九四〇年七月七日に生まれた(つまり、ビートルズ四人の中で最年長の)リンゴ・スター、本名リチャード・スターキーもまた、幼児期に空襲に耐えた経験がある。彼の母は空襲の時、幼いリッチーが火がついたように泣くので、気がついてみると、恐怖と混乱のために彼を逆さに抱いていた、と、後にビートルズ公認の伝記を書いたハンター・デイヴィスに語っている。戦争の形勢が大きく変わり、ポール・マッカートニーが生まれた一九四二年六月十八日と、ジョージ・ハリスンが生まれた一九四三年二月二十五日頃には、リヴァプールはもう夜ごとの空襲を気づかう必要はなかったが、食糧、燃料、着るものさえ不足して、生活はまだまだ危険で逼迫《ひっぱく》していた。しかし、戦時下での誕生から何年か後に、彼らは思いがけない大きな授かりものを得たのだった——つまり彼らは、一九六〇年に強制徴兵制度が廃止されて、徴兵を免れたイギリス男子の最初の世代となったのだ。エルヴィス・プレスリーと違って、ビートルズは、音楽活動を敬礼や行進や服従を覚えるために中断せずに、発展させていくことができたのである。

ビートルズの中で、ジョージだけが子供時代に親を失うという経験をしていない。逆に、中流階級の裕福な生活を味わったのは、ジョンだけである。四人の中では、おそらくリンゴが一番厳しい運命だったろう。彼が三歳頃の時に両親は離婚し、母親は、バーのホステスをして家計をやりくりしなければならなかった。親子は、リヴァプールの中でも最も荒れた地区の一つとされていた、ディングル地区に住んでいた。リンゴは、子供の頃はずっと病弱だった。六歳の時に虫垂(盲腸の下部にある細い管状の小突起)が破裂し、一年間入院をした。母親が再婚した直後の十三歳の時には、風邪から肋膜炎を起こし、サナトリウムで二年の間療養生活を強いられている。学校を休んだことで勉強が遅れて、病院から出てきた時には、やっと読み書きができる程度だった。なんとか学校は卒業し、家屋塗装業者であった継父《ままちち》が、ある工場に配管工として奉公できる口を見つけてくれた。彼はまた、リンゴに月賦で初めてのドラムを買ってってくれた。

ジョージ・ハリスンの父親は、市営バスの運転手の安い給料で、妻と四人の子供たちを養っていた。末っ子のジョージが生まれた時、一家はリヴァプールの労働者の町ウェイヴァーツリーで、四部屋ある長屋に住んでいた。「冬の間、階下の部屋はいつもすごく寒かった」とジョージが回想する。家全体にヒーターが一つしかなく、トイレは外にあった。ジョージが六歳の時、ハリスン一家は、十八年間順番待ちをしていたスピーク近くのもっと広い公営の住居に、やっと移ることができた。「われわれはなんとかやっていけた」と、彼の父、ハロルドが言う。「だが、暮らしは楽じゃなかった」。そして物質的な不十分さを、家族の気持ちの暖かさや結束で補っていた。「すごく絆《きずな》の強い家庭で、いつも安らぎを感じていた」と、ジョージの兄のハリーは言う。末っ子のジョージは、ハリスン家の兄弟の中で唯一グラマースクールまで行き、名門リヴァプール・インスティテュートに入学したが、彼は教師たちに失望し――「その多くは、無能だった」と、彼は後になっても不満そうだった――やがて興味を失い、情熱をなくした。そして芸術以外のクラスを全部落とし、結局はリヴァプールのデパートで電気工の見習いとして職についた。

ポール・マッカートニーもまた、まさに労働者階級の出身であった。綿花のセールスマンという父親の職業は中流階級と考えられるが、ポールが生まれた一九四二年頃、父ジム・マッカートニーは戦時任務にかりだされて、昼間は旋盤の仕事をし、夜はドイツ軍の爆撃による火事と戦っていた。戦後、父は再び綿花事業に戻ったが、市場は低迷していて、賃金も下がる一方だった。妻のメアリーは、次男マイケルが一九四四年に生まれた後、看護婦の仕事にもどって、家計を支えた。公営住宅群の助産婦として働く彼女は、夫と同じ給料を稼ぐだけでなく、マッカートニー家に公営住宅を確保した。ポールは丸々と太った子供だった。「デブ！」は、弟がよく使うからかいの言葉だったが、二人は仲が良く、家庭生活は安定して愛情に包まれていた。「僕たち家族は仲が良くて、いつも叔母や叔父が来て歌ったり、パーティをしたりしていた」と、ポールはその頃のことを振り返る。

ジョージ・ハリスンと同じように、マッカートニーもリヴァプール・インスティテュートに入学し、毎朝バスで一緒だったが、彼は優秀で、級友や教師にも気に入られていた。彼は、頭が良くて機知に富み、何よりも「まったく飾り気がなく、ずば抜けて優秀で、きわめて魅力的だった」と、教師の一人が話してくれた。「あの年で、皮肉めいた、言い返せないような言葉を言えるんだ。だが、そういう老成したところはあったが、それをどうこうしようというような気はなかった……ジョン・レノンみたいに。レノンは、人を傷つけたり、煽《あお》るのが好きだった。ポールもそうできたんだろうけれど……でも、彼はしなかった」。ポールが十四歳の時に、母親が肺ガンで急死しても、自分の寝室で密かに泣きながら眠りはしたものの、人前では取り乱したりはしなかった。母親メアリーの死は、気持ちの上だけでなく経済的にも打撃だった。「母の給料なしに、僕らはどうやってやっていくんだろう」と、ポールはうっかり洩らし、そのことを後に恥じた。

ジョン・レノンも十四歳の時に、代理の父を失った。つまり伯母のミミのかなり年上の夫ジョージ・スミスが出血多量で急死したのだ。大切な人を急に奪われるのは、これが最初でも最後でもなかった。彼の本当の父親、商船隊員であったアルフレッド・（フレディ）・レノンは、ジョンが生まれた頃に海に出て、その後はめったに家に帰らなかった。ジョンは、幼児の頃を父親の家で母と二人で暮らし、母ジュリアの四人の姉が身近にいた。ジュリアは、楽しいことが大好きな外向的な性格で、夜はほとんどパブで軍人と飲んだり踊ったりしていた。一九四四年には婚外の娘を出産したが、養子に出してしまっている。一九四五年、彼女はホテルのウェイターをしていたジョン・ダイキンズと親密になって、二人の子供をもうけた。ジョンにとっては義妹となるジュリアとジャクリーヌだ。母ジュリアは、そういう普通ではない家庭事情から、幼いジョンを伯母のミミに預けたのだった。

フレディ・レノンがリヴァプールにもどった時、ジュリアは彼に結婚は解消した、と告げた。それでもフレディは、休日には五歳の息子をブラックプールのシーサイド・リゾートに連れていった。そこでジョンは、忘れがたいショックな体験をすることになったのだった。フレディが、予定の日になってもリヴァプールへは帰らなかったので、ジュリアがブラックプールまで行って、ジョンを連れ帰ろうとした。言い争いが続いた。そしてついに、フレディが、ジョンにひどい選択を迫ったのだ。父親とここにとどまるか、それとも母親と帰るか。わんわん泣きながら、幼いジョンは父を選ぶと二度言った。だが、泣きながらドアを出ていくジュリアを少年は追いかけて、路上で追いつき、行かないでと懇願した。そしてそれ以降、ジョンが有名になるまで、フレディ・レノンが息子を見ることはなかった。二人の心の溝は、生涯埋まることはなかったのだ。

しかし、幼いジョンが母親と暮らせると期待したことは、間違いだった。ジュリアとジョンがリヴァプールにもどるとすぐに、母は彼をミミのところに預け、ジョンは十八歳までそこで暮らすことになる。ジュリアは時々息子を訪ねた——後にジョンが言った。「母は、いつも気紛れに突然やってきた。僕は、母とは暮らしてなかった」のだが、彼が母親はほんの数マイルの距離のところに住んでいたと知ったのは、思春期になった頃だった。ジョンは、ジュリアを「マミー」、伯母のミミを「ミミ」と呼んだが、その役割はまったく逆だった。何でも「並み」では気がすまず、ブルジョア志向の筋金入りの権威主義者であるミミは、日常の母親的な存在だったが、ジュリアは、自由な精神で、気ままに愛情を注いでくれる伯母的な存在だった。この組み合わせは確かにジョンを戸惑わせた。幼いジョンはある日ミミに、どうして「マミー」と呼んではいけないのかと尋ねている。しかし、彼女はすぐさま答えた。「あなたにマミーが二人いるわけないでしょ」

大きくなり、特に政治的な興味を強く持っていた時期に、ジョンは何度か賃金労働者になりたいと主張したが、そうはできないこともわかっていた。伯母のミミと伯父のジョージは郊外に家を持っていて、医者やその他専門的な職業についている人たちに囲まれていたから……、と、彼は最後のインタビューで語っている。伯父のジョージは、戦後引退するまでは数か所の土地を貸し、酪農場を所有し、週に二度は庭師が手入れにやってくるような生活をしていた。当然スミス家は裕福であったし、ジョンが学生の頃、ミミは医大生を下宿させて収入を増やしていたが、ジョンは物質的には、ビートルズのメンバーの誰よりもはるかに居心地のいい暮らしをしていた。

とはいえショットンによれば、ジョンはミミと「いつも仲たがいをして」いて、ジョンは、「頑固で、ストレートにずばずば意見を言って」、「うわべを『良く』しようという気はほとんどなかった」という。ダヴデイル小学校及びクオリー・バンク・グラマースクールでは、級友たちは、彼が鋭い知性を持ち、どんな場合でも一番上に立って中心となることを承知していた。権威をひどく嫌う彼は、しょっちゅう授業を中断させたり、喧嘩をしたりと、いつもトラブルメーカーだった。級友の両親は、子供たちを彼に近づけないようにし、教師はいつも彼を「懲らしめ」ていた。彼は大の読書好きだったが、その好みはルイス・キャロル、エドガー・アラン・ポー、ロバート・ルイス・スティーヴンソンといった、学校の課題にはめったにならないものばかりだった。彼にとっては、教師のほとんどが傲慢な愚か者という印象しかなく、視力も悪く、勉強もしなかったから、成績は惨憺たるものだった。彼には、身体的な異常を面白がるところがあった。肉体的な苦しみやあらゆる弱さに対して、彼の言葉は辛辣だった。たとえば、ジュリアの愛人ジョン・ダイキンズは反復性の神経性チック症であり、ジョンは彼をトゥイッチー（ピクピク）と陰《かげ》で呼んでいた。「体の不自由な人なんかに対しても、ジョンは笑って、そばに駆け寄って嫌がらせをするのよ」と、彼の昔のガールフレンドの一人、セルマ・ピックルズが言う。「車椅子の人に近づいていって、平気でからかうの。『どうして、足をなくしたの？　奥さんを追いかけられるかい？』なんてね」

そして、エルヴィス・プレスリーに夢中になった。ジョンはのちにこう語っている。「ロックン・ロールは、十五歳の頃、身の回りに起こっていたいろんなことの中で、僕に理解できた唯一のものだった」。一九五五年九月に、ビル・ヘイリーの「ロック・アラウンド・ザ・クロック」がリリースされた。翌年の春、エルヴィス・プレスリーが一連のヒット曲――「ハートブレイク・ホテル」、「ブルー・スエード・シューズ」、「ハウンド・ドッグ」、「冷たくしないで」、「ラブ・ミー・テンダー」をひっさげて、世界の舞台に登場した。そしてエルヴィスは、ジョンの人生の中で「信仰よりも大きな存在」となった。また、ある友人がリトル・リチャードの「のっぽのサリー」を演奏して聞かせた時にも、ジョンはショックを受けた。「あまりにすごくて、口がきけなかったんだ……僕は、エルヴィスとリチャードの両方を、僕の人生の中でどういうふうに位置づけたらいいんだろう？」

ジョンはまだ知らなかったが、未来の仲間であるポール・マッカートニーとジョージ・ハリスン、リンゴ・スターもまた、同じロックン・ロール大流行の波にのまれていた。数えきれないほどのイギリス、アメリカの若者たちが、エルヴィスを語り、エルヴィスのように着飾り、エルヴィスのような演奏へと駆りたてられていた。イギリスでは、ヴェルヴエットのジャケットを着て、マンボ・ズボンを履《は》き、ひもタイを結んで、鮮やかな色のシャツを着る「テディ・ボーイ」風のファッションが大流行していた。音楽は、黒人のフォーク、カントリー・アンド・ウェスタンを合わせたもので、「スキッフル」と呼ばれた。スキッフルはイギリスのシンガー、ロニー・ドネガンによって有名になり、手作りの楽器——ギター、茶箱のベース、ウォッシュボード（洗濯板）のパーカッション——でアマチュアたちが演奏することもできた。バンジョーを弾くジュリアは、息子と同じくロックン・ロールに夢中になっていて、息子にコードを教えたのが、ジョンの音楽的スタートとなった。ジョンは、通っていたクオリー・バンク高校にちなんで名付けたクオリーメンというグループのメンバーに、ピート・ショットンや学校の友人の何人かを選んだ。ジョン・レノンがポール・マッカートニーに初めて会ったのは、クオリーメンが初めての出演契約で演奏していた時だった。それは一九五七年七月六日、ジョンとピートが高校を卒業する数日前だった。クオリーメンは、地域のサマー・フェスティバルのイベントであるセント・ピーターズ教会のガーデン・パーティで演奏していた。ポールのリヴァプール・インスティテュートでの友人アイヴァン・ヴォーンが、小学校の時からジョンを知っていて、時々クオリーメンに参加することもあり、もうすでに熱狂的なロックン・ローラーだったポールに、その演奏を聴きにくるよう勧めたのだった。「感動したのを覚えているよ」と、マッカートニーはのちに語った。「『うわー、うまいな』って思った」。初回の演奏が終わって紹介されると、今度はジョンが感動する番だった。ポールはギターのチューニングだけでなく、自分の知らないコードを三つ以上知っていたし、歌詞も全部覚えていた。彼は、エディ・コクランの「トゥエンティ・フライト・ロック」をジョンの前で演奏すると、帰る時にジョンにその歌詞を書いてくれた。これが、後にポピュラー音楽史に変革をもたらすことになるつき合いの始まりであった。

マッカートニーは、音楽一家だったおかげでずいぶん得をしている。父親は、独身時代にはジャズ・バンドのリーダーをしており、その後も、家族の集まりやパーティではピアノを弾いて楽しんでいた。彼は、ポールの誕生日にトランペットをプレゼントしたが、トランペットを吹いていては歌えないことに気がついたポールは、後にそれをギターに持ち替えた。まもなく彼は、ギターは弦の順番を逆に張り替えて、左利きで演奏した方が具合いがいいことに気がついた。私は「彼は母親を失って——それで、ギターを見つけたの?」と、ポールが母親の死後急に音楽に没頭したことについて、弟のマイケルに尋ねてみた。「兄は、食べることも、何かほかのことを考える暇もないほどギターに熱中した。トイレでも、風呂場でも、どこででも演奏していたんだ」というのが、弟の答えだった。お決まりの場所は、リヴァプール・インスティテュートの友だち、ジョージ・ハリスンの家だった。ポールはジョージよりも一つ年上だが、マッカートニーがレノンに出会う二年前から、ギターという共通の興味が二人の友情を固めていた。「僕たちは、同じ本でギターを覚えたんだ」と、ポールが振り返って言う。

マッカートニーの才能は明らかなのに、レノンは彼をクオリーメンに誘うかどうかで迷っていた。「僕は当時、グループの中心だったんだ」と彼は説明する。「僕は考えた。『彼が入ったらどうなるだろうか？』」――結局は、レノンの野望が不安に打ち勝った。「今いるメンバーよりもうまいやつがいた方が、きっといいだろう、違うだろうか？　グループを強化するか、自分の立場を強化するか？　結果は、ポールを入れてグループを強化することになった」。マッカートニーより数か月あとだが、ジョージ・ハリスンの時にも同様の計算があった。ジョージはまだ十四歳で、大学生のレノンの目には、子供に見えた。さらに悪いことに、ジョージはジョンを崇拝していて、ジョンがガールフレンドたちと出かける時にもくっついてくるのだ。しかし、レノンとマッカートニーがコードをかき鳴らすのと違って、ハリスンはソロの演奏ができた。彼はビリー・ジャスティスの「ローンチー」を弾いて、グループのリード・ギタリストの地位をつかみとった。一九五八年の半ば、クオリーメンは、バディ・ホリーの「ザットル・ビー・ザ・デイ」を含むSPレコードを自費録音したが、それは何年もたってから海賊盤として表に出てきた（現在では「アンソロジー」で正式にリリースされている）。雑音の入るレコードのサウンド、そしてとりわけジョンのリード・ヴォーカルは、若々しくエネルギッシュだった。彼らの演奏もハーモニーもうまくテンポが合っていたが、その時点では、後に築く栄光を暗示するものはまだ何もなかった。

　遅くとも一九五八年の終わり頃までには、この先まもなく世界を揺るがすことになるだろうバンドの四分の三が、基本的には一緒に演奏していたということになる。ポールとジョンの両親は、息子たちの努力を暖かく励ましていたが、ジョンの伯母のミミは反対だった。彼女はジョンに、時間を無駄にしていると言って、メンバーが訪ねてきてもその鼻先でバタンとドアを閉めた。一方ジュリアは、喜んで子供たちを家に招き入れ、音響効果をねらって、彼女の家の浴室で行われたリハーサルにも加わったほどだった。「その浴室は、きっとイギリス中でも一番狭い方だと思うわ。ジョン、ポール、ジョージ、ピート・ショットン、アイヴァン・ヴォーン、それにママが、座る場所を探してごたまぜになっていて、それはもうすごい光景だったわよ」と、ジョンの義妹ジュリア・ベアードが思い出す。

ジョンは、十代の半ば頃には母親と過ごす時間がしだいに多くなっていた。夜や週末にはずっと同じ部屋で過ごすことがよくあったが、彼女が死んだのは、そんな夜だった。一九五八年七月十五日、ジュリアは、ミミを訪ねた帰りにバス停まで歩く途中、非番の警官が運転する猛スピードの車にはねられた。未熟なドライバーは、ジュリアが前方の道路を渡るのが見えたが、ブレーキの代わりに間違えてアクセルを踏んでしまったのだった。彼女は、病院に運ばれる途中で息を引き取った。ジョンは打ちのめされた。「それは、僕に起こった出来事で最悪のものだった。二、三年だったけれど、僕たち、僕とジュリアは本当によくわかり合っていたんだ。心が通じ合っていた。うまくいっていたんだよ。彼女は素晴らしかった。僕は思った。『クソッ、クソッ、クソッ、くそったれ！　もう僕には誰もいないんだ』」

ジョンは、母親の死についてはほとんど語らなかった、とピート・ショットンは振り返る。しかし、彼は、「その時から初めて、深酒をするようになった」という。その後に生涯続く性癖を暗示するかのように、ジョンはひどく飲んで、ベロンベロンに酔っぱらうようになった。芸術系学生の奨学金で生計をたてていた彼は、パブで他の客をおどすようにして酒をおごらせていた。ショットンが言うには、「ある夜、ジョンがルーベンというユダヤ系のピアノ弾きを嫌って――僕には気のいい紳士に思えたんだが――いつものようにグデングデンに酔っぱらって、『気持ち悪いユダヤ野郎、てめえなんか、仲間と一緒にオーブンで焼いちまえば良かったんだ』と、その男が泣き崩れるまであざけって、演奏を中断させてしまったこともあった」という。

ショットンは、友人が「浮浪者になってしまう」のではないかと心配したし、リヴァプール・アート・カレッジのレノンの級友の多くもそう考えた。ジョンが音楽で成功しなかったならば――同窓生のマイケル・アイザックソンが、レノンの伝記を書いたレイ・コールマンに語っている――「彼は、とんでもない仕事についていたかもしれないね。彼のエネルギーが音楽の創作に向かなかったら、それは創作じゃなくて破壊する何かに向かっただろう。彼はまさしく、オール・オア・ナッシングというタイプの人間だった」。レノン自身も、ビートルズがなかったなら、自分はきっと父親のように、何もできずにフラフラしていたことだろうと、後に認めている。

ロックン・ロールが、ジョン・レノンにとっての救済となった。ジュリアの死は、ジョンとポール・マッカートニーとの絆を強くしたが、一九五〇年代半ばのリヴァプールの、男らしさが求められた時代では、彼らは共通の悲しみを語り合うことはできなかった。

「それが、ジョンと僕をぐっと近づけた理由の一つだった」と、マッカートニーは回想する。「僕らはどちらも母を亡くしていた。そのことはあまり話さなかった。現実のことはどちらも喋らなかった。こういう有名なセリフがあるんだ――『現実の話はよそう／Don't real on me, Man』ってね」。その代わり、二人の若者は、音楽について語り合った。ポールの通ったリヴァプール・インスティテュートは、ジョンのリヴァプール・アート・カレッジのすぐ隣にあったから、二人に、時にはジョージ・ハリスンも加わって、彼らが共に愛したロックン・ロールを追いかけて、時間のたつのも忘れた。

後にジョンの最初の妻となる、芸術科のまじめな学生シンシア・パウエルは、ほかの学生たちの多くと同様に、ランチタイムの歌のつどいに、「本当にうっとりした」という。ジョンとポールは、「ずっと昔からの親友のようだった」と、彼女は振り返る。「年下で、まだ曲を書いてはいなかったジョージは、彼らと話をするわけではなかったけれど、ジョンとポールは、二人で弾き出したら止まらず、エルヴィス・プレスリーの新曲やエヴァリー・ブラザーズの曲のコードを練習したり、自分たちで思い切って作詞をしてみたり……二人のハーモニーは、本当にきれいだった。ジョンは、カレッジではタフで怖いようなイメージがあったけれど、その音楽には、私たちの知っているいつもの彼は隠れてしまっていたわ。彼は、本来は外に出すべき優しさを持っていて、それが歌にこめられていたのね」

第3章　栄光への第一歩（アルバム「プリーズ・プリーズ・ミー」）

一九七四年に、半休業状態だったジョン・レノンが姿を現し、ニューヨークのマジソン・スクエア・ガーデンでエルトン・ジョンと一緒にステージに上がった時、彼は三曲続けて歌ったうちの最後の締めに、ビートルズのファースト・アルバム「プリーズ・プリーズ・ミー」の中の最初の曲、「アイ・ソー・ハー・スタンディング・ゼア」を選んだ。「ただ、楽しくロックン・ロールを演奏したかっただけさ」と、後にレノンは言った。その夜に彼が披露した他の二曲は、彼のナンバー・ワンのヒット曲「真夜中を突っ走れ」と、彼のサイケデリック時代の名曲「ルーシー・イン・ザ・スカイ・ウィズ・ダイアモンズ」で、それらもまた、ロックとしてぴったりの選曲だったが、アンコールの時には、「ずっと昔の曲をやりたい」とレノンは思ったのだった。レノンがすでに選んでいた「アイ・ソー・ハー・スタンディング・ゼア」がいいと言ったのは、ほかならぬエルトン・ジョンだった。出だしが覚えやすく、元気のいいビートで始まる「アイ・ソー・ハー・スタンディング・ゼア」は、観客が喜ぶだけでなく、ロックン・ロールとしても名曲だから。

「アイ・ソー・ハー・スタンディング・ゼア」は、ビートルズの最初のナンバーワン・ヒット曲ではない——シングル盤の「プリーズ・プリーズ・ミー」が最初である——が、本当の意味での初めての名曲だった。一九六三年二月十一日に、アルバム「プリーズ・プリーズ・ミー」用にレコーディングされるまでずっと、これは、彼らのライヴ・ステージでは欠かせない大切な曲で、一九六四年二月にアメリカに行った時にもそうだった。「ワン、ツー、スリー、ファウア！」とカウントする調子、露骨なセックスへの憧れ、生の音楽のエネルギーを持った「アイ・ソー・ハー・スタンディング・ゼア」は、まさにロックン・ロールの真髄だった。そのリズムは踊りを誘い、歌詞に惹かれてそのメロディを聴くと、歌が口をついて出た。

その曲は、レノンとマッカートニーの共作のごく初期のものの一つで、ジョンがまだアート・カレッジの学生、ポールがリヴァプール・インスティテュートにいた時に書かれたものだ。この歌の大部分はポールが書いたが、ジョンが二行目に少しだけ、しかし重要な修正を加えて、さらに素晴らしい歌に仕上げている。この駆け出しのソングライターたちは、ある日学校をサボって、ポールの家で歌の手直しをしていた。マッカートニーが振り返る。「覚えているよ、『just 17, never been a beauty queen（まだ十七歳、ビューティー・クィーンにはなれない）』という歌詞に、ジョンがまず口を出した——『何だって？そこは変えなきゃ……』——そして、『You know what I mean（僕の気持ちはわかっているだろう）』になったんだ」

レノンのその口だしは、単純かつ見事だった。英語で最も簡単な五語を加えるだけで、その歌詞を、ティーンエイジャー向けの陳腐な文句から、リスナーにセックスを連想させる、甘い殺し文句に変えてしまったのだ。「アイ・ソー・ハー・スタンディング・ゼア」は、売れ行きもよく、彼らをヒロイックな人気者に仕立てて、誰もをリスナーにしてしまうというビートルズの特徴をまず最初に引き出した良い例だろう。「僕の気持ちはわかっているだろう」で、暗黙のうちに、シンガーとリスナーが同じ仲間となり、礼儀と責任をわきまえなければならない大人の世界に対抗して団結する。リスナーは、彼の気持ちはもちろんわかっているし、喜んで信任投票するだけでなく、創造的な体験までもほとんど共有できてしまうのだ。ティーンエイジャーであれ、十代を過ぎた者であれ、十七歳という年齢から想起されるあらゆる印象が、自分自身のその歌の続きをリスナーたちに書かせるのだった。

ビートルズのプロデューサー、ジョージ・マーティンは、「アイ・ソー・ハー・スタンディング・ゼア」はストレートでハイ・テンションのまぎれもないロックン・ロールだが、「金儲けのためのお粗末な作品だ」とも言った。リード・ヴォーカルのポールが、「So how could I dance with another（それなら、どうしてほかの子と踊れようか）」と問いかけて一瞬だけ間をおき、「Ohhhh,when I saw her standing there（おお、あそこにあの娘が立っているのを見てしまったなら）」と、ジョンと一緒に叫ぶ、あの期待に満ちた、あふれんばかりの感情。ジョンが手を入れた曲であるにもかかわらず歌詞の大半はほとんど粗削りだが、歌の単純さがとても素朴で、その積み重なりが、かえってこの曲を効果的に盛り上げていてあまり気にならない。注目すべきは、この上なく楽しそうなその全体のサウンドだった。これ以上、ビートルズの音楽と個性にマッチした初期の代表曲は想像できない。

　また、マッカートニーの乱暴な「ワン、ツー、スリー、ファウア」というカウントのない「アイ・ソー・ハー・スタンディング・ゼア」も想像できないが、第9テイクでポールがそのカウントを入れるまで、その部分はなかった。それまでは、彼のカウントは、囁《ささや》き声よりは少し大きいくらいの音だったのだ。おそらくその理由で、なかなかうまく歌のテンポが合わなかったのだろう。第6テイクのヴォーカルの失敗を、ポールはわからないようにごまかしている。「She――I'll never dance with another（彼女――僕は他の娘とは踊らない）」と、彼は単語の途中で言い直したが、調整室にいたジョージ・マーティンをごまかせるほど速くはなかった。彼は、取り直しの合図をした。マーティンが口を開く前に、「速すぎるよ」と、ポールが言った。マーティンが歌詞の間違いを指摘すると、ポールがまた言い抜けた。「わかった、でもとにかく速すぎるんだ」。このアルバムは、オーバーダブがほとんどないのだが、後に彼らは、「アイ・ソー・ハー・スタンディング・ゼア」に手拍子をオーバーダブで加えている。一人が違ったビートを打つと、残りのメンバーも混乱して、しだいに手拍子がバラバラになっていく。事実上すでにグループの音楽面のリーダーになっていたポールが、「もっと揃わなきゃ」とつぶやく。一瞬の沈黙の後、二拍の手拍子から周囲のくすくす笑いが起こり、皮肉めいた喝采の拍手となる。

「アイ・ソー・ハー・スタンディング・ゼア」がすばらしい第一歩だったとするならば、アルバム「プリーズ・プリーズ・ミー」の締めの歌である「ツイスト・アンド・シャウト」も、まぐれ当たりではなかった。「ツイスト・アンド・シャウト」はビートルズが書いたものではなく、最初はレコーディングするつもりもなかったのだが、それまでよく演奏してきた曲だったのだ。彼らがまだリヴァプールのキャヴァン・クラブにいた一九六二年から、アメリカ・ツアーの一九六五年まで、「ツイスト・アンド・シャウト」は、彼らのライヴのハイライトであり、必ず喝采を受ける曲だった。乱暴で、騒がしく、品がなくて、派手にセックスを叫ぶドキドキするようなダンス・ナンバーだった。結局、いかにも「ロックン・ロール的」なフレーズとは、メイク・ラブにちなんだ黒人のスラングだったのだ。ビートルズのファンは、もちろんそんなことは知らなかった。彼らは皆、白人だった。しかもその大半が若く熱狂的な女性で、その音楽がどんなものであるかなど、意識して考えていなかった。ビートルズは、たとえば、禁制を犯しかねない危険な雰囲気のあるローリング・ストーンズのような、セクシーさを前面に出したグループでは決してなかった。だが、ビートルズのクリーンなイメージにもかかわらず、彼らの初期のリスナーの中心であったティーンエイジャーの女の子たちに受けていたのは、明らかに彼らのセックス・アピールだった。初期のコンサートを見れば、それぞれが思い思いの姿で、汗にまみれ、身もだえし、すすり泣いている大勢の少女たちが、そのことを物語っている。

ロックン・ロールのルーツが黒人のリズム・アンド・ブルースであることは、「ツイスト・アンド・シャウト」の単純な二つのコードと、かけあい形式のヴォーカルを見るだけでも明白である。レノンは後に、ブラック・ソングが好きだと言っている。「だって、シンプルだし……黒人は、自分たちの傷《いた》みやセックスについても、ストレートにそのまま歌っているし、だから、僕は好きなんだ」。一方では、ビートルズが黒人アーティストと共演する時には、「ツイスト・アンド・シャウト」を歌いたくなかったとも白状している。理由は、あれは「彼らの音楽」であり、「僕たちよりもずっとうまく歌えるから」だった。しかし、ビートルズでいつも一番自己批判的なジョンも、ビートルズが白人のグループとしてはなかなかいい、と認めざるをえないだろう。しかも、ジョンのリード・ヴォーカルがその評価の主たる理由なのだ。「ツイスト・アンド・シャウト」の最初の音節から、彼がくずしにかかろうとしているのは明らかで、それを実にうまくやってのけている。われわれを釘づけにする喉の奥から出るような彼の嗄《しわが》れ声だけでなく、「C'mon and twist a little closer（おいで、もう少し近くに寄って）／And let me know that you're mine（君が僕のものだってわからせておくれ）」とねだる時の、色気たっぷりの歌い方のせいもある。バンドの他のメンバーは、ジョンの熱狂ぶりに圧倒されているくせに、その演奏は明快でゆらぎがない。ジョンの燃え上がる激しさとは違うが、ジョージとポールのバック・ヴォーカルが、ジョンを支えて盛り上げてさえいる。最後の歌詞に入るところでは、一人ずつ声を積み重ねていって、ジョンが最高潮に達したところで、三人そろって絶叫するのだ。曲の締めくくりの、まるで彼らが人生の絶頂期を楽しんでいるかのようなクライマックス感が、実に素晴らしい。

その先何年かのうちに、ビートルズは「ツイスト・アンド・シャウト」や、「アイ・ソー・ハー・スタンディング・ゼア」よりも、もっと成熟した作品を生み出すことになるのだが、ことロックン・ロールに関しては、成熟イコール良い作品というわけではない。ビートルズの初期の頃の話の中で、レノンはこう言っている。「純粋なロックを演奏する時に、僕たちが生み出したものは本当に素晴らしかったし、イギリスでは誰も触れたことのないものだった」。それは、「アイ・ソー・ハー・スタンディング・ゼア」や「ツイスト・アンド・シャウト」のような、最もベーシックで純粋なロックン・ロールのことを言っているのだ。ビートルズのベスト・ミュージックのリストから、これらの歌ははずし難いことだろう。そして、その後に出るもっと洗練された曲にも劣らない、優れた不滅の作品としての地位を保つだろう。

このような不朽の名作を生み出すためには、この時のビートルズが非常に若かったことが重要だった。「プリーズ・プリーズ・ミー」をレコーディングした時、ジョージ・ハリスンはまだ十九歳だった。マッカートニーが二十歳。レノンとリンゴ・スターが二十二歳で一番上だったのだ。しかし、彼らには、年齢を超えたプロとしての自覚があった。彼らは、自分たちがどういう道を歩もうとしているのか、そしてそこに到達するためにはどうしたらいいのかを、しっかりと考えていたのだ。たとえば、五か月前、最初のシングルのレコーディングの準備をしていた頃、ビートルズはジョージ・マーティンが彼らに歌わせたがった曲を拒否している。一九六二年六月六日に、マーティンのオーディションにかろうじて合格した(この話は次章で述べる)ばかりなのに、ビートルズは、彼にそう言うだけの自信があったのだ。マッカートニーは言った――「それは、僕たちが目指す、何か新しいものとは違う」

マーティンが考えていた曲は、ミッチ・マレーの「ハウ・ドゥ・ユー・ドゥ・イット(恋のテクニック)」だった。彼は、これは間違いなくナンバーワンのヒットになる、とビートルズに言った。彼らは不満げに、マレーの歌は売れるかもしれないが、自分たちのスタイルではないと言った。「僕たちは考えたんだ。『ちょっと待てよ。僕らはこれから有名になるんだ、できればメジャーにね。それなら、何を演奏するかを慎重に考えなければ』」と、マッカートニーが思い起こす。ビートルズは、自分たちのオリジナル曲をレコーディングしたいと言った。マーティンは、「ハウ・ドゥ・ユー・ドゥ・イット」くらい良いものが書けるならば、それをレコーディングしてもいいだろう、だがとりあえずは自分の言うとおりにしてほしい、と答えた。

マーティンも、ビートルズも、どちらの言い分ももっともだった。ビートルズはついに曲をつくり、一九六二年九月四日にアビイ・ロードの第2スタジオで最初のシングルをレコーディングした際に、彼らはまず「ハウ・ドゥ・ユー・ドゥ・イット」を録音した。その曲の磨きのかかったテイクは今でも十分に聴けるものだが、マーティンの希望に抵抗したビートルズの賢さがわかる。子供向けの歌のようにメロディが覚えやすく、簡単にアレンジでき、ジョンがリード・ヴォーカルで歌っているが、全体のサウンドが軽く、無難ですぐに飽きがくる――ということは、後のビートルズの曲のようなものでは決してない。にもかかわらず、ビートルズと同じマネジャーがついたリヴァプールのポップ・グループ、「ジェリーとペースメイカーズ」が、翌年の一月にこの歌をレコーディングした際には、ビートルズのアレンジを真似ている。このアレンジのバージョンは、ジョージ・マーティンが予測したように、ヒット・チャートのトップとなった。

その夜にレコーディングしたもう一つの曲は、「ラヴ・ミー・ドゥ」だった。「アイ・ソー・ハー・スタンディング・ゼア」同様、「ラヴ・ミー・ドゥ」も、レノンとマッカートニーのごく初期の共作の一つで、主にポールが書いたものだ。ジョージ・マーティンはこの曲には感心せず、ビートルズの傑作の中には入れていない。それでも、彼ら自身は「ハウ・ドゥ・ユー・ドゥ・イット」よりも、この曲の方が断然好きだった。ルイソンによれば、そのレコーディング・セッションはかなり大変だったようで、リズム・トラックだけで満足いくまでに十五回のテイク、その後のヴォーカルのオーバーダブにも「長い時間」がかかったという。数年後に、ビートルズ内部で起こった険悪な緊張状態を予兆するかのように、マッカートニーは、リンゴ・スターのこの曲のドラム演奏が十分な出来ではないと感じとっていた。他のメンバーもポールと同意見だった。一週間後の九月十一日に、「ラヴ・ミー・ドゥ」の二回目のレコーディングが行われたが、その時には、スタジオ・ミュージシャンのアンディ・ホワイトがドラムを叩き、リンゴはタンバリンに追いやられた。ホワイトは、その夜レコーディングされたもう一つのレノン＆マッカートニーのオリジナル、「P．S．アイ・ラヴ・ユー」でも、ドラムを叩いている。

A面は「ラヴ・ミー・ドゥ」、B面に「P．S．アイ・ラヴ・ユー」というビートルズ最初のシングルが、一九六二年十月五日に予定通りに発売された。これは、全英チャートの十七位まで上がったが、もちろん世界的なヒットにはならず、しかも伝えられるところによれば、ビートルズのマネジャー、ブライアン・エプスタインが密かに一万枚を買い上げたらしく、それによるところが大きい動きだったと言われている。後にマッカートニーは、「ラヴ・ミー・ドゥ」のチャート入りで、ビートルズはこれから売れるだろうと確信したと語っている。確かにその目的をかなえたのは、次のシングルだった。

「プリーズ・プリーズ・ミー」は、ロイ・オービソンの「オンリー・ザ・ロンリー」に触発されたジョン・レノンによる作品だ。ジョンの書いたもともとのメロディは、非常にスローでほとんど葬送曲のようだったが、リリース前に大幅に変更された。ジョージ・マーティンは、初めて「プリーズ・プリーズ・ミー」を聴いた時に、暗すぎて売れないだろうと思ったという。そこで彼は、曲のテンポをもっと上げて、きっちりしたハーモニーを加えるようにと主張した。マーティンが「われわれが提案するものを、先のことまで見られる人だ」とわかったのは、この時が初めてだったとマッカートニーは言う。ビートルズが、新しくテンポを速めた「プリーズ・プリーズ・ミー」のレコーディングを終えた時のことを、マーティンは自伝でこう回想している――「私は、コントロール・ルームでインターホンのボタンを押して、こう言ったんだ。『みんな、これで初めてのナンバー・ワンのレコードができ上がったぞ』」

そして、その通りになった。一九六二年十一月二十六日にレコーディングされ、一九六三年一月十一日にリリースされた「プリーズ・プリーズ・ミー」は、二月二十二日にはイギリスで第一位となり、二週間その座を守った。もちろん、ビートルズのメンバーは喜んだ。しかし、その新しい成功を喜ぶ暇もほとんどなく、イギリスをくまなく回ってライヴを行う過密スケジュールをこなさなければならなかった。しかも、二月の初めに「プリーズ・プリーズ・ミー」が一位になりそうになってくると、この成功を機にアルバムをリリースするのが得策のように思われた。だが、問題はいつレコーディングをするかということだった。ビートルズのスケジュールは、もうびっしりと詰まっていた。解決策は、二月十一日の月曜日に全員がアビイ・ロードに集まって、一日ぶっ通しでアルバムのレコーディングを完成させ、翌日のヨークシャーとランカシャーでのコンサートに間に合うようにロンドンを出発する、というものだった。

後にジョン・レノンが、この「プリーズ・プリーズ・ミー」をお気に入りのアルバムの一枚だと言ったのは、それを一日で仕上げたからだった。実際には、すでに四曲のレコーディングは済んでいた。「ラヴ・ミー・ドゥ」と「プリーズ・プリーズ・ミー」、それにB面の「P. S. アイ・ラヴ・ユー」と「アスク・ミー・ホワイ」だ。アルバムにはたいてい十四曲入るので、彼らは、二月十一日のセッションであと十曲をレコーディングしなければならなかった。彼らのびっしり詰まったスケジュールでは、練習する暇も、もちろん新しい歌を作る暇もないため、マーティンは、ステージで歌っていた曲を選んだらどうかと言った。長年にわたるリヴァプールのキャヴァン・クラブだけでなく、イギリス中のダンスホールでも、いつも聴衆を熱狂させていたステージで歌っていた曲だ。

そのアイデアは、ビートルズのライヴのエネルギーをじかに感じさせ、リスナーをキャヴァン・クラブにいるような気にさせるから、ということだった。当時のスタジオ技術が、その目的には役立った。レコーディング・テープには二つの「トラック」しかないので、事実上、一回しか「オーバーダブ」はできないし、それに、二月十一日には、時間的制約からも、オーバーダブは不可能だった。つまりは、ビートルズのメンバー全員が、一回のテイクでそれぞれのパートを完璧に演奏し、それを繰り返すしか方法がなかった。さらに面倒なことに、特に寒さの厳しかったその冬は、レノンがひどい風邪をひいていた。「ピアノの上に、菓子屋にあるようなズーブスののど飴の大きなガラス瓶が置いてあった」と、ミキシング・エンジニアのノーマン・スミスが言う。「それなのに、その隣にはピーター・スタイヴサントの煙草の大きなカートンがあって、彼らはひっきりなしにそれを喫《す》っていたんだ」

レコーディングは朝の十時に始まり、夕食の休憩以外は、ぶっとおしで夜の十時まで続けられた。昼食の時間にも彼らはびっちりとリハーサルを続けていて、近くのパブで「パイとビール」の昼食をとってきたジョージ・マーティンとノーマン・スミスを驚かせた。

スミスが振り返る。「僕らが戻った時も、彼らはずっと練習していた。信じられなかったね。昼食もとらないで働くグループなんて初めてだった」。このアルバムのレコーディングに要した時間の記録は、九時間四十五分から十六時間までといろいろ説があって、ビートルズのライヴや仕事に関する出版物の多くが、いかにいい加減かがよくわかる。しかし、ルイソンが分析したEMIのスタジオ・レコーディングの内部資料による合計時間の特定には、疑問の余地がない。「これまでの音楽のレコーディング史上で、これほど実りの多い五百八十五分はほかにないだろう」と、彼は断言する。

「ミズリー」の二回目のテイクの最中にジョージ・マーティンが言ったことで、このレコーディング・セッションの追いたてられるような雰囲気がわかる。プロデューサーの耳にはどこか良くないと感じられ、彼は勢いよく口笛を吹いて演奏を止めさせ、ジョージ・ハリスンに、「ギターを変えたのか」と尋ねた。ハリスンはいいやと答え、「トーンが変わったんだと思う」と言った。マーティンは彼に、「元にもどして、もう少し音を抑えてくれ、ジョージ」と言った。そしてすぐに、マーティンはつけ加えた——「じゃあ、いこうか」。そして、彼らはすぐに曲の演奏にもどった。しかし、ポールが、「I won't see her no more（もう彼女に会いたくない）」という歌詞を何度も間違えて、進行がどんどん遅れていく。ポールは、どうしても、彼女に「会いたい」と歌ってしまうのだ。そしてとうとうジョンが、一語ずつ読み上げた。「もう彼女に会いたくない、だよ……他の娘には会ってもいいけどね」

「ゼアズ・ア・プレイス」と「ミズリー」は、「プリーズ・プリーズ・ミー」の中の隠れた名曲である。どちらも、主にジョンが書いたレノン&マッカートニーの共作だ。ポールとジョンの声が見事に合わさっているところ、特に「ゼアズ・ア・プレイス」の出だしの音をひきのばして、そこから続いてフレーズに入る部分が素晴らしい。この作品は、後にジョンが、「アイム・オンリー・スリーピング」や「トゥモロー・ネバー・ノウズ」のような曲で、さらに色濃く表現することになる自由な感性を良く表した最初のものだったとも言える。「ゼアズ・ア・プレイス」で彼が歌っている場所は、「Where I can go（いつも行ける場所）であり、When I feel low... And it's my mind（気分が落ち込む時にも……それは僕の心の中）」にある。そして彼は精神としては決して孤独だというのではなく、また、「there's no sorrow（悲しみはない）」し、「no sad tomorrow（悲しい明日もない）」。これは彼の苦しかった子供の頃の現実を、はっきりと対比させて見せた理想的なヴィジョンなのだ。

レノンの子供時代は、レノン&マッカートニーの共作、「ドゥ・ユー・ウォント・トゥ・ノウ・ア・シークレット」のルーツでもある。彼が子供の頃、母親ジュリアはよく彼に、ウォルト・ディズニーの映画「白雪姫」の「私の願い」を歌ってくれて、彼はそこから、もし秘密を知りたいのなら、誰にもしゃべらないと約束しなければいけないという歌詞のヒントを得たのだった。「ドゥ・ユー・ウォント・トゥ・ノウ・ア・シークレット」では、アルバムで唯一ジョージ・ハリスンがリード・ヴォーカルを歌っており（リンゴは、

「ボーイズ」でリード・ヴォーカルをつとめている)、これは後に、アメリカでもシングルとしてリリースされ、ヒット・チャートの二位まで上がった。しかし、イギリスでは、これもまたブライアン・エプスタインが手がけたリヴァプールのグループ、ビリー・J・クレイマー&ザ・ダコタスが歌って一位になっている。

午後から夕方にさしかかり、ビートルズが自分たちのオリジナル・ナンバー五曲に、他のアーティストのカバー・バージョン五曲を加える頃になると、ジョージ・マーティンは、彼らの超人的な忍耐力に驚いた。このセッションのハイライトは、間違いなく「ツイスト・アンド・シャウト」へのレノンの果敢な攻めだった。この曲が最後まで残されたというのも、これを始めたらもう引き返せないだろうという思いがあったからだ。マーティンが振り返る。「キャヴァン・クラブでいつもすごい盛り上がりを見せるのが、『ツイスト・アンド・シャウト』だった。ジョンは、本当に叫んでいたよ。彼は肉が裂けるような声を出すものだから、歌うたびに、彼が喉をどうやって守っていたのかはわからない。第2テイクをとらねばならないとなると、いいものは期待できなかったから、最初のテイクで成功させる必要があった」

メンバーが位置についた時には、アビイ・ロード・スタジオが通常閉まる午後十時を過ぎていた。レノンは、ボクサーがリングに入る時のように、自分を奮い立たせているようだった。彼は、「あの驚異的な嗄《しわが》れ声のヴォーカルをつとめるために、上半身裸」になっていた。二分三十三秒後、レコーディングは終わった。ジョンの迫力に引っ張られて、

「ツイスト・アンド・シャウト」は一度のテイクで成功した。彼はおそるべきガッツと才能とプロ意識を見せてくれたのである。

「プリーズ・プリーズ・ミー」は、急激に伸びていたビートルズの富と人気を、さらに倍増させた。一日でアルバムを作ったというそのスピードよりももっと驚くべきは、その音楽性、オリジナリティ、豊かな才能だった。一九六三年には、自分の曲を自分で作るレコーディング・アーティストはあまりおらず、しかもレノンとマッカートニーが書いた曲よりもずっとレベルも低かった。また、シングルのヒットに追随して作られたアルバムの大半は、単にシングルを再利用して、印象に残らないような埋め合わせの曲を入れただけの、市場受けするまがいものが多かった。それに比べて、「プリーズ・プリーズ・ミー」は、ロックン・ロールの不朽の名作と言われる「アイ・ソー・ハー・スタンディング・ゼア」と「ツイスト・アンド・シャウト」、それに、「プリーズ・プリーズ・ミー」と「ドゥ・ユー・ウォント・トゥ・ノウ・ア・シークレット」の二曲、そして、「ゼアズ・ア・プレイス」や「ミズリー」などの記憶に残るオリジナル曲が数曲、それらが、他の優れたカバー・バージョンの曲の間にちりばめられていた。

「プリーズ・プリーズ・ミー」は、イギリスでは記録破りのダントツの一位となった。一九六三年三月二十二日にリリースされ、チャートの第一位になるのに七週間かかったが、国中を巻き込み、大勢のビートルマニアの熱狂的な声援の波に乗って、それまで前例のない二十九週間連続一位の座を保った。アメリカで、このアルバムは「イントロデューシング・ザ・ビートルズ」という違ったタイトルでリリースされたが、不思議にも鳴かず飛ばずだった。ＥＭＩと資本提携しているキャピトルは、イギリスの一時的な流行には、アメリカのレコード・ファンは興味がないとして、ビートルズをあっさりと片づけ、アルバムの発売を断った。代わりに、小さなヴィー・ジェイ・レコードが発売したが、知名度もなく、ラジオ放送にもかからなくてあえなく敗退。イギリスでは、春から夏、そして秋になっても、「プリーズ・プリーズ・ミー」はトップの座を守り続け、ビートルズの出すシングルは、「フロム・ミー・トゥ・ユー」、「シー・ラヴズ・ユー」、「アイ・ウォント・トゥ・ホールド・ユア・ハンド（抱きしめたい）」と、次から次へと一位になった。そしてその年の終わりには、イギリス中が四人の若いヒーローに夢中になっていた。アメリカでは、彼らはまだ知られていなかったが、それからほどなくして、劇的な展開を見せたのである。

第4章　ショーをやれ！（ハンブルク＝リヴァプール往復巡業時代）

ビートルズのメンバーとしてステージで言った最後のセリフがジョークだったとは、いかにもジョン・レノンらしい。それは、ビートルズが正式に解散した一か月後の一九七〇年五月に上映された、ドキュメンタリー映画「レット・イット・ビー」の最後の部分で聞くことができる。フィルムは、ロンドンのダウンタウンで行った、あの有名な真昼の屋上コンサートの場面でクライマックスに達しているのだが、それはまるで、彼らの間に起こったことをすべて忘れて、かつての姿に戻っているようで、こんなロックン・ロールは誰にも真似できないだろう。そこに警察がやって来てショーを止めると、ジョンがマイクに向かって、作り笑いをして言う――「グループを代表して、感謝の気持ちを伝えたい。そしてオーディションに受かりますように」。映像の外で、暖かい笑いがわき起こる。つまり、「レット・イット・ビー」が撮影されていた一九六九年一月、ビートルズは当時の最高の音楽現象であり、ショービジネス現象であった。オーディションに通らなければならないという考え自体が、ジョークだった。

ビートルズが最初に受けた、大手のデッカ・レコードのオーディションに落ちたという皮肉が起きたのは、一九六二年のことである。さらに、彼らはそれに続くEMIのオーディションにも落ちかけたが、初めてレコーディング契約までこぎつけ、そこからあらゆることが可能になったのだった。その時まで、ビートルズはイギリスのレコード業界の主だった会社から、ことごとく断られていた。EMI傘下の名だたる大資本、コロンビアとHMVは、彼らをスタジオでテストさせる以前にノーという返事をした。デッカ・レコードは、リヴァプールに人をよこしてビートルズの演奏を聴き、その後ロンドンでスタジオ・オーディションを行ったが、結果は同じことだった。デッカ・レコードのアーティスト&レパートリー部門の責任者ディック・ローは、ビートルズのマネジャー、ブライアン・エプスタインに、ギター主体のグループは「もう古い」と言った。後に、ビートルズの熱狂ぶりが最高潮の時の記者会見で、マッカートニーが、「ローは今頃、自分を責めているだろうね」と言い、レノンが、「彼は自分を責め殺すと思うよ」とつけ加えた。

最終的にビートルズをEMI傘下の小さなパーロフォン・レーベルと契約させたジョージ・マーティンには、それでも、なぜ同業者たちがこのグループを見逃したかがわかっていた。エプスタインがレコード会社に聴かせたデモ・ディスクは、それほど印象に残るものではなかったのだ。平凡なオリジナル曲が少し入った、古いスタンダードの、特にどうということもないセレクションだった。しかし、マーティンは、「荒削りだが、今まで聴いたことのないような変わったサウンド」に心惹かれた。彼は、ビートルズがとてつもなく「すごいもの」を持っているとは思わなかったが、スタジオの中でどんなサウンドを出すのか聴いてみる「価値がある」と考えた。

パーロフォンのオーディションは、ロンドン北部アビイ・ロードにある白い二階建ての建物のEMIのレコーディング・スタジオで、一九六二年六月六日に行われた。奇妙なことに、ビートルズ自身は――この時のドラマーはリンゴ・スターではなく、まだピート・ベストだった――自分たちがオーディションをされることを知らず、EMIがすでに契約を交わしてくれて、これは、デビュー・シングルを作るためのきちんとしたレコーディング・セッションだと思っていたのだ。EMIの内部資料をすべて見ているマーク・ルイソンによれば、この思い違いは、ジョージ・マーティンが数週間前にマネジャーのエプスタインあてに、EMIのレコーディング契約書を送っていたという事実に端を発する。エプスタインは、六月五日にそれにサインをして、EMIに返送していたのだ。しかし、この契約書は、マーティンがサインをしないかぎり、EMIには何ら責任は生じない。もし、彼が六月六日のセッションで聴いて気に入らなければ、強制力はなかった。

そういう経緯もあり、また、オーディションでのビートルズの音楽に対するマーティンの反応も、あまり気乗りのしないものだった。午後六時から八時までの間に彼らが何曲演奏したのか、その正確な数字は定かではないが、後にマーティンが書いている。「正直言って、演奏にも、彼らの自作曲にも興味が湧かなかった。感じたのは、彼らに合った曲を見つけてやらなければいけないな、ということと、彼らの作曲の才能は将来も売れないだろうな、ということだった」

その夜、ビートルズは全部で四曲レコーディングした。「ラブ・ミー・ドゥ」、「P．S．アイ・ラヴ・ユー」、「アスク・ミー・ホワイ」（後にアルバム『プリーズ・プリーズ・ミー』でレコーディングし直したレノンとマッカートニーのオリジナル）と、もう一曲は、後に「レット・イット・ビー」のセッションでマッカートニーが復活させた、古いラテンの流行歌「ベサメ・ムーチョ」だった。四曲のうち「ベサメ・ムーチョ」だけはテープがまだ残っていて、グループの若い頃の楽しい記憶の一曲となっている。ビートルズは、巧みに楽しげに「ベサメ・ムーチョ」を演奏し、マッカートニーが一生懸命にリード・ヴォーカルをつとめているが、バンドと曲のミスマッチを克服することはできなかった。一生懸命に演奏すればするほど、そのサウンドがあまりに馬鹿げて聞こえ、特にポールが、おそらくその歌のくつろいだ感じのラテン・ビートに力を込めようとしているのだと思うが、歌詞におかしな感嘆符を「チャチャ、ブーン！」などと挟み込んでしまう。これがいつもの調子だとすれば、マーティンがこのグループに複雑な思いを抱いたのも無理はなかった。

あるいは、彼らの音楽についてもそうだろう。メンバーに関しては、マーティンはビートルズ――とりわけハリスン、レノン、マッカートニー――を魅力的な連中だと感じていた（マーティンによると、ピート・ベストはセッションのあいだ中、一言も口をきかなかったらしい）。確かに、ビートルズが最終的にオーディションに通ったのは、音楽的な才能というよりも、彼らのカリスマ性によるところが大きかったのかもしれない。「一目惚れだったんだ」と、マーティンは振り返る。「それは大袈裟かもしれないが、事実、そうだったんだ……。一番印象的だったのは、彼らの持つ個性だった。彼らは大物になると感じたんだ」。リヴァプールは、コメディアンを多く輩出していることでイギリスでは有名であり、ビートルズもそのイメージに従って、いくらかその気味があるように思われたのだった。セッションが終わって、マーティンは彼らに、レコーディング・アーティストとして成功するために必要とされる技術的な改善点について教えた。ミキシング・エンジニアのノーマン・スミスが、マーティンの言葉を思い起こす。「『ほら、僕は君たちのためにこんなに時間を割いているのに、君たちは何も反応しない。何か気に入らないことでもあるのかい?』とマーティンが聞くと、彼らはしばらくの間、足をぎこちなく動かしながら、互いに顔を見合わせていた。そしてジョージ・ハリスンが、マーティンをしばらく見つめてからこう言ったんだ。『ええ、あなたのネクタイが気に入らないな』。それがきっかけとなってみんな打ち解けて、その後十五分か二十分ほど話したが、彼らは実に面白い連中だった。彼らが帰ってしまってから、マーティンと僕は座って、『まいったな。この〝くじ〟は当たると思うかい?』などと話した。彼らには、本当に涙が出るほど笑ったよ」。

別の機会に、スミスはこうも言った。「正直に言おう。彼らは、その音楽じゃなくて、熱意と存在感で契約を勝ちとったんだ。彼らと話していて、こいつらは何か違う、とわかったからね」

損にはならないと見込んだマーティンは、ビートルズと（非常にケチな）レコーディング契約を結ぶことにした。彼らがレコーディングした最初のアルバム「プリーズ・プリーズ・ミー」は、すでに紹介したように、ビートルズが当時リヴァプールのキャヴァン・クラブで行っていた、粗野だが親しみのあるライヴ・ショーをスタジオに移したものだった。しかし、キャヴァン・クラブのショーもまた、ハンブルクで経験したきびしい修業のたまものだった。一九六〇年八月十七日から始まって、彼らは、二十八か月の間にドイツのその港町を五回訪れ、のべ八百時間、へとへとになりながらステージに立った。もし、「プリーズ・プリーズ・ミー」がキャヴァンのライヴをもとにしたものだとしたら、そのキャヴァンのもとはハンブルクでの経験で、それが大きく磨かれ、パワフルになったものだった。

「それができたのは、ハンブルクだった」と、ハンター・デイヴィスの書いたビートルズ公認の伝記の中で、ジョン・レノンは語っている。「ハンブルクこそ、僕たちが本当に成長した場所だった。一回に十二時間、ドイツ人を盛り上げてその状態を維持するというのは、本当に努力が必要だったんだ。国内に留まっていたなら、あんなには成長できなかっただろう」。十二時間ぶっとおしというのは、ジョンの誇張が少しあるが、しかし、八時間交替で演奏したとしても消耗したに違いない。聴衆（と雇い主）はタフで要求が強く、ビートルズに「ショーをやれ！」とせきたて、声が大きく荒っぽいほど受けがよかったのだ。

ハンブルクは強烈できびしい試練であり、才能ある夢想家だったビートルズを鍛え上げた。ビートルズが、ギターを中心にはじけるドラムと絶叫調のヴォーカルが合わさった、騒がしい中にもメロディがあり、時にはガラッと変わってロマンティックなバラードを出したりという独自のサウンドを見つけたのは、何といってもこのハンブルクでだった。ビートルズが、聴衆に働きかけ、何年かするうちにはサービスするすべも覚えて、ショー・ビジネスのプロとなったのもハンブルクだった。ハンブルクでのビートルズは、自分たちのショーのテントに通行人を誘い込もうとする客引きのようだった、とマッカートニーが言ったことがある。「クラブのドアのところに人の影が見え、僕たちはステージの上にいる。テーブルには誰もいないんだ……それで、僕らは彼らに気づかないふりをして、デカい音でロックを演奏する。そうすると、そのうちの三人が入ってきて……結局チケットは売り切れる。そうして、僕たちは売れ始めたんだ……と思うよ。それから、別のクラブに行くと、また同じようなことが起こるんだ。イギリスに戻ってキャヴァン・クラブで演奏し始めると、また同じことが起こった……場所を移るたびに、最初は誰もいないんだが、そのクラブで終わる時になると、いつも信じられないほどエキサイトして盛り上がっていたんだ」

最初のハンブルク訪問は、ビートルズ元年と言われる一九六〇年だった。ビートルズの伝記の中で、ハンター・デイヴィスは一九六〇年を「活気に満ちた年……『ビートルズ』という名前を使い始めた年で、スコットランドへプロとして最初のツアーを行い、ハンブルクへ初めての意味深い訪問をした年でもある」と記している。これらは、重要なマイルストーンとなる出来事なのだが、公演旅行はそう簡単なものではなかった。

ジョン、ポール、ジョージの三人は、一九五八年以来、もう一人のメンバーを何度か換えながらも一緒に演奏してきたが、当時の彼らのグループ、クオリーメンは金になる契約にほとんど縁がなく、ルイソンによれば、「一九五九年の数か月間は、一緒にいることをやめていたようだった」という。一九六〇年一月に、ジョンの親友で、同じカレッジに通った才能ある画家の卵スチュ・サトクリフがグループに加わった。彼は楽器を演奏したことがまったくなかったが、ジョンにあおられてベース・ギターの練習をしようとした。残念ながら彼はそれをマスターできず、その事実を隠すために、いつも聴衆に背中を向けていた。グループには、ドラマーがいないという致命的なハンディがあったが、彼らはそのことを、「リズムはギターでとっているから」と説明していた。一九六〇年五月に、ジョニー・ジェントルというあまり売れていない歌手のバック・バンドとしてスコットランドを巡業するという話が舞い込んで、地元のドラマー、トミー・ムーアを急遽《きゆうきよ》引っ張ったのだが、ツアーの九日目にしてムーアはもういいということになった。そのツアーは悲惨なものだった。資金が限られていたので食事はしばしば削られ、少なくとも一軒のホテルの請求書を踏み倒しもして、神経をすりへらすことがよくあった。リヴァプールにもどっても、彼らは七月に、ストリップ・ショーのバック・ミュージックを演奏するという、さらに不名誉な仕事に耐えなければならなかった。

スチュ・サトクリフはミュージシャンではなかったが、ビートルズの発展のために、一つの大きな貢献をした。名前を考えついたのである。グループは一九六〇年にクオリーメンの名前で活動を始めたが、サトクリフが書いた手紙では、一月にバンドの雇用先を探した際に、彼らのことを「Beatals」と言っている。その後の七か月間に、その名前は、最初は「the Silver Beats」、それから「the Silver Beetles」、そして「the Silver Beatles」となって、最後に簡単に「the Beatles」だけとなった。サトクリフは、名付け親の権利をジョン・レノンと共有した。サトクリフは、ロックン・ロールのバディ・ホリーのバック・グループ「クリケッツ（コオロギの意）」の影響か、または、一九五四年にマーロン・ブランドが主演した映画「乱暴者」で「Beetles」というモーターバイク族にちなんで、「Beetles（カブトムシの意）」という名前を思いついたとされる。言葉遊びに長《た》けているレノンが、Beetles の二文字目の「e」を「a」に変え、一九五〇年代の反体制のビート族（beatnik）だけでなく、ロックと正統派ポップを区別する一番の特徴であるビート（the beat）の意味もこめたのだろう。

　彼らは、一九六〇年六月に「the Beatles」で登場したものの、その年の八月にハンブルクに行くまでは、その名前を常に使っていたわけではなかった。その頃には、彼らはドラマーにピート・ベストを得、彼はその後二年間グループにとどまって、アビイ・ロードでのジョージ・マーティンのオーディションにも臨んだ。ベストは、ビートルズがドイツに行く数日前に加わった。リヴァプールのプロモーター、アラン・ウィリアムズが、ドラマーが見つからなければ行かせないと言ったからだった。当時ベストは十八歳で、自分のドラム・セットを持っており、プロになりたいと思っていた。彼は、リヴァプールでカスバ・クラブを経営するモナ・ベストの息子だった。カスバ・クラブは、ティーンエイジャーの根城になっていた地下にある喫茶店で、一九五九年十月にはクオリーメンも演奏していた。一九六〇年八月六日にたまたまその店に戻ったビートルズは、ピートのグループが解散することを知った。そして形だけのオーディションをしてピートを仲間に加え、一緒にハンブルクへ出発したのだった。

ビートルズは、ハンブルクで四か所のクラブをまわった――インドラ、カイザーケラー、トップ・テン、スター・クラブで、そのどれもが、リーパーバーンという繁華街のごみごみとした薄汚い一角にあった。当然ながら、常連の中には、娼婦、船員、ロックン・ローラー、ごろつきなどがいた。そんなごろつきの多くは、音楽を聴きにきているのか、飲んで喧嘩をしにきているのかわからないくらいで、クラブでは、飛び出しナイフも使えるウエイターという形で用心棒を雇わなければならなかった。ビートルズも、リヴァプールのクラブで、たいていは悪名高きテディ・ボーイの挨拶といったたぐいの暴力沙汰をたくさん見ていた。実際彼らも、黒いレザー・ジャケットにブーツを履き、まさにテディ・ボーイ風のいでたちだった。それでも、ハンブルクでの光景は、彼らを青ざめさせるほどだった。それまでの経験から、上陸許可を得たイギリスの兵隊には近寄るべきでないとわかっていた。「その日の夕方には、その多くが半殺しの目に遭うとわかっていたからさ」と、後にハリスンは言っている。「ウェイターや常連客が団結して対抗しなければ、そこらをぶらぶらしているごろつきどもに寄ってたかってやられてしまうのさ。やつらは、たいてい素手で殴るだけではなくて、棍棒やナイフさえも使ったりするんだ」。同じ場面を思い返して、レノンが言った。「あんな殺し屋みたいなやつらは初めてだった」

そんな雰囲気の中で、ビートルズは「ショーをやれ！」——つまりは、命がけで演奏しろと言われた。まずは、昔はストリップ劇場だったというインドラでその洗礼を受けて、四十八日間演奏したが、騒がしいという苦情が出て、支配人が彼らをカイザーケラーに移した。ここでは、同じくリヴァプールのロックン・ロール・グループ、ロリー・ストーム&ザ・ハリケーンズと交替で出演し、その時にザ・ハリケーンズのドラマー、リンゴ・スターと出会うのである。楽しませたい一心で、ビートルズは一生懸命に演奏に打ち込んだ。特にジョン、そしてポールまでもが狂ったようにステージで飛び跳ね、その狂乱は、バンドにどんどん運ばれてくる無料のビールのせいだけでなく、トイレの掃除をしていた老婆にねだって買ってもらった覚醒剤のせいもあった。ジョンはよく、客にむかって「このナチ野郎」とか、ナチの戦車はどこだ！、などと罵声を浴びせていた。負けていない聴衆は、それ以上に叫び返してくる。

ステージを降りれば、ビートルズの生活はそれほど乱れたものではなかった。彼らの宿舎は陰鬱で汚く、彼らはそこを「カルカッタのブラック・ホール」と呼んでいた。じめじめとして寒く臭い部屋は、バンビというさびれた映画館の真裏にあった。風呂もなく、トイレの洗面所で身体を洗わなければならなかった。ほとんど眠れなかった。うとうとしたかと思うと、バンビのマチネー・ショーのガンガン響く音に必ず起こされた。ビートルズは、早くても夜中の二時まではステージに立っており、その後も何時間かは家に帰れず、すぐには眠れないこともよくあった。ピート・ベストによれば、バンビの脇で女性ファンが待っていることがあって、一晩で六人から八人の女の子をものにすることもよくあった。ベストがつけ加える――「その最中に、ドイツ語でじゃれあったりして、パートナーを交換したりもした」。後にレノンは、ビートルズのハンブルクでの話は、これまでずっと明らかに「かたよって作り上げられてきた」と主張している。だが、彼自身も、一九七一年には、「ハンブルクは素晴らしかったよ。娼婦とグルーピーに囲まれて、僕らの息子は、今にもちぎれそうだった」と認めている。

だが、ハンブルクで本当に大きく花開いたのは、ビートルズのセックス・ライフではなくて、音楽だった。ハンブルクに最初にやって来た頃は、まだ未熟でとても一人前のミュージシャンとは言えなかった。実際、すでにハンブルクに来ていたリヴァプールのロッカーの中には、ビートルズのような安っぽいバンドが来れば、皆が毒されてしまうと言って、彼らが来るのを阻止しようとする動きさえあった。しかし、三か月半に及ぶ、事実上ノン・ストップの公演によってガラリと変わった。その年の十二月に、ビートルズがリヴァプールに帰る頃には――スチュ・サトクリフだけは、ドイツ人の婚約者アストリット・キルヒヘルと共にドイツに残った。彼女は、後に「ビートルズ・ヘア」の考案に一役買った写真家だった――イギリスの友人たちが同じバンドとは判らないほどに成長していた。そして彼ら自身は、一九六〇年十二月二十七日の夜まで、自分たちがどれだけ変わったかに気がつかなかった。その日、リヴァプールのタウンホールでの公演で、何百人ものファンが、その後のビートルマニアを予感させるようなヒステリックな大騒ぎを起こしながら、興奮してステージに押し寄せるまでは――。「あの夜だったんだ」と、レノンが後に言った。「……僕たちってイイんだ、と初めて思えるようになったのは。ハンブルクに行く前も、僕らはイイ線いっているとは思っていたんだが、まだそれほどでもなかった」

このタウンホールのダンス・ルームでの一件の意味は、非常に大きかった。ハンター・デイヴィスは、ビートルズの歴史上の「分岐点《ターニング・ポイント》」だと言う。ルイソンも、「ビートルズが行ったライヴの中で、ターニング・ポイントとなるのはどれかと言えば、あのライヴだった」と書いている。タウンホールで爆発した人気は、そのまま、リヴァプールやその周辺のクラブでのライヴのスケジュールが埋まることに結びついた。そして、一九六一年の最初の三か月間が殺人的に忙しくなっただけではなく、この地元ファンの熱狂的な体質が、最後には彼らをイギリス、ひいては世界のステージに押し進めることとなった。

タウンホールのライヴに端を発したショーの一つが、二月九日のキャヴァン・クラブでのデビュー・コンサートであった。じめじめした地下にあるダンス・ホールで行われたが、この時から九か月後に、彼らは後のマネジャー、ブライアン・エプスタインに出会うことになる。一九六一年二月から六三年八月まで、「キャヴァン・クラブは、ビートルズの第二の故郷みたいなものだった。少なくともリヴァプールでは、その二つの名前は同義語のようなものだった」と、ルイソンは見ている。ビートルズは、ランチタイムとレイトショーを交代で演奏していた。クラブの中では、換気の悪さとヒーローたちへの陶酔が合わさって、観客が失神し、外では、ブロックの端までいつもファンが並んでいた。ビートルズは、それから数か月間、リヴァプールやそれ以外の何十か所でも演奏したが、彼らがまず一番に愛着を感じるのは、キャヴァン・クラブだった。「僕らはキャヴァン・クラブが一番好きだったと思う」と、ジョージ・ハリスンが振り返る。「……僕らは、僕らのファンに向けて演奏したが、彼女たちは僕らと似ていた。ランチタイムに僕らの演奏を聴きに来るんだが、ランチを注文せずに、自分たちでサンドイッチを持ってきて食べるんだ。僕らも同じように、演奏しながら昼食を食べていた」

一九六一年の後半から六二年にかけて、とんとん拍子に成長していったビートルズを、大勢のファンが熱狂的に歓迎したが、グループの人気は、まだ基本的には地域的なものだった。一九六一年六月にハンブルクで、彼らは初めてのプロのレコーディング・セッションに参加している。同じリヴァプール出身で、エルヴィス・プレスリーのようなサウンドを出すトニー・シェリダンのバックで、リズムとヴォーカルを担当した。一緒に作ったレコード「マイ・ボニー」は、そう大したものではなかったが、後に、ブライアン・エプスタインの注意を引くことになる。それでも一九六二年五月九日まで、リヴァプールのスラム街を脱出して、ロンドンの大手レコード会社の目に止まるなどということは、考えてもみなかった。その日、ビートルズはハンブルクで目を覚まし（三度目の訪問だった）、エプスタインからの電報を見つけた。「おめでとう。ＥＭＩからレコーディング・セッションの申し出があった。新曲の練習をしておいてください」。彼らは五月三十一日にイギリスへ戻り、その一週間後に、アビイ・ロードのスタジオで、ジョージ・マーティンとの歴史的な出会いが実現するのである。

六月六日のセッションが終わって、マーティンはエプスタインに、話を進める前に、グループのドラマーを替えたい旨を話した。ビートルズがライヴ・ショーを望むならそのままでもよかったのだろうが、スタジオでのレコーディングには、セッション向きのドラマーが使われる。マーティンは後に、自分の発言がはからずも「最後の堰《せき》を取り外してしまった」と書いている。なぜなら、ポール、ジョン、ジョージは、「すでにピート・ベストをはずして、リンゴ・スターを入れたがっていた」からである。元からのメンバーである三人は、ベストに対する不満に、もっともらしい理由をつけていた。ピート・ショットンが後に書いているが、ジョン、ポール、ジョージの三人は、ベストを「本当の」ビートルズの一員だとは思っていなかった。彼らは、一九六〇年八月にハンブルクへ行くのにドラマーが必要だったから彼を誘ったまでで、リヴァプールにはドラマーが慢性的に不足していたため、えり好みはできなかったのだ。ベストがリヴァプールのリスナーに人気があったことは事実で、ビートルズの中で一番ハンサムだと見られていたし、特に女性ファンが多かった。ポールとジョンは、彼のスター性に嫉妬していたのだ。確かに、本当にそんな理由で彼をはずしたのならひどい話だが、マッカートニーは後に、そんなことはナンセンスだ、と片づけている。ミュージシャンとしても人間としても、リンゴはベストよりももとからのビートルズに合ったというだけだ、と彼は言う。「ベストがハンサムだからって、嫉妬したことなんかないよ」と、マッカートニーはハンター・デイヴィスに語った。「くだらない話だ。彼は演奏できなかっただけだよ。リンゴの方がずっと良かった。だから、彼を外したかったんだ」。また、「ベストは、本当はグループという仲間意識を持っていなかったんだ」と、マッカートニーが別の時に言ったことがある。「僕ら三人はイカれていて、ピートは多分、もう少し……分別のあるやつだった」。一方、リンゴは、カイザーケラーで初めて会った時から、ビートルズと意気投合していた。ベストにしてみれば、自分をグループからはずすという決定はショックであり、反発も感じた。ドラマーとして十分でないと言われれば、当然傷ついたわけだが、何年かたってから彼は、一番傷ついたのは、「彼らがビッグになるとわかっていたからだった。きっとなると思った。ビートルズにはそれができると……だから、僕はその大きな楽しみを失うのが残念だった」と言っている。

後にジョージ・マーティンは、彼らの同業者たちがそうしてきたように、彼もまたビートルズをはねつけていたら、歴史はどんなに変わっていただろうかと考えている。「私が最後のチャンスだったんだ」と、マーティンは書いている。「あの時、私がまさに、音楽業界のジョーカーだったわけで、私が彼らを落としていたら、どうなっていただろうか。おそらく、彼らは解散して、二度とその音楽を聴くことはなかっただろう」

しかし、ビートルズがまもなく登場してくるであろうことを暗示する証拠もある。レコーディング契約について、マーティンは最後のチャンスではなかったのだ。その次に、フイリップスが彼らに接触することになっていた。それまでに、ビートルズはライヴで大きな成功を経験していた。そして彼らの夢は、「エルヴィスよりもビッグ」になることであり、彼らの観客も確実に多く、声高に、かつ熱狂的になっていく中で、その夢はだんだん不可能ではなくなっていた。彼らがどうして元気をなくすことがあっただろうか。後にジョンがこう言っている。「誰も僕らのサウンドを聴いてくれなくても、ハンブルクやリヴァプールに帰れば、僕らは、自分たちが最高だと思っていたんだ……そして、あの場所が僕らを作り、今の僕たちにしてくれたと信じている」

第5章　音楽はどこへ行った？（アルバム「ウィズ・ザ・ビートルズ」）

ジョン・レノンには、人生の多くのことについて、とりわけ自分自身のことについて、二つの思いがあった。「僕の一部分は、敗北者ではないかと思うし、また別の部分では、全能の神ではないかと思う」と、一九八〇年に殺される数週間前に、雑誌「プレイボーイ」のインタビューの中で、彼は笑いながら語っている。それならば、同じインタビューの中で、レノンがビートルズの初期の作品に、二つの矛盾した見解を示したとしても、驚くにあたらない。一方では、彼は、ビートルズはハンブルクとリヴァプールの時代が、世界最高のバンドだったと言い切った。また一方では、彼がポール・マッカートニーと一緒に書いた初期の歌には、「がらくた」もあると非難した。ビートルズの二枚目と三枚目のアルバムに入っている「リトル・チャイルド」や、「テル・ミー・ホワイ」のような曲は、もっとビートルズのレコードを聴きたいという大衆の欲求を満たすために、ただ「てっとり早く作った」ものだった、とレノンは語った。彼は、これらの曲やその他の初期の作品の、叙情的な弱さが嫌いだったようだ。マッカートニーとの協力について、彼は、「僕らはただ、エヴァリー・ブラザーズ風やバディ・ホリー風といった、サウンドを作るということ以上には意味のないポピュラー・ソングを書いていただけだ」とも言っている。

だが、そのサウンドがすごかったのだ。確かに、レノンとマッカートニーは、ポールが──彼はいつも、メンバーの中で一番慎重に語るのだが──外向きには「仕事で作った歌」と言っている曲を、共同で作った。しかし、一九六三年の何か月かの間に、ジョンとポールは「ホールド・ミー・タイト」や、その他の記憶に残る曲を作り出し、また、「オール・マイ・ラヴィング」や「ディス・ボーイ（こいつ）」のような優れたものを書き、そして実に楽しい「フロム・ミー・トゥ・ユー」や、音楽的には難解な「イット・ウォント・ビー・ロング」も作っている。それにもちろん、この時期の最も優れた作品としては、「シー・ラヴズ・ユー」と「抱きしめたい」があって、この二曲は大ヒットしたばかりか、ロックン・ロール史上不朽の名作となっている。

ビートルズは、学生時代からロックン・ロールを熱心に学ぶことができた。というのは、リヴァプールはイギリスの大西洋側にある主要港で、船員たちがいつもアメリカからレコードを持ち帰り、町のミュージック・ライフはとても豊かだった。かつてマッカートニーは、「ビッグ・ビル・ブルーンジー、ジーン・ヴィンセント、ビル・ヘイリー、レイ・チャールズ、リトル・リチャード、チャック・ベリー、エルヴィス・プレスリーなんか、アメリカで売れる前から聴いていたんだ」と言っている。一番重要な影響を受けたのは、ブラック・ミュージックだった。「ビートルズがずっと求めていたサウンドと言えば、リズム・アンド・ブルースだった」と、マッカートニーは言ったことがある。「僕たちがいつも聴いていて、好きで、あんなふうになりたいと思っていたのが、それだったんだ……僕たちは、どんな人が一番好きかって聞かれるといつも、『ブラック、リズム・アンド・ブルース、モータウン』と答えていた」。ビートルズは、こういった先駆者たちの歌をカバー・バージョンで歌うことから始まった。だが、自分たちで曲を書き始めるようになってからは、特に、本来持っていた感性を用いて、過去に根ざしているがすべての点で現代風な、そして先駆者たちの影響を受けながらも、まったく新しいサウンドを作り出していった。

ビートルズと同時代のミュージシャンで最も注目すべきはボブ・ディランだが、彼はビートルズの特異性にすぐに気づいた。一九六四年頃には、ディランはすでに「風に吹かれて」、「戦争の親玉」、「時代は変わる」などの、非常にパワフルなフォークソングで全米から評価を得ていた。彼は後に振り返って言う。「コロラド州を車で走っていた時に、思いがけない出来事があった。「ラジオをつけたら、トップ・テンのうちの八曲はビートルズだった。コロラドで、だよ！　『抱きしめたい』など、全部初期の作品だった。彼らは誰もやらなかったことをやっていた。彼らのコードは荒っぽい、ただ荒っぽいだけだったけれど、それでいてハーモニーがそれを十分に生かしていた」。ディランは、自分がどれほどビートルズを高く評価しているかは語らずにいたという。だが、「それ以来、僕の頭には、常にビートルズがいた。そのコロラド州で僕はビートルズのことばかり考え始めたんだが、あまりにすごすぎて、僕にはどうしようもなかった――トップ・テンの中の八曲だよ。明確な線が引かれてしまったような気がした」

もし、ビートルズが、ディランのその後のロックン・ロールに影響を与えたならば、反対に彼もまた彼らに、より詩的な曲作りという意味で影響を与えていた。だが、その影響はもっと遅くに出た。一九六三年の初め頃、レノンとマッカートニーが、ビートルズの最初のナンバー・ワン・シングルとアルバムに続く曲を作っていた時は、その歌詞はほとんどが単純なもので、幼い恋や青春時代の男らしさなどを、決まり文句で表したものにすぎなかった。マッカートニーによれば、それはただ売れるからだったという。ビートルズの歌の歌詞は、意図的に、リスナーの中心であるティーンエイジャーの女の子向けに書かれたものだった。後に彼はこう言った。「僕らの歌の多くは、たとえば「フロム・ミー・トゥ・ユー」みたいに、そのままファンに語りかけているものなのさ。「フロム・『ミー』・トゥ・『ユー』」、「プリーズ・プリーズ・『ミー』」、「シー・ラヴズ・『ユー』」ってね。つまり人称代名詞なんだ。僕らはいつもそうしていた」

「プリーズ・プリーズ・ミー」の後の最初のシングル「フロム・ミー・トゥ・ユー」は、四月十一日にリリースされるとすぐに、ビートルズの二枚目のナンバー・ワン・ヒットとなった。ハーモニカのイントロダクションと軽やかなビートの「フロム・ミー・トゥ・ユー」は、「プリーズ・プリーズ・ミー」のようなドラマチックなサウンドではなかったが、マッカートニーは、レノンと自分にとっては成功作だったと見ている。Cのコードで通常のロックン・ロールのバリエーションを繰り返すのでなく——三つ飛んでF、四つ飛んで

G、あるいは素早くCに相当するマイナー・コードのAマイナーに移るというような――「フロム・ミー・トゥ・ユー」のミドルエイトは、CからGマイナーに移っている。二人の駆け出しのソングライターが出した効果は、やっとバック・ハンドで打つことを覚えた未熟なテニス・プレーヤーのようだった。「そのミドルエイトが、僕らにとっては大きな出発点となったんだ」と、マッカートニーは言い、「Gマイナーにすれば、Cがまったく新しい世界になる。興奮したよ」と、つけ加えた。

ビートルズは、次のシングル「シー・ラヴズ・ユー」で、さらに新境地を開いた。ニューキャッスル・ホテルのツインの部屋で、七月一日のレコーディング前の五日間で書かれた「シー・ラヴズ・ユー」は、初期のビートルズのトレードマークともなった有名な「イエー・イエー・イエー」のリフレインを入れた、覚えやすい単純なコーラスが特徴だった。「シー・ラヴズ・ユー」は、イギリス史上最高の売り上げ枚数となったシングルだが、アビイ・ロードのレコーディング・エンジニア、ノーマン・スミスの第一印象は、まったくひどいものだった。「マイクのセットをしていて、楽譜立てに置いてあった歌詞が目に入ったんだ」と、彼は振り返る。「『シー・ラヴズ・ユー・イエー・イエー・イエー、シー・ラヴズ・ユー・イエー・イエー、シー・ラヴズ・ユー・イエー・イエー』――僕は思ったたね、オー・マイ・ゴッド！　なんて歌詞だ。とてもじゃないが好きになれそうもないな、ってね。だが、彼らが歌い始めると――うわっ、すっげえ、僕は思わず立ち上がって、ミキシング装置のあたりを歩き回ったよ」

ティーンエイジャーの女の子ではないから、スミスは、「シー・ラヴズ・ユー」の歌詞には関心がないのかもしれないが、それでも、この歌は他のいろいろな理由で彼を魅了した。レノンが後に、「この歌には、僕らが求めていたフック、メロディ、サウンドがあるんだ」と強調したように、「シー・ラヴズ・ユー」のフック——タイトルラインに続く「イェー・イェー・イェー」——は、歌詞的にもメロディ的にも、これ以上シンプルにはできないものだが、レノンとマッカートニーが一気に歌っているので、子供だましには取られない。フックはうまく冒頭におさまっており、全体的なサウンドはフックから脱皮している。オープニングでヴォーカルが勢いよくはじけ、力強くドラムのビートが昇りつめて、ダ、ダ、ダ、と放れ馬の群れのように過ぎていく。一番の歌詞に入って落ち着き、喧嘩をした若い恋人の仲をとりもつ様子が語られるが、二番の歌詞の後に（そして三番の歌詞の後にも）コーラスが繰り返されて、再びさっきの「馬の群れ」が戻ってくる。しかし今度は、リスナーはもうわかっているから、馬の群れに踏みつぶされるかわりに、馬に跨《また》がっているような高揚感を味わうことができる。そこからムードはどんどん盛り上がり——彼女は君を愛している、だからバカな真似はしないで——あやまって、また仲良くなるのだ。

このあたりの初期の頃から、レノンとマッカートニーはそれぞれ別に曲を作っていたという説もなくはないが、何年か後に、二人ともが「シー・ラヴズ・ユー」のことを、本当に一緒に苦労して作ったんだと話している。確かに、レノンは一九七一年のインタビューの時に、「レノン&マッカートニーの共作として、印象に残っている曲は何か？」と聞かれて、彼は、そのすぐ前と後の曲、「フロム・ミー・トゥ・ユー」と「抱きしめたい」の二曲と一緒に、「シー・ラヴズ・ユー」を選んだ。彼にとっては、「抱きしめたい」を書いた時の記憶が、特に鮮明だった。「あの曲を作るのにコードを選んでいた時のことを、覚えているよ。僕らはジェーン・アッシャーの家にいて、地下室でピアノを弾いていた。そして、僕らは、『オー、君には……素敵な魅力がある……』って言い合いながら作っていた。ポールがこのコードを叩いたので、僕が彼の方を向いて言ったんだ。『それだよ！もう一度やってみて！』って。あの頃は、本当にそんなふうにして書いていたな。二人で鼻を付き合わせるようにしてやっていたんだ」

「シー・ラヴズ・ユー」や「抱きしめたい」は、レノン&マッカートニーの即興で魅力的なメロディを生み出す才能を示していたが、ビートルズには、これらのメロディをポップ・ミュージックに昇華させる集団としての能力があった。また、「抱きしめたい」を成功させたのは、その歌詞ではなく、グループの出すサウンドだったわけで、そのことは、ビートルズのドイツでのレコーディングが証明している。ＥＭＩの西ドイツ支部にあたるオデオン社が、英語のレコードはドイツではあまり売れないと主張したために、ビートルズはいくらか抵抗してみたものの、結局この二曲をドイツ語でレコーディングすることに同意したのだった。「抱きしめたい」の翻訳過程で、元の歌詞の意味が少し損なわれたことを除けば、この二曲は外国語でも十分に成功した。その後三十年たって聴いてみると、レノンとマッカートニーの口から英語ではなくドイツ語が出てくるのは少々奇妙な気がするが、「コム・ギープ・ミア・ダイネ・ハント」も「ジー・リープト・ディッヒ」も、全体的な雰囲気は、オリジナルの英語版とまったく変わらない。

ジェーン・アッシャーの家のピアノで、あの三度のコードを思いついたことで、ジョン・レノンは「抱きしめたい」の共同作曲者となったかもしれないが、リスナーを最も惹きつけたのは、「アイ・ウォント・トゥ・ホールド・ユア・『ハンド』」の言葉が、実に元気よくオクターブ全部を使った跳躍進行でメロディに乗っていたからだろう。軽快な歩調で始まって進んでいく歌が突然、四次元空間に向かって突進する。メロディは、いろいろな要素——大はしゃぎのドラム、ビートを強調する拍子、控え目なギター・リフ、ミドルエイトのキー・チェンジと抑えたトーン——などに支えられて、付加的な深さと広さを帯びていく。しかし、これほどの魅力的な演奏も、素晴らしいヴォーカルに比べれば色褪《あ》せて見える。オクターブ全部を使った跳躍進行は作曲のなせる技だが、それほどの効き目があるのは、レノンと特にマッカートニーのハスキーな声によるものだ。ポールがそのメロディを歌う時、その声はまるでエクスタシーのような喜びのエネルギーで爆発しそうな勢いとなり、この歌のタイトルはあまりに上品すぎて間違いだと、即座にばれてしまう。こんなふうに隠すことなく、あふれんばかりの気持ちを歌う者なら、女の子の手を握るくらいでは満足しないだろう。

確かに、彼らの初期のサウンドを、目立つ魅力的なものにしたのは、他の何よりもそのヴォーカルだった。確かにジョージ・ハリスンも、その点に関しては普通に評価されているよりも貢献しているし、リンゴ・スターも、どのアルバムにもソロが入ってはいるが、やはり真にその力になったのはレノン&マッカートニーだった。どちらも極めて多才なシンガーで、声を張り上げて歌うロックン・ロールだけでなく、繊細なバラードも歌える才能があった。事実、「抱きしめたい」には、その二人の才能が見られる。それぞれが、はっきりと区別できる独自の声をしており、ポールの方が甘い声だとすると、ジョンはより個性的で特徴のある声だった。しかし、最大の効果があげられるのは、その二人の声が合わさった時だった。それぞれ、自分の声を犠牲にしないで、相手の良い声質を際立たせているのだ。

　ハリスンが言うには、レノンとマッカートニーのヴォーカルのコンビネーションは、ユニゾンで歌う時にも効果が上がるが、ハーモニーで歌う時は特に素晴らしい。ディランが言ったように、ビートルズのハーモニーは、「それを十分に生かしている」のだ。この点については、エヴァリー・ブラザーズやモータウンが重要な影響を与えたが、ビートルズが、もともと非常に豊かな才能に恵まれていたということもある。彼らのハーモニーが非常にうまくいっている理由の一つには、それを使い過ぎないように気をつけていた点もあるだろう。評論家のティム・ライリーが指摘するように、「彼らは、どこでハーモニーが必要なのか、どこならメロディを乱すだけなのかがわかっていた」のだ。ライリーは、「フロム・ミー・トゥ・ユー」に関して言っているのだが、彼の意見は、「シー・ラヴズ・

ユー」や「抱きしめたい」にも当てはまるし、彼らが、成功するための音楽的効果を考えて、ハーモニーで歌ったり、ユニゾンで歌ったりした、初期のその他の曲にも言えることだと思う（ライリーの著書『Tell Me Why』に、その選択の仕方について詳しく書かれている）。プロデューサーのジョージ・マーティンが、そのことについてのアドヴァイザーの役割を果たしていたが、ビートルズの選択が間違っていたことはめったになかった。「彼らはいつも、クロス・ハーモニーをいろいろ試して、私がすることといえば、おかしな音を変えるくらいだった」とマーティンは語っている。

確かに、ビートルズの初期の頃のクロス・ハーモニーの優れた例としては、「抱きしめたい」のB面に入っている、ジョンの作った素敵なバラードの「ディス・ボーイ」が挙げられる。これもまた、メロディが歌詞に優先する例である。レノンは、「スモーキー・ロビンソンの歌のような、三部のハーモニーの曲を書きたかったんだ。歌詞の問題じゃない、サウンドとハーモニーだけを考えた」と説明して、特にこの「ディス・ボーイ」のメロディには自信を持っていた。後にマッカートニーが、ビートルズは「ただその三部のハーモニーを歌うのが好きだった」と振り返ったが、その通りである。ジョンがリード・ヴォーカルだが、そのことはほとんど知られていず、ハーモニーが完璧なまでにバランスがいい。ジョンの声と、ポールとジョージの声が合わさっているのが、繊細でいて力強い。三人で歌っているような気がしないのだ。ジョンだけで中間のミドルエイトを高く歌っており、その声は情熱的に訴えかけるようだが、最後の歌詞に向けて、あとの二人が戻ってきて、控え目でも崇高なラストへと持っていく。「ディス・ボーイ」には夢のような雰囲気があって、元気のいい「抱きしめたい」と好対照であるが、当時、レコードを買った人たちが気づかなかったことは、この二つの歌が、同じ夜にレコーディングされたということである――つまりこのことは、さらに、ビートルズの驚くべき多才さの証拠となるわけだ。「抱きしめたい」は、一九六三年十一月二十九日にイギリスでリリースされ、そのままヒット・チャートのトップにのぼりつめた。一か月後にアメリカでリリースされたが、発売して三日間で二十五万枚売れて、ビートルズの初めての大ヒットとなり、七週間一位の座にいた。ジョージ・マーティンとブライアン・エプスタインが考え出した販売戦略で、ビートルズは毎年、四枚のシングルと二枚のアルバムをリリースすることになっていた。「抱きしめたい」で、ビートルズはシングルの規定枚数を満たし、おまけに発売後すぐに一位を獲得した四枚目のシングルとなった。アルバム「ウィズ・ザ・ビートルズ」が、その一週間前の十一月二十二日に発売され、これもまたセカンド・アルバムとして満足のいく売れ行きだった（しかも、第一位となった）。これらはすべて、勤勉さと効率の良さと、才能による見事な成功だった。

アルバム「ウィズ・ザ・ビートルズ」で最も驚くべき点は、そのレコーディングにあった。一九六三年のビートルズは、事実上中断することなく巡業に出ていた。レコーディング・セッションは、ロンドンに一日か二日立ち寄った際に、何とか時間を割いたもので、曲作りは、コンサートの合間の移動中に、ホテルの部屋か車やバスの中で行われることが多かった。たとえば、二月十一日に、たった一日の持久マラソンのようなセッションでアルバム「プリーズ・プリーズ・ミー」をレコーディングした後、グループはイングランド西部での一夜ごとの公演ツアーに、三週間にわたって出かけた。彼らは、三月五日に「フロム・ミー・トゥ・ユー」のレコーディングのためにロンドンに戻って来ると、翌日は、マンチェスターへBBCラジオの出演のために出かけるという具合で、毎日別の町へ移動し、四月の終わりまで休みはほとんど一日もなかった。十二日間の休日の後、さらにイングランド中をまわる、一か所につき一回限りのコンサート・ツアーが六週間続き、そして七月一日にアビイ・ロードに戻って、「シー・ラヴズ・ユー」のレコーディングをした（「シー・ラヴズ・ユー」のB面で見過ごすことが多いが、「アイル・ゲット・ユー」のミドルエイトを聴くと、彼らの急いでいるようすが良くわかる。甘い、魅力的なメロディ――これがマッカートニーの作なのかと疑ってしまう――だが、メンバーの一人が言葉を少し間違えている。しかし、やり直す必要がないほど全体のサウンドは十分にうまくいっているし、間違えた時間も短い）。それから、また二週間半の巡業に出かけ、戻ってきて七月十八日に、アルバム「ウィズ・ザ・ビートルズ」の一回目のレコーディング・セッションが、二週間おいて七月三十日に二回目のセッションが行われた。そして、その年は、九月の終わりの二回目の休暇が二週間とれた以外は、ずっとこんな調子だった。

とにかく、ひどく消耗するスケジュールだった。おそらく、ビートルズの全時代の中で、肉体的に最もハードな年だったろう。一九六三年は、「ポールがいつも言っていた――

それともジョージだったかな――『僕らが人の二倍も人気があるのは、人の二倍働いているからさ』」と、ビートルズの広報担当のデレク・テイラーが語っている。ビートルズのメンバーは若く、ハンブルクの時代から長時間働くことには慣れてはいたが、彼らのスタミナがどこからくるのかは明確でない。野心もその一つだったろう。彼らが熱望する成功が確実に手が届くところにくるまで、やめるわけにはいかなかった。一方では、彼らはすごく楽しんでやっていて、仕事を仕事と思っていないところもあった。ホテルの部屋でレノンと一緒に「シー・ラヴズ・ユー」を書いていた午後のことを思い出して、マッカートニーは、大きな声で若い頃のビートルズのことをこう言った――「神よ、あの働きづめの青年たちのちっぽけな綿の靴下に祝福あれ！　彼らはしゃかりきに働いていたんだ。こうしてあの午後のことを話していると、今でもあそこで曲を作っているみたいだよ。僕らは本当に好きでやっていた。あれは仕事なんかじゃなかったよ」

アルバム「ウィズ・ザ・ビートルズ」は、「プリーズ・プリーズ・ミー」と同じように、オリジナルの作品と、ビートルズのライヴ・ステージでのレパートリーの中から、お気に入りのアメリカのロックン・ロールを選んで構成した。だが、今回はオリジナル曲が八曲で、カバー曲の六曲よりも多く、決め手となる八曲目は、ジョージ・ハリスンのオリジナル・デビュー作となった。このアルバムは、最初の部分からギンギンに燃えていて、ジョンが「イット・ウォント・ビー・ロング」のタイトル・ラインのメロディを叫ぶと、ポールが「イェー！」と返し、それが何度も繰り返される。二人で盛りたてた狂乱ぶりは、ジヨンが最初のヴァースに入っていくところで抑えられるが、そのヴァースはただの幕間《まくあい》にすぎない。歌はフックが中心となり、さっさと二小節分が終わると、また狂乱に戻る。ポールの返しのほとんどが、ジョンの叫び声より三音上がっており、そのヴォルテージはさらにどんどん上がっていく。

しかし、「イット・ウォント・ビー・ロング」は、単なるロックン・ロール狂の歌ではない。ディランが、ビートルズのコードを「荒っぽい、ただ荒っぽいだけ」と言ったのは、「イット・ウォント・ビー・ロング」のような曲のことだったのだ。そのコードは、従来の音楽理論からすれば「やるべきではない」ものだったわけだが、音楽理論など学んでいないビートルズは、自分たちの耳が許すならば、そんなことを無視できる自由があった。「イット・ウォント・ビー・ロング」のミドルエイトが、その素晴らしい例だ。そこまでは、この曲は基本的にはEのキーで、理論からすれば、それはAとBのキーに変わっていくべきなのだ。ビートルズが、初めていろいろなD、C、Fシャープを入れ、また、変則だがきわめてシンプルなDとBマイナーの混合を加えて、メロディにまったく新しい材質と方向を与えたのだった。

しかし、「ウィズ・ザ・ビートルズ」の中でも傑出したトラックは、ビートルズの初期の主要作品に挙げられる、マッカートニー作の「オール・マイ・ラヴィング」だろう。これには、構成上の工夫も見られるが、何よりもメロディが主体の曲なのだ。マッカートニーは、たしか、この詞はツアーの最中のバスの中で書いて、コンサート会場に着いてからメロディをつけたと語った。彼としては、メロディよりも歌詞が先にできた初めての曲だった。「オール・マイ・ラヴィング」に対しては、レノンからおそらく最大の賛辞が贈られたことだろう。ジョンは、自分があれを書きたかった、と告白している。「だって、すごい傑作なんだ」。しかし、ジョンはこうもつけ加えた。「僕は、バックでとびきりうまくギターを弾いてやるよ」。そして実際にその通りだった。彼のパートは技術的には難しくなかったが、その二拍子のリズムが、それがなければただの美しいミッド・テンポのラブ・ソングになってしまった曲に、ロックン・ロールのエネルギーを注ぎ込んでいる。

アルバム「ウィズ・ザ・ビートルズ」の他のオリジナル曲は、レノンとマッカートニーも認めているように、そうたいした出来のものはない。その中では、ハリスンの「ドント・バザー・ミー」が、まだ二十一歳にもならないギタリストの将来有望な処女作として、一番良いだろう。この曲はまずまずのヒットとなり、フックも悪くないが、ジョージの声にには自信がなく、リスナーに、ジョンとポールならこの曲をどんなサウンドにするかしら、と思わせてしまう。ジョージは、チャック・ベリーの作った「ロール・オーバー・ベートーヴェン」では格段にいい仕事をしており、このアルバムのカバー・ソングはどれも、全体として第一級の仕上がりとなっている。マッカートニーが強く推した、ブロードウェイのミュージカル「ザ・ミュージック・マン」からとった「ティル・ゼア・ワズ・ユー」を除けば、どのカバー・ソングからも、ビートルズが長年賞賛してきたアメリカの黒人アーティストへの思いがわかるだろう。ビートルズが、最初のアルバムを、大好きなブラック・ソング「ツイスト・アンド・シャウト」で締めくくったように、「ウィズ・ザ・ビートルズ」も、「マネー（ザッツ・ホワット・アイ・ウォント）」の痛烈な演奏で締めくくった。彼らのレコードが飛ぶように売れても、彼らにはほとんどお金がまわってこなかった時期に、これ（ほしいのは金だ）は、ビートルズ全員が抱いた感情でもあった。しかしまもなく、「自由でいたい」ならば金がものをいう、という歌の文句に、疑問をなげかけるには十分な原因をつくってしまうのであるが――。

「ウィズ・ザ・ビートルズ」は、それまで連続二十九週一位を保っていた彼らのファースト・アルバム「プリーズ・プリーズ・ミー」に代わって、イギリスのヒット・チャートの一位となった。「ウィズ・ザ・ビートルズ」は、それからさらに二十一週間一位の座を保ち、トップ・チャートの最長記録を打ち立てた。また、ビートルズの人気は、一般大衆だけに留まらなかった。一九六三年十一月四日には、定例のロイヤル・バラエティ・ショーで、イギリスの王族たちの前に姿を現した。十二月二十七日には、イギリスの歴史ある正統派新聞、ロンドンの「タイムズ」が、大手新聞では初めてビートルズを真面目にアーティストとして取り上げる記事を載せた。その輝かしい論評の中で、音楽評論家のウィリアム・マンが、ジョン・レノンとポール・マッカートニーのことを「一九六三年の優れたイギリス人作曲家」と称し、「ノット・ア・セカンド・タイム」のエオリア・ケイデンス（エオリア施法）の使い方を褒め、「マーラーの『大地の歌』の終わりと同じコード進行」

だとつけ加えている。レノンとマッカートニーは、こういうよくわからないような格調の高い論評には、むしろ困惑した。つまりは――レノンが言った――「なんか他のコードに似ているということだな」。何年か後に彼は「プレイボーイ」誌で、「この時、僕は『エオリア・ケイデンス』が何なのか知らなかった。外国の鳥の名前か何かに聞こえたんだよ」と、語っている。「タイムズ」の記事が載った二日後の、ロンドンの「サンデー・タイムズ」の記事がさらにすごく、レノンとマッカートニーは、「ベートーベン以来最高の作曲家」となっていた。

「タイムズ」や王室のお墨付き、前例のないレコードの売れ行きにもかかわらず、リヴァプールから来たこの四人の若いロッカーたちが音楽的にも優れているという意識は、満場一致というわけにはいかなかった。おそらく、長髪でキャーキャーうるさいティーンエイジャーが大騒ぎする中に登場し、派手な社会現象として表舞台にいきなり上がってきたせいで、多くの人が大切な点を見逃していたのだ。つまり、巷《ちまた》の熱狂にまぎれてしまって、その熱狂を引き起こしている音楽を、本当には聴くことができなかった。アメリカのテレビ記者、アレクサンダー・ケンドリックの一人よがりで恩着せがましいレポートが、その典型だろう。彼はビートルズの「皿洗いモップのような髪型」と、ファンの精神状態をあざ笑い、ビートルズを、音楽性もなければ散髪もしていず、心も感じられない「二十世紀のアンチ・ヒーローを象徴している」と分析した。

その後何年にもわたって、同じような批判的な言葉がビートルズに向けられるが、聴く耳を持つ人々にとっては、そのフレッシュなサウンドが、一気にポピュラー・ソングの新しい時代の幕開けを告げたことは明らかである。「他の皆は、ビートルズはティーンエイジャーの女の子向けであり、すぐに忘れ去られると思っていた。だが僕は、彼らには底力があると確信していた。彼らが、音楽の進むべき道を指し示すとわかっていた」と、ディランが言ったように——。

第6章　ブライアンと共に——マネジャー、ブライアン・エプスタイン

ビートルズが、ブライアン・エプスタインと一緒に写っている写真の中で一番強烈なのは、エプスタインの頭の上に便器を置いているものだ。それは、まるで白い山高帽子が乗っかっているようで、エプスタインは手に葉巻とライターを持ち、顔には茶目っ気のある軽い笑みを浮かべてカメラを見ている。後ろでは、リンゴ、ジョージ、ポール、ジョンが、優しい目で笑っている。そんな楽しい場面に居合わせたのは、ジョージ・マーティンと将来彼の妻になるジュディ・ロックハート・スミスだ。一九六四年一月、パリのジョルジュ・サンク・ホテルのプライベートな会食の場で、ビートルズの四番目のシングル「抱きしめたい」が、アメリカで一位になったというニュースを祝うための集まりだった。

白い山高帽子の男にとっては、ビートルズのマネジャーとしての二年二か月のうちで、最高の勝利と幸福を味わった瞬間だったろう。何年間か苦労した末に、ビートルズはイギリスを征服しただけでなく、世界で最大かつ最も重要な市場であるアメリカを取れるというところまできたのだから。もちろん、ビートルズ自身の努力があり、人々を熱狂させた彼らの音楽とカリスマ性があったからだが、エプスタインの力も同様に大きかった。ビー

トルズをまとめ、売り込んだのは彼だった。ビートルズのイメージを作り、戦略的な目で見て彼らのライヴを選択し、大きなレコーディング契約を求め続けて、ついには実現させたのだ。その結果は、当然のこと、ビートルズを最高の気分にさせた。そして、ビートルズを幸福にすることが、ブライアンにとってもまた、最高の幸福だったのである。

しかし、写真のお祭り騒ぎにもかかわらず、その光景はどこかほろ苦い。エプスタインがビートルズのために道化になり、その姿は一瞬心から楽しんでいるかに見えるのだが、後に、彼のビジネス上の実像がはっきりと見えた際には、憮然《ぶぜん》とするものがあった。エプスタインにはプロモーションのセンスがあり、ビートルズに対しても疲れ知らずの情熱を傾けてはいたが、一方で後に彼は、何度となく金儲けのチャンスを逃して、ビートルズのものになるはずだった何百万ドルをビートルズから奪ってしまったのだった。レコーディング契約、映画の契約、ライヴ・ツアー、商品化の権利、レノンとマッカートニーの曲の楽譜の版権、税金対策など、ビートルズに関するビジネス上の重要な決定が、程度の違いこそあれ、ことごとく間違ってなされてしまったからだった。

ビートルズがその事実をだんだんと知るにつれて、マネジャーへの不快感も増し、関係も疎遠になっていった。エプスタインのグループとの関係は、一九六七年八月に、彼が薬の飲み過ぎで死亡するという悲劇で不名誉な幕切れとなったが、ブライアンが最初にビートルズを成功に導いたという重要な役割を否定するのは、正確な評価とは言えないだろう。

「ブライアン・エプスタインがいなければ、ビートルズも存在しなかっただろう」と、ジヨージ・マーティンが言ったことがある――「だって、彼がビートルズを一つにまとめ、世間の注目を集めるように売り出したんだからね」。ジョン・レノンの意見は、いつものことながら、もっとはっきりしている。「僕らは彼なしでは成功しなかった、そしてその逆も言えるのさ」

ブライアン・エプスタインは、ビートルズとはすべてにおいて違っていたし、彼らの間に確実な結びつきがあったわけでは決してない。彼は金持ちで、ユダヤ人で、潔癖性で、ばかていねいな性格の持ち主であり、店の経営者で、ホモセクシュアルで、いつもネクタイをしめてコートを着ているような男で、もともとはロックン・ロールよりもクラシックのファンだった。ビートルズがいつも出演していたキャヴァン・クラブは、エプスタインのレコード・ショップ、「ノース・エンド・ミュージック・ストアズ（ＮＥＭＳ）」から二百ヤードしか離れていなかったのだが、エプスタインは中に入ってみたことがなく、ましてや彼らの演奏を聴いたこともなかった。エプスタインが定期的にレコード評を載せていた地元の音楽誌「マージー・ビート」に、ビートルズのことは何度となく書かれていたのに、彼は、一九六一年十月の運命の日まで、その名前すら知らなかった。その日、若い男が彼の店にやってきて、リヴァプールのシンガー、トニー・シェリダンのバック・バンドとしてビートルズがフィーチャーされていた「マイ・ボニー」のレコードを求めるまでは――。

彼らが、通りの先の店で演奏しているリヴァプールのグループだとわかって、ブライアンが都合をつけてその演奏を聴きに行ったのが、一九六一年十一月九日だった。彼は、キャヴァン・クラブの店内のやかましくて薄汚い雰囲気にはうんざりしたが、ビートルズ自体に対する反応は、七か月後にジョージ・マーティンが感じたものと同じだった。そのすごいカリスマ性にあおられて、一目惚れしてしまったのだ。「何よりも、あの存在感だった」と、エプスタインは振り返る。「ステージ上の彼らは、何とも形容しがたい感じで……きちんとしたふうでもなく、清潔というわけでもなかった。演奏しながら煙草は喫うし、食べるし、喋るし、ふさげて互いに叩き合ったりするし。客席に背中を向けたり、怒鳴ったり、内輪のジョークで笑ったりしていた。だが、確かにすごく盛り上がるんだ。人を惹きつける何かを放っているようだった。私は彼らに参ってしまった」

そして、エプスタインがステージに近づいて彼らと話してみると、彼はビートルズのことを知らなかったが、ビートルズの方は、彼のことを知っていた（実は昼下がりなどに彼の店に行ってレコードを聴いたりしていて、彼のことを知っていた（実はエプスタインは、彼らを何も買わない「薄汚いやつら」と見て、店から追い出そうとしたのだが、女店員に、彼らもレコードを買うことがあると言われて思いとどまったのだった）。ジョージ・マーティンとの最初の出会いを髣髴《ほうふつ》とさせるのは、エプスタインとの初めての簡単な会話で見せた、ジョージ・ハリスンの辛辣なウィットである。「エプスタインさんのような方を、何がこんなところに引きつけたんだい？」――彼らは、きちんとした身なりのビジネスマンで、一番年長のジョン・レノンよりも六歳も年上の二十七歳だったブライアンに対しても、遠慮はしなかった。

エプスタインは、彼らのレコード「マイ・ボニー」の情報をさがしているのだと説明した。だが、エプスタインのキャヴァン・クラブ通いは毎日、何週間と続いたため、彼の心のうちにはもっと何かがあるのは明らかだった。後に彼は、ビートルズのマネジメントをするという発想は、「ただレコードを売ることに飽きたからだった。私は、新しい趣味を探していたんだ」と語っている。ビートルズの本の著者たちは、後に、ブライアンが本当は性的な興味、特にジョン・レノンに対する興味からグループに近づいた、と書いた。エプスタインがその思惑に反論する機会はなかったが、その意見を裏付ける証拠はある。けれども、その主張はかなり感情的な形で言葉にされることも多かった（たとえば、『The Lives of John Lennon』で、このことはバカバカしいくらいに誇張されており、著者のアルバート・ゴールドマンは、レノンはエプスタインにかわいがられて、彼自身も完全なホモセクシュアルになっていったと主張している）。結局、若い女性にとってオルガスムに近いような陶酔感を感じるロックン・ローラーというのは、ゲイの男たちにとっても魅力的だということなのだろう。レノンについては、彼は後に、エプスタインが「君を愛している」とはっきり言ったと言っているし、二人が性的な機会を持ったことも本当のようだ。レノンの一番の友人ピート・ショットンは後に、ジョンが、スペインでブライアンと一緒に休暇を過ごした際に、彼に手でイカせることを許したとショットンに告白した、と書いている。しかし、この一つのエピソードから、レノン自身がホモセクシュアルだと飛躍することは、ゲイであるエプスタインが、ビートルズのマネジャーをしようと考えた動機がそれだけだったとすることと同じくらい、ホモセクシュアリティについて知らなさすぎると言えよう。「私は、ブライアン・エプスタインが、ビートルズ自体を愛していることに十分気づいていたと思う」と、ジャーナリストのレイ・コールマンは、後にレノンの伝記の中で書いている。「彼は、必死に彼ら全員を守り、四人の一人一人に期待をかけ、最終的には、彼らを世界一有名なポップ・アーティストに仕立て上げた。それは、性的嗜好などでは絶対にできないことだ」

ビートルズをどうやって有名にしようか、というエプスタインのヴィジョンには、彼のセールスマンとしての経験が生かされた。それによると、メンバーの顔つき、スタイル、服装を思い切り変える必要があった。一九六二年一月二十四日にエプスタインと契約する以前、最初のマネジャー、アラン・ウィリアムズと一年前に金銭トラブルがあって別れた後のビートルズは、自分たちでスケジュールの調整をしていた。エプスタインは、それまで無計画なままに進んでいたスケジュールを効率よく整えて、プロ意識と、これからの方向を少しずつ覚えこませた。コンサートのスケジュールはタイプで打たれ、事前にメンバーの一人一人に確実に配られた。そしてその契約が、グループを長期的に見て利益になるものかどうかをエプスタインは判断し、より高いギャラを要望し、しかるべき場所だけを選んだ。「彼が来るまでは、僕らはただ空想の世界にいたんだ」と、レノンがエプスタインのことを語る。「僕らは、何をしたらいいのか、どこで同意すればいいのか、まったく考えていなかった。書類の作業進行命令を見れば、それでいいと思っていたんだ」

エプスタインはまた、彼らの身なりを清潔にさせ、衣装は皮ジャンから上着とネクタイにするべきだと主張した。彼らはまだ、ハンブルク時代の「ショーをやれ！」の感覚でいたのだが、ドイツやキャヴァン・クラブでのステージのような自由勝手なくだけたふるまいは、もうおしまいとなった。ステージに上がって食べたり、煙草を喫ったり、ばか騒ぎをしたり、メンバー同士や前列の客たちとだけジョークを言い合ったり、どの曲を歌うかでもめたり、途中でやめたりはもうしない。これからは演奏を短くし、事前に選んだ曲を一時間だけ、できるかぎり多くの観客にアピールするようにする。

エプスタインが家具のセールスマンの経験から得た、守るべき教訓はこれに尽きた――「魅力的な何かを示せば、観客は受け入れてくれる」。しかし、何が魅力的かはもちろん好みによるわけで、エプスタインが広く世間受けする好みにアピールしたいと思ったのに対して、グループのリーダー、レノンは自分のことを、正統派を軽蔑する反体制のアウトサイダーだと考えていた。エプスタインにしてみれば、イメージ作りが、ごまかしであるとか道徳的な妥協であるとかはまったく思っていなかった。「私は彼らを変えたのではない」。彼はビートルズのことをこう言った――「私は、そこにあるものを示しただけだ」。しかしレノンは、エプスタインの言葉が、単なる外見の変化を超えてグループの性格や本質まででも変えてしまったと感じた。それでも名声と富を求めて、彼はエプスタインの改造計画に従うことにしたが、ネクタイを蔑《さげす》み、一番上のボタンをはずして、「ちょっとした抵抗」を示すことに甘んじていた。

同じような軋轢は、エプスタインが、ビートルズの最初のオーディションの話をロンドン・レコードと進めた時に起きた。大手のレコード業者としての地位とコネを利用して、エプスタインはデッカ・レコードを説得し、一九六一年十二月、キャヴァン・クラブでビートルズのライヴを聴くために、リヴァプールにスカウトの人間を送るように手配した。そしてそのスカウトが彼らのライヴを気に入り、ロンドンでの正式なスタジオ・オーディションに来ないかと誘ったのだった。しかし、エプスタインがオーディションに用意した演奏リストには、レノンとマッカートニーのオリジナル曲が三曲入ってはいたものの、メインは万人受けするナンバーばかりで、ビートルズの持ち味である周囲を引き込んで興奮させるような力強いロックン・ロール――最初にオーディションを勝ち取ったのは、まさにそんな曲だったのだ――からはほど遠いものだった。その結果デッカ・レコードからは断られ、彼ら、特にレノンは、ビートルズに無難な演奏をさせたといってエプスタインを非難した。

その後も彼らは何度か断られ続け、そしてついにエプスタインが、ＥＭＩ傘下のパーロフォン・レーベルのディレクター、ジョージ・マーティンに接触した。マーティンは、それまでにビートルズのデモ・テープで平凡な曲を聴いていたのだが、そこに、オーディションを受けさせようと決めた「ひと味違うサウンド」を聴き取ってもいた。ＥＭＩとレコーディング契約が成立したことは、ビートルズが「エルヴィス・プレスリーよりもビッグになる」という、エプスタインが何度となく口にした誓いを実現するには絶対に必要なステップだった。これで、彼らをリヴァプールの片田舎から、全国のリスナーの前に出すことができるのだ。だがそれには、精力的にライヴ・コンサートを行い、広く一般の人たちの間に支持基盤を築き、実際にレコードが売れるようにしなければならなかった。エプスタインは、一九六二年~六三年と、イギリス中をくまなく回ってライヴ・コンサートを行う苛酷なスケジュールを彼らにこなさせ、そのおかげで、ビートルズの人気は確実に広がり、初期のレコードすべてが（一番最初の「ラヴ・ミー・ドゥ」は除く）チャートの一位に進むこととなった。次々と一位になれば、今度は彼らのライヴにもどんどん関心が集まってくる。その相乗効果によって、すぐにも目標レベルに到達し、一九六三年十月（遅くとも）には、「ビートルマニア」という熱狂的なファンを生むこととなった。

ビートルズのイギリスでの絶大な人気に自信を得たエプスタインは、世界一へのファイナル・ステップ、つまりアメリカへの進出を考えた。その手腕はみごとで、彼は、アメリカのテレビで最も人気があり影響力を持つバラエティ・ショーである「エド・サリヴァン・ショー」への三回の出演を決めた（サリヴァンは、一九六三年十月、スウェーデンのツアーから戻るビートルズを出迎えようとするファンでヒースロー空港が大騒ぎになり、そのため彼の乗ったロンドン発ニューヨーク行きの飛行機が遅れたことから、自身の目でビートルマニアのすごさを実感していたのだった）。このショーにビートルズはかなり低い出演料で契約したのだが、サリヴァン・ショーによって広く顔が知られることは、アメリカで評判を取るのには絶大の効果があり、たとえ無料で演奏したとしてもおつりがくるくらいだった。一九六四年二月九日に最初に出演した時には、七千三百万人の人が見たと言われ、続く二回の出演の時も同様の数だった。出版物や電波の届く範囲は、さすがに広かった。

この頃が、ブライアン・エプスタインの絶頂期だった。一年の間に、彼は弱冠二十九歳にして、ポップ・グループの素人マネジャーから、ショー・ビジネス界でおそらく一番ひっぱりだこのエージェントとなった。あらゆる国のあらゆる人間が、ビートルズをステージやラジオやテレビのショーや雑誌のグラビアに出したがっていた。ジョージ・マーティンは、あの頃はエプスタインにとって幸せに酔いしれた時期だったろう、と振り返る。

「彼は嬉々としてかけずり回って、場所とか日時を意のままにし、すごく精力的だった」

確かに、エプスタインは、ビートルズを前代未聞の人気者にまで引き上げたことで、大きな信頼を得ていた。「初期の頃には、ブライアンも僕らと同じくらいがんばっていた。僕らはタレント、彼はハスラーだったけどね」と、後にレノンが言った。しかし、エプスタインは、「ビジネスマンというよりは、俳優みたいな男だった」ともレノンは言う。世界中から仕事の話があふれるようになると、そこから選んで、最高の取引をするのがエプスタインの役目だった。マネジャーとしての彼の責任が、本来持っていたセールスマンの手腕ではすまないような、何百万ドルの交渉という複雑で厄介なものになっていった時が節目で、それ以降は、彼自身が自分の手には負えないと気づくようになった。

そのことを示す、ピート・ショットンの話がある。彼は、回想録の中で、ブライアン・

エプスタインが、「きわめて暖かく、寛容で優しい」人物だが、「特に目先のきくビジネスマン」ではなかったと書いている。その根拠としてショットンはレノンの話を引用して、こう書いている。一九六四年の終わり頃のいつだったか、ビートルズは税務アドヴァイザーから、バハマにタックス・シェルターを持つことを勧められ、その後「ブライアン・エプスタインが英貨七十五万ポンドを引き渡した」ことがあったが、「ジョンによれば、その後、その金も税務アドヴァイザーのことも、二度と見たり聞いたりすることはなかった」という。二つ目の例は、ビートルズの最初の主演映画「ア・ハード・デイズ・ナイト」の契約に関するもので、そのフィルムのプロデューサーは、エプスタインに総収益の二十五パーセントを提供するつもりでいたのだが、最初に、どれくらいの数字を考えているかと尋ねられて、エプスタインはなんと「七・五パーセント以下は考えられない」と答えたという。エプスタインの顧問弁護士がその契約内容をチェックして、ビートルズはやっとその低い数字で最終的な契約を結ぶことを免れたのだった。

おそらくエプスタインの最大の失策は、かつら、人形、プラスチック製ギター、ぬり絵などの、数えきれないほどのビートルズ・グッズの商品化権を、事実上放棄したことだろう。ビートルズと名のつくものに対しては、ファンの限りない欲求があり、それはまぎれもなく金になった。にもかかわらず、エプスタインの会社「NEMS」は、総売り上げのたった十パーセントの取り分で、その権利を譲り渡してしまったのだ。ビートルズはNEMSの権利の十パーセントを所有していたので（ブライアンが、ビートルズの四人から暴利をむさぼっているように思われるのは嫌だからと言って、彼らに譲ったのだった）、つまり、品物が一ドル売れれば、彼らには一セント入るということになる。その契約があまりに損だと気がついた時、エプスタインは再交渉を要求した。そして一九六四年八月の初めには、NEMSの取り分は四十六パーセントに上がったが、もちろん、それまでの莫大な儲けはふいになったわけだ。エプスタインの業務補佐をしていたピーター・ブラウンが、後にそのふいになった額を計算してみると、一億ドルにもなった。後で、マッカートニーがこう言った。「僕らは何百万ドルも取られたが、結局は誰を訴えるというわけにもいかなかった。すべてがブライアンの失策だったからだ。彼は青かった。僕はいつもそう言っていたんだよ、ブライアンは未熟だって」

マッカートニーは、いつもエプスタインと一番よくもめていたが、おそらくは、マッカートニーが一番ビジネス・センスに長《た》け、マネジメントに対しても野心があったからだろう。一方、エプスタインが一番親しかったのはレノンだった。彼には手厳しい扱いもよく受けていたようではあるが。たとえば、ブライアンが、彼の自叙伝の題名を何にしようかと尋ねた時、ジョンはすかさず、「『ホモなやつら』ってのはどう？」と言った。ブライアンは結局その題名を『A Cellarful of Noise（地下室にあふれるノイズ）』としたが、ジョンはそれを、「A Cellarful of Boys（地下室にあふれる少年たち）」と皮肉った。一度、ビートルズがレコーディングをしていたアビイ・ロードのスタジオにブライアンが立ち寄ったことがあって、その際に、テイクの合間、コントロール・ルームのインターホンを使ってこう言った。「いまのサウンド、あんまり良くないね、ジョン」。レノンは彼をジロリと睨んで、こう言い返した。「あんたは、数字を見ていればいいんだよ。音楽は俺たちが見るから」

エプスタインはひどく癇癪持ちの気《け》があって、残酷なところもあり、特に彼とビートルズの間を脅かしそうな人に対してはそうだった。広報担当のデレク・テイラーが、ビートルズ初の記者会見の手配をしたことがあったが、「エプスタインはこの会見がうまくいってほしくなかったんだ」と、テイラーは言う。そうすれば、テイラーがビートルズを取り仕切ることはできない、ということになるからだった。そういった所有欲は、おそらくエプスタイン個人の大きな不安と不幸に根ざしているもので、その性格は、テイラー、ジョージ・マーティン、ビートルズのマネジメント補佐をしていたピーター・ブラウンや、そのほか彼を知る人たちの証言もある。ブラウンによれば、エプスタインは、ビートルズに出会う前から抑鬱症的なところがあったが、その状態は時間がたつにつれて悪くなり、一九六六年にビートルズがツアー打ち切りを決定した時には、危険なところまで達していたという。ビートルズは、マニラでの暴行事件からかろうじて逃れて、ニューデリーからロンドンへと飛ぶ飛行機の中で、その決定をエプスタインに告げた。ブラウンは振り返る。ビートルズの決定はひどくブライアンを動揺させ、飛行機がヒースロー空港に着く頃には、ブライアンは全身に湿疹やみみずばれができていて、パイロットが無線で救急車を手配させたほどだった。一九六六年八月二十九日にサンフランシスコで行われたビートルズの最後のコンサートの後、エプスタインの友人でアメリカでのビジネス・パートナー、ナット・ヴァイスはこう言う。「エプスタインが、何年ものつきあいで初めて〝哀愁に満ちた〟表情をして、こう尋ねたんだ。『俺は何をしているんだ？　俺の人生に何が起こったんだ？　もうおしまいだ』とね」。ブラウンの証言によれば、エプスタインは、ロンドンに帰るやいなや、絶望的な不安をかき消すために、睡眠薬を大量に飲んで自殺をはかったという。

エプスタインとビートルズとのマネジメント契約は、一九六七年十月九日に切れることになっていたのだが、彼には、それが更新されないかもしれないと恐れる理由があった。先に述べたような、ビジネス上の失敗の数々はビートルズの耳にも届いていたし、ＥＭＩとのレコーディング契約での不十分な条件に対して、メンバーの不満がどんどん大きくなっていたからだ。彼らの友人であるローリング・ストーンズが、デッカ・レコードと結んでいた最初の契約を再交渉して、英貨百二十五万ポンドのボーナスを最近受け取ったという話が、さらに彼らの怒りを煽《あお》った。ビートルズの契約の条件は、ジョージ・マーティンが自分でも認めるように、ひどいものだった。北アメリカ市場で売られるレコードは、一枚三ドルから四ドルだったため、ビートルズが受け取るのは、わずか五セントだった。イギリスで売られたレコードなどは、たったの一ペニーだったのだ。こんな条件は、ビートルズがまだまったく無名だった一九六二年に、初めてＥＭＩと契約した時ならまだ理解できただろうが、彼らが世界一売れているミュージシャンとなった一九六四年においては、まったく弁明の余地がない。にもかかわらず、エプスタインはEMIに再交渉を主張しなかったばかりか、さらに驚くべきことに、契約が切れる予定の一九六五年六月以降、十七か月間の延長さえ認めているのだ。彼が交渉して、ビートルズが署名した一九六六年十一月の契約では、それまでより少しは高い印税になっていたが、それでも、キャラクター・グッズに関する商品化権での大失敗もあり、すでに失ってしまった何百万ドルもの損失は取り戻せなかった。

ブライアン・エプスタインは、ビートルズの利権を守ったのだと自負しているが、一九六六年十一月のこの契約では、彼はむしろ自分の利権を守ったのだった。彼は、ビートルズのマネジメント契約が一九六七年十月以降は延長されないことを承知していたのに、EMIとの契約に、すべてのレコードの印税は、EMIとの契約期間である九年間、自分の会社であるNEMSに支払われるという条項を挟み込んでいたのだ。つまり、たとえ彼が解雇されても、以後八年間は、ビートルズのレコーディングの収益の二十五パーセントは彼が受け取るという確約を取ったのである。EMIとの契約の際の四人の署名を預かっていたピーター・ブラウンによれば、エプスタインは「その条項のことを、彼らには一言も言わなかった」という。

その頃には、エプスタインの鬱症状はどんどんひどくなり、頻度も増えていった。彼は、オフィスにいる時間がしだいに少なくなって、出てきたとしても午後遅くになることが多かった。そして、恐るべき秘薬に頼ることが多くなっていく――精神安定剤で眠り、興奮剤で起きるといった具合だった。「エピーは、ひどい状態なんだ」と、一九六七年八月に、レノンがピート・ショットンに言っている。「彼の頭はまったく混乱していて、僕らも本当に心配しているんだ。でも、僕たちにはどうすればいいのかわからない。僕らも、自分たちの考える方向に進む時だし、それに、こうだからね」と言ってレノンは、エプスタインが作って彼に送ってきた録音テープを、ショットンに聴かせた。「音は、人間の声だとかろうじてわかるくらいだった」と、ショットンは書いている。「呻き声、唸り声、金切り声が交互に入っていて――時々、言葉をブツブツ呟いているんだが、聞き取れたとしても、とにかく意味がはっきりしなかった」

それから一週間もたたないうちに、ブライアン・エプスタインは死んだ。八月二十七日に、ロンドンの自宅で一人ベッドに横たわった姿で発見され、精神安定剤の飲み過ぎが原因だという発表だった。検視官は事故死という判断を下し、友人たちもその判断を受け入れた。友人たちは、彼が、何をどれくらい飲んだか忘れてしまって、結局一度にたくさん飲み過ぎたんだろうと推測した。しかし、彼の死が意図的な自殺ではなかったとしても、潜在意識の中ではどう見てもその気持ちがあったように思える。「気持ちの上では自殺だった」と、エプスタインを知るハンター・デイヴィスは書いている。「だが、いずれはこうなるような気がしていた」と、ジョージ・マーティンは、エプスタインが自殺するつもりだったことには疑問を持っているものの、自叙伝でこう書いている。「皮肉なことだが、たとえブライアンが生きていたとしても、うまく生きていくのは大変だっただろう。なぜなら、もうすぐ彼がビートルズを失うのは避けられなかったし、それは彼にとって、子供を失うようなもの、生きる理由のすべてを失うようなものだったから。彼の場合は、失うのではなく強い友情という形で私が彼らと別れたようには別れられなかっただろう」

一方、エプスタインの死後、ビートルズが感じた喪失感というのもまた、はかりしれないものがあった。その知らせを受けた後でテレビ・カメラに向かって、ジョンとジョージは沈んだ面持《おももち》ちで、「死は単なる幻想であり、ブライアンを救う最善の方法は皆がハッピーで前向きな考えを持つことだ」と、インド人の導師、マハリシ・マヘシ・ヨギから授かったばかりの言葉をおうむ返しに述べるだけだった。ジョンは、その後何日間かは、ピート・ショットンやレイ・コールマンに向かっても同じ思いを話した。しかし、何年かたって、彼はその安易な発言を後悔して、ビートルズのマネジャーの死は、信じていたグループの将来を大きく揺るがすものだったと告白している。「あの時は、混乱していたんだ」と彼は言う。「僕らには絶対、力はあると思っていたし、僕たちには演奏すること以外でも何だってできる、と考えていたことは間違っていなかったと思うけれど、それと同時に怖かったんだ。本当に怖かったんだよ」

第7章　おかしなコードが聞こえた

（アルバム「ビートルズがやって来るヤァ！ヤァ！ヤァ！（ア・ハード・デイズ・ナイト）」）

ビートルズ初期の最高のアルバム、「ア・ハード・デイズ・ナイト」のタイトル・ソングを書いた時、ジョン・レノンは二十三歳だった。ひらめきが冴え、野心に燃え、アドレナリンを分泌しながら、彼は、「どうやってできたのかも気づかないままに作った」というほど、芸術的センスに磨きのかかった状態にあった。確かに、彼は、リンゴ・スターがふと口にした言葉に刺激されて、「ア・ハード・デイズ・ナイト」を文字どおりひと晩で書き上げたのだった。ビートルズは初めてのビデオ・フィルムを作っている最中で、一日十二時間労働の毎日が何週間も続き、やっと完成に近づいていたのだが、まだタイトルが決まっていなかった。そんなある日、リンゴが、夜も更《ふ》けてきたというのに僕らはまだこんなに働いている、という内容のことを言った。「It's been a hard day's night（まったく、忙しい日の夜だ）」と皮肉ったのが、レノンにとってヒントとなった。彼は翌朝、その曲を作ってきたのだった。

数日後の一九六四年四月十六日、ビートルズは映画撮影を数時間だけ抜けて、アビイ・ロードでその歌のレコーディングをした。これもまた、速攻で行われた。「ア・ハード・

デイズ・ナイト」を録《と》り終わるのに、九回のテイクしかかからなかった。その日の第2スタジオの雰囲気は、活気があり、どことなくプロらしいくつろぎ感も漂っていた。たとえば、エンジニアの一人から、「第6テイク行きます！」と声がかかった時、ジョンがその前のテイクについて何か言っていた声は、ポールが意味もなく「スクービ・ドゥビ・ドゥビ」などとベースに合わせてダラダラ歌っている音にかき消されてしまった。いつもスタジオでは一番気の短いジョンが、「シーッ」と言ってしばらく待ってから、張り詰めた事務的な声で、「ワン、ツー、スリー、フォー」とカウントしている。

バンドが演奏に入り、ジョンの情熱的なヴォーカルがリードする。第6テイクの歌詞二番までは、最終的にレコードになった音とまったく同じだ。もし、テンポがもう少しゆるければ、演奏がうまくいっても今度は時間が問題となっただろう。ミドルエイトの間に、リード・ヴォーカルがポールにわたる――「When I'm home（家に帰ると）／Everything seems to be right（万事うまくいっている）」――そして、三番でジョンに代わる。だが、ジョンが「Sleeping like a log（死んだように眠る）」という歌詞を歌うところで、リズム・セクションがひどくなっている。その後の数秒間、惰性で音が続き、そこでジョンが、「おかしなコードが聞こえた」と言い出す。エンジニアの「第7テイク行きます」の声が入る。そして、ジョンが、「彼だよ」と言う。「彼」とは明らかにマッカートニーのことだが、ジョンは、さらに語気を強めてコントロール・ルームのジョージ・マーティンに、「おかしなコードが聞こえたんだ」と言う。ポールは何もなかったようなそぶりだ。マーティンが、「私も聞こえた」と答える。それでもマッカートニーは聞こえないそぶりで、ハーモニーのリハーサルにいそしんでおり、決定的な言葉は出ない。スタジオのスタッフの誰かが、作り笑いをしてロンドンなまりでマーティンに答える。「ほかには考えられない」——つまり、「あんたの言うとおりだ」ということ。しかし、ポールのミスが、バンドにとっては必要なものを引き出しただけだったのかもしれない。メンバーが何度か咳払いをして、第7テイクに進むが、このテイクは元気いっぱい完璧に近い出来で、そのあと二回のテイクだけで、このレコーディングは完了したのだった。

レコードを買った人たちは、最初に「ア・ハード・デイズ・ナイト」を聴いて、まったく聴き慣れないおかしなコードに気がついた。「ア・ハード・デイズ・ナイト」のオープニングに、ジョージ・ハリスンが新しく購入した十二弦のギターが、一度ならず耳ざわりなコードを鳴らしていて、それが明らかに、何かパワフルで新しい、ワクワクするものが始まるという予感を抱かせる。でもさらにそのコードは変わっていて、印象的で、まぎれもなく独特のものであり、まさにこの曲のタイトルと同じようにユニークなのだ。それは複雑でもあり（あまりに複雑なので、今もってビートルズの有名な評論家二人の意見が、そのコードがFメジャーの変形か、Gメジャー七度の変形かで分かれているほどだ）、教会の鐘を占領してパーティの開催を告げているみたいに、独断的なところがある。ジョンのヴォーカルが始まる前に、その和音だけが二秒間響きわたり、そして曲の最後に、またはっきりと繰り返されているのだ。そしてオープニングと同じコードのギターの独特のサウンドが、渦巻くようにフェイド・アウトしていって終わる。この時点では、まだメンバーの誰もマリファナを喫ってはいなかったけれども、それから数年後にはビートルズの音楽で重要な役割を果たす、ドラッグによる音楽的効果を予感させるものだった。

後にマーティンは、アルバム「ア・ハード・デイズ・ナイト」が、ビートルズ音楽の第二期の始まりになったと指摘している。タイトル・トラックが、そのいい例である。ああいった曖昧だが力強いコードを見つけ、それがなければごく普通のポップ・ソングで終わってしまうところを、始まりと終わりに思い切って入れたということは、ビートルズのクリエイティブな才能がぐんぐん伸びていることの顕《あらわ》れでもあった。この芸術的な進展に次いで、今度は画期的なテクニックの進歩、つまり4トラックでのレコーディングというレコード業界の動きも出てきた。「ア・ハード・デイズ・ナイト」のような複雑なフェイド・アウトのレコーディング技術は、ビートルズが最初の二枚のアルバムの際に使った2トラックの録音装置では考えられないことだった。4トラックを使うことで、ビートルズとマーティンは、それまで苦労してきた曲の基本構成のスペースを二倍にできたわけで、それは以後、どんどん有効に利用されることになる。

しかし、アルバム「ア・ハード・デイズ・ナイト」の最も意義深い重要な点は、その曲作りにある。このアルバムは、ビートルズの最初の二枚のLPをはるかに凌《しの》いだが、それは、オリジナル曲だけで構成した初のアルバムであったばかりでなく、その曲の多くが、非常に質の高いものだったからだ。「ア・ハード・デイズ・ナイト」以前のビートルズの曲で、時代の評価に耐えうると思われる曲は、おそらく以下の六曲だろう。シングルが、「抱きしめたい」、「シー・ラヴズ・ユー」、そしてたぶん「ディス・ボーイ」、それからアルバムの中の「アイ・ソー・ハー・スタンディング・ゼア」、「ツイスト・アンド・シャウト」、そして「オール・マイ・ラヴィング」である。アルバム「ア・ハード・デイズ・ナイト」は、その一枚だけで、それら全部の二倍近くも売れた。これには、傑作が五曲も含まれ――アルバムのタイトルになっている曲と、「キャント・バイ・ミー・ラヴ」、「アンド・アイ・ラヴ・ハー」、「恋におちたら」、「今日の誓い」――しかも、完成度の高い「恋する二人」と、選外佳作の一番「アイル・ビー・バック」も入っている。

さらに、ビートルズは、「ア・ハード・デイズ・ナイト」を出す三週間前にEP盤をリリースしており、それには、ロックン・ロール史上最高のヴォーカルの一つと言われる、ポール・マッカートニーの明るく力強い声が際立つ「のっぽのサリー」が含まれている。「のっぽのサリー」のEPと、「ア・ハード・デイズ・ナイト」のアルバムと映画、それに二月のアメリカ訪問が大成功となり、ビートルズは六月に初めてのワールド・ツアーも行って、一九六四年の前半は、PRの成功だけでなく、独創的で大きな才能が花開き、完成度の高いものとなって、興奮するほどの創作力と成功を見る時期となったのだった。

ところで、アルバム「ア・ハード・デイズ・ナイト」は、レノン&マッカートニーが作った曲だけで構成されている唯一のアルバムである。十三曲のうち、マッカートニーの三曲に対してレノンが十曲と、曲の大半を書いてはいるが、後にジョンが、初期のビートルズのレコードは「自分の独壇場」だったと書いていることとは矛盾する。「初期の頃、シングルの大半は——映画やすべてを含めて——僕の曲だった」と、彼は後に語っているのだ。ジョンは特に、「ア・ハード・デイズ・ナイト」のタイトル・ソングが自慢であり、その歌をポールが歌っている理由はただ、ミドルエイトが「僕の声域では高いから」と、わざわざ言い訳をしているのだ。

純粋に量だけで判断すれば、もちろん、「ア・ハード・デイズ・ナイト」にまつわる競争では、レノンの勝ちということになる。しかしまた、マッカートニーの曲、「アンド・アイ・ラヴ・ハー」、「キャント・バイ・ミー・ラヴ」、「今日の誓い」も一級品で、レノンのベスト三曲、「ア・ハード・デイズ・ナイト」、「恋する二人」、「恋におちたら」にひけをとらない。しかも、「ア・ハード・デイズ・ナイト」と「恋におちたら」は、タイトで創意に富んだバンド演奏がバックにあることはもちろん、マッカートニーのヴォーカルがなければ、その魅力は半減していたことだろう。「ア・ハード・デイズ・ナイト」の出だしのコードを提案したのが誰なのかは、記録がない。もしレノンだとしたら、きっと彼がそう主張しているはずだ。しかし、誰の創作であったとしても、ジョージ・ハリスンが、良く弾んだ味のあるギターで演奏を際立たせていると評価されているように、誰かがこの曲の全体的なサウンドの良さを認めることは確かだ。また、レノンが、マッカートニーの歌うミドルエイトをあまり評価していないとすれば、それは単なる個人的なジェラシーからで、マッカートニーのヴォーカルが歌の質を上げていることを誰も否定できないだろう。

歌い始めの五行目、六行目で、ポールのハーモニーが始まり、しだいに盛り上がるようにソウルフルな声が昇りつめ、そしてミドルエイトのところでホッとくつろぐ。このマッカートニーのヴォーカルは、レノンの声とのコントラストで、明らかに効果をあげているのだ。まるで、才能ある二人の画家が、同じ風景を半分ずつ受け持って描いたように、色も釣り合いもスタイルもそれぞれに違うが、互いの良さを高めあう点だけは共通しているのだ。

「恋におちたら」は、クロス・ハーモニーの傑作であり、ビートルズの才能の特異性を強く示す例でもある。この歌の素晴らしいイントロを歌うのがジョンでなければ、一般のリスナーは、彼がこの歌を書いたとは思わないだろう。というのも、そのあとの部分にはマッカートニーのハーモニーが入り、その歌声には少なくともレノンのメロディと同じだけの存在感があって、どっちがどっちかわからないくらいなのだ。二人の混声は、シンプルさを犠牲にすることなく、それでいてさらに複雑な形でメロディとハーモニーを合わせており、前年の「ディス・ボーイ」の三部のハーモニーよりも、さらに魅力的になっている。二羽のタカが空をヒューッとあちこち行き交うように、ジョンとポールが遠く離れたところから、メロディに合わせて互いに歌い合うのだが、一緒になる箇所ではさらに一緒に高く舞い上がり、その素晴らしい瞬間にもまた、動きの大きな軌道をオーバーラップさせて離れていく。「恋におちたら」の根底にある音楽構造は、予想外のコード進行とキー・チェンジがあれば、マッカートニーのヴォーカルがなくても成功しているだろうと思えるほど面白いが、やっぱり彼のヴォーカルがあるからこそ、これはビートルズのそれまでの曲の中でも最高の部類に入るのだ。

マッカートニーが貢献しているからといって、「ア・ハード・デイズ・ナイト」のアルバムの創作競争で彼が勝ったというわけではなく、むしろ、競争を正しい位置関係に置いたと言うべきだろう。どの曲のどの部分を誰が作ったかを知れば、ビートルズの音楽の鑑賞には役立つが、それに固執することは、偉大な芸術をスポーツ・イベント化してしまう。つまり、楽譜に固執すれば、ビートルズがグループで作っている音楽であることを忘れてしまうからだ。そうは言っても、「ア・ハード・デイズ・ナイト」が、レノンの驚くべき創造性を表していることは認めなければならない。この曲の原点としての彼の作曲がなければ、マッカートニーや他のメンバーたちも、これだけ豊かになることはできなかっただろうから。

レノンは、A面の映画のサウンドトラックとなる七曲のうちの五曲を書き、B面のスタジオ・トラックとなる六曲のうち五曲を書き、アルバム「ア・ハード・デイズ・ナイト」の両面で優位を占めていた。この段階では、彼の曲の強さが彼らの音楽——特にそのメロディと情熱的なエネルギー——を支えていたわけだが、歌詞もまた良くなりつつあった。けだるいリズムと、頭でっかちな物語が基本となっているのだが、例外もまた必ずあるわけで「ア・ハード・デイズ・ナイト」の出だしの歌詞はもはやティーンエイジャーの愛の嘆きではない。もちろん本気で仕事をしている人は、「working like a dog（犬のように働く)」という歌詞に不満を持つだろう。この歌のブリッジでは、「仕事」という大人のテーマが、同じく大人の問題である「家」へと移ってゆく。そして「愛」の扱いもまたぐんと洗練されたものになる。「恋におちたら」は、確かにもともと音楽的に成功しているが、それにしてもレノンの歌詞は最高だ。自惚《うぬぼ》れと欲の強い恋人か、怒れる失敗者という、彼がいつも使う登場人物をやめ、ジョンは、「恋におちたら」で、さらに感情的な深みにまで達している。彼は、行動する前にわかり合おうとしているのだ。愛が、物語ほど簡単なものではないことを経験は教えてくれる。たぶん、「抱きしめたい」を意識しているのだろうが、彼は、「love is more (愛は) / Than just holding hands (ただ単に手を握ることだけじゃない)とわかった」と告白しているのだ。

このアルバムが、「ア・ハード・デイズ・ナイト」で始まって、「恋する二人」、「恋におちたら」とつづく元気なスタートを切ると、ジョンはちょっと一歩下がって、ジョージ・ハリスンに脚光を浴びさせている。「すてきなダンス」を書いたのはレノンだが、アルバムではジョージにリード・ヴォーカルを譲っている。メロディはそう特別ではないが、ジョンとポールの騒々しいバック・ヴォーカルによって曲が引き立ち、次のマッカートニーの素晴らしいバラード「アンド・アイ・ラヴ・ハー」へと移っていく。レノンは、「アンド・アイ・ラヴ・ハー」のミドルエイトを歌いたかったのだが、彼はこれはマッカートニーの曲だと思っていたし、「ポールが最初に作った『イエスタデイ』」とまで言って、高く評価していた。この曲にあるうっとりするほど美しいメロディ、優しさ、哀しさ、ロマンティックな恋の不思議さには酔ってしまう。ルイソンによれば、ビートルズは当初「アンド・アイ・ラヴ・ハー」を、ドラム・サウンドを大きくし、ギターをソロにして、もっとエネルギッシュな調子でレコーディングしていたのだが、二テイク録《と》った後で、その方法はやめたらしい。代わりに、この曲をまったくアコースティックな演奏でいくことにしたのだ。リンゴはドラムをボンゴに換え、この曲から装飾的なものをすべて外すことにした。最初の四音はギターで出し、ムードができあがると、ポールが穏やかで、それでいて確かなヴォーカルでそのムードを支えていく。彼の声は、恋におちる不思議さにおずおずとなっている。何年たっても彼は、「あれは、本当にいい曲だった」と、「アンド・アイ・ラヴ・ハー」を気に入っていた。

そして、その後に——単なるやっつけ仕事だと作者本人が言い切るレノンの曲、速くて軽快なテンポの「テル・ミー・ホワイ」に続いて——「ア・ハード・デイズ・ナイト」のサウンドトラック面の最後を飾る、マッカートニーの「キャント・バイ・ミー・ラヴ」が出てくる。この歌も、スタジオでずいぶん変更のあった曲だ。しかし、そのスタジオはアビイ・ロードではなく、パリにあるＥＭＩのパテ・マルコーニ・スタジオだった。「キャント・バイ・ミー・ラヴ」は、一九六四年一月、ビートルズが「シー・ラヴズ・ユー」と「抱きしめたい」にドイツ語のヴォーカルをオーバーダブするためにパリにいた時に、アルバム「ア・ハード・デイズ・ナイト」の中で最初にレコーディングされた曲だった。

ビートルズは最初、「キャント・バイ・ミー・ラヴ」は、「I'll buy you a diamond ring,

my friend（ダイヤの指輪を買ってあげよう、君に）／If it makes you feel alright（それで喜ぶなら）」という歌詞から始めるつもりでいたのだが、ジョージ・マーティンが、サビで始めたらどうかと提案した。「たちまち耳をとらえて離さないようなイントロにしなきゃ、と言ったんだ」と、マーティンは回想する。パテ・マルコーニでのセッションは、最初からマーティンの提案に従っているように見えるが、最初の二回のテイクは、最終的にリリースされたものからはまだほど遠い。マッカートニーのヴォーカルがもっとブルース調なのだが、大きな違いは、初期のテイクではジョンとジョージも歌っていて、それが素晴らしいバック・ヴォーカルとなり、どことなくバディ・ホリーとシュープリームスの中間あたりのサウンドの歌となっていることだ。「ツイスト・アンド・シャウト」のポールとジョージのバック・ヴォーカルを思い起こすようなスタイルで、ジョンとジョージは、「キャント・バイ・ミー・ラヴ」の二番で、ポールの最後の歌詞部分に、エコーのような繰り返しを入れ始めたのだった。つまり、ポールが、「I'll give you all I've got to give（君にあげられるものならば全部あげよう）／If you say you love me too（もし君も、僕を好きだと言ってくれるなら）」と歌うと、ジョンとジョージが、「Ooooh, love me too（オオー、好きだと言ってくれるなら）」と受ける。これはおもしろい試みだったが、ビートルズもマーティンも、もっとストレートなアプローチがいいと言って、その案は却下された。それが、二回のテイクを終えた後で、驚いたことに、彼らはそれからたった二回のテイクで、ビートルズの五番目のナンバー・ワン・ヒットとなる「キャント・バイ・ミー・

ラヴ」を完全な形で録《と》り終えたのだった。そして「キャント・バイ・ミー・ラヴ」は、アルバム「ア・ハード・デイズ・ナイト」が出る前の三月二十日に、シングルとしてリリースされている。

「ア・ハード・デイズ・ナイト」のB面には、A面よりも印象が薄くなることはいたしかたないが、しかしそれでも、優れた作品が含まれている。「エニイ・タイム・アット・オール」はにわか仕立てだが勢いがあり、「アイル・ビー・バック」はサビの部分が素晴らしく、このアルバムの最後を飾るにふさわしい優雅なメロディを持っている。だが注目に値するのは、なんといっても「今日の誓い」だ。三重にバリバリとかき鳴らされるギターで、マッカートニーのバラードが生かされ、焦がれるような歌詞と優しいメロディのミスマッチが、かえってせきたてるような興奮を伝えていく。評論家のウィルフリッド・メラーズは、「今日の誓い」が、ビートルズの「今までで一番美しく、深みのある曲だ」と評して、「Deep in love（深く愛せば）／Not a lot to say（言葉はあまりいらない）」という歌詞の意味は、「本当に愛が深ければ言葉にはならない。そして、それを音楽で表現するならば、もはや単に幸せだなんてことではなく、畏敬の念に満ちた経験を生み出すのだ」と書いている。レノンでさえ後に、彼の元パートナーの作ったこの曲を、「いい歌だ」とぶっきらぼうに言って認めているのだ。この曲は、「ア・ハード・デイズ・ナイト」のB面に選ばれたが、前年十一月の「抱きしめたい」のB面だった「ディス・ボーイ」と同じく、A面に迫るほどの名曲だった。

「ア・ハード・デイズ・ナイト」のアルバムとシングルは、七月十日にリリースされると、すぐ全英チャートの第一位となった（アメリカのファンはそれよりも二週間早く、六月二十六日に手に入れることができたが、盤はいつものように粗悪だった。映画のサウンドトラックは入っているが、イギリス盤のB面がすっぽりと抜けている。アメリカで、イギリスとまったく同じものがリリースされ、ビートルズのアルバムが作り手の望む形で聴けるようになるのは、二年後のことである）。このアルバム「ア・ハード・デイズ・ナイト」が、ビートルズの音楽面での第二期の始まりとなるのかもしれないが、レコード作りの過程ではあまり変化はなかった。しかも、このアルバムは、何度にも分けてレコーディングされ、他の仕事の合間にかろうじて生み出されたものだ。その主な仕事は、もちろん、同名の映画の撮影であり、三月二日に始まって四月二十四日に終了している。

ビートルズの魅力の基本は、なんと言っても彼らの音楽だが、映画「ア・ハード・デイズ・ナイト（ビートルズがやって来るヤァ！ヤァ！ヤァ！）」は、彼らを有名にするための大きな役割を果たした。初期のビートルマニア時代の記者会見で、四人は次々と出されるくだらない質問を茶化してはふざけたため、世界中の人が、リヴァプール出身のこの若者たちを、おかしくてけしからぬやつらだという目で見た。「フランスの人たちは、どうもビートルズに関心がないようですが、皆さんはビートルズをどう思いますか？」と、一九六四年一月に、BBCの記者がパリで質問した。「いやー、僕らはビートルズが好きだよ」と、ジョン・レノンが即座に答えた。「グループであなたに一番ファンレターが多いのは、どうしてでしょう?」と、リンゴ・スターが聞かれたことがあった。「わからないけど」と、彼は答えた。「たぶん、僕に手紙を書いてくれる人が多いからでしょう」。しかし、ビートルズを大衆の心に植えつけて、マニアックな心酔を永遠の情熱的な愛情に変えたのは、一九六四年七月六日にロンドンで公開された映画「ア・ハード・デイズ・ナイト」だった。その後、ビートルズの人気は、短い周期で上がったり下がったりすることになる。が、それは、その時々の話題になったことが、素晴らしいアルバムの発売であるか、それともドラッグや宗教に関する問題発言であるかによったわけで、とにかく彼らの行動に対して関心が失われることは、最後までなかった。

「ア・ハード・デイズ・ナイト」は、この時期になくてはならないものだった。というのも、この映画は、ブライアン・エプスタインやジョージ・マーティンや、その他ビートルズと関わってきた人たちを魅了してきた、彼らの突飛なユーモアや気取りのない良さが——そう意図されていたのかもしれないが——最も凝縮した形で表れていたからだった。ジョン、ポール、ジョージ、リンゴは、スクリーンの上に、あこがれ、笑い、うらやみ、望み、心から好きだと思う四人の若者として登場する。その呼びかたはどうであれ、そこには魅力、カリスマ性、存在感、人をひきつける力があった。「名声というのは、人間関係を難しくするんだ」と、後にジョージ・ハリスンが、ビートルズの人気を思い返して言ったことがある。「僕らが他の連中と違っていたのは、ユーモアのセンスを失わなかったことだ。皆が僕らを好いてくれたのは、きっと音楽のせいではなくて、僕らがおかしなことや、あきれ返るようなことを言って、人間らしかったからだと思うよ」

アルバム「ア・ハード・デイズ・ナイト」のストーリー・ラインは、レノンの言葉から始まった。監督のリチャード・レスターが彼に、ビートルズの最近のスウェーデン・ツアーはどうだったかとたずねた時、ジョンは、「ああ、部屋と、車と車と、部屋と部屋と車だったよ」と、即座に、意味深長な返事をした。国際的なスターになれたのはすごい魅力だったにもかかわらず、ビートルズはすでに名声の虜《とりこ》であり、狂信的になったファンたちからバラバラに引き裂かれる危険性があるため、護衛つきのホテルの部屋や警察が先導するリムジンから、思い切って外に飛び出すこともできなくなっていた。この映画は、軽いタッチではあったが、その現実を描くことになり、そのため、「ア・ハード・デイズ・ナイト」では、キャーキャー騒ぐティーンエイジャーに追いかけられるビートルズのシーン——市街地を行ったり来たり、駅を出たり入ったり——がよく出てくるし、当然ながら、メンバーが演奏したり歌ったりしているシーンが全編のあちこちにあるが、たいていは、ティーンエイジャーの子供たちがその前で声を張り上げているシーンで占められることになった。

「ア・ハード・デイズ・ナイト」は、ビートルマニアがどんなものか、どう思っているのかを内部から写したものだったにもかかわらず、本質的には、ビートルズのファンタジックな生活をファンタジックに描いたものとなった。映画のワンシーンで、ビートルズが暗い鳥かごのような囲いの中で演奏していて、金網の向こうには、熱狂的なティーンエイジャーの女の子たちがいる。一人の少女がうっとりとして、二度、手を金網に突っ込んでリンゴの髪の毛をつかもうとする。彼女は一見して正気ではなく、一度目はまるで獲物に噛みつかれるのを恐がるように、自信なさそうにすぐに手を引っ込めるのだが、二度目に突っ込んだ時には、驚いたリンゴがさっと身を引く。この明らかに台本にない場面を見て、視聴者は魅せられ、困惑し、少なからず恐怖を感じる……ということは、ビートルズの置かれた状況に同情するということになる。彼らは、檻の外の動物たちに常に取り囲まれている、かわいそうな檻の中の動物なのだ。

レノンは特に、映画の中では、いつもの常套的なカリカチュアである「生意気だが、愛すべきモップ頭」として描かれているが、彼ら自身のコメントと、彼らをよく知る人たちのコメントから判断すると、楽天的で不遜な四人の若者という感じの映画の中のビートルズの横顔は、まったくの誤解というよりも、一面的だという方が当たっている。「彼らは独立心旺盛で、つむじ曲がりなところがあり、他人のことを気にかけないが、私が彼らを好きなのは、第一にそういうところだ」と、後にジョージ・マーティンは言い、さらにこうつけ加えた。「それこそが若い証拠であり、言うことをきかなくても、それは若者には当たり前のことだよ。でも面白いのは、あんな音楽など決して好きじゃないはずの親たちまでが、彼らを嫌がっていないってことなんだ」。ビートルズの向こう見ずな態度が、彼らの魅力のキーポイントだった。彼らは人生を明るく笑い飛ばしていて、その楽しい感性が、観客を同じ気持ちにさせるだけの強い感染力を持っていたのだった。

ＥＰ盤の「のっぽのサリー」のタイトル・トラックほど、その音楽自体が生きることの喜びを、最高に、かつ情熱的に表現している曲はなかった。三十年たった今でも、ボリュームを上げてこの曲を聴くと、純度の高いアドレナリンを打たれたような、パワフルなカンフル剤となる。それは、まさに肉体的な体験であり、聴き終わってみて初めて、ビートルズがこれを最初のトライ、つまりたった一度の厳正なるテイクでやってのけたということに驚かされてしまう。

「のっぽのサリー」は最初、一九五六年に、アメリカの黒人歌手リトル・リチャードが歌って有名になり、ロックン・ロールのジャンルで最高の曲の一つとなった。ヒロインはスラムの「built pretty sweet（すごく魅力的な）」女の子。彼女は、歌手である伯父のジョンと出かける。彼は伯母のメアリーに嘘をつく。「he had the mis'ry（彼にはすごく哀しいことがあった）／But he had a lot of fun（でも、楽しいこともあったよ）／Oh baby（おお、ベイビー）」と。これは肉体の喜びの歌であり、うまくいくには大きな声を出して身体で歌わなければいけない、単音のメロディである。レノンは、「ツイスト・アンド・シャウト」で、同じように絞るような声で歌っているけれど、この「のっぽのサリー」は、マッカートニーが歌っている。実はこれは、ジョンとポールが学生時代に初めて出会った時に、ポールが演奏してジョンを感心させた曲の一つだったのだ。ビートルズが解散してから、ポールはこう振り返っている。ジョンはいつも「僕がリトル・リチャードのように歌うのを気に入っていた」と。そして、彼がいくら叫ぶように歌っても、「まだ十分でないのではないか」と心配すると、いつも「カモン！　思い切りブチかませ！」と言って元気づけてくれたという。マッカートニーの声は、燃えさかる暖炉のようにエネルギッシュで抑えられないくらいだが、確実にメロディを追いかけ、バンドはギンギンで、特に二人のジョージがすごかった。マーティンの止まらないピアノは、鼓動が速く危険な心臓のようで、ハリスンのリード・ギターは、破裂しそうな肺に、新しい空気を押し込んでいるようだった。結果は、まじりけのないロックン・ロールの栄光の二分間となった。

「のっぽのサリー」と「ア・ハード・デイズ・ナイト」を一緒に考えれば、ビートルズが当時、どうやって音楽シーンのトップになったのかを簡単に理解できるだろう。リンゴの言葉を借りれば、レノンとマッカートニーは、「当時、地球上で最高のソング・ライター」であるだけでなく、ロックン・ロールの最も才能あるシンガーたちでもあった。もちろんハリスン、リンゴ・スター、マーティンらの素晴らしいサポートに恵まれていたとはいえ、彼らは誰にも替えがたい存在だった。二人のうち、より才能があるのはどちらかなどという問いは意味がない。「ア・ハード・デイズ・ナイト」は、レノンの驚異的なくらいの充実期と一致しているが、ビートルズの歴史の中の他の時期において、より多くの重責を負っていたのはマッカートニーだった。レノンの「ツイスト・アンド・シャウト」が、ビートルズの初めてのアルバムを傑作にしたのと同様に、マッカートニーの「のっぽのサリー」は、ロックン・ロールの宝となった。そして、それは、彼らのキャリアの財産ともなっている。彼らはそれぞれに、または一緒になって、いつも何か突飛なことをやらかしていた。つまりそれは、グループとしてのビートルズもまた、ほかの人たちとは違っていたという意味である。確かにそれこそが、ビートルズが同時代のミュージシャンたちと区別される理由だろう。彼らが平凡に陥ることは、めったになかった。彼らはおかしなことや、けしからぬことを言ったりして、普通の人間と変わらなかったが、アーティストとしては、他と比べようのない最高クラスの人間だった、とジョージ・ハリスンも語っている。

第8章　人気の重圧——ビートルマニア

中世に生きた聖アウグスティヌスは、かなえられない祈りよりも、かなえられた祈りの方が涙を誘いやすいものだ、と書いている。一九八〇年代には、トーキング・ヘッズが同様の警告を発し、「Watch out! You might get what you're after（気をつけろ！　追い求めれば手に入るかもしれないんだぞ）」と歌っている。ビートルズのメンバーは誰も、「ひざまずいて祈る」ようなタイプではないから、さしずめアウグスティヌスの嘆きの現代版——つまりロックン・ロール版とでも呼ぶのが、一九六三年から六六年の間の、このバンドが経験した苦悩に満ちた変貌にはぴったりの形容だったろう。この時期には、ビートルマニアという名前を与えられた社会現象が、興奮と笑いに満ちた冒険から、陳腐で、頽廃的で、潜在的創造性萎縮症候群とでもいった種類の、息の詰まるような、時には危険な現象に変わっていった。そんな中でビートルズの四人が、無傷の健全さで生き残ったことは、まさに奇跡的なことだ。しかも彼らは、そんなとんでもない狂気の中で、アーティストとしての成長をも加速していった。その時期の終わりにビートルズは、アルバム「リボルバー」を出している。これは、彼らの最高傑作という説もあるが、それは彼らの音楽的な才能だけでなく、彼らの揺るぎない結びつきと、そこに生まれた精神的な強さによるものだった。

彼らは、初めてギターを手にした時から、エルヴィス・プレスリーのようになりたいと夢見ていた。金持ちで、有名で、色を好み、したいことには金を惜しまない。リヴァプールとハンブルクでの新米時代、彼らはこの夢を実現するために、鬼のように働いた。そして今、夢が生活そのものとなり、すべてが上下さかさまに引っくり返ったように思われた。ハンブルクの地下のパブに一人でもよけいに客を誘い込むのに躍起になるのではなく、彼らはショーの前後には必ず、彼らを見たい、触りたい、近くに寄りたいという騒々しい群衆の襲撃を避けるために走り回らなければならなかった。無関心な地元のマスコミに記事を書いてくれと頼むのではなくて、どこへ行ってもマスコミに囲まれ、どれほどインタビューや記者会見を受けても、それで十分ということはなかった。ビートルズにふさわしいファンと顔を合わせるのではなく、彼らが周囲に築いた防護壁を破るだけの、金と力のある人間にだけ会うことが、だんだん多くなっていった。つまりは、人気を得た予想外のみやげとして、スターというものは、楽園よりも監獄にいるような気持ちにさせられることが多いのがわかったのだった。「もちろん、最初は僕ら全員、有名になりたいと思ったんだ」と、一九八八年にジョージ・ハリスンが振り返って言っている。「だがすぐ後で、僕らはこう思い始めた……最初の興奮が消えていって、僕らは憂鬱になったんだ。これが、僕らが求めていた生活だろうか？　うんざりするようなホテルの部屋から、また別のホテルに移るたびに、キャーキャー騒ぐイカれた群衆に追いかけまわされることが、僕らの求めていたものなんだろうか……って」

一番ひどかったのはツアーに出た時で、一九六六年に、結局そのビートルマニアたちによって、永久にステージから降ろされてしまうことになる。それからは、彼らは静かなスタジオの中だけで演奏することを選んだ。だから、一九六六年は、彼らの活動の前半期――いわばツアー時代が終了した年であると同時に、スタジオで活動する後半のスタートの年でもあった。ライヴ活動を捨てるという彼らの決断は、危険なものだった。消費者総電化時代に入る頃だったので、従来のショー・ビジネスの知恵からいけば、芸能人はファンをつなぎとめておきたかったら、その姿を生で見せていなければいけなかった。だから、ビートルズがツアーをやめたというニュースは、彼らが解散するつもりである証拠だという、とんでもない解釈がなされた。しかし実際には、その決定は、意味のない慣習をあえて打ち破ろうとする、時代を先取りした彼らの自信と自由な考え方を示すものだった。そして一九六七年のアルバム「サージェント・ペパーズ・ロンリー・ハーツ・クラブ・バンド」を皮切りに、ビートルズはツアーに出ることなくアルバムを成功させていった。

ビートルズがツアーを断念したのは、精神的な苛立ちだけが原因ではなかった。それは、自分たちの音楽と社会的な立場を守るための、アーティストとしての意識的な選択でもあった。「僕たちの演奏が壊されつつあったんだ」と、ビートルズ公認の伝記で、リンゴ・スターは説明している。「観客の騒がしさに、何もかもが埋もれてしまうんだ。ついには、ビートがずれて、オフビートでドラムを叩くようになってしまった。でも、あまりに騒がしくて、演奏の半分くらいは、アンプを通してさえ自分たちでも聞こえなかった」。ビートルズが一斉に演奏をやめてしまったり、ただ、演奏しているふりだけしていることも時々あったが、それでも誰も気がつかなかった。「僕ら四人の蠟人形を舞台に出しても、観客はきっと満足したと思うね」と、ジョン・レノンがつぶやいた。そういう状況で、演奏に情熱を持ち続けるのは難しかった。彼らは毎晩毎晩、同じ曲を十曲か十一曲、三十分間ただしゃにむに、文字通り形だけの演奏を繰り返していた。そして彼らは、それをやめる時期だと思うようになった。「何も期待できなくなったんだ」と、リンゴは言う。「なんてひどい演奏だろうと思った夜もあった。僕らは何も与えちゃいなかった。皆がこういうのを嫌になる前に、僕らがやめるべきだ、と決心したんだよ」

ビートルマニアが、正確にいつから始まったかはその解釈によって違うが、一九六三年であることは間違いない。「ビートルマニア」という言葉は、十月十三日に、ビートルズがかの有名な劇場ロンドン・パラディアムに登場した後、ロンドンの大衆紙によって作り出された。その夜のコンサートは、イギリスで人気の高いバラエティ・ショー、「サンデー・ナイト・アット・ザ・ロンドン・パラディアム」というテレビ番組で放送され、全国で千五百万人が見ている。つまり、一般の人たちは、ヒステリックに金切り声をあげる群衆を初めて見たわけで、ビートルズのライヴはいつもこうなんだという固定観念を作ってしまった。翌日の新聞の一面を独占した記事と写真には、劇場の外まで占領した騒々しさ、交通を遮断した何百人というファン、突き破られる警官の制止ライン、ビートルズの走り去るリムジンを追いかけるファンの姿があった。

後に、パラディアムの外の群衆は、本当は記事よりもっと少なかったとの抗議も出たが、実際の人数がどうであれ、マスコミが熱心に取り上げる以前に、ビートルマニアはそれだけで独立した社会現象となっていたのだ。マーク・ルイソンが地元の新聞の取り上げ方を調べたところによると、「ビートルズの熱狂的なファンは、〔一九六三年の〕春の終わり頃から、はっきりと形をなし始めており、それは、ロンドンの新聞が取り上げて全国的な関心を呼び始めるより六か月も前のことだった」という。だが、全国規模のメディアが急に集中的にビートルズを取り上げ始めたことで、さらに熱狂的なファンを増やし、しだいに補強されていく形となった。その影響がまず表れたのは、十月三十一日に、ビートルズがスウェーデンでの短期ツアーを終えて帰ってきたヒースロー空港での、嵐のような歓迎ぶりだった。ビートルズ自身は、この事件をビートルマニアの始まりとして思い起こしている。空港をぎっしり埋めつくした、絶叫する何千というファンの光景は、ニュースとなって全国をかけめぐり、その後三年間、ヒースロー空港で大勢の警備員に警護されて出発、到着するビートルズの写真は、イギリス中のマスコミに頻繁に登場した。

ヒースロー空港での歓迎から四日目、ビートルズは、ロイヤル・バラエティ・ショーで、イギリスの皇族方の前で演奏して、国民的な人気を得ることとなった。最後のナンバーに選んだのが「ツイスト・アンド・シャウト」で、こういうかしこまった上流階級の人たちの耳に合わない意外な選択だったのだが、レノンはこう挨拶をした。「安い席におすわりの皆さんは、拍手をお願いします。その他の方は、宝石をジャラジャラ鳴らしてください」。彼の皮肉なユーモアは、翌日、全国の新聞の一面を飾り、これでリヴァプール出身の生意気だがお茶目な四人の若者、というイメージが定着した。

ビートルズは一九六三年にイギリス中を魅了し、六四年には、英語圏以外の国を征服していった。彼らは、アメリカ（二回）、オランダ、デンマーク、スウェーデン、香港、オーストラリア、ニュージーランドを訪れた。あふれんばかりの大勢のファンの熱狂ぶりは、まるで陰に司会者が一人いて、その台本に従って進行していると言っていいほど、どこの国でも同じだった。大混乱の空港での歓迎、ビートルズの滞在するホテルの外で騒ぎたてる群衆、コンサートで絶叫するファンなど、それらすべてが、どんどんマスコミで取り上げられて、さらに大きくなっていく。一度に最も多く人が集まったのが、オーストラリアのアデレードで、世界を征服したヒーローの姿を一目見ようと、彼らの泊まっている部屋のバルコニーの下には三十万人もの人が集まった。若者たちはもちろんこの世界的な大騒動の最前列にいたが、年輩の人たちでさえすっかり夢中になっていた。それは、ビートルズが初めてニューヨークを訪れた時に、中年の人たちの間でビートルズのようなカツラをつけることがいきなり流行《はや》ったことからも明らかだった。

ブライアン・エプスタインがアレンジした一九六四年のツアー・スケジュール――アメリカ、イギリス、さらにヨーロッパとアジア、またはそのどちらかをまわる――は、一九六五年と六六年にも繰り返された（ただし、一九六六年にはイギリスのツアーはなし）。しかし、単調で大変なツアーの仕事に、ビートルズはしだいに苛立ちをつのらせ、ツアーは年ごとに縮小されていった。「僕らは、型にはまったように世界中をまわっていた」と、ジョージ・ハリスンは言う――「毎日、観客は違うんだが、僕らは同じことをやっていた」。また、ツアーは軍隊のようだった、とレノンは言った。「やり遂げなければいけない、デカい単調な仕事。そしてとんでもない混乱だった」

もちろん、騒ぎと苦労ばかりだったわけではない。ツアーによる収入は、特にコンサートが屋内の会場から屋外のフットボール・スタジアムに昇格してからは、すごかった。エプスタインが要求する額は、ショー・ビジネスの世界ではこれまでで最高だったが、それでも各地のプロモーターが、彼と取引したいと言ってきた。たとえば、一九六五年八月十五日のニューヨークのシェア・スタジアムでの悪名高きコンサートは、入場者数（五万五千六百人）と売り上げ総額（一九六五年のドル換算で三十万四千ドル）の両方で、世界新記録を作った。表に出る収益以外に、エプスタインはいつも、いわゆる裏金というやつを数千ドル余計にこっそりと貰っており、それは、プロモーターによって収益金から外されて、税務署にも報告されなかった。まもなくビートルズは、どんどん入ってくる巨額の金には無関心となり、チャーリー・フィンリーというアメリカの風変わりな億万長者が、ビートルズが休暇となる予定の日に、カンサス・シティで一回だけコンサートをしてくれれば、純益で十五万ドル（当時の円換算で約五千四百万円）支払うと言ってきた時にも、彼らはほとんどトランプから目を上げず、したいようにしてくれとエプスタインに言った。

それで、エプスタインは引き受けたのだった。

それでも、コンサート自体の音楽的な技量が落ちるというわけでもなく、気合いが入らずバラバラになったわけでもなかった。一九六四年二月十一日にワシントン・コロシアムで行われたアメリカでの最初のコンサートには、ジョージ・マーティンが、将来の妻であるジュディ・ロックハート・スミスを伴ってやって来た。レコーディング・スタジオでメンバーと共に長時間過ごしてきたので、マーティンとロックハート・スミスにとっては、ビートルズは遠いアイドルではなく、友人であり同僚であった。それなのに、ビートルズの魔力は強烈だった、とマーティンは振り返る。彼らが「抱きしめたい」を演奏し出すと、「観客全員が一緒に歌い出し、ジュディと私も、気がついてみたら、他の皆と一緒に立ち上がって叫んでいたんだ……高揚する幸福感と、興奮の大きな波に乗ってしまうような感じだった」。ステージの上でも、リンゴが同じような感覚を味わっていた。「袋入りのジェリー・ビーンズを投げつける人もいて、雹《ひょう》みたいに痛いんだ。でも、引き裂かれようが何をされようが、そんなことかまっていられなかった」と、後に彼は熱っぽく語っている。「それはすごい観客だった！　彼らのためだったら、ひと晩中でも演奏できたよ」。確かにこのコンサートは、ビートルマニアが発生してすぐの頃のものだが、一九六四年から六六年に行われたコンサートの手直しされていないテープにその頃のバンドの歌と演奏が残っており、それを聴くと、彼らは必ずしも興奮しているわけではなくて、全体的にプロらしく、メロディもリズムもしっかりとしている。ビートルズのメンバー自身にも、すでに送り返しの音がほとんど聞こえていなかったことを考えれば、ちょっとした芸当どころの話ではなかった（ビートルズのオーストラリア・ツアーの際、観客のノイズを測っていた音響のプロが、ジェット機のエンジンよりも大きな音だったという結論を出している）。「そう、ビートルズのツアーは、僕ら、好きでもあったし嫌いでもあった。夜は素晴らしくて、惨憺たるものだった」と、レノンが後に、ジャーナリストのレイ・コールマンに語っている。また、彼はこうも認めている。「そう、確かに、僕は人気も力も金も得たし、大勢のファンの前で演奏もした。アメリカを征服できたことが、最高だったな」。成功に関しては無関心を装うことでメンバー同士は合意していたのだが、一九六四年二月にニューヨークで彼らを待ち受けていた「歓迎」で、その見せかけがバレてしまった。空港から市街地に入る時に、ビートルズを乗せたリムジンの中で撮影されたテープがあるのだが、その中でマッカートニーはトランジスタ・ラジオを耳にあてて、他のメンバーと共に聴いている。地元の放送局のアナウンサーが、その局が作ったビートルズのプログラムを、興奮気味にぺちゃくちゃと喋っている（一日中、アナウンサーたちは「ビートルズ度」でその日の温度を知らせ、「ビートルズ分」で時間を知らせていた）。他のメンバーと同じように、ポールも茫然とした顔で信じられないというように首を振るのだが、急にラジオに注意を向ける。「明日の夜七時には、ビートルズが自作の詩を読んでくれるでしょう」というアナウンサーのコメントが聞こえてくる。ポールが、自分ではそれと意識せずに、そのニュースに驚き、レノンを改めて見る。レノンは驚いてニタッと笑い、「エッ！　エッ！　本当かい？」と言ったあとで、いつもの彼らしく、しかつめらしく声を落としてひと言こう言う――「僕たち、詩を書くんだってさ」

もし世界が足元にひざまずいているなら、楽しむ方法はそれこそたくさんある。デカくにも、邪悪にも、ハイ・クオリティにも――ビートルズが二本目の映画「ヘルプ！」の撮影でバハマに行った時のように、四台のキャデラックを借りて、バンパー・カーのようにぶつけ合って遊び、車をボロボロにしてしまうといったことだってできるのだ。「ピカピカの新しいリムジンが、ぐちゃぐちゃに壊れて、それはもうすごい快感だった」と、後にレノンがショットンに語っている。パーティの時もすごかった。ビートルズの助手、マル・エヴァンズとニール・アスピノールがファンたちをチェックして、コンサートのあとでビートルズに会いませんか、と美人の女の子の中から四、五人に声をかけるのは、常套手段だった。「もちろん、乱交パーティになった！」と、アスピノールが後に白状している――「どの町でも乱交パーティだった。マスコミが嗅ぎつけなかったのは、奇跡としか言いようがないよ」。レノンがショットンに、あるパーティのことを語った。そこには、女優の卵やモデルがたくさん来ていて、「僕はその一人をつかまえて、地下室でセックスした――もう一人とは、寝室でやって――それから、また別の娘とはバスルームで、それから別の娘とキッチンの床でも……あんなことはなかったよ――そんなのが、ひと晩中続いたんだ。その夜は全部で、七人と寝た」。別の時にだが、レノンはビートルズのツアーを、ローマ帝国後期の頽廃した快楽主義を描いたフェデリコ・フェリーニ監督の映画「サテリコン」になぞらえた。「僕らがどこに行っても、そういう光景ができあがるんだ。〔広報担当の〕デレク（・テイラー）やニールの部屋には、いつも麻薬と娼婦と、わけのわからない連中やおまわりまでいた。まさに『サテリコン』だったよ！」ジョージ・ハリスンは、ソロになってからの彼のベスト・ソングの一つ「WHEN WE WAS FAB」で振り返る。「そうさ、僕らは何でも、ぜーんぶやったんだ……それは素晴らしかった！」

ビートルズのロックン・ロール式生活――奔放な乱交パーティ、酒、ドラッグと、したい放題の生活――は、彼らを追うマスコミが知らなかったわけではなかったが、決して暴露されることはなかった。「みんな、イメージをこわしたくなかったんだ」と、後にレノンが分析している。「マスコミの連中だって、自分たちも好きなだけ飲んで、女の子を抱いて楽しみたいから、僕らにはそうしていてほしかったんだと思う。僕らはシーザーだった。何百万ポンドの夢がそこにあるというのに、誰が僕らを叩きつぶそうとするだろうか」。ビートルズ四人のクリーンで高潔なイメージは、女王陛下によってさらに強力になった。女王は、一九六五年十月二十六日にバッキンガム宮殿で、彼らにメンバー・オブ・ザ・ブリティッシュ・エンパイア（大英帝国五等勲章）を与えたのだ。ポップ・スターで、宮殿からこういう名誉を受けた例はなかった。セレモニーの直前に、ビートルズが宮殿のトイレに忍びこんで、マリファナを喫っていたなど、女王陛下は知る由《よし》もなかった。

でも、そういった生活は、ちやほやされて魅力的で楽しくはあるが、また消耗するものでもあった。「その何年かは、千年くらいの長さに思えたよ」と、ハリスンがのちに言う。問題だったのは――と、レノンが分析した。「スイッチを切るということができなかったことだ。ホテルで部屋に戻ろうとすると、エレベーター・マンが僕らのひとかけらをほしがり、部屋に戻ればメイドがまた僕らのひとかけらをほしがるといったように、セックスではなくて、僕らの時間とエネルギーを取られるということなんだ」。自己防衛策として、ビートルズのメンバーは、よその人たちの中では暗号を使って喋るようになっていった。避けたい人のことを「クリップルズ（身障者）」と言ったのは、そういう人たちが、体に障害を持つ人々にしつこく会わせたがることが多かったからで、ジョージ・マーティンはツアーのそういった点を、ルルドへの巡礼になぞらえて、こう言った。「彼らの着ている洋服の端にでも触れたい、という人たちがたくさんいたんだよ。彼らが、外の世界からバリアーを張りたがったとしても、あまり非難することはできないだろう」

家に押しかけてくるファンを避けるために、ビートルズのメンバーはそれぞれ（ポールだけは町にとどまった）、ロンドン郊外の高級住宅地に引っ越した。ここならば、庭を隔てて遠くの高い壁が、覗こうとするファンから身を守ってくれる。しかし、一歩外に出れば、警備を厳しくしたホテルの部屋で修道院生活を送るしかなく、閉所恐怖症と退屈さで気が狂いそうだった。そうしていても、ファン以外からは自分たちを守ることはできなかった。人気絶頂の四人に会いたいと言ってくる地元の名士が、あとを絶たなかったからだ。前広報担当のデレク・テイラーが、ウィットに富んだ回想録『As Time Goes By』で、ミルウォーキーで起こったエピソードのことを書いている。それは、コンサートの翌朝で、ビートルズのツアーメンバー一行はまだ眠っていた。「街頭のファンたちがホテルのロビーにまであふれているという、いつもの状態で、完全防備の警備員があちこちにいた。半袖姿の白人や、痩せた色の浅黒い人たちだった」。ところが、いやがる九歳の娘の手を引っ張った市長の奥さんが、テイラーの部屋に通されてきた。彼女は、ビートルズを起こして娘に会わせろ、と言うのだ。目覚まし用のスクリュードライバーを飲みながら、テイラーは、この女性がビートルズを「長髪の田舎者」とさげすみ、彼らが十一時まで寝ていても自分の知ったことではないが、娘が大ファンなんだと言うのを聞いていた。ずるいことにその女は、ビートルズ・ツアーの同行記者たちが結んでいる協定を知らない地元の若いレポーターを同伴していた。女は、テイラーが彼女の要求に応じなければ、そのレポーターを使って悪評を流すと脅した。そのことについて、テイラーはこう書いている。「市長の娘は、結局その日の遅い時間にビートルズに会いにきた。その娘が本心からそうしたかったと思うかい?」

「僕らがビッグになればなるほど、非現実的なことに直面することが多くなった」と、レノンが後に振り返っている。一番屈辱的なのは、社会の上層部にいる連中が、「僕らの仕事、僕らの態度についてコメントすることだった。一度、そいつらがビートルズの立場に立って、思い切り恥をかけばいいいんだ。本当に腹が立つのは、僕自身が何も知らないことについて語られ、それに対して予測もできなかったことだった。少しずつ、徐々に、こういった完全な狂気に取り囲まれて、我慢できないやつら――十歳の頃に嫌ってたようなやつら――に対して、どうにも我慢したくない状況にまでなっていったんだ」

時には、そういう圧力が屈辱を通り越して、肉体的な危険にまで達してしまうこともあった。一九六六年に、フィリピンでフェルディナンド・マルコス大統領の夫人主催のパーティをすっぽかした時には、VIP待遇が受けられないことの辛さが、どれほどのものかということを思い知らされた。ビートルズがホテルの部屋で寝ていたところに、警官がやって来てドアを叩いた。いつになったらパーティにいらっしゃるんでしょうか？　招待状がスタッフの一人に送られてきていたのは確かだったが、ビートルズは全然知らなかった。イギリスの大使から、これはおおごとになるかもしれない、との警告の電話が入ったにもかかわらず、マネジャーのエプスタインは彼らを起こすことを拒否した。ビートルズがマルコス大統領夫人を侮辱し、国家の名誉を傷つけたという話が、あっという間に広がり、その後にエプスタインが謝罪しようとしても、もう手遅れだった。テレビで釈明しようとしても、放送は妨げられた。翌日ビートルズが目をさますと、ホテルのメイドも、警護の警官もいなくなっていた。マニラ空港では、武装した軍隊や群衆が待ちかまえていて、ビートルズの一行は殴られたり蹴られたりして、かろうじて飛行機に乗れたのだった。それは、「ものすごく怖かった」とレノンがのちに語っているが、マニラからやっと飛行機で脱出できた時には、彼も他のメンバーも、もうツアーはこりごりだと、やめる決心をしたのだった。

かろうじて身体に被害を受けずにすんだという例が、他にもたくさんあった。コンサートの観客が喧嘩を始めて、その騒ぎを鎮《しず》めるため、警察にショーを途中で止《や》めさせられたこともあった。一度などは、ビートルズのリムジンに大勢が群がって、屋根がへこんでしまったこともある。救急車の中にいたのでなければ、ビートルズは殺されていたかもしれない。そのリムジンはおとりだったのだ。ヒューストン空港では、ビートルズの飛行機が到着すると、何千人ものファンが狂った集団と化した。ファンが滑走路を走り出した時、パイロットが判断を間違って飛行機を止めてしまったために、機体はたちまちファンの若者たちに囲まれて、ドアを叩いたり、窓から覗いたりの大騒ぎになった。一番怖かったのは、おそらくメンフィスで起きた事件だろう。ビートルズは「キリストよりも有名だ」というレノンの悪名高き発言（詳しくは本書第16章）のせいで、彼らは大変な脅迫を受けていた。コンサートの最中に鋭い爆発音がして、ビートルズのメンバーは咄嗟《とっさ》に自分や他のメンバーを見て、撃たれていないかを確かめた（のちに、音は爆竹だったことがわかった）。

暗殺の危険性よりも油断ならないのは、創造性と感性を殺されることだった。彼らの憧れでもあるエルヴィスは、ハリウッドの青白い三文役者にさせられて、その名声のあまりの大きさに根っからのワイルドで個性的な才能を潰されようとしていた。もちろんそういう道筋は、ショー・ビジネスのサクセス・ストーリーではよくあることだが、全時代を通じて最高のサクセス・ストーリーを演じたビートルズは、なんとかそうならずにすんだ。ビートルマニアについて考えた時、まずなんといってもすごいのは、四人の若いミュージシャンの才能が、世界中にこれだけ多くの自然発生的な喜びと興奮を呼び起こしたことであり、第二には、彼らがそのことでかえってアーティストとしてのパワーを高め、生き延びたことである。ビートルズの音楽は、ビートルマニアが出現した数年の間に、その量においても質においても、驚くほど成長し、ジョン、ポール、ジョージ、リンゴの、極めて個性の強いパワーを反映する成功を収めた。「僕らは四人だった。誰か一人がちょっとフラフラしても、あとの三人がそいつを現実に引き戻したんだ」と、リンゴは、ビートルズがいかにバランスを保っていたかを話している。

「これはショー・ビジネスなんかではなく、何か別のものだ」と、ビートルマニアの全盛時代に、レノンが言ったことがある。「こんなになるなんて、誰も想像していなかった。これじゃ、続けられないよ。こういうのなら、もうやめた方がいい」。一九六六年八月二十九日のサンフランシスコでのラスト・コンサートまでに彼らが行ったコンサートは、千四百回を記録した。ツアーをやめるという決断は、まだ公にされていなかったが、その最後のステージの彼らの姿は、特殊広角レンズで記録されていた。「リンゴがドラムから降りて、僕らは観客に背中を向けて立ち、写真を意識した。僕らにはこれが最後だってわかっていたからね」と、ジョージが振り返る。

観客は、それまでの五年間叫び続けた、他の数多くのファンと同じように声をあげ続けていたが、彼女たちが声援を送ったビートルズは、もうこの瞬間に存在しなくなったのだった。ジョン、ポール、ジョージ、リンゴは、ビートルマニアの熱狂に押されて、どんどん成長していき、そうしていくうちに、従来からのファンたちを遠くに置いてきてしまったのだ。「僕らは、動く温室の中にいたんだ」と、サンフランシスコでのコンサートが終わってすぐに、ジョンが言った。「……僕らは、ステージではモップ頭の四人以上のものにならなければいけなかった。僕らは成長していかなければならなかった。そうしなければ、潰されてしまっただろう」。確かに、一九六六年八月、ビートルズは、この一九六〇年代に出現したカウンター・カルチャーの一番の象徴になりつつあった。その頃、彼らはベトナム反戦を堂々と口にし、マリファナやLSDの使用が、彼らの心をより深い、豊かな現実に目覚めさせてもいた。もはや「イカす四人組」というイメージは、あまりにも馬鹿げたものになろうとしていた。また、彼らの音楽は、あらゆる点で非常に野心的になっていた。意識的に自分たちのことを考え、自分たちの高尚な歴史用語としての〝アート〟のことを考えていた。「僕は、ビートルズを、陽気なモップ頭の四人組として記憶されたくはない」と、一九六六年六月に、マッカートニーは言った。「僕らが死んだ時、記憶に残るに値するような音楽を作り、演奏した四人として覚えていてほしいんだ」

第9章　闘いに疲れて（アルバム「ビートルズ・フォー・セール」）

ビートルマニアが、明らかに芸術面にも影響を与えたとわかったのは、一九六四年の終わりにリリースされたアルバム「ビートルズ・フォー・セール」である。全体的に疲れが見える。そのタイトルでさえ、売れればいいだけの中身のない忘れられそうな題名で、まるで、もっといいものを考えるエネルギーが誰にもなかったとでもいうようではないか。ジャケットの表と裏は対になったビートルズの写真だが、とても陰気な雰囲気になっている。黒い服を着たジョン、ポール、ジョージ、リンゴが、まるで外の世界から身を守るかのように、固まって立っているのだ。活気のない、物憂い表情で、まっすぐにカメラを見ている。笑いかけている者は誰もいない。ジャケットの表のビートルズは、まるで近しい友人が死んだと聞かされたかのように、塞ぎ込んだ陰鬱な表情だ。裏のビートルズは、まるで天に慈悲を懇願するかのように、哀しげに空を凝視している。

アルバム「ビートルズ・フォー・セール」が発売になる頃には、ビートルズはすでに有名になっていたために、中のライナー・ノートにはただ、「これは、四人による四枚目のアルバムである」とだけしか書かれていない。西洋のメディアが届く範囲にいる人なら誰でも、四人が誰かなど考えたりはしないだろう。ノートには臆面もなく、現在ビートルズは「世界で最高にビッグなスター」であると断定的に書かれている。しかも、ジョン、ポール、ジョージ、リンゴの四人全員、この四枚目のアルバムは「絶対に」、これまでで最高のものだと口を揃《そろ》える。もちろん、これらはすべて売り込みのための大袈裟な言葉だが、これを書いた宣伝担当のデレク・テイラーは、有能なばかりに、いつものようにそつなくこなしてしまったのだ。確かに、ビートルズが解散してからテイラーが出版した本では、彼がビートルズの宣伝をする際、いかに純粋に最高の文章を書いてきたかが示されている。彼の文章は、どことなく彼らの音楽に似ている。機知に富んでいて、陽気で気取りがないが、鋭く、詩的な知性――それは、大袈裟だったり幼稚だったりすることなく、ビートルズを歴史的な見地に立って見据えることができる彼の才能だ――が、たっぷりとうかがえるのだ。

だから、テイラーは、この「ビートルズ・フォー・セール」のライナー・ノートで、西暦二〇〇〇年には、「土星に遠足に行くような、放射能に侵された、煙草を喫う子供たち」が、大昔に大流行したというビートルズって何だろうと疑問に思うに違いない、と想像する。そして説明する一番の方法は、その子にこのアルバムから何曲か聴かせればいいだろう、とテイラーは提案する。何世代たっても、「音楽からは、いま私たちが感じているのと同じような幸福と暖かさが、きっと感じられるだろう」と、彼は予測するのだ。「ビートルズの不思議さは、時代性や世代性がないことである。ビートルズは、あらゆる境界や障壁を打ち破った。民族、年齢、階級の違いを克服した。だから世界中で愛されたのだ」

彼の文章には、それまでに書かれてきたビートルズの人気の秘密や芸術性の高さが、鋭く洞察され、正確に集約されている。そのテイラーが言葉を寄せたアルバムが、ビートルズのそれまで出されたうちの最高傑作とは決して言えない（その名誉は、明らかに「ア・ハード・デイズ・ナイト」に贈られるべきだろう）のは皮肉だ。明らかに、「ビートルズ・フォー・セール」は、ビートルズがそれまでリリースした中で、一番印象の薄いものである。ジョージ・マーティンは、「メンバーは、『ビートルズ・フォー・セール』の時には、かなり闘いに疲れていたんだ」と言って、このアルバムが失敗作だったことを認めている。「一九六三年の大半と、六四年の一年間、彼らは疲れ果ててボロボロになっていたことを忘れてはならない。成功は素晴らしいことだが、それはすごく、ものすごく疲れることでもあるのだ。彼らはいつも走っていた。『ビートルズ・フォー・セール』は、確かに今、あまり私に迫ってこない。最も記憶に残る一枚ではない。だが、彼らはその後で、また元気を回復したんだ」「闘いに疲れた」というのは、うまい表現だ。「ビートルズ・フォー・セール」のジャケット写真のビートルズは、戦争神経症の一つであるシェルショックに似た表情をしている。名声は彼らに、不安と憔悴と、次に来るものは何かという恐怖に近いものを残したのではないだろうか。アルバムの中身も、最初の三曲――「ノー・リプライ」、「アイム・ア・ルーザー」、「ベイビーズ・イン・ブラック」――は、主にジョンが書いたものだが、これもまた元気のないメロディが目立つ。彼らはまだモップ頭のままだったが、その呑気《のんき》なイメージは、すでになくなってしまっていた。

一九六四年十二月四日に、アルバム「ビートルズ・フォー・セール」がリリースされた時には、まだビートルズのおとぎ話が花を咲かせていたから、周囲の人のほとんどは気がついていなかった。そのヒーローたちの考えが変わったなどと、誰に考えられようか？人々が、ビートルズに関する都合の悪い事実を無視してしまうのは、この時に限ったことではなかった。アメリカで出されたアルバム「ビートルズ六五」のジャケットが、まったく違う写真だったことと同じような、ほんのちょっとした間違いにすぎなかった。アルバム「ビートルズ・フォー・セール」の一週間前にリリースされたシングル「アイ・フィール・ファイン」は、「シー・ラヴズ・ユー」や「抱きしめたい」の流れをくむ元気なアップ・ビートのロックで、これが、すぐにビートルズの七枚目のナンバーワン・ヒットになっても当然だと、誰もが考えた。アルバム「ビートルズ・フォー・セール」もまた急上昇して、ヒット・チャートのトップに立ち、これもただ、ビートルマニアの勢いというだけではないと思われていた。確かに天才的な炎は、他のアルバムほど燃えてはいなかったけれども、その疲れて弱々しくなったともし火でさえ、ビートルズの音楽が「幸福で暖かい感覚」をもたらしてくれる、というデレク・テイラーの見方は当たっていた。

このアルバムで一番いいトラックは、文句のつけようのない傑作「アイ・フィール・ファイン」をレノンが書く前に、ジョージ・マーティンがシングルにしようと考えていた三曲だ。それは、A面トップの「ノー・リプライ」と「アイム・ア・ルーザー」、そしてB面トップの「エイト・デイズ・ア・ウィーク」だ。これらは、レノンとマッカートニーが書いたベスト・ソングには入っていないが、どれも魅力的であり、最初の二曲には、作詞家としてのジョンの成長ぶりが見てとれる。さらにアルバムの安定感を求めて、彼らはキャヴァン・クラブ時代に立ち返り、「ビートルズ・フォー・セール」の残りの部分を、その時のレパートリーで埋めている。中でも際立っているのは、チャック・ベリーの「ロックンロール・ミュージック」と、リトル・リチャードの「カンサス・シティ」、そして「ヘイ・ヘイ・ヘイ・ヘイ」の感動的なメドレーだ。リンゴも、カール・パーキンスの「ハニー・ドント」を素朴に歌いあげていた。そしてこれもまたパーキンスの曲なのだが、「みんなが僕の恋人になりたがる」という原タイトルの「みんないい娘」のジョージの歌いぶりは、ビートルマニアの奇妙な生き方に対するあからさまな批判となって、このアルバムを締めくくっていた。

アルバム「ビートルズ・フォー・セール」のカバー・バージョンの多さは、おそらく彼らの出発点だったアメリカ音楽に最後の敬意を表したのだろう。つまり、その後ずっと、彼らはオリジナル曲だけ（例外が四曲）をレコーディングすることになるからだ。「ビートルズ・フォー・セール」の十四曲のうちの八曲だけが、レノン&マッカートニーのオリジナルである。これは、「ア・ハード・デイズ・ナイト」よりは少ないが、彼らの二枚目のアルバム「ウィズ・ザ・ビートルズ」に匹敵する割合になる。しかし、一九六四年、あれほど人気が爆発している最中に、ジョンとポールは、これだけの新しい曲を書く時間をどうやって作ったのだろうか。「ビートルズ・フォー・セール」のレコーディングすら時間がなかったのに。アビイ・ロードでのセッションは、他の仕事の合間に詰め込まれた。最後の四曲のレコーディングは、クリスマス・シーズンに間に合わせるように、十月のオフの日に行われたのである。

これが、ビートルズの作曲活動の全盛期ではないにしても、それでも彼らが芸術的な意味において成長過程にあったことは明らかである。最も顕著なのは、新しいサウンド、特に「アイ・フィール・ファイン」や「エイト・デイズ・ア・ウィーク」に見られる電子音の華麗なサウンドを生み出した技術面での革新だろう。ビートルズは、一九六四年の初めに「ア・ハード・デイズ・ナイト」を作っている最中から、4トラックのレコーディングによる新しい道を模索し始めていた。スタジオ・テクニックによって歌のトーンや雰囲気を変えていく方法を見つければ見つけるほど、彼らはますます魅力的になっていった。「アイ・フィール・ファイン」の最初の、深く震えるようなフィードバックは、レノンが特に自慢するところである。「あんなふうにフィードバックを使っているレコードは、誰も見つけられないと思うよ、一九二二年の古いブルースとかでなければね」と、後に彼は言っている。「あれは、ビートルズのものなんだ。ジミ・ヘンドリクスでも、他の誰でもない。どのレコードにもないよ」。こういう実験は、とかく独断的でヘタにいじくり回すだけになりがちだが、「アイ・フィール・ファイン」のフィードバックは、単なる前衛的な表現にとどまっていない。音楽全体の効果から言えば、それが器用にファンキーなギター・リフに受けつがれていき、その後は、太陽がふり注《そそ》ぐコンバーチブルで田舎道を走っていくような軽快さに変わっていく。フィードバックがなかったとしたら、「アイ・フィール・ファイン」は、ファン受けしそうな、もっとヒットしたシングルになっていたのかもしれないが、ごく平凡なものにもなっていただろう。ビートルズではよくあることだが、何か記憶に残るものを生み出すには、王道と前衛とをミックスさせることが必要なのだ。ビートルズが、どうしてフィードバックというアイデアを思いついたかは、十分には説明されていない。当時のマスコミは、「電子装置のアクシデント」説を唱えていたが、ルイソンの『Recording Sessions』に書かれている明快な言葉によると、「そんなことは絶対にない。第1テイクの時から、ビートルズはあの不思議なサウンドを完全に取り入れていた。ポールがシングルでベースを鳴らし、ジョンがギターでフィードバックを増幅させたんだ」と証言している。しかしもしかしたら、後にもっと洗練された形で取り入れることになる、何か「アクシデント」的なひらめきが、レコーディングを始めた時、第1テイクの前に起こったのではないだろうか。なぜなら、ビートルズがいつもスタジオで「アクシデント」的に効果をあげていたという例が、『Recording Sessions』で三つ挙げられているからだ。たとえば、あるところで使われたオルガンの音色は、スピーカーのキャビネットの上に置いてあったワインのボトルを、独特の方法で振動させて、その動作を何回も繰り返して面白い音を作り、テープに録音したものだったというように。

いずれにせよ、「アイ・フィール・ファイン」が第一級の作品であることは間違いない。この曲のレコーディングは、この時期のビートルズの全体的な芸術性の停滞を回復するだけでなく、その後の彼らの作品を大いに色づけすることになるスタジオ・テクニックの魅力の先駆けとなっている。また、「アイ・フィール・ファイン」のB面は、ハスキーなマッカートニーの歌う「シーズ・ア・ウーマン」で、それまでと違う、しかも重要な変化が見られる。ボブ・ディランの影響によるマリファナの喫煙開始であった。この「シーズ・ア・ウーマン」は、ビートルズの曲の中では、最もぎこちないリズムで始まっている。ポールは「My love don't give me presents（僕の恋人は僕に贈り物なんかしない）／I know that she's no peasant（彼女が田舎娘だからってわけじゃないんだ）」と歌い、その四行あとで、でもその恋人が「turn(s) me on when I feel lonely（僕が寂しい時にはウットリとさせてくれる）」と歌っている。これが、ビートルズがドラッグを明確に言葉にした最初であった。リリースされなかったテイクを聴いてみると、その日、スタジオで彼ら自身がいくらか喫っていたようにさえ聞こえてくる。「シーズ・ア・ウーマン」の第7テイクは、いつまでもいつまでも続いて、とうとう、少し荒っぽいが元気のいいジャム・セッションになっているのだ。その後の数年、彼らの私生活や個人的な成長は言うに及ばず、ビートルズの作品には幻覚剤の影が色濃くなっていったが、この時にはまだ、ジョンとポールはただ、新しく目覚めた素朴な喜びを声にしていただけだった。「『ウットリとさせてくれる』と言葉にした時にはすごく興奮したけれど、それはもちろんマリファナのことを、そういうふうに言ったんだ」と、レノンは後に語っている。

「アイ・フィール・ファイン」に匹敵するこの時期の曲と言えば、「エイト・デイズ・ア・ウィーク」だろう。実は、「エイト・デイズ・ア・ウィーク」は、アメリカではシングルとして発売されており、二週間一位の座についている。「ア・ハード・デイズ・ナイト」やその後に出る「トゥモロー・ネバー・ノウズ」と同じく、「エイト・デイズ・ア・ウィーク」も、そのタイトルはリンゴの何気ない言葉から生まれた。「彼が、まるで働かされすぎのおかかえ運転手という意味で、『週に八日（エイト・デイズ・ア・ウィーク）』と言ったんだ」と、マッカートニーは振り返る。「僕らはそれを聞いて、『なに？　やった！　それだよ！』って」。レノンとマッカートニーの共作、「エイト・デイズ・ア・ウィーク」は後に、ジョンが「おそまつ」だと言ってクズ扱いにしているが、それは理不尽で厳しすぎる判断だろう。実際はメロディが軽快で、リンゴのそれと意識しないウィットのおかげで歌詞も楽しく、また、それまでのビートルズの歌よりも半音上がっている。「エイト・デイズ・ア・ウィーク」の最も特徴的な点は、また別のスタジオ・テクニックが聞かれることだ。それまで長い間、曲の最後をそのままの大きさの不連続音でなく、しだいにフェイド・アウトさせて終わるというのが、レコード・プロデューサーの常套手段だった。しかし、「エイト・デイズ・ア・ウィーク」では、その逆が試みられている。この曲はフェイド・インで始まるという、ポピュラー・ソングとしては初めてのものとなった。「エイト・デイズ・ア・ウィーク」がアルバムのB面最初の歌ということから、それが「ビートルズ・フォー・セール」にまた格別の効果を与えている。つまり、リスナーがレコードをひっくり返して、Ｂ面の曲が始まるのを待っていると、歌が始まる前に音楽が……それもまるで遠くから音が近づいてくるかのように、渡り鳥の群れが突然空をおおうかのように聞こえてくるのだ。ジョージ・マーティンが別の機会で言っていたが、こうしたスタジオ・テクニックのワザは、「非常に簡単だが、非常に効果があった」

「ビートルズ・フォー・セール」はまた、後にレノンが言った「僕のディラン時代」の始まりとしても意味があった。彼の詩が、現実的、内省的で独特なものになっていった時期である。その変化を最もよく示している歌として、ジョンも評論家も指摘するのが、「アイム・ア・ルーザー」で、タイトルそのままの曲だと言っていい。歌詞は、恋人を失うことと、所有に対する葛藤という、レノンの典型的なロマンスの型を表している。確かに、それだけなら、これまでに彼が作った歌と大差はない。ジョンの新しい感覚が表れているのは、コーラスの部分だ。「I'm a loser（僕は負け犬だ）／And I'm not what I appear to be（見かけとは裏腹に）」と彼は歌った。アルバムのジャケットの不安げな写真にも似たこの告白は、まもなく「ヘルプ！」や「ひとりぼっちのあいつ」のような作品に反響していく。

「ノー・リプライ」は、レノンの詩の成熟度を示すもっといい例であり、そのことは、当時レノン＆マッカートニーの曲の楽譜を出版していたディック・ジェイムズが認めている。ジェイムズが「ノー・リプライ」を聴いて、こう言った、と後にレノンは回想している。

「『ずっと良くなったよ――完璧なストーリーになったな』と彼は言ったんだが、明らかに彼はそれまで僕の歌を、フラフラと脱線しがちだと思っていたようなんだ』。「ノー・リプライ」で語られていたストーリーも決定的だが、さらに印象的なのは、レノンが描写しているいきいきとした情景だった。彼女は留守だよ、と言われて、求婚者はその家から追い払われる。しかし彼が見上げると、そうでないことがわかってしまうのだ。窓からのぞいている彼女が見える。目が合って、彼は裏切られた屈辱感でいっぱいになる。「死ぬほどつらいんだ！」とジョンが嘆き、ポールがパワフルで絶望感の漂うハーモニーでそれをサポートする。聴き手にはその苦しみが手にとるようにわかり、しかもそれが激しく、率直に表現されているので、かえってカタルシス的な効果があるのだ。

こういう失意の歌二曲でアルバムが始まるのは、少々危険だったし、事実マーティンは、一時「ノー・リプライ」をB面にしてはどうかとも言っていた。しかし彼は、限られた枚数の絵札のカードだけを手に持って勝負していたようなものだから、十分慎重にプレイする必要があった。確かに、「エヴリー・リトル・シング」や「パーティーはそのままに」のようなレノン&マッカートニーのオリジナルは、お粗末な作品ではないにしても、何よりもジョンとポールの抜きん出た歌唱力にずいぶん助けられており、非凡でテクニカルなサウンドが、曲を実際よりも数段豊かに見せていた。この時期にビートルズのオリジナル曲がいかに枯渇していたかは、何年か後にマッカートニーが、A面に入れられた少しバラード調の小品、「アイル・フォロー・ザ・サン」について語った言葉に表れている。ポールは、まだ十六歳の時に、この「アイル・フォロー・ザ・サン」を書いたのだが、ビートルズの初期のレコードには入れてもらえなかった。というのも、「あまり良い評価はされなかったんだ。だから、僕もあえて押しはしなかった」と、彼は告白している。

結局、マーティンは、両面の最初と最後をできるだけ強い印象にしたいと考えて、「ベイビーズ・イン・ブラック」や、「ミスター・ムーンライト」、「ワーズ・オブ・ラヴ」といった平凡な作品を真ん中のあたりにこっそりと入れて、あまり目立たないようにしようと考えた。謎なのは、どうして「ミスター・ムーンライト」を入れたかということだ。一九六二年にドクター・フィールグッド&インターンズが出してヒットしなかったこの曲のカバーをレコーディングしたのと同じ日に、ビートルズは、一九五九年にリトル・ウィリー・ジョンが最初にリズム・アンド・ブルースでレコーディングした「リーヴ・マイ・キトゥン・アローン」を、活気のある演奏で録音していた。リリースされなかったビートルズ版の「リーヴ・マイ・キトゥン・アローン」は、彼らの初期の頃のカバーである。「スロー・ダウン」や「マネー（ザッツ・ホワット・アイ・ウォント）」と同じくらいに良い出来なのだ。つまり、騒々しいバックの演奏に、レノンのヴォーカルが絶叫するという独壇上の仕上がりになっている。それは、「ビートルズ・フォー・セール」の中での最もいいカバー二曲――「ロックンロール・ミュージック」と「カンサス・シティ」メドレー――ほどの魅力はないが、「ミスター・ムーンライト」よりははるかにいいし、アルバムのB面に入れるくらいの価値はあったのではないだろうか。ビートルズ自身とジョージ・

マーティンのどちらが、「リーヴ・マイ・キトゥン・アローン」を却下したのかは定かではない。この頃には、メンバーとプロデューサーの力のバランスが変わっていたと、ルイソンは書いている。「ベイビーズ・イン・ブラック」の、あの最初の耳障りなギターの弦の音を聴いた後で、マーティンがうさんくさそうにたずねた。「本当に、こういうふうに始めたいのかね?」だが、これも合意の上で決められたのかもしれない。とにかく、「リーヴ・マイ・キトゥン・アローン」をアルバムから外したことは、ビートルズの数少ない判断ミスの一つに入るだろう。

「ビートルズ・フォー・セール」のアルバムが、ビートルズのレコードの中でも最低レベルのものに思えるのは、それ以後のビートルズの活躍が、あまりにも素晴らしすぎるという理由が大きいのかもしれない。このアルバムを、同時期のライバルの作品と好意的に較べて、良い点をつけることもできるかもしれないが、ビートルズによって積み重ねられた全業績から比べたら、二級品だろう。これを、結局ビートルズも人間だったという証拠ととらえるか、ビートルマニアが生み出した残念な副産物ととらえるか——。もちろん、当時はそんな批判が浴びせられることもなかったが、もしビートルズがこのアルバムに続いて、二級品の貧弱なものをリリースしていれば、ファンからは文句が出ていたかもしれない。しかし、ビートルズは自分たちの歩調を取り戻し、さっそうと前進していった。そういう意味では、この頃の彼らは、天の祝福を受けて勢い良く上昇するシューティング・スター(流れ星)にも匹敵していた。

第10章　天才たち――レノン&マッカートニーの共作

ビートルズの異常なまでの人気と芸術性の根幹にはいつも、ジョン・レノンとポール・マッカートニーの書く曲があった。バンドとしてのビートルズはまず、エレキを使ったライヴ・コンサートでアメリカのロックン・ロールを歌って人々を魅了し、次いでシンガーやミュージシャンとしての彼らの才能が大きな財産となって、レコードの実績を積んでいったのだった。しかし、ビートルズが、エルヴィス・プレスリーやフランク・シナトラのようなポップ界の大御所と違うのは、彼らが他人の曲を解釈して演奏する――いかにそれが巧みにではあっても――だけではない点にある。彼らは自分で曲を作り、二十世紀のポピュラー音楽界の中で、比類のない音楽体系を作り上げたのである。ジョージ・ハリスンも、ビートルズのリストに素晴らしい曲を何曲か載せているが、ビートルズをその時代の音楽現象にまでしてしまったのは、何よりもレノンとマッカートニーの作った曲だった。「歌こそが残るんだ」と、かつてリンゴ・スターが言ったことがある。「どう演奏したかということじゃないんだよ。僕は本当に、音楽性なんかよりも歌が大事だと思っているんだ。みんなが口ずさめるような歌だ。僕のドラムのパートなんか歌えない。その点、ジョンとポールは、本当に素晴らしい歌を作ったよ」

おかしなことに、レノンとマッカートニーは当初、「優れた作曲家になる素質など、まったく見せていなかった」と、ジョージ・マーティンは言う。プロデューサーである彼は、レノンとマッカートニーの間に生じた競争心が、二人の創造的な才能を結実させ、それがビートルズの名声を一気に上げていったのだと主張する。「まるで圧力鍋で調理するように仕事をしたからこそ、彼らは優れたソング・ライターになっていったんだ。彼らはものすごいスピードで学び、互いに刺激し合っていた。実際、あれはいつも競争だったよ」

パートナーとしてのレノン&マッカートニーが、ライバル意識を持っていたことは、一九六三年三月、「フロム・ミー・トゥ・ユー」のレコーディング・セッションの最初の段階から明らかだった。その日、ビートルズは、ヒーローとなってアビイ・ロードに帰ってきていた。二月二十二日に、「プリーズ・プリーズ・ミー」がヒット・チャートの一位になってから、初めてのスタジオ入りだった。どちらの曲も、レノン&マッカートニーのオリジナルだった。実は、伝説となっているのだが、「フロム・ミー・トゥ・ユー」は、三月五日のセッションの五日前に、ヨークとシュローズベリーの間を移動中の車の中で書かれたものだった。いよいよリンゴが第2スタジオのドラム・セットの位置につき、他のメンバーはギターのベルトを肩にかける。バンド全員が、二番目のナンバー・ワン・シングルになる曲のレコーディングを行おうとしていた。

七回のフル・テイク・レコーディングで「フロム・ミー・トゥ・ユー」はきちんとした

形になったのだが、それはメンバーたちがずっと練習してきたせいだった。だから、この曲のサウンドは、最初のテイクの時から、もう完成品のバージョンに近かった。ジョンとポール二人のリード・ヴォーカルはぴったりと合っていたし、ジョージのギターは明快にメロディを追い、リンゴのドラムは、年代物のメリーゴーラウンドのように小刻みに元気良くリズムを刻んでいた。確かに、歌詞の三番の終わり近くに、不思議なホイッスルのような音が入っていなければ、これ以上のテイクは必要ないと思われた。短いホイッスルは、テイクを中断する時の合図にしているもので、それが聞こえると、すべてを中止してしまうのだ。

ジョンとジョージが、最初に演奏をやめた。リンゴのドラムがそれから一、二拍打ったあと、ポールが二、三語歌って、彼もやめた。まったくわけがわからず、ポールが「どうしたんだい?」とたずねた。沈黙があって、コントロール・ルームからも同じ言葉が返って来た。「どうしたんだい、何があった?」たちまち機嫌を悪くしたポールが、呑気《のんき》に、しかし非難がましい口調で答えた。「あんたが何か言ったんだと思ったけど」。そしてそのあとはジョンとポールの激しい言い合いが続いたが、ジョンが「君が演奏を……」と言った言葉しか聞きとれない。そしてそのすぐあとに、ジョンがひどいリヴァプール訛《なま》りでこう言っている。「ホイッスルが聞こえたんだよ」

だが、それがポールなのか誰なのかは、彼にも定かではなかった。ジョンが言うには、いつの場合にも、誰も罪を認めないので、結局は肩をすくめ、「いいよ、続けよう」ということになるのだった。それで、彼らは二回目のテイクを始めた。これもまた、最初から最後まで素晴らしい出来だった。多分、初めて聴くリスナーにはそう聞こえるだろう。しかし、耳のいいマッカートニーがすぐに、テープを聴き直してチェックを入れた。ジョンのヴォーカルの最後のところが違っていたのだ。まだアンプからは最後のギターの音が響いている時に、ポールは、あからさまに嬉しそうにジョンに向かって言った。「アハハハハハ、最後を間違えただろ」

こういう親しい、しかし強烈なライバル意識が、レノンとマッカートニーの関係のすべてに浸透していた。一番最初から一緒にやってきたジョンとポールは、友人でありライバルであり、パートナーであり競争相手であり、心の友であり批評家でもあった。「二人の人間が微笑み合いながら、いつも一本のロープを力の限り引っ張り合っているところを想像してみるといい」と、ジョージ・マーティンが、レノンの伝記の著者、レイ・コールマンに語っている。「彼ら二人の間の緊張感が、ボンドの役割を果たしたんだよ」。曲作りのパートナーなんて、恋愛関係のようなものだ、とレノンが言ったことがある。「恨んだりすることはなかったが、競争ではあったね」。いつも「ポールと僕の間には、どっちがA面を取れるか、とか、どっちがシングルをヒットさせるか、といった、ちょっとした競争があった」

そういったライバル意識が、レノンとマッカートニーにどんどん良い曲を書かせるようになっただけでなく、驚くべき速さで彼らを音楽的に成長させ、ビートルズ全体としての輝かしい業績を作り上げていったのだった。ジョージ・マーティンは、もし二人が出会わなかったら、それぞれがそこそこに活躍はしただろうが、「ここまでビッグな」作曲家にはならなかっただろう、と考えている。「ジョンに会ったことで、ポールはより深みのある詩を書こうとするようになった」。マーティンは、ビートルズ公認の伝記の著者、ハンター・デイヴィスにこう語っている。「とはいっても、ジョンに会ったおかげで、ポールが『エリナー・リグビー』を書けたとは言わないがね」。ポール自身は、のちにジョンのことをこう言っている。「彼が『ストロベリー・フィールズ』を書けば、僕はちょっと離れて、『ペニー・レイン』を書いた。もし僕が『アイム・ダウン』を書けば、彼もちょっと離れて、何かそれによく似たものを書いたと思う。互いに競争していたからね。でも、結局は利害を同じくしているから、とても仲のいい競争だったんだ。こういう感じで――〔彼は、見えない階段を昇るかのように、両手を交互に動かしていく〕――一段ずつ上がっていくように、僕らはたえずどんどん成長していったんだよ」

実際、「ペニー・レイン」と「ストロベリー・フィールズ・フォーエバー」は、レノンとマッカートニーをそういう力のある作曲チームにした、まったく対極にある感性を明確に表した一例である。陽気で楽しいビート、暖かみのある人物描写、からかい半分のユーモアのある「ペニー・レイン」は、マッカートニーの生活の本質にある陽気な面を反映している。リヴァプールの「郊外の青い空の下で」過ごしたポールの子供時代には、暗い時期もあったが、全体としては、楽しく振り返れる時代だった。一方、レノンの「ストロベリー・フィールズ・フォーエバー」は、「すべてが幻」の、夢のような、幻覚のような場所であり、ジョンは、狂っているのが自分なのか、世界なのかわからないでいるのだ。

レノンとマッカートニーは、互いに相手のベスト以上のものを引き出せるほど、その気性も音楽の才能も、まったく違っていた。両者とも、卓抜した才能に恵まれていたことはもちろんだった。が、マッカートニーは、メロディにおいて桁はずれの才能を持ち、足でテンポをとりながら、感情を盛り上げていく歌手であり、一方レノンは詩人で、不思議なリズムと一つか二つの旋律でメロディを作り、その歌には偏屈な不条理主義的な傾向があった。またマッカートニーは他人をテーマに曲を書くことが多く、レノンは自分をテーマにしがちだった。そして、ビートルズの主流となるスタンダードな曲、たとえば「イエスタデイ」、「ミッシェル」「イエロー・サブマリン」のような曲の大半がマッカートニーのペンによるものだとすれば、レノンは、「愛こそはすべて」、「レボリューション」、「一人ぼっちのあいつ」のような、もっと哲学的な曲を作った。それぞれのビートルズ以後の作品を批判する向きに言わせれば、彼らのそういった傾向は、度が過ぎるきらいもあった。だがビートルズの時代には、そういったポールやジョンの個性も、甘やかされすぎることなく伸ばされていったのだった。その力については、ビートルズの作曲活動についてよく知る数少ない部外者の一人で、レノンの友人であるピート・ショットンがうまくまとめている。「ポールがいたからこそ、ジョンは暗くわがままになりすぎなくてすんだし、ジョンの影響で、ポールの曲作りが上滑りでセンチメンタルになることなくすんだんだ」

皮肉なことに、レノンとマッカートニーのソロ活動が、彼らのパートナーシップの強さを最もよく表している。ソロのアーティストとして、二人は、ビートルズの時と同じように、たくさんのいい曲を書いた。彼らのような才能は、一夜にして消え去ってしまうものではないのだ。問題は、ジョンもポールも、ビートルズのアルバムには入れなかったような、ごく普通の曲も書いたことである。そういう曲は、競争には勝てない。ビートルズの時代は競争が熾烈だったのだ。アルバムのスペースが限られていたという事実は、どちらかが作った強くアピールするものだけがレコーディングされることを意味していたが、ソロのアーティストとして書いた曲は、指図する人もなく、すべてアルバムに収められてリリースされた。ソロ活動していた時期にマッカートニーがこう言った。「だってね、ピアノの前に座ると、三時間後には、百通りくらいの曲が書けてしまうんだ。そして怖いのは、そのうちの十曲がビッグ・ヒットになるかもしれないことなんだよ」

ジョンとポールの対照的なスタイルの融合は、ビートルズが表現する感情的、音楽的なカンバスをぐんと広げるのに大きな効果があった。そのことは、レノンとマッカートニーが共同で作った曲を見ればよくわかる。たとえば、一九八〇年の「プレイボーイ」誌のインタビューで、ジョンは、「ミッシェル」の創作過程について語っているのだが、彼の説明は明快で、しかもファンたちの間で流れてきた仮説、つまり、リード・ヴォーカルを歌っているのが誰かによって、どちらが曲を作っているかがわかるという説を一蹴していた。「ミッシェル」は、そういった経験則的な噂が、いかに油断ならないかを示しているのだ。

というのは、「ミッシェル」は全体を通じてマッカートニーがリード・ヴォーカルを取っているのだが、実際には彼が作ったのは本編の部分で、中間の八小節はジョンが作ったものだったのである。

その場面を思い返して、ジョンはこう言っている。「彼と僕はどこかに滞在していたんだが、ポールが入ってきて、最初の数小節に歌詞をつけて口ずさんだんだ。そして、こう言った。『この後はどうしようか?』って」。ジョンは、ちょうどブルースのレコードを聴いていて、それからメロディを少し変えることで、「I love you, I love you, I love you（愛してる、愛してる、愛してる）」のフレーズが生まれたのだった。「ポールの歌に僕が手を貸すと、いつも少しブルース的なものを加えることになった」と、ジョンは言う。「そうでなければ、『ミッシェル』は、もろバラード調になっていたよ、そうだろ? 彼は明るく楽天的な雰囲気を出し、一方僕は、いつも哀しくて不協和音的なブルース調になっちゃうんだ」。だから、「恋を抱きしめよう」では、ポールの楽天的な和解の呼びかけから、ジョンの「life is very short, and there's no time for fussing and fighting, my friend（人生はすごく短い、くだらない喧嘩をしている暇はないんだよ）」という少し苛立った、忠告のような深刻で説得力のある小節へと続いていく。また主にポールが書いた「シーズ・リーヴィング・ホーム」では、過保護にしてきたティーンエイジの娘に家を出ていかれた親を歌った歌詞「What did we do that was wrong?（私たちがどんな悪いことをしたっていうの?）／We didn't know it was wrong（よかれと思ってしたことなのよ）」という個所を、ジョンが書き添えている。

ファンや評論家は、どちらが書いて、どちらがより才能があるかを推し測りたいのだろうが、大切なのは、レノン＆マッカートニーのパートナーシップそのものであった。それぞれの才能があればあるほど、その二人が一緒になり、互いに影響し合い、競争して補足し合う、それが彼らにまた別の方向を見出させて、どちらも一人でできる以上の音楽を生み出していったのだ。彼らのどちらがビートルズに貢献したか、という順位をつけることは不可能だ、とジョージ・マーティンは言う。「それは、ヴィネガー・ソースの材料で、オイルとワイン・ヴィネガーのどちらが大事か、と聞くようなものだ。どちらも必須の大切なアイテムなんだよ。どちらが欠けても、ビートルズの成功は考えられなかっただろう」

それでも、部外の観察者たちはずっと、レノンとマッカートニーの個性や音楽的才能の違いから判断して、彼らを間違った型にはめてきた。ポールは、繊細な詩の書けない、感傷的な軽いヤツで、ジョンは、反抗的な芸能人で、粗っぽい不良少年だというふうに。しかし、二人とも、もっと複雑で才能もあったわけで、そんな一面的な言葉では決めつけられなかった。ポールは、曲作りに専念している時には「極めて有能な作詞家」だったと、ジョンは、「イエスタデイ」、「フール・オン・ザ・ヒル」、「フィクシング・ア・ホール」のような歌を引き合いに出して語った。それでも、彼らのイメージは勝手に作られてしまい、それはあながち頭の鈍い批評家ばかりが原因とも言えないだろう。特にジョンは、解散後の一九七〇年代の初めの辛い時期に、ポールについてあまり寛容でないコメントをしていたからである。マッカートニーが振り返る。「僕は、センチメンタルなバラード歌手と言われるようになったんだが、もちろん、僕らの仲が悪かった時に、ジョンがしきりにそういうふうに煽ったんだ。彼は、そう言っていたけれど、本当はそうじゃないことをわかっていたんだ」。確かに、それ以上はないと思うくらいにハードで、わざとらしい、胃の中がひっくり返りそうになる「ヘルター・スケルター」を書いて歌ったのはマッカートニーだった。ポールは、「イエスタデイ」を録音したのと同じセッションで、彼のトレードマークのパワフルなヴォーカルのワイルドで騒がしいロックンロール・ナンバー、「アイム・ダウン」をレコーディングしている。ジョンも同様に、破壊的な「ツイスト・アンド・シャウト」のテイクで絶叫して、その後で、むせぶように「アイ・アム・ザ・ウォルラス」を歌っている。それが、官能的でセンチメンタルなバラード「グッド・ナイト」を書いたのと同一人物であり、その人物はまた優しく軽やかな「ジュリア」では、声が哀しく疼《うず》いてもいるのだ。

ファンや評論家による止《や》むことのない、しかも誤解の多い分析は、しばしばレノンとマッカートニーをいらつかせ、今度は彼らが正確さに欠ける一貫性のないコメントをして、よけいに混乱を招くのだった。かつてポールがこう言って、知ったかぶりをしている人たちを片づけたことがある。「僕たちは狭い部屋にいて、そこにいたのは僕とジョンで、それを書いたのも僕とジョンであり、そのことを何でも知っていると思っている連中は、みんなそこにいたわけじゃない。いたのは僕で、彼らよりも僕の方がよくわかっているはずなんだ。彼と一緒に部屋にいたのは僕なんだから」

確かにマッカートニーの言うとおりだろう。それでも、ジョンがポールに、自分の曲よりもポールの曲の方が好きだと言ったのがいつだったかを、ポールが思い起こした時のように、人間の記憶が完全でないこともまた周知の事実だ。ポールは、ビートルズが映画「ヘルプ！」を撮影していた時に、ホテルの部屋でその会話をしたと記憶していた。同じ面にジョンの曲が三曲、ポールの曲が三曲入っているアルバムを二人で聴いた後に、ジョンがそう言った、とポールは言う。問題は、「ヘルプ！」の前にリリースしたアルバムはない、ということだ。そのことで、ジョンがそういうセリフを言わなかったという証拠には必ずしもならないが、ポールの回想は少なくとも誤りだということはわかる。ジョンの方は、永久にレノン＆マッカートニーというクレジットが残るにもかかわらず、彼とポールはいつも別々に曲を作っていたという錯覚を、あえて大事にしていた。後に彼は、自分のごまかしをこう笑って白状している。「僕はそう言ったけれど、あれは嘘をついていたんだ。僕があぁ言った頃、僕たちは、特に僕は、一緒に曲を書いて歌うということに嫌気がさしていて、それで、こう考えることにしたんだ。『僕らは一緒に曲を作らなかった、一緒に部屋にもいなかった』とね。でも、それは本当じゃなかった。僕らは、ずいぶん一緒に書いたんだよ、マンツーマンで、顔をつきあわせてね」

レノン＆マッカートニーの共作の仕方は、最初の頃の「抱きしめたい」や「シー・ラヴズ・ユー」のように、五十パーセントずつの割合から、後年の「ヘイ・ジュード」や「レボリューション」のような、完全にどちらか一方の努力による作り方まで、いろいろな形をとった。初期の頃には、共同して作ることが多く、そのことをレノンはこう説明する。「僕らに要求されるものがあまりに大きすぎたせいもある。三か月ごとにシングル・レコードを出してほしいと言われて、僕らはホテルや車の中で、いつも十二時間、曲を作っていたんだよ」。当時、レノンとマッカートニーは、彼ら自身が認めるところによると、特に他の歌手やバンドのために曲を作る時は、まったく型にはまった普通の作曲家だったという。「僕らは、さっさと書きあげたよ」と、マッカートニーは、お金をもらって作る曲のことを語っている。「頭の中でぼんやりとした形があって、すらすらと書けたんだ」。歌詞はそう重要ではなかった、とレノンが振り返る。「あの頃のポールと僕は、ティン・パン・アレイ(ポピュラー音楽の作曲家や出版業者の集まる地域)の人たちのように、歌詞なんてものはバカにして笑ったものだった。歌詞とメロディを合わせようとし始めたのは、もっと後になってからだよ」

ボブ・ディランに触発されて、特にレノンは、歌詞にこだわるようになった。後に彼はこう語っている。「ディランと最初に会った頃、彼はいつも、『歌詞を聴きなよ』と言っていて、僕は、『歌詞なんかにかまっちゃいられない。僕はサウンドを聴くんだ、全体的なサウンドをね』と答えたものだった」。しかし、ジョンも馬鹿ではなかったから、まもなくその詩人のアドバイスに気がついた。そういえばジョンは、子供の頃から言葉遊びを楽しんできたのだ。そうして、その言葉の才能を、メロディを飾るだけでなく、何かを語る言葉としての歌詞を考え出すのに使うことにしたのだった。彼は後に、半ばジョークで「ディラン時代」と名付けた時期に入ってからの一九六四年の終わりに、「アイム・ア・ルーザー」、「ヘルプ！」、「イン・マイ・ライフ」、「ノーウェジアン・ウッド」のような、内省的、自伝的な曲を作り始めた。これが、彼の新しい、そしてその後に目指していく芸術の始まりであり、それは「ア・デイ・イン・ザ・ライフ」、「愛こそはすべて」、「レボリューション」のような、言葉の意味が大きな価値を持つ曲に表れていき、ソロ活動の時期の「ワーキング・クラス・ヒーロー」や「イマジン」につながっている。

ジョージ・マーティンによれば、ビートルズの中期の頃の最も一般的な作曲方法は、ジョンとポールが、「断片的に互いに手助けしていたんだ。一方が、そのほとんどを書いて、もう一方に演奏してみせると、相手がこう言う。『そうだな、こうしたらどう？』って。そうやって、彼らは一緒に作っていたんだ」ということだった。しかし、ビートルズの歌が集中的にたくさん書かれた中期には、ジョージ・ハリスンやリンゴ・スターや、時にはその他の人も、断片的に曲作りに貢献していた。たとえば、「エリナー・リグビー」は、一九六六年に出されたアルバム「リボルバー」に入っている曲だが、ピート・ショットンによれば、まさにグループで作ったものだった。彼は、ジョンの家で、ポールが初めて他のメンバーにこの歌を紹介した時、そこに居合わせていた。ポールは、その曲に他の人たちの手が加わる前に、すでに十分良いメロディにしていたようだったが、歌詞はまだ形になっていなかったので、ビートルズとショットンが「丸くなって座り、意見を出し合い、おかしな言葉やフレーズを削っていった」という。たとえば、「darning his socks in the night（夜に靴下を繕《つくろ》う）」という言葉はリンゴが提案したものであり、ショットンは、マッケンジー神父の行うリグビーの葬式で、歌をしめくくったらどうだろうかと提案したと語っている。

ビートルズ公認の伝記の執筆者、ハンター・デイヴィスによると、一九六七年四月に「マジカル・ミステリー・ツアー」の最初のテイクをとった時が、同様の頭脳を使ったセッションの起こりだった。しかし、「マジカル・ミステリー・ツアー」のセッションよりもっと面白いのが、アルバム「サージェント・ペパーズ・ロンリー・ハーツ・クラブ・バンド」の中でリンゴが歌うために、ジョンとポールが一緒に「ウィズ・ア・リトル・ヘルプ・フロム・マイ・フレンズ」を書いた時についての、デイヴィスの記述だ。その曲の基本的なメロディと形は、デイヴィスが訪ねる前日までにできていた。そして、ジョンがポールの家に行って、「メロディを磨き上げ、それに歌詞をつける」ことになった。ジョンがギターを、ポールがピアノを弾いて何時間もたつうちに、「それぞれがトランス状態になったようで、一方に何かいいアイデアが浮かべば、騒々しい沢山の音の中から拾い出して演奏し、試してみるのだった」と書いている。そうやって試行錯誤を繰り返して、歌詞がだんだん練られていく。「Are you afraid when you turn out the light?（明かりを消したら怖いかい？）」と歌った後で、ジョンが、一語ずつ検討していく。そして次に彼は、「Do you believe in love at first sight?（一目惚れって信じるかい？）」と歌うのだが、シラブルの数が合わない。そこでポールが、「Do you believe in a love at first sight?」と言い直す。ジョンがそれをもう一度歌い、すぐに対句となる句を思いつく。「そう、そんなことはしょっちゅうさ」。そして、二人で歌っていて、気がつくとジョンが、「Would you believe……」と変えて歌っている。次には、対句の順番を変え、その句が最初にくるようにした。その間、楽器を気ままに鳴らしたり、「キャント・バイ・ミー・ラヴ」など他の曲の、雑でおかしなバージョンに話がそれたりしたせいもあるが、結局その三行だけで、完成させるのに三時間もかかったという。しかし、「ジョンとポールは、四行目のために、その三行を何度も何度も歌っていた」とデイヴィスは書いている。そしてとうとう、ジョンが三行目の変更案を思いついた。「What do you see when you turn out the light?（明かりを消したら何が見えるかい？）」そしてそれが、ジョン自身のみごとな受け答えで、完成に結びついたのだった。「I can't tell you but I know it's mine（内緒だけれど、それは僕のだいじなものさ）」

レノンとマッカートニーは、自分たちが才能ある作曲家だとはわかっていたが、どうやって曲ができるのかは、自分たちにもわからなかった。それに、彼らは、努力よりも直感を信じて曲を作りたかったのだ。マッカートニーは、曲作りに決まった型を持たなかったことについて、「毎回、何もないところから出てくるんだ」と説明している。彼が言うには、最高の曲は「ふつう、一度しか書けない」し、「ジョンと一緒に仕事をするいい面は、彼がモタモタするのが嫌いなことだった。退屈するのが嫌いっていうのは、いい性質だよ」とつけ加えている。マッカートニーによれば、額に汗して曲を作らなければいけないというのは、「たいてい、良くない証拠だ」と言う。一方、レノンは、「僕は、霊媒師のようにとりつかれているような状態が楽しいね。何もしないでいて、夜中になったり、あるいはそれをしたくない時間になったり……。そういうのが面白いね。そして、ゴロゴロ寝ころんでいると、全体像が、つまり詩と音楽が浮かんでくるんだ。それで、僕はいつも思うんだ、こんなのでそれを僕が書いたって言えるだろうか？　と。まったく、誰が書いたのかわからないんだよ。僕はただボーッとしているだけで、そこに曲が浮かんでくるんだからね」。こういうふうにして、レノンの頭に浮かんだ曲の中には、「ひとりぼっちのあいつ」、「イン・マイ・ライフ」、「アクロス・ザ・ユニバース」などがある。ジョンが言うには、特に「アクロス・ザ・ユニバース」などは、「僕をベッドから追いたてて……何かが、そうさせるんだ。そいつが寝させてくれなくて、しかたなく起きて、何とか形にする。そうすれば、また寝られるんだ」。マッカートニーも、「イエスタデイ」で同様の経験をしている。彼は、ある朝、起きてすぐにこの曲を書いた。あるいは、書き写したと言ってもいいだろう。レノンと同じように、マッカートニーも、何か見えないものによって、完成した曲が与えられたようだと言うのだ。ポールは振り返る。「僕はベッドから転げ落ちて、ピアノを置いていたけど……あれは夢に違いないんだ。だって、僕はベッドの脇にピアノを置いていたけど……あれは夢に違いないんだ。だって、僕はベッドから転げ落ちて、ピアノの鍵盤に手があたり、その時に、頭の中にメロディが浮かんだんだもの。しかも、完璧な形で。信じられないよ」

レノンとマッカートニーは、どちらも異常なほどの自尊家だと、かつてレノンが言ったことがあるが、こと曲作りに関しては、彼らの言葉は極めて謙虚である。ポールと自分が優れた作曲家になれたのは、特別な才能があったからではない、と彼は主張する。自分たちはただ、「天球（宇宙）の和声、つまり理解を超えた音楽というもの」が、その軌道を通って世界を一周するための媒介物にすぎない、と言う。人は、それを受け入れなければならない。「波長を合わせなければならない」のだと、ジョンは言うのである。結局は、自分もポールも、本当は自分たちのものでない音楽の、ただの「チャンネル」にすぎないのだ、と。要は、その流れ、つまり永遠の「今」に入り込むこと——そして、「そこ、つまり『そういう状態』から出てくると、その時のそこは……すごく純粋で、それこそが僕らがいつも、本当に求めていたものなんだ」

もちろん、曲作りがいつも宇宙的な体験によるというわけではない。レノンとマッカートニーは、時には、必要に応じて曲を次々に作り出さなければいけないプロでもあった。「ウィズ・ア・リトル・ヘルプ・フロム・マイ・フレンズ」などはその例で、マッカートニーに言わせれば、そういう歌が、「イマジネーションから出てきた歌よりも、必ずしも出来が悪いというわけでもない」のだ。しかし強制されて作るような曲にも、その歌を魅力的にするだけの才能を頼みに、レノンとマッカートニーの本能的なアプローチがあったことも事実だった。たとえば、「エリナー・リグビー」では、「マッケンジー神父」という名前は、電話帳をめくって選んだのだという。「でたらめにまかせて成功したというわけさ」と、マッカートニーが言う。「完全にうまくいったし、頭で考えようとしても、こんなにぴったりとはいかないよ」。映画「レット・イット・ビー」のためのレコーディング・セッションの中で、レノンが同じことをジョージ・ハリスンに指摘した。ジョージは、最終的にはアルバム「アビイ・ロード」に入れられたのだが、彼のバラード「サムシング」の歌詞のことで悩んでいた。彼は、二行目で行き詰まっていた。「Something in the way she moves（彼女のしぐさがかもしだす何かが）／Attracts me like…（……のように僕を惹きつける）」。最初、彼はマッカートニーに相談した。「なんて入れたらいいだろう？」と聞いて、その行を繰り返した。「フンフンフンてのは？」と、ポールが答えた。ちょっと戸惑いつつ、笑ってジョージが言った。「それじゃ、全然惹きつけられないよ」。するとジョンが口を開いた。「考えるたびに、頭の中に浮かんだことを入れていけばどうだい？『僕を惹きつけるのは……カリフラワー』、とかね。ぴったりした言葉がくるまで」

「僕らの仕事のやり方で良かったのは、ルールを決めないことだった」と、マッカートニーは振り返る。「自分たちで作ってしまったルールは、たいてい壊そうとした。守りの姿勢に入るのは、安全とはいえないし、役にも立たなかった」。確かに、ジョージ・マーティンは、音楽の「ルール」を決めてしまわないことが、レノンとマッカートニーの創造的成功のかなめであると考えている。マーティンはその自伝で、「よく私も、ビートルズの曲を書いてはどうかと言われることがあったが、その答えは、一つの基本的な理由から、明らかに『ノー』である。それは、彼らのように素直に音楽に向かっていけなかったということ……たとえば、もしポールが音楽を「きちんと」学んでいたとしたら――ピアノだけでなく、音楽を書いたり読んだりするための正しい表記法も――それは彼の手かせになってしまったかもしれない。彼自身もそう思っているだろう。人は、いったん何かを教えられ始めたら、その方向にしか向けなくなるんだ。ポールにはそういうことがなかったから、心が自由で、私などから見れば乱暴なことを思いつく。私は、彼らのそういうところを賞賛するんだが、自分のように音楽教育を受けてしまうと、彼らのような考え方はできないんだよ」と書いている。

確かに、レノンとマッカートニーの曲に見られる非凡な才能は、単純ではあるが極端に単純すぎることなく、素人っぽくならずに洗練されているという点だ。ジョンとポールの、自由奔放でほとんど無秩序とも言えるアプローチ方法は、彼らの音楽に新鮮さとオリジナリティを与え、すぐに理解できる解りやすさと、広く受け入れられる寛容さが光っている。つまり、彼ら二人は、皆の無意識にある音楽に波長を合わせ、多数の同世代の人たちが、深く確かに共鳴できる歌を作り出してくれたのだった。「彼らが、彼らの世代のコール・ポーターやジョージ・ガーシュウィンであったことは、間違いない」と、ジョージ・マーティンは書いている。「シューベルトと較《くら》べる人もいた――これは、ちょっと嘘っぽいが――しかし、そこまで彼らの音楽が、その時代を完全に代表するものだったと言えるだろう」

ビートルズのレコードが、グループを解散して二十年たった今でも数多く売れ続けているという事実は、レノンとマッカートニーの魅力が、彼らの世代だけには限られていないということを意味している。レノン&マッカートニーの曲の楽譜の最初の版権所有者であったディック・ジェイムズは一九六五年に、彼らの歌は「次の世紀まで金を稼げるだろう」と予言している。彼が楽譜を販売して何年かのちの一九八〇年代に入って、彼はさらにその予言につけ加えて、「もし彼らの歌が、いま新しく売り出されたら、世界的な大ヒットになるだろうね。その質の高さは、驚異的だよ」と語っている。マッカートニーは、一九八四年のインタビューで、もっと個人的な見方をしていた。「僕とジョンの共作は——他の人とであれば、あそこまで到達するのは困難だったと思うよ。彼は本当に才能があったんだ、彼は本当にすごいやつだったよ。僕は、『It's getting better all the time.(いつだって、いい方向に向かっているさ)』と歌う時に、他の誰かがそばにいるなんて想像できない。『It couldn't get much worse(ひどく悪くなることなんかないよ)』と、他の誰かがあいづちを打ってくれるだろう、なんて考えられないのさ」

第11章　フレッシュ・サウンド（アルバム「ヘルプ！」）

一九六〇年代のカウンター・カルチャー（反体制文化）の象徴として見られるビートルズには、いつもある種の皮肉がつきまとう。彼らの音楽は、愛と快楽とスピリチュアルな探究を歌った六〇年代のゴスペルを蔓延させ、あきらかに幻覚作用のあるドラッグの使用を広めるものであった。しかし、ビートルズはまた、金儲けも愛した。「さあ、スイミング・プール分を書こうぜ！」と、ジョンとポールが、歌を書く時に言ったこともあった。そして、彼らのレコード会社の人間から一般の人々、またビートルズ本人たちの誰もが、世界中を嵐のように襲った音楽を今後も作り続けるだろう……と期待している状況の中では、「ドロップアウト」という考え方、社会の主流や競争的、階級的社会の風潮からはずれてシンプルライフを生きるという考えは、そう簡単には満たされない夢でもあった。レノンが六〇年代を、「他の皆は、のらくらして麻薬を喫ったりしていたのに、僕らは一日二十四時間働いていた」時代だったと、不満そうに言ったことがある。五年間公の場から身を引いた後の一九七〇年代後半に、ジョンは、彼が最後にレコーディングした曲の一つ、「ウォッチング・ザ・ホイールズ」で、名声という「メリーゴーラウンド」を飛び下りた勇気を祝福している。「いかれている」とか「怠け者だ」という世間の非難をあざけって、彼は、「just sitting there（ただそこにいて）／watching the wheels go round and round（車輪がまわるのを見ていた）」と歌い、「I really love to watch'em roll（僕は、みんながグルグルまわるのを見るのが本当に好きなんだ）」と、特有のさりげなく辛辣なユーモアを添えている。しかし一九六五年頃の、まばゆいばかりの新しい生活に対するプレッシャーと、落ち着かなさにとらわれていた二十四歳のポップ・アイドルだった頃の彼には、逃げる方法がわからなかった。できることはただ、「ヘルプ！」と叫ぶことだけだった。

レノンは、一九六五年に、ビートルズの五枚目のアルバムと二本目の映画のタイトル・トラックとなる「ヘルプ！」を書いた。これはビートルズの歌の中で、歌詞がメロディと同じくらいの比重を持つ初めての歌だった。しかし、その時は歌詞の重要性をそのまま理解できる人は少なく、書いた本人も例外ではなかった。ファンたちは、ビートルズの素敵なポップ・ソングがまた一曲出たくらいに思っていて、「ヘルプ！」も、それまでの曲と変わらず、すぐにヒット・チャートの一位になった。レノン自身も、「ヘルプ！」が、彼が言う「太ったエルヴィス時代」に感じていた大きな不満を、無意識のうちにも表現していたという事実には、ずっと後になるまで気づかなかった。一九六五年に、彼は酒の飲み過ぎと、ウェイブリッジの何もない郊外（「何かがやって来るまで待つバス停のような所」だと、彼は表現している）の新しい家で、妻のシンシアとの生活にふけり、ビートルマニアの止まるところを知らない愚かさに辟易《へきえき》しながら、太り過ぎてしまったのだ。ところが、「ヘルプ！」のアイデアは、レノンから出たものでないようにも思われる。むしろ、一年前の「ア・ハード・デイズ・ナイト」の時のように、ディレクターのリチャード・レスターに、完成間近になったビートルズの映画のタイトルが「ヘルプ！」になると言われて、マッカートニーよりも先にそのタイトル曲を急いで書いたのではないだろうか。それでも、レスターの言葉が自白剤のように働いて、レノンの奥底にある恐れや不幸を外にあふれさせる引き金となったのだ。

結局はこの曲の詞は、それまでレノンが書いた中では、ずば抜けていいものとなった。その詞の強さは、自伝的告白という確固たるものに根ざしており、レノンがその個人的な真実を淡々と説得力を持って語り、それを普遍的なものにしている。「ヘルプ！」は、レノン自身の疎外感から出たものなのかもしれないが、苦しい時に助けてほしいとか、幸せな時に戻りたいという気持ちは、ロックン・ロール・スターでなくても共有できるものだ。ジョンは、「life has changed in oh so many ways（僕の生活は、いろんなところで変わってしまった）」と言って、自由だった昔と、混沌とした現在を対比させている。彼は、人とのつながりが必要だと言って、訴えている。「Help me get my feet back on the ground（立ち直れるように手を貸してほしい）」と求めて、その気持ちは切実なものとなり、裏声をふりしぼって懇願するのだ。「Won't you please, please help me（どうか、お願い、僕を助けてくれ）」

映画作品としての「ヘルプ！」は、ビートルズ自身も振り返ってよしとしないほど、芸術的には質の低いものだったが、歌の方は、レノン&マッカートニーの作品の中でもいい線までいくものであり、二人ともが、ビートルズを離れた後で、出来が良くて愛着のある歌として選び出した中に入るほどだった。レノンが、「ヘルプ！」を好きなわけは、「ずばり、本当のことだからさ。あの歌詞は、いま聴いても、あの時と同じくらいにいいと思うよ」と語っている。レノンの死後、マッカートニーは「『ヘルプ！』を作った時のこと」を、二人で歌を書いていた時間の中でも「魅力的な時間」だったと振り返る。「あの時間だよ、僕がだいじに思うのは。誰も、あの記憶を僕からは消せないね」。十代の頃に、いつもどちらかの家で曲を作っていたように、ポールは「ヘルプ！」を作ろうと、ウェイブリッジのジョンの家まで車を走らせた。ポールが着く前に、ジョンはもう歌をほとんど完成させてしまっていたようで、彼は後に、「バン！バン！っていうふうに、一人で」書いたと言っている。ところが、ポールの貢献も重要で、この歌を感情的に盛り上がらせ、耳に残る印象的なものにした第2ヴォーカルを加えることを思いついたのは、ポールだった。メロディに対抗する部分と呼応する部分が交互になったこのヴォーカルが、その歌詞とあいまって、思いがけなく、焦がれるようなノスタルジーで悲しみを抑えて、その言葉の持つ意味を強調してくれるのだ。

レノンが書いたままであれば、「ヘルプ！」の歌詞はもっとずっと強調されたものだったかもしれない。というのも、もともと彼が書いた歌はスロー・テンポで、自己反省を疑問視するムードだったのだ。しかし、「ヘルプ！」がビートルズの新しい映画のオープニングになる必要があり、そしてレコーディングする時になって、もっと売れる歌にするためにテンポを上げたのだった。その決定については、後にレノンが批判している。しかし、一九六五年四月十三日の夜に行われた「ヘルプ！」のレコーディング・セッションからは、そういった気配はない。レノンは、決して最高のギタリストではなかったし、この曲の彼の演奏は、美しいというよりも騒々しいと言った方がいいくらいだ。この歌のリリース盤では、ジョージ・マーティンが、それを目立たないようにミキシングしたのも驚くにはあたらない。しかし、リズム・トラックに集中していた初期のテイクでは、ビートをリードしていたのは、ジョンのリズムを取るギターである。確かに、この時点ではレノンのギターが一番目立っており、リンゴ・スターのドラムとハリスンのリード・ギターは、要所要所にだけ聞こえ、マッカートニーのベースは力強くコンスタントに聞こえはするが、レノンのバシッ、バシッとかき鳴らすギターの音に比べれば小さい。

「ヘルプ！」の最初のテイクは、ジョンが「ストップ、ストップ、弦が切れた」と言って中断し、オープニング以上に進まなかった。しかし第2テイクでは、リフレインと歌詞の間のギャップを埋めるために、海岸に寄せる波のような感じで下降していく、ゆらめくような音のハリスンのリード・ギターが入る。一方、スターのドラムのパートも、十分良くなっていた。出だしのリフレインで、四回の大きな音が入り、それから歌のある間は、バックでかろうじて聞こえる程度のビートが入る。確かに、この段階では、「ヘルプ！」は、

「ギターでリズムをとる」といった、ドラマーのいないシルバー・ビートルズ時代を思い出させるものになっている。

しかし、第5テイクでは、二番の歌詞に入ってレノンがいきなりコードを変える際の、彼の機関車のような声の震えはまだなかった。それから、ジョンは行き詰まったかのようにビートにほとんど勢いがなくなるが、ポールの確かなベースが定着する頃になると、ジョンも普段のペースを取り戻す。彼が回復すれば、四人全体がパワフルに活気づいてくる。第5テイクの後半には、でき上がったレコードと同じように、四人がノッて、一緒にうねりながら高まっていく。ここでは、ジョージ・ハリスンのパートがいきいきとしている。彼のギターが強く正確に決まり、リフレインのところでは必要なパンチをきかせているし、第5テイクの演奏でさらに目立つのは、演奏していないことである。このテイクの最中、ハリスンは一時的にギターのリードを止めており、リスナーに対する効果としては、クローゼットを開けて、何かがないことはわかるのだが、それがお気に入りのズボンだということに、後になって気がつくようなものなのだ。ジョージが、彼のリードするバージョンを後にオーバーダブした時に、そのなかったものが戻ってきて、ビートルズに本物のギタリストがいることの重要性を思い出させてくれる。レノンでは、あんな澄んださざ波のような音を出すことはできなかっただろう。

大きなハードルを越えて、ビートルズは、「ヘルプ！」の仕上げの瞬間という名場面にさしかかる。第6テイクから第8テイクには、ドラムの音がもっと多く入る。つまり、完成させるためのリズム・トラックが加えられたのだ。第9テイクでは、リフレインのところでタンバリンが加わっているが、注目すべきはヴォーカルが入ったことであり、ジョン、ポール、ジョージがほとんど完璧に歌っている。第12テイクは、これもまた完璧で、ジョージがリード・ギターのパートを再録音し、こうしてビートルズの初期の傑作の一つが、ミキシングされ、リリースされる段階までできたのだった。

レノンは、「ヘルプ！」が、彼の「太ったエルヴィス時代」を象徴していると言うが、実際は、彼の「ディラン時代」の作品とも言える。というのも、彼のその二つの時代は重なっているからだ。レノン自身は、決してそうは言わなかったが、彼の回想から考えても明白である。一九六四年の終わりから六五年にかけて、彼は、太りすぎたロックン・ロールの王者が十年後に経験するのと同じように、肉体的にも精神的にももがいていた。しかし芸術的には、彼はアメリカの若い吟遊詩人の、真面目な詩をポピュラー・ソングに当てはめるという試みに、しだいに刺激を受けつつあった。この時期、マッカートニーと、特にハリスンもディランの崇拝者となったが、アルバム「ヘルプ！」が示すように、その作品に最も影響を受けたのはレノンだった。ディランの影響の徴候は、その前のアルバム「ビートルズ・フォー・セール」にも現れているが、アルバム「ヘルプ！」では、その初めての試験的な試みが、完全な音楽的成功へと実を結んでいる。それまでになかったタイトル・トラックの詩の豊かさに加えて、マッカートニーの心のこもった、元気なフォーク・ロックの名品「夢の人」があり、また、レノンの作品としては、アコースティック主体の「イッツ・オンリー・ラヴ」と、完全なアコースティックの「悲しみはぶっとばせ」の二曲が入っている。

レノンはいつも、「悪趣味な」歌詞だから「イッツ・オンリー・ラヴ」は嫌いだと言っていたが、愛らしくて陽気なメロディのこの曲にとっては、不公平な厳しい批評だろう。しかし、たとえレノンが、この作品に対して憂鬱そうな顔をしたとしても、「悲しみはぶっとばせ」は秀作である。そのストレートなコード・パターンと、ノコギリを引くようなギターは、ディランを超えるものではないが、たとえその歌詞がディランの深くて言葉豊かな詩には及ばないとしても、それはそれでいきいきとして愛情にあふれていて、ディランのガミガミと人を批判する言葉よりも人間的でとっつきやすい。人はディランに対して、人類全体に話しかけているところから、畏《おそ》れに近い尊敬を感じるのだろうが、レノンに対しては、一人一人に話しかけているところから、愛情のある暖かさを感じて尊敬するだろう。

「悲しみはぶっとばせ」では、レノンの自信喪失が、うまくいかない恋に反映されているが、この歌は、恋愛というものはただ、混沌として深く広がったアノミー的状況（社会生活の基盤を失った人々の間に見られるような、社会的規範や価値観を失った混沌とした状態）のカバー・ストーリーでしかないとほのめかしている。彼のかなりきびしい偏執病者ぶりはこうだ。――「Everywhere（どこへ行っても）／People stare（みんながジロジロ見る）／Each and everyday（毎日、いつでも）／I can hear them laugh at me（僕をあざ笑う声が聞こえる）」――つまるところ、これは、彼の個人的な話なのだろうか？　彼の自己評価が、「feeling two feet small（二フィートも小さくなった気分）」になるほど低くなっているのだ。この行は、最初は「two feet tall（背が二フィートになった）」としていたが、運よく思いついたか、あるいは無意識のうちにか、今のように改められた（彼がマッカートニーに初めて歌ってみせた時、その行はもう、ジョンが即座に気に入ったフレーズ、「二フィートも小さく」となっていたという）。

「悲しみはぶっとばせ」は後に、初めてのゲイのラブ・ソングだと言われ、世界の大多数の人々に認められない中で、ホモセクシュアルたちが感じる恐れ、恥ずかしさ、絶望感などを表しているとされた。しかし、この歌が、レノンの性的方向づけをしているという理由からではなく――実際に、彼はそうではなかった――彼が自分自身や、さらに大きな人間の真実、年齢や民族や階級や、その他のさまざまな範疇を超えて届く真実にまで言及し、孤独を感じているすべての人々に語りかけているという理由から、ホモ解釈説には意味がない。「ヘルプ！」のように、「悲しみはぶっとばせ」の歌詞も、自分自身を正直に率直にさらけ出しているところが、人の心を動かすのだ。また同時に、人それぞれ別の解釈もできるくらいに包括的で制限がない、ということでもあるだろう。マッカートニーが別の時にこう言っている。「僕らの歌について、あなたは、あなたの立場で、あなたの解釈ができる、それが僕らの歌のいいところなんだ」

「悲しみはぶっとばせ」をそういう高みにまで導くフルートの柔らかい音色は、この歌にとっての決め手となっている。メンバー以外のミュージシャンが、ビートルズのレコーデイングに加わったのは初めてだった（もちろん、ジョージ・マーティンが時々ピアノを弾いたり、彼の要望で、一九六二年の最初のシングルの際にセッション専門のドラマーを入れたのは例外として）。実際、「ヘルプ！」のアルバムには、全体を通して新しいサウンドを求めるビートルズの積極的な姿勢が見られる。「ア・ハード・デイズ・ナイト」、「エイト・デイズ・ア・ウィーク」、「アイ・フィール・ファイン」を含む、独特のサウンドを持つ歌の改革は、主にレコーディング・テクニックの刷新によるものだった。だが、「ヘルプ！」では、新しい楽器を入れてみることによって、成功できるかどうかということを模索し始めている。

「イエスタデイ」で採用した弦楽四重奏は、いちばんよく知られている例だが、実は、このアルバムの十四曲のうちの半分が、これまでビートルズにはなかった楽器を、一つまたはそれ以上入れているのである。たとえば、マッカートニーの「ザ・ナイト・ビフォア」とハリスンの「ユー・ライク・ミー・トゥ・マッチ」では、レノンが電子ピアノを弾き、マッカートニーとマーティンが同じアコースティック・ピアノを弾き、後者の歌ではジョンも加わって、曲を極めて個性的なものにしている。ハリスンのもう一つの曲、「アイ・ニード・ユー」では、彼が初めてトーン・ペダル・ギターを弾いており、この覚えやすいポップ・メロディは、迫力は足りないとしても、レノンやマッカートニーの初期の頃のような、軽快なスタイルを確立した作曲家に成長したことを示している。ハリスンが初めてインドの弦楽器シタールを取り入れるきっかけとなったのが、映画「ヘルプ！」だったことも忘れてはならない。この楽器はその後、「ラバー・ソウル」、「リボルバー」、「サージエント・ペパーズ・ロンリー・ハーツ・クラブ・バンド」のアルバムでも異彩を放つことになる。

　この時にビートルズが試みたすべてが成功した、というわけではない。確かに、「ヘルプ！」のセッション中にレコーディングしたうちの二曲は、リリースには耐えられないと判断された。それらは、現在、アビイ・ロードの保管庫にしまいこまれている（現在は「アンソロジー」でリリースされている）。二つとも、レノン&マッカートニーの共作だ。一つ目は、アルバム用としてリンゴのヴォーカルで書かれており、一九六五年二月十八日にレコーディングされた「イフ・ユーヴ・ガット・トラブル」である。ビートルズはこの曲を一回だけテイクしたが、おそらく、それ以上テイクしても、この駄作を救うことはできないと判断したのだろう。セッションからカットされたこのテープには、アルバム「ア・ハード・デイズ・ナイト」の「アイル・クライ・インステッド」や、アルバム「ビートルズ・フォー・セール」の「ホワット・ユー・アー・ドゥイング」を踏襲したような、テンポの速いロックとして、この曲が入っているのだが、それらの曲に見られるようなメロディ性がこの歌にはまったく欠けている。単調で、ドンドンと強く、反復が多いし、「If you've got trouble, then you've got less trouble than me（君が困っているとしても、僕ほどではないだろう）」という歌詞には、何の意味もない。リンゴの歌は、まるで沈みかけている船の操縦でもしているようだ。演奏だけのブレイクに入ると、彼が、あきらめたような、うんざりするほどの絶望感を漂わせて叫ぶのだ――「Ah, rock on, anybody（ああ、誰でもいいからロックしてくれ！）」マッカートニーは、自分とレノンは、リンゴが歌う曲を自分たちの曲ほど真剣に考えていなかった、と認め、「イフ・ユーヴ・ガット・トラブル」は、「僕たちが支持できない」曲だったと告白している。結局リンゴは、「ヘルプ！」に入れるのに、カントリー&ウェスタン調の「アクト・ナチュラリー」を選んだ。

ビートルズが却下したもう一つの曲には、それほど明快な理由があるわけではなかった。「ザット・ミーンズ・ア・ロット」は、決していい曲とは言えないだろう。確かに、アビイ・ロードの保管庫に隠されていたビートルズの未発見の傑作、というわけにはいかないが、彼らがそれまでにリリースしたものと同じくらいに好感の持てる曲ではある。アルバム「ウィズ・ザ・ビートルズ」の中の「ティル・ゼア・ウォズ・ユー」を思わせるようなマッカートニーのリード・ヴォーカルで、この歌は、ポールが恋に悩む友人を励ます「シー・ラヴズ・ユー」と同じような、中テンポのラブ・ソングだ。この歌のポイントは、ハスキーなヴォーカルがフェイド・アウトしていくところだが、ビートルズ自身はそこが気に入らず、二十四テイクを録音した後で、三月三十日にこの歌の収録をあきらめている。すぐ後に、別の歌手P・J・プロビーがレコーディングしたが、ヒットはしなかった。

しかし、ビートルズは、映画のサウンドトラック・アルバム「ヘルプ！」のA面を締めくくる強力なロック・ナンバー、「涙の乗車券」で大成功をおさめた。「涙の乗車券」は、裏面に三部のハーモニーが入るバラード「イエス・イット・イズ」を入れてシングルとしてリリースされ、ビートルズの八番目のナンバー・ワン・ヒットとなった。これは、「ヘルプ！」の中でも一番過激なロックン・ロール・ナンバーだが、新しい楽器を導入したわけではなく、いつもの楽器をいつもとは違う方法で演奏して、従来とは違うサウンドになっているからこそ生まれたものであった。レノンはこの歌を、「ごく初期にレコード化されたヘビー・メタルのうちの一曲」と誇張して言っているが、あながち当たっていなくもない。「涙の乗車券」は、荒っぽい、攻撃的なエネルギーを盛り上げる曲である。

この歌には、二つの際立った特徴がある。きらめくようなオープニングのギター・リフがビートを確立し、強くはじけるようなドラムのリズムが、そのビートを増幅していく。「涙の乗車券」はレノンの作だが、何よりも、レノン&マッカートニーの共作の成長ぶりが顕著である。というのは、この二つのリズムのアイデアを出したのはマッカートニーだったからだ。それがなければ、「ヘルプ！」にマッカートニーの考え出した第2ヴォーカルがないのと同じで、ジョンのこの歌も目立たないものになっただろう。慣例を破って、ポール自ら、「涙の乗車券」のリード・ギターのパートを演奏している。重要なリフは、マッカートニーの傑作によくあるように、きわめてシンプルなフレーズなので、ハリスンの能力でできないわけではない。大切なのはむしろ、最初にそのフレーズを聞いた時に、ドラムのリズムに合っているかどうかという点なのだ。確かに、リンゴは独自のリズムを生み出すことができるが、グループ内で自然とアレンジャー的な存在となっていたマッカートニーが望むほどのパワーと印象は、明らかに彼にはなかった。

ジョン・レノンの書く成熟した歌詞が、ビートルズのこの時期には大きな意味を持っていたが、マッカートニーもまた、「涙の乗車券」が示すように、技術的な面での進歩に重要な役割を果たしていた。彼はまだ、「ザ・ナイト・ビフォア」や「アナザー・ガール」のような、ありふれた使い捨ての曲を書く傾向にあったのだが、数か月の間に、こういった安易な享楽的作品に注いでいた力が、アルバム「ラバー・ソウル」の中の「ドライヴ・マイ・カー」や「アイム・ルッキング・スルー・ユー」などの優れた曲を生む力となっていた。また、「イエスタデイ」という最高傑作も生まれ、これは、もともとのファンの中心だった若い人たちを越えて、ビートルズの魅力が広がっていったさまざまな曲の中でも空前の傑作となり、このバンドが単なる一時的な流行でなく、音楽的に優れたものを持っていることを、懐疑的な人たちにも認めさせることとなった。

他のミュージシャンたちも「イエスタデイ」を高く評価していることは、この歌を歌い、レコーディングするミュージシャンが大勢いることからもわかる。これは、歴史上これまでで最も多くカバーされてきた曲の一つだろう。しかし、ビートルズ自身は、おそらくそれまでの自分たちのサウンドとまったく違っていたせいで、最初それほどの確信はなかったようだ。意外にも、「イエスタデイ」は、イギリスではシングルとしてはリリースされなかったし、映画「ヘルプ！」のサウンドトラックにも選ばれていない。アルバム「ヘルプ！」のB面に追いやられて、トリのドンチャン騒ぎのカバー曲「ディジー・ミス・リジー」の前に、不釣り合いに入れられている。それはともかくとして、「イエスタデイ」の大きな疑問は、ビートルズがなぜ、この曲をなかなかレコーディングしなかったかということだ。

「イエスタデイ」は、一九六四年一月に、ビートルズがパリの豪華なジョルジュ・サンク・ホテルに滞在していた時に、マッカートニーの夢に現れた歌だった。すぐに彼はジョージ・マーティンに演奏して聴かせ、感傷的すぎなければ、一語のタイトルを付けようと思っている——おそらく「イエスタデイ」になるだろう——と打ち明けた。マーティンは彼に、感傷的すぎることはないと言った。マッカートニーによれば、他のメンバーも、同じ頃にこの曲を聴いて、気に入ってくれたという。それにもかかわらず、この歌が一九六五年六月十四日にレコーディングされるまで、一年半もたっているのだ。確かに、ポールがぴったりくる歌詞を書くのに時間がかかってはいる。彼が仮につけたタイトルは「スクランブルド・エッグズ」で、最初の行は、「Scrambled eggs（スクランブルド・エッグズ）／I love your legs（僕は君の脚（レッグズ）が好きだ）」となっている。これならば、いくら何でもこの歌詞を完成するのに一年半はかからないとしても、なぜ一九六四年の春にレコーディングしたアルバム「ア・ハード・デイズ・ナイト」に入れなかったのかはわかる。でもそれならば、その秋のあまり良くなかったアルバム「ビートルズ・フォー・セール」の曲を集める時に、「イエスタデイ」のような秀作を使うことはできたはずだった。それなのに、なぜこの歌はとっておかれたのか？　一番その答えとなりそうな意見としては、マッカートニーが一九八七年にルイソンに対して言った二つの鋭い発言がある。「イエスタデイ」が、それに続く「ミッシェル」と同様に、シングルとしてリリースされなかったのは、「僕らのイメージに合わなかったからさ……それに、ひょっとしたらポール・マッカートニーのシングルとして受けとめられるかもしれないし、ジョンはあまり気が進まないようだったからね」

また、「『イエスタデイ』は僕が書いた中で一番完成度の高いものだ」と、マッカートニーが言ったこともある。確かにこの曲は、レノンの「ヘルプ！」と並んで、ポールが書いた中での最高の詞の一つに挙げられるだろう。あまりに美しい歌なので、その頃の彼が書いていた詞の大半を占めていた、月並みな文句の色褪せた世界には一緒に入れられないと、彼自身が気づいたかのようだった。「ヘルプ！」とは、他にも共通点がある（「イエスタデイ」が何か月も前に書かれていたことから、意識して、あるいは無意識のうちに真似をしたということではなくて）。マッカートニーもまた、無邪気で幸せだった過去、彼の「troubles seemed so far away（苦悩がはるか彼方にあった）」時に言及しているのだ。そして、「ヘルプ！」のように自伝的でなく、昨日（イエスタデイ）は、「love was such an easy game to play（恋を簡単なゲームだと思って楽しんでいた）」のに、と哀しい思い出を呼び起こし、何かの理由でうまくいかなくなった恋愛を率直に語ることで、普通の人たちの共感を呼んでいるのである。

「イエスタデイ」のメロディは、アカペラでも歌えるほどゴージャスで、心を奪われるものがある——確かに、ビートルズを離れてからも、マッカートニーは、アコースティック・ギターだけの伴奏でこの歌を歌っている――が、二番の歌詞のところで、弦楽四重奏が加わり、歌はまさに神々《こうごう》しいほどになる。この段階でアレンジを失敗していたら、「イエスタデイ」はひどく損なわれていたことだろう。しかし、四重奏が趣味の良い最良の手本となっている。それが、誇示や感傷に屈することなく、曲の自然の美しさを際立たせているのだ。弦楽四重奏のアイデアを出したのはジョージ・マーティンであり、彼がその楽譜の大半を書いたのだが、マッカートニーは、その過程でずっとマーティンと一緒に仕事を進めており、この点でもまた、彼の音楽的技術の急速な成長ぶりが示されている。

一九六五年六月十四日は、マッカートニーにとって記念すべき日だった。ついに「イエスタデイ」がレコーディングされただけでなく、他にも二曲を録音したのだった。その一つが「夢の人」で、アルバム「ヘルプ！」の「イエスタデイ」の前に入る愉快なフォーク・ロック調のバラードだった。胸のすくようなビートと、皆で歌えるメロディ。恋ってすばらしいじゃないかという陽気な歌詞で、マッカートニーの魅力的な名作である。強弱が渦巻くように聞こえるアコースティック・ギターのイントロ、エネルギッシュなミドルエイトが、このジャンルには珍しい洗練された感じを出していて、「夢の人」は、摘んだばかりの腕いっぱいのヒナギクのようだ。そういう点では、この日のポールの三曲目、「アイム・ダウン」も同じだ。「ヘルプ！」のシングル盤のB面に入れられた「アイム・ダウン」は、熱狂的で純粋でシンプルなロックンロールである。ポールの叫ぶようなヴォーカルは、「のっぽのサリー」を思い出させ、「ヘルター・スケルター」を予感させるものがあった。他の三人のメンバーの演奏も、すばらしくきびきびしたものになり、ジョンのオルガンには、ほとんど火がつかんばかりだった。

マッカートニーが、曲を書くだけでなく、八時間という時間の中で、これほど違う種類の曲三曲をみごとに演奏できたということは、音楽的な融通性が極めて大きいことを示しており、それが、ビートルズ全体となった時には、さらに倍加されるのだ。「ヘルプ！」と、それに続くシングルに見られる音楽のスタイルの幅は、アップビートのポップから、告白調のロックン・ロール、カントリー＆ウェスタン調、バラードの典型、そして迫力あるロックン・ロールにまで広がっていた。このアルバムの最高の三曲――「イエスタデイ」、「涙の乗車券」、「ヘルプ！」――は、それ自体が、東、西、南というくらいに違っている。いろんな曲を選ぼうとする試みには、まず第一に強い野心があることが挙げられるが、ビートルズがそんな野心だけにとどまらなかったのは、パワーと品位とスタイルでもって、それぞれの作品を表現できた彼らの能力にあった。また、それらの曲は、さまざまなジャンルの作品であるのに、それでいてどれもがビートルズの独自のサウンドを保持してもいたのだった。「ヘルプ！」は、ビートルズの成長の鍵となる時期の作品であり、彼らの成長と初期の頃の影響をまとめあげる段階を代表するアルバムで、その後の彼らの独自性を期待できるものであった。次のアルバム「ラバー・ソウル」から、彼らは、それまでの四年間のうちに積み重ねてきた、質や多様性やオリジナリティに優れた作品を発表し、一つの芸術的な頂点から、さらに次の頂点へと飛んでいくことになる。

第12章　四人の相乗作用《シナジー》——その不思議なカリスマ性

ビートルズの不思議な魅力は、彼ら自身も十分承知しているように、彼ら四人を超えていた。それぞれに才能があり、それが一緒になると、二たす二は四でなく四十になるという錬金術のようなものなのだ。「彼ら四人が合わさった力というのは、それぞれが一人で活躍する力の総計よりも、格段にすごいものだったことは間違いない」と、ジョージ・マーティンは言う。しかしビートルズ自身は、自分たちは一人の人間の四つの面のようだ、と言ったことがある。「僕らは別々の人間だけれど、合わさって『仲間』になると、一人の人間になるんだ」と、マッカートニーが説明する——「僕らみんなが、少しずつ違ったものを加えて、全体ができるんだよ」。驚いたことに、彼らが力を合わせると、一人一人の強さが大きくなって、弱さは消されてしまうのだった。言うなれば、とたんに彼らは圧倒的なカリスマ性を発揮する。「ビートルズのメンバーの個性が全部合わされば、完璧に機能した」と、ジョージ・ハリスンが言う。「それはマジックだったよ」。そしてそのカリスマ性が、芸術の領域に持ち込まれた。ビートルズの個性を、音楽的な創造性と分かつことはできない。「ビートル・ミュージックというのは、僕らが一緒になった時のことだ」

とジョンは言った。「ビートルズがスタジオに入る、そうすると、『それ』が起こるんだよ！」

残念ながら、レコーディング・スタジオの中でビートルズが何をし、何を話していたのか、そのほとんどが記録に残っていない。ロンドンのアビイ・ロード・スタジオの保管庫に、四百時間以上ものビートルズのレコーディング・テープがあるのは事実だ。しかし、その四百時間にも及ぶワーク・テープにも、ビートルズがスタジオにいて、『それ』が起こっていた時の出来事の大半は入っていない。理由は、曲のテイクだけ――曲のレコーディングを目的とした――がテープにおさめられているからである。テイクの合間に話したり、ジョークを言ったり、アイデアを出し合って批評したり、そういうアイデアを試してリハーサルしたり、それぞれが自分のパートをうまくこなせるまで曲の練習をしたりといったことは、録音には残っていないが、いつも起こっていた。こんなふうにして、レコーディング・セッションを六時間行ったとしても、録音されるのは、その演奏部分の十分から十五分程度だった。「節約していたんだ」と、ジョージ・マーティンは言う。「経験を積んだプロデューサーなら、いつも財布のことを気にかけているから、テープを回しっぱなしにするということはないんだよ。当時は、それに歴史的価値があるなんて思う人は誰もいなかったからね」

しかし、マーティンが、テイクの合間にテープを回していたことが一度だけあり、その時の状況がどんなもので、いかに楽しげだったかが残っている。ビートルズは、アルバム

「ラバー・ソウル」に入れるジョージ・ハリスンの曲、「嘘つき女」をレコーディングしていた。その夜は一九六五年十一月八日で、秋の終わりだったことが、なぜマーティンがいつもとは違う方法をとったかに関係してくる。ビートルズはまだ、ファン・クラブの会員向けの一九六五年のクリスマス・ギフトのレコーディングをしていなかった。毎年、彼らのメッセージや、後年には寸劇や音楽も入れたソノシートを出していたのだが、マーティンは、そのサービス・ディスクに、ビートルズのスタジオでのおふざけを入れようと考えたのだろう。それは結局はうまくいかなかった。ビートルズは、その夜に別にクリスマス用のメッセージを録音しているのだが、マーティンが録音したそのテープは、いま聴いてもなお魅力的だ。

一九七〇年の映画「レット・イット・ビー」もまた、「嘘つき女」の時のスタジオでのおしゃべりと同じように、ビートルズの仕事風景の内側を見せてくれているが、その内情はまったく違っている。一九六五年には、ビートルズは一緒にいて本当に楽しくやっていた。「嘘つき女」の歌詞は知的でシリアスで、目を見開いてしっかり生きろよ、というビートルズの真髄とも言うべきメッセージを歌っているのだが、その曲をレコーディングしている最中のビートルズは、そんなまじめくさったものではない。途中で笑い出して、なかなか次のテイクが始まらなかったり、仕事をしようとしているのか、単に楽しんでいるのかわからないような時もあるのだ（「嘘つき女」の音楽自体は、それほどおもしろおかしいものではないのだが）。特に、ビートルズの恒例のクリスマス・レコードの場合には、彼らはメンバーのそれぞれの個性の強さにスポットライトをあてていった。皆が一目おいているギャングのリーダー格であるジョン、いつも他のメンバーを仕事に駆り立てる仕事中毒の完全主義者ポール、仲間に入れてほしいと思っているのにプライドが邪魔をしてそう言えない若いジョージ、その穏やかな性格が巨大なエゴの渦巻く中で確固たる大きな影響力を持っていたリンゴ。

マッカートニーが不明瞭なアメリカ訛《なま》りのアクセントで、「お茶が飲みたい」と言ったために、「嘘つき女」の録音を始めて、彼らはすぐに休憩をとったようだ。この曲のヴォーカルのレコーディングをしていたところなのだが、ジョンがどうもうまくいかないようすだ。「一回目のテイクで、もう失敗しているんだ」と、彼は、自嘲の笑いを浮かべながら語っている。ジョンは、「今、肝に銘じているところです」と、アコースティック・ギターを軽く鳴らして、ヴァースの最後の行、「About the good things that we can have if we close our eyes（目を閉じれば手に入る素敵なもののこと）」を元気よく弾き始める。その最後のところで、ジョージ・ハリスンが遮《さえぎ》って、彼に教えている。「違うよ、メジャーで弾くんだ」。彼とジョンがもう一度そこを弾いてみるが、今度は「目を閉じれば」のところで、ジョンの声が消え、ジョージが一人で歌っている。それからジョンが、ジョージにならって弾いてみるが失敗し、ジョージがそのメロディを繰り返して、また二人で弾いてみる。また、ジョンの声が「目を」のところで消えて、ジョージがもう一度歌い、今度は熱心なアドバイスが入る。「このコードで。こういうふうに……」。だが、ジョンかポールの（どちらかは不明）退屈したような、機嫌はいいけれどけだるい声「イーヤーアア」で、ジョージの説明は中断し、みんながドッと笑っている。

「僕に我慢をするか、でなきゃ、撃ってくれ」と、ジョンが何度か失敗を重ねた後で、陽気に言う。コントロール・ルームを呼び出して、彼はジョージ・マーティンにこう言う。「大丈夫、とにかくこれをうまくやればいいんでしょ」。マーティンが、いかにもさらりと答える。「ああ、そうしてもらいたいね」。次にジョンが言い訳をする。「そこならいいんだけどな」。「どこだって？」とマーティンが聞き返す。「そこ」――ジョンが、気のない口調で短く言った。それから、ゆっくりと優しいおじさんのような声でつけ加える。「いいよ、ポール、始めよう」。二回テイクして、ジョン、ポール、ジョージがだいたいさまになってきたところで、ジョンがジョークをとばす。「これでうまくいったら俺のお手柄だな」。だが、次のテイクは失敗し、ジョンとジョージはさらに何回か練習をした。そしてついに、ジョンが宣言した「よし、今度は大丈夫だと思うよ」。マーティンがからかう。「最後に笑うのは君ってわけかい？　ジョン」。ジョンは、うっすらと笑みを浮かべた声でうなずく。「そうさ、僕にはちゃんとわかっているんだ。ローマの城壁だって、僕を止められないさ」。その一言がさらに、他のメンバーたちの笑いを誘った。

その夜、ビートルズのメンバーは大いに笑ったが、少しはマリファナのせいもあったのかもしれない。この頃には、彼らはスタジオの内外で頻繁に〝それ〟を喫っていた。マーティンに隠してはいなかったが、彼が反対であることはわかっていたので――それに、コソコソ喫いたいという子供じみたところもあったりして——彼らはマーティンの目の前では火をつけず、食堂やトイレでこっそりと喫っていた。実は、笑いすぎ以外にも、この夜に彼らが高揚していたのを如実に示すことがあった。それは、セッションを中座したジョンとポールが戻ってきて言った言葉だった。鼻をグスグス言わせながら戻ってくると、ポールは他のメンバーにこう言った。「オリンピアから戻ったよ。聖火をつけてきた」。またこんなこともあった。ジョンとジョージとポールがマイクのまわりに集まっている時に、そのうちの一人が、まるでこっそりとマリファナのことを言っているように、こう囁《ささや》く。「まだ少し残っているよ」。それから、ジョンがしばらく消えた後で、自信たっぷりのようすで戻ってくると、こう言う。「ちょっとトイレで歌ってきたんだ、だから、今度はうまくいくと思うよ」。そしてついにはハーモニーを成功させてしまう。

　セッション中の雰囲気は、身体のことに関するくだらない話やジョークに終始していて、まったく十代の少年たちのクラブのようだ。ジョンが最初に、「誰かがそのことを話し出すのを待っていたんだ」と告白すると、ポールが、ジョンが使っている言葉「Great Big B. O. Derant（偉大なB・O・ディラン。ボブ・ディランに引っかけてドラッグを意味している）」を、その場で短い詩にしている。タイミングよくジョンが、「出かける前に妻のシンシアがきれいに片づけちまった」と嘲笑する。その後、セッションの最中にトイレに向かうジョンが、「ドゥ・ユー・ウォント・トゥ・ノウ・ア・シークレット」のメロディで、「ドゥ・ユー・ウォント・トゥ・ホールド・ア・ペニス（ペニスを握りたいかい？）」と歌っている。

次にはジョンが、「嘘つき女」をうまくできないのは、ポールのせいかどうかということで、二人はふざけ合っている。ついにポールが、またもやアメリカ訛りで、ジョンに大きな声で叫ぶ。「やる気かよ?」ジョンが、急におとなしくなって「いいや」とつぶやく。そしてポールが、「よし、じゃあ別の方法で勝負しよう」と言う。ジョンは最初、スヌーカー（玉突き）、それからテニスを提案するが、ポールが路線を変更して、クスクス笑いながら、昨夜ボクシングの前アメリカ・チャンピオン、ロッキー・マルシアノをテレビで見たかどうかと尋ねる。引退したチャンピオンは、明らかに精彩を欠いていたらしい。ジョンは笑い出して、こう言う。「他のいろんな話の中でさ、奴はこう言うんだ、『偉大なジョー・ルイス（マルシアノの最高のライバル）のことを覚えているよ』ってね」

ジョンは、マルシアノがパンチを食らってフラフラになったところを思い返している時には、ボツボツ歩くような調子で話をしているが、そのすぐあとで、信仰復興を説く伝道師のように、「あの上にいる誰かが僕を好いてくれている！」と叫び出す。ジョージ・ハリスンが、「誰のこと?」と尋ねると、ジョンが大声で怒鳴る。「キリストさ！　我らの主であり救世主。主は、われわれが生きて死んでいくために、自らお作りになったパンをくださる。だから、僕らはここにいるんだよ、同胞。僕らのほかにも、もっとたくさんの人がいる。だから、僕らに残されたのはほんのわずかだけど」。別の声が尋ねている。「なぜ、そんなに熱くなってるんだい?」ジョンが大声でいきまく。「汝の他人に対する考え方を糾弾する」。ジョージが、「この怒りはなんだい?」と尋ねて、さらにたきつけようとするが、その後に「B. O. Derant」と言葉が続いて、弱々しいクスクス笑いに消えていってしまう。ポールは、笑いながらレコーディングを正常に戻そうとして、冷静な声でせきたてる。「オーケー、始めよう」。だが、ジョンはやめる気配がない。力いっぱいに叫んでいる。「そして、彼は叫ぶんだ、あの者たちはよくぞやって来た！　と」。ジョージがもう一度、「わかったよ、でも聖書を見るとね――」と言いかけるが、決定打がないので、ポールが騒ぎの中に割り込んで、上流階級のアクセントで苛立たしげに、「これじゃ、続けられないよ。ねえ、この忌まわしいレコーディングを早くやろうよ」と言い放って、皆を仕事に戻らせる。

「嘘つき女」はジョージが書いたものだが、この曲をセッションするあいだ中、一番注目を引き、ユーモアを放ち、エネルギッシュだったのは、明らかにジョンだった。反対にリンゴの声は、このテープには一度も出てこない。理由は簡単で、彼はこの曲のヴォーカルを担当していなかったからである。ビートルズでの彼の役割は、クリスマス・レコードの中の方がよくわかり、控えめに四番目のフィドルで優しい音色《ねいろ》を出していたりして、時には他のメンバーのからかいの対象になったりもするのだが、彼もメンバーの楽しい雰囲気に加わっている。たとえば、一九六三年のディスクでは、彼がビートルズに入る前に他のバンドで演奏をしていた話をしている最中に、ポールが割り込んできて、長距離電話だからと子供をせかす親のように、リンゴに、「メリー・クリスマスって言わなきゃ」と言う。ポーリンゴは、そのことに抗議もせずに、心からクリスマスの祈りを口にするのである。

ルは彼に、「グッド・キング・ウェンセスラス（英国のクリスマス・キャロル）」を歌えと言う。これにも、リンゴは従う。そうして、ジョージにマイクが渡され、ジョージはオーディションの司会者のように節をつけておどけてみせる。「ありがとう、リンゴ。後で君に連絡するからね」。一九六四年のディスクではリンゴが、「今年はおかしな年だった」と言って、メンバーの一人が、その陳腐なセリフに吹き出すのをこらえている。しかしリンゴは陽気に話を続け、一九六四年に訪れた国の名前をわざと忘れたり、オーストラリアなどは二度も言ったりして、笑いをとっている。

リンゴ・スターは、ショー・ビジネスの歴史の中でも、最高に運の良い人間の一人である。彼自身、駅を出発した直後の、ビートルズという有名な列車のファースト・クラスに席を与えられるという幸運に驚いていた。しかし、リンゴは、たとえビートルズに入らなくても、「個人でも世に出ていただろう」とレノンは言う。彼には、形容しがたい素質があるのだ、と。また、ジョンは、「リンゴは、あくまでも優しく、謙虚で、面白くて親切なんだ。彼こそが、ビートルズのハートだった」と語っている。他のメンバー、特にジョンとポールは、あまりに才能がありすぎて近づきにくいようなところもあったが、リンゴは性格の良い常識的な人間で、彼なら、観客の誰もが認めることができた。七年間（一九六三年～六九年）、ビートルズはクリスマス・ディスクを出していたが、その中のクリスマスのメッセージを、リンゴだけがいつも、単にふざけたり如才ないものでなく、暖かな言葉で綴っていた。彼は、根っからの真面目人間だった。誰かが言うように、ビートルズがイギリスのロックン・ロール界のマルクス兄弟だとしたら、リンゴは、ゼッポ（マルクス四兄弟の一人）をさらに愛すべき性格にしたような人間だった。しかも彼はもちろん、他のメンバーにいいようにされるような人間でもない。ジョージ・マーティンによれば、スタジオで彼が急に「ジョン、それは駄目だよ」と、レノンに言う時がある。そうしたら、ジョンが「眼鏡ごしに上目遣いになって、『そうかい？』って呟いて、変更するんだ。あるいは、ジョンが乱暴に言い返すこともあるんだが、結局はリンゴの言う通りに変更するんだよ」

今のように、ビートルズを、彼らのレコード（CD）を通してしか見ることができないと、彼らが全盛期にどんなに面白かったかなどは、すぐに忘れられてしまう。特にジョンとポールには物真似の才能があり、また四人とも、回転の速い、独特のウィットを得意としていた。確かに、それが彼らのカリスマ性の大きな部分を占めていたのかも知れない。ポールは、ジョンの辛辣な狂気じみた言動についていきながらも、「すっごく嫌なムードになったけれどね」と、後に冗談まじりに語っている。いつでも、シャレや言葉遊び、陰険で型破りのユーモアが一番得意なのはジョンだった。時には、意識しなくてもコメディになった。たとえば、おしゃれなレストランでジョージ・マーティンと食事をしていた夜のこと、マーティンはジョンに、莢《さや》ごと食べる豆を初めて食べさせようとした。「よし、じゃあ、食べよう」、ジョンは淡々と答えた。「でも、できるだけ見えないように、あっちに置いてくれないか」。とにかくジョンは、ひょうきんな道化の才能を、楽しそうにひけらかした。ジャーナリストのレイ・コールマンが、一度、レノンと一緒にルフトハンザ航空の飛行機に乗った際に、彼の辛辣なジョークを聞いたことを覚えている。第二次大戦から二十年たっているのに、「ルフトハンザでロンドンまで飛ぶのは安全なんだよ。パイロットが全員、航路を知っているからね」と、ジョンは言ったのだった。

またジョンはいつも、他のメンバーから「アイドル化」されており、ポールによると、「彼は、グループでは僕らの小型エルヴィスという感じだった。彼のルックスとか歌い方とかのせいではなく――彼は立派な歌手だけど――その性格のせいでね。彼は本当にスゴいやつだったよ。すごく説得力のあるやつだった。すごくおかしなやつ。すごく陽気で、いつも誰かが目標にしていた」。「嘘つき女」でジョンが失敗を繰り返し、他のメンバーが自分のパートを何度も何度もリハーサルしなければならなくなった時でさえ、たとえ苛立ちそうになっても、彼らは気のきいたユーモアで返している。たとえばポールが、「どうしてそんなにしくじるんだい？」と歌ってからかうこともあった。ジョンは笑って、コンピューターのような声で宣言した。「ボケた地球人たちに会えて、まことに喜ばしいぞ」

さらにもう一度テイクを失敗した時に、ジョージが歌うような口調で尋ねた。「いったい、どうしたんだい？」この時は、ジョンは、育ちはいいが気おくれしたイギリスの婦人が、早口でそわそわと喋るような口調で言った。「あら、ほんとにごめんなさい。頭がさっぱり働かなくて、どうしていいのかわからないの」。ポールが、とうとう我慢しきれなくなった校長先生のように、彼を罵倒した。「いいかい？　テレンス！　素人芝居はもうおやめなさい！」笑いを押し殺して、ジョンがべそをかく。「そうじゃないんだ、僕はこれに、大金と知恵を注いでいるんだからね」。「そうか」と、ポールが声を荒げる。「だが、ちゃんと見るんだ。君のところが駄目なんだよ、わかってるか?」また笑いをこらえながら、ジョンが叫び返す。「最初にホールに入ってきたのは、誰の親父だったっけね?」ポールが、決着をつけようとする。「そう、君は気取って歩いていた、ただの通行人だったものね」。だがすぐに、ジョンの勝ちであることがわかる。また役になりきっているポールが、「最初から始めて、流そう」と言うとすぐに、ジョンが、普通の声で押しとどめる。「最初からはやめようぜ」。ポールがすぐに言い直して、彼らはさっき苦労していたパートから始める。

もちろん、こういったスタジオでの争いは、ほんの見せかけにすぎなかった。ビートルズの中ではたとえ本当に喧嘩になっても、それは彼らの強い絆を強調するだけのように思われた。リンゴがメンバーについて、こう言ったことがある。「彼らは、僕の兄弟なんだよ。僕だけが子供で、彼らは兄さんなんだ」。これはうまい言葉だ。ビートルズ間で衝突した時、言いたい放題に意見が出し合えたのも、何があっても兄弟であることには変わりがないという認識に守られた、家族として、遠慮のない兄弟としての揺るぎない強い絆があったからだろう。「(ジョンと僕は)一度、すごいののしりあいをしたことがあるんだ」——ポールがそう言ったことがある。「彼が、どうやってあのおばあさん眼鏡をとったか、今でも覚えている。目に浮かぶよ。彼は、眼鏡を置いてこう言ったんだ、『僕しかいないじゃないか、ポール』ってね。そして、もう一度眼鏡をかけて、僕らは言い合いを続けた」。外部からの脅威には、統一戦線が張られた。ハンブルク時代からの彼らの親しい友人、アストリット・キルヒヘルが思い返している。

「状況があまりよくない時でも、彼らの結束は固かったわ。よく内輪で言い合うこともあったけれど、部外者がそのうちの一人とやり合えば、皆で火花を散らした。彼らの絆は、最初のうちは必要に迫られたものでも、後には愛情によるものだったわ」

メンバー相互の愛情と忠節は、ビートルマニアの狂気の時期にいっそう強まった。それは、彼ら四人だけが知りえた、台風の目の中にいるような生活だったからだろう。後にポールが振り返ってこう言っている。「窓に黒く目隠しをした、あのリムジンに乗ると、車の後部座席には本当に僕ら四人だけだった。あれは、本当にすごかったな。あの車の中で、僕らは強くなったんだ。自分たちのプライベートな世界に入ることができたからね」。ビートルズがツアーをやめてからは、ヒステリックになりがちな状況の中で絆を強めていった。後にピート・ショットンが断言しているが、一九六〇年代半ばのビートルズほど「絆が充実し、固かったグループはいなかったし、これからもおそらくいないだろう」ということである。

ビートルズは、不協和音が響き始めた一九六八年、六九年でさえ、特別のオーラを放っていた。たとえば、一九六九年四月二十六日、アビイ・ロード・スタジオの若きエンジニア、ジェフ・ジャラットは、ビートルズとの初めてのセッションの準備をしていた。アルバム「アビイ・ロード」のレコーディングだった。ジョージ・マーティンは参加できなかったが、彼は、神経質になっているジャラットに、これから体験しようとしていることへの心構えを授けようとした。ジャラットは、マーティンの言葉を思い出す。「ビートルズのメンバーは一人なら優秀、二人なら素晴らしい、三人なら、それはもうすごい。ただ、四人揃うと、言いようのないカリスマ的な雰囲気になり、誰も説明できないすごく不思議な魅力を発揮するんだ。君は彼らと非常に親しくなるだろうが、その何とも言えない存在感には圧倒されるだろう」

「兄弟のようなんだ」と、マーティンは後に説明した。「四角い要塞みたいなんだ、難攻不落のね。彼らがその要塞になってしまったら、もう誰も入れない。ブライアン・エプスタインや私でさえ。私たちは、その要塞の一部ではないんだ。彼らの結束は、人気が急上昇した狂気の時代でも終始変わらなかった……私は、彼らのツアーに同行することがあったが、彼らはあまりの人気のために、まったく囚人のようだった。あの時期には、互いに支えあい慰めあうしかなく、結果として彼らは共感し、互いの心が読めるというか、そういうものがほとんど運動エネルギーのようになっていたんだ。だから彼らが一緒にいると、また違う性質の存在になったようだった」

この別の性質というのがどういうものだとしても、ビートルズは、自分たちが一つになって出る特別のエネルギーには、はっきりと気づいていた。事実彼らは、失敗をしても、それが一時的なものだと自信を持って笑い飛ばせるだけのパワーを、当然だと考えていた。たとえば、「嘘つき女」のレコーディングの時には、ジョン、ポール、ジョージが懸命にハーモニーを合わせようとしている。ジョンが、今度は「And you've got time to rectify（考え直す時間はあるさ）」という行だけを歌おうと提案する。何十回とリハーサルしたにもかかわらず、彼は「それが何だったかを忘れている」のだ。彼のカウントで、三人がその行をアカペラで歌おうとするが、全然合わず、ついにポールがジョンに迫る。「君はどのキーでやるの、ジャック?」そして、ジョージが正確に歌って彼らに示し、三人はもう一度トライする。このテイクはひどくもったりとしてしまい、ポールが「マァァージック」と呟いて茶化している。それで、ジョンもまたクスクス笑ってしまうが、ジョージがすぐに再びテイクを始め、この回ではなんと、三人がぴったりと合う。「やったね」と、ポールが、びっくりしている。ジョンは、自慢げな声で、「みんな、僕に感謝しなきゃ、僕の提案だからね」と言っている。

「僕ら四人が一緒になった時の方が、一人ずつでいる時よりも絶対によかった」と、後にマッカートニーが語っている。「僕たちにとって良かったことの一つは、長く一緒にいられたことだ。ほとんど家族のように強く結ばれていたから、互いの考えることもわかったんだ。あれは、本当に良かったよ。それが終わる方向に向かったのは、ビジネスという意識が入りこんで来たからだけなんだ……」。確かに、「レット・イット・ビー」の映画に出てくる、一九六九年一月に集まってレコーディングしている場面は、彼らが一つになって情感をこめたハーモニーが、ビートルズの音楽になっていくようすが示されている。この時のビートルズはあまりうまくいっておらず、そのことは、まとまりなく無気力な演奏に表れていた（少なくともスタジオの中では）。しかし、ポールが呼びかけて、もう一度「ライヴをやろう」と、アップルのビルの屋上に集まった時のあの熱いライヴは、昔のマジックがまだ健在であり、今は冬眠状態にあって、再び解き放たれるのを待っているということを確信させてくれたのだった。

そしてもちろん、グループが解散した後も、そのつながりは損なわれていない。リンゴは、「僕らは、一九八一年になっても、一緒に演奏してうまくいったんだ」と言う。一九七〇年代の半ばには一度、リンゴとジョンとジョージがジャムセッションを行ったことがある。「僕にこう言ったのはジョンだと思う。『良かったよ。僕らはすごいバンドだった』ってね。それが、ビートルズの素晴らしいところだった、僕らは本当にすごいバンドだった。本当にね。今、他の人たちと一緒にプレイしても、いつもノレるってわけじゃないことがわかったよ。ビートルズなら、ほとんどいつもノレてたけどね。座って、くだらないことを言いながらも、いつもノッていたんだ。あれは、お金では買えないものだ」と、ポールが後に語っている。

作品についてもそうだ。ビートルズは、最高の音楽を作り出すのは、必ずしも偉大な音楽家とはかぎらないことの生きた証《あかし》だった。「僕がこれまで一緒に演奏した最悪のバンドには、一九八五年にティッテンハーストの僕のスタジオで一緒に演奏したエリック・クラプトン、エルトン・ジョン、キース・リチャーズ、ロン・ウッド、そして僕というのがあった」と、リンゴが言ったことがある。まったく純粋に音楽的才能から言えば、クラプトン、リチャーズ、エルトン・ジョンのチームは、ポール、ジョージ、ジョンのチームよりも上だろう。しかし、このスーパースターたちのバンドのサウンドはひどかった。リンゴが言うには、「リーダーが多すぎるんだ。うまくいきやしない」。もちろん、ビートルズも結局はそのエゴが問題となったわけだが、彼らの場合は、才能と個性が有益な形で合わさって、その成功に結びついた。ハリスンとスターが、レノンとマッカートニーの下にくるという明らかな序列があったけれども、一人のための全員、全員のための一人という気持ちで、ビジネスや音楽面での主な決定は全員でなされた。結果としては、その才能が親友としての互いの尊敬と愛情によって醸酵し、一人一票の民主主義と音楽上の能力主義が合わさった形となった。

「僕らは誰も、テクニックを持ったミュージシャンではなかった」と、ジョンは、最後のインタビューの一つで、ビートルズのことを語っている。「だが、純粋なミュージシャンとして、音を出す情熱的な人間としては、僕らは最高だったよ！」四人のうちでは、ジョージとポールがダントツでさまざまな楽器に長《た》けていて、ロックン・ロールの最高のプレイヤーとしての資質を備えていた。特にポールは、「オールラウンドの素晴らしいミュージシャン」だと、ジョージ・マーティンは言っている。「おそらく、最高のベース・ギター奏者だろう。一級のドラマーだし、ギタリストとしても素晴らしいし、有能なピアノ演奏家でもある」。一方、ジョンとリンゴは、ジョンの言葉を借りれば、素晴らしい霊感を与えられた初心者のような演奏をするのだ。ギタリストとしての自己評価を尋ねられた時、ジョンは率直に、正確に自分を評価していた。「僕は技術的にはあまりうまくないが、ガンガン音を出して、盛り上げることはできるよ」。同様に、リンゴもまた、ジョージ・マーティンの言葉によれば、「『テクニックのある』ドラマーではなかった。バディ・リッチやジーン・クルーパなどの方が、はるかに勝《まさ》っているだろう。だが、彼は非常にしっかりしたビートを打つ、確かな信頼のおけるロック・ドラマーであり、彼は、ドラムから一番適した音を引き出す術《すべ》を知っている。何よりも、彼には彼にしかないサウンドがある。だから、リンゴのドラムは他の人のとは違うんだ」。もう一度言うが、さまざまな要素が合わさって、マジックが生まれたのだった。技術と才能、妙技と心がうまく合わさって、きらめくような音楽になるのだ。

優位に立つ二人と言えばやはり、桁はずれの歌唱力と作曲の才能を持ったレノンとマッカートニーだった。確かに、ビートルズがあれだけ長く人気を保った理由の一つは、ジョンとポールの優れた才能であろうことは、誰しも議論の余地がないだろう。しかし、ジョージとリンゴももちろん、他の人と交替などできないわけで、ただくっついていただけではない。「ジョンとポールが、曲の大半を書いたことはわかっている」と、マーティンは後に語っている。しかしジョージとリンゴも「ビートルズのマジックの大きな部分を担っていた。彼らのどちらか、ジョージかリンゴかが、ジョンかポールが書いた曲に批判的な意見を言えば、彼らは耳を傾けた。そして、その曲は変更されるか、ボツになったんだ」。一方、レノンはこう言った。「僕とポールは、他の二人がいなくても同じものが作り出せただろう。でも、僕とポールがいなければ、ジョージとリンゴはそれを作り出せなかったかもしれない」。しかし、ジョンはこうも続ける——「でも、どうだろう？　彼らがいなかったら、うまくいってなかったかもしれないね」

一九八〇年にレノンが殺されてから、ジョン一人がビートルズの創作の力となっていたという神話が広まった。マッカートニーは、ジョンの死から九年たって、心の友のことをこう語っている。「彼こそがビートルズだった、と考えるようになった人たちがいる。他の人間はいなかった、と。ジョージは、ギターのピックを持ってただ立っていて、ソロになるのを待っていた、と。でも、それは違う。ジョージは、ソロ活動をするのをただ待っているなんていう以上に、もっと大きな役割を果たしていたんだ。ジョンなら、まずそう言うだろう」。ビートルズがいつもジョンのグループだったことは確かだ。最初にポール、そしてジョージ、最後にリンゴを仲間に入れたのは彼であるし、最後に解散しようと言ったのも彼だった。しかし、ビートルズをあそこまでにしたのは、四人一人一人の個性的なパワーが集まったグループだったからなのだ。レノン自身がかつて説明したように、彼らの驚異的な相乗作用《シナジー》は、意図的ですらあった部分もある。「僕らが四人だったから、あそこまでできたんだと思う。僕らの誰も、一人ではできなかった。ポールはそんなに強くないし、僕はそんなに女の子にモテないし、ジョージはおとなしすぎるし、リンゴはドラマーだし。でも、僕らは、みんなが僕らのうちの少なくとも一人のことは理解してくれると思っていたし、実際、そうだったんだと思う」

第13章　成熟期（アルバム「ラバー・ソウル」）

「シンプルであることの、何と難しいことか！」――ヴィンセント・ヴァン・ゴッホは、人生最後の手紙でそう叫んだ。その手紙は、オランダの画家ゴッホが、友人であり同業者でもある、十九世紀の巨匠ポール・ゴーギャンに宛てて書いたものだが、彼は、時代を通じてアーティストに共通する難題を示したのだった。創造した芸術作品が、シンプルかつ美しく、しかも人を感動させるものであることは確かに難しい。つまりは、その作品が、作為的で二次的なものとしての形をなしながら、リアリティの核心をも表現しているということになるのだから。しかし成功すれば、その高い純粋性により、格段にパワフルな創造物となり、受け入れられやすくなることは言うまでもない。

こういった洗練されたシンプルさを求める天賦の才が、ビートルズの才能のキーであり、それが最も鮮やかに、しかも確実に顕《あらわ》れていたのは、彼らの代表作となる六枚目のアルバム、「ラバー・ソウル」だろう。一九六五年十月～十一月にレコーディングされ、シングル盤「デイ・トリッパー／恋を抱きしめよう」と一緒に十二月にリリースされたアルバム「ラバー・ソウル」は、「成長した新生ビートルズを世に示した最初のアルバム」だったと、ジョージ・マーティンは語る。コンサートでファンのヒステリックな絶叫のために、音楽が聞こえなくなり、ビートルズは次第に幻想からさめていき、スタジオでの仕事にエネルギーを注ぎ始めた。「ラバー・ソウル」が作られる前に、マーティンはこう言っていた。「私たちはこれまで、シングルを集めたようなアルバムを作ってきた。これからは、彼ら独自の芸術性を示すアルバムを考え始めているんだ」

「ラバー・ソウル」は、明らかに、ビートルズにとってそれまでで最高のアルバムであり、全部の中でも最高だと言う人もいる。「ラバー・ソウル」は、ビートルズの初めての弱点のないアルバムだった。どれもが魅力的で、永久に記憶に残るような曲で構成されていた。「デイ・トリッパー」と「恋を抱きしめよう」のコード・パターンや、「ノーウェジアン・ウッド（ノルウェーの森）」、「君はいずこへ」、「ひとりぼっちのあいつ」、「イン・マイ・ライフ」のようなハイライト曲のコードは、ほとんどが基本的なものなのだが、それでいて、三十年たった今でもまったく古びない、美しく含蓄のある新鮮な曲となっている。それは、ビートルズの音楽が成熟したからだということもあるだろう。そしてまた彼らの叙情性や詩的感受性も、その前のアルバム「ヘルプ！」からの四か月の間に、大きく進歩したということだろう。そして、従来のポピュラー音楽のロマンティックなテーマに加えて、ビートルズは周囲の社会に関しても意味のある発言をし始めたのだった。「ラバー・ソウル」以降、彼らの音楽はもはや、単にファンを楽しませるだけのものではなくなっていった。ファンに語りかけ、しかも導き、励まし、喜ばせ、教え、奮起させるものとなった。

つまり、ビートルズは、あふれる若さ、豊かさを失うことなく、大人になったのである。

この新しい芸術的傑作の中でも、特に優れているのは、「恋を抱きしめよう」だろう。レノン&マッカートニーの秀作として、「ア・デイ・イン・ザ・ライフ」の次に挙げられる曲だ。「恋を抱きしめよう」の詩を書いたのはポールで、ジョンはミドルエイトを担当したが、そのどちらも、音楽自体は非常にシンプルなので、中程度の力のあるギタリストならば、二人がどうやってこの曲のコードを考え出したのか、だいたいのところはすぐにわかる。ポールが、Dメジャーで「Try to see it my way（僕みたいに考えてごらん）」と歌い始める。それから、小指を一番高い弦においてGでアクセントをつけ、人指し指と中指でCメジャーのバリエーションを短く弾く。そのどちらも、ギターの最も基本的なテクニックであり、それ以後も、複雑なところはない。Gメジャー、Dメジャーに戻り、もう一度Gメジャーで、最後はAメジャー。

ミドルエイトを書いたジョンも、指をウォーキングさせている。「Life is very short（人生はとても短い）」のところをBマイナーで始め、ポールのDメジャーを自然に補っている。それ以降は、彼の腕はほとんど動かない。指を隣の弦にスライドさせたり、またフレットを一つ上げたり下げたりするだけで、微妙だが目立つ基本コードのバリエーションを作っていく。ほとんど変化のないコードは、一歩間違えば陳腐なものになってしまうが、レノンとマッカートニーが作るメロディは、平凡とはほど遠い。軽快だが強く、流れるようでいて重みがあり、せき立てるような感情と希望をとりまぜた詩を、理想的な形で補完している。

「恋を抱きしめよう」のレコーディングでは、テイクを二回しか行わなかったとされるが、それは間違いだ。それまでに、かなりのリハーサルを行ってテイクしているし、オーバーダブも入っている。このレコーディング・セッションは、一九六五年十月二十日の午後二時半に始まり、夕食の休憩を三十分とっただけで、夜の十一時四十五分までかかった。最初のテイクの前に交わしたジョンとポールの話から判断して、彼らはこの曲をワルツに近いテンポに変えたために、その午後かなりの時間をとって練習したようだ。テンポはミドルエイトの最後で一時スローになり、変化を加えて、しかもジョンのそれまでの奇抜なアイデアもちゃんと温存しているように、素晴らしい効果をあげている。テイクの直前に、リンゴがウォーミングアップにドラムを叩き、ポールがベース・ギターを漫然とかき鳴らしながら「エンディングを覚えているかい?」と聞くと、ジョンは、ストレートに答える時にもウィットを忘れなかった。「どうするか、わかっているよ。その時になったらね」

一回目のテイクは演奏だけ――ジョンがリズム・ギター、ジョージがタンバリン――で中断したのだが、それがワルツの楽節であることは確かだった。だが、失敗はジョンではなくリンゴで、第二楽節のところで、一つ余計にドラムを叩いてしまったのだ。マイクのないところで、一人が――多分リンゴだろう――「ごめんよ」と言っていて、もう一人が――ジョンか?――「でも、テンポは合っていたよ」と言い、ポールも同意している。コントロール・ルームからの声は、穏やかにこう褒めている。「最後のところまでは、すごく良かったよ」。この段階では、完成したものと比べてサウンドがまだ弱いが、それでもいい出来だった。

ジョンが、オルガンとアコーディオンを合わせたような楽器、ハーモニウムを加えての二回目のテイクには、失われていたイキの良さが戻ってきている。この時のリズム・トラックはうまく入り、夜のセッションでジョンとポールがヴォーカルをオーバーダブする準備もできた。普通なら、もうこれで充分に素晴らしいセッションだった。確かに、一回目のテイクの何の変哲もないリズム・トラックを考えると、「恋を抱きしめよう」には、いかにレノンとマッカートニーのヴォーカルが重要であるかが明白である。情熱的でありながら抑制がきいており、そのメッセージが大切すぎて、あまりきっぱりと明快には表せないかのような歌いぶりのヴォーカルが入ることで、簡素な楽器のトラックだけでは表現できないエネルギッシュで感情にあふれたものになるからだ。

実際、「恋を抱きしめよう」では、その歌詞が多くの違ったレベルで重要な働きをしているため、この歌は成功しているのだ。後になってこの歌を聴いてみると、ビートルズ自身、これから起こる出来事を不思議と予知していたようで、驚かされてしまう。四年後に、ポールがなんとかグループの解散をとどめようとしていた時、彼はきっと仲間に向かって、特にジョンに向かってこう言いたかっただろう。「While you see it your way（君がそういうふうに考えるなら）／There's a chance that we might fall apart（僕らは離ればなれになってしまうかもしれない）／Before too long（近いうちに）」。それから十一年後、ジョンは、ピストルを持った狂った男の手で殺され、彼の警告した悲劇が本物となった。「Life is very short and there's no time（人生はとても短いから）／For fussing and fighting, my friend（もめたり、喧嘩したりしている暇はないんだよ）」

もちろんこの歌詞は、今も共感を呼び続けているのと同じ理由で、一九六〇年代のリスナーの心にも触れていた。簡潔でいて感動的に、人間すべてに共通する問題――他人とどうやってうまくやっていくか――を取り上げている。一つの視点では、「恋を抱きしめよう」はラブ・ソングであり、一方が他方に自分たちの関係をやめないでと説得している。しかし、ポールの妥協と和解の訴えは、不必要な争いを拒むというジョンの支持を得て、親離れしつつある子供や、喧嘩してしまった昔からの友だちといった個人の問題から、階級や民族間の争いといった社会の問題、戦争回避や核や環境破壊の防止といった地球規模の問題まで、あまねく人間関係に当てはめることができる（「We can work it out（僕らはうまく切り抜けて）／And get it straight or say good night（このままいくか、別れるかのどっちかなんだ）」）。しかも、「恋を抱きしめよう」は、多くのビートルズ作品がそうであるように、まったく肯定的なのが素晴らしい――僕らも、君も、みんな本気でがんばれば、きっとうまくいく。

全体として、「ラバー・ソウル」は明らかに、個人のロマンと、もっと大きな社会的な問題という二重構造になっている。「ガール」や「ミッシェル」のようなラブ・ソングと、「愛のことば」や「ひとりぼっちのあいつ」のようなメッセージ・ソングが共存しているのだ。それほど明確ではないが、「デイ・トリッパー」にもまたそれが顕れている。「デイ・トリッパー」は、めったにはないのだが、両面の曲がヒットする力がある場合にだけ行う方法、つまり両A面のシングルとして、「恋を抱きしめよう」と一緒に発売された。レノンとマッカートニーは後に、「デイ・トリッパー」が、期日を決められて強制されて作った曲だと言ったが、聴くかぎりではそんなことはまったく感じさせない。実際には、ビートルズが作った純粋なロックン・ロールの曲の中でも最高の部類に入るだろう。オープニングのギター・リフは、ロックの中でも最高で、圧縮されたエネルギーがなめらかな原動力となって、聴くたびに良くなっていく。こういった自然にのれる曲には、飾りはあまり必要ではないが、それでもビートルズは、二番の後にクライマックスを作って、息もつけないほどの高みまで持っていく。ジョージのリード・ギターがまず高まっていって、緊張感が一気に爆発するところでメリハリをつけているのだ。そしてジョンとポールがその後に続き、いつものヴォーカルの魅力で互いに刺激し合い、だんだんにスケールを大きくしていく。最後にリンゴの力強いドラムが曲をまとめ、ドラム・セットを壊さんばかりの激しいドラミングで興奮を盛り上げていき、そしてバンド全体でオリジナル・リフに移っていって、最後のサンセットを迎える。

「デイ・トリッパー」のリフを考え出し、それをテーマに曲全体を書いたのはレノンで、後に彼は、「ただのロックン・ロールだよ」と肩をすくめたりしているが、また一方では、最初に思ったよりは「デイ・トリッパー」という曲にふさわしい歌詞かもしれない、とも言っている。「デイ・トリッパーというのは、日帰り旅行をする人のことなんだ、そうだろ？　たいていは、フェリーか何かで行くんだ。だけど、これは、ほら、『週末ヒッピー』みたいなやつのことさ」

週末ヒッピーというものに、レノンや他のメンバーが関わるようになったのは、一九六五年の終わり頃だった。その頃には、マリファナを喫うのがほとんど毎日の習慣になっていて（後にレノンが語っているが、一九六五年の前半に「ヘルプ！」の撮影をしていた時には、朝食にマリファナを喫っていた）、ポール以外全員が、少なくとも一度はＬＳＤを試したこともあった。「ラバー・ソウル」のアルバムのジャケットは、そういった変化が起こり始めたことを示している。アルバムのタイトルは、奇妙に引き伸ばして膨らませた文字になっているが、その下に、ビートルズ四人の写真があり、みな長い髪をしていて、ジョンとポールは、内心面白がっているようなしたり顔で写っている。この写真は魚眼レンズで撮っていて、ビートルズはもはやヒッピーに「まっすぐなやつら／STRAIGHT」とか言われないことを強調するかのように、斜めになっているのだ。きわめつきはアルバムの中身で、「ガール」の中のコーラスには、仲間うちにしかわからないジョークが入っている。レノンが「ああ、ガァァァール」と歌った後で、長く細く息を吸い込む音が入っているのは、もちろん、まぎれもなくマリファナを肺に吸い込んでいる音である（「ガール」にはまた、バック・ヴォーカルに「tit（おっぱい）」という言葉が何度も何度も繰り返し入っているのだが、この二つの悪ふざけも、とにかくバック・ミュージックとして成功していたので、多くのリスナーは、当時それが何なのかはまったくわからなかった)。

マリファナは、ビートルズをより大きく成長させるためには重要な役割を果たしたし、彼らの社会的、政治的な意識を高めるのに一番役立った。たとえば、「ラバー・ソウル」には「ひとりぼっちのあいつ」が含まれているが、この作品は心ならずも、レノンが自分自身に「授けた」ものだった、と彼は言う。意味の深い、ぴったりとくる歌を作ろうと何時間も考えあぐねた末、彼は苛立ってペンを置いたのだが、そこで突然、天からの授かりもののように、完璧な言葉とメロディが頭に浮かんだのだ。「ヘルプ!」の時と同じように、レノンは、「ひとりぼっちのあいつ」で自分のことを歌っているが、彼の表す感情は、多くの人の共感を呼ぶ。ここで彼は、無感動と自己陶酔とで、チャレンジもしないで現状をそのままにすることに対して反論しているのだ。この出だしの言葉が示すように、世の中について何も考えを持たないということは、どこにも行き場がないことだと言っている。「ひとりぼっちのあいつ」は、彼自身に関してだけ言えば、「as blind as he can be(できるだけ見ないようにし)」、そして「knows not where he's going to(自分がどこへ行くのかもわからない)」という歌だ。レノンは、後者の言葉に、「Isn't he a bit like you…(彼は似ていないか、君に……)」と問いかけるが、「and me(僕に)」をつけ加えることで、非難を和らげる配慮をしており、しかも、彼とリスナーを結びつけて、たくさんある彼の訴えたいことの中心でもある人類平等主義が含まれていることを示している。たとえば、ジョージ・ハリスンが、人の感情を非難し、不十分なままにしておいて独善的になってしまいがちなのに対して、レノンの歌は、人の欠点はあばいてしまうけれども、そのままにしないで、その欠点をどうにかしようとする気持ちにもさせてくれる。これまでは、どこにも行き場がなかったけれども、今は「the world is at your command（世界は、君の意のままになる）」のだ、というように。

「愛のことば」でも、レノンは、よく似た心理上の手口を使っている。「so fine（素晴らしい）／It's sunshine（太陽の光のようだ）」と言って、この歌で初めて普遍的な意味での愛について歌い、皆もこの言葉を広めれば自由になれる、とリスナーに約束している。まるで人を改宗させようとするようなこの曲の詩は、しゃくにさわる気がしなくもないが、ジョンは最初に自分の失敗を認めている――「In the beginning I misunderstood（最初のうちは、僕も誤解していたんだ）」。それから、彼の啓蒙が始まる――「But now I got it, the word is good（でも今はわかった、この言葉は素晴らしい）」。そしてプロローグとしてのこの言葉に、最後は究極のレノン主義「Now that I know what I feel must be right（今わかった、僕の気持ちが正しいことを）／I'm here to show everybody the light（僕はみんなに、この光を見せてあげよう）」が出てくるのだが、新興宗教ほどの傲慢さは感じられない。

「愛のことば」の楽しげな雰囲気をさらに強める、元気のいい三部のハーモニーと楽器演奏は、「ラバー・ソウル」全体に共通するものだ。ふつう、同じフレーズの乱用は躊躇するものだが、このアルバムの最初の六曲はどれも、ハーモニーで歌う傑作ばかりである。

レノン、マッカートニー、ハリスンが、彼らのキャリアのどの時期にも共通している、独特でうまいヴォーカルを披露している。また、「愛のことば」でマッカートニーが弾いているベース・ギター――特に最後のところは、みごとな腕前で、ほとばしるように弦をはじき、巧みに音を出している――は素晴らしく、しかもそこに、ジョージ・マーティンがハーモニウムで情熱的に対位旋律を奏《かな》でている。この頃彼らは、ハーモニウムを新しく好んで使っており、「愛のことば」と「恋を抱きしめよう」だけでなく、ハリスンの「恋をするなら」にも使われている。「恋をするなら」のオープニングのリフは、エレキの効果を狙ってアレンジした耳になじむ楽しいもので、マッカートニーが「ジャンジャンとうるさい」と呼ぶパートだった。このサウンドは、カリフォルニアのバンドで、「ミスター・タンバリン・マン」やその他のディランの曲をエレキで、ハーモニーをふんだんに使ってカバーして名をあげた「バーズ」というグループから拝借したものだった。みごとなハーモニーも強力な武器となって、「恋をするなら」は、それまでのハリスンの曲の中で明らかに最高のものとなった。

また違った音楽効果により新鮮な感じに仕上がった「イン・マイ・ライフ」は、「ラバー・ソウル」のB面に入った美しい自伝的な意味あいの強いバラードで、レノンはソング・ライターとして、「僕の初めての本当の傑作」だと言っている。この曲は、実際には、ジョンのコメントから受けるニュアンスとは違って、協力して作られたものである。彼は、ミドルエイトはポールが書いたことを認めているし、一方ポールは、「イン・マイ・ライフ」のメロディは「全部」自分が書いたと語っている。どちらにしても、傑作であることには変わりなく、時間の流れと、記憶の癒《いや》しと悲しみについて深く瞑想しているような曲だ。人生ははかなく、死は避けられないのに対して、愛は消えることがなく、過去を大切にして現在を豊かにしてくれるという示唆。「I know I'll never lose affection（僕のいつくしむ気持ちは決してなくならない）／For people and things that went before（これまでに関わってきた人や出来事に対して）／I know I'll often stop and think about them...（時々、僕は立ち止まって思い起こすだろう……）」といった歌詞は、ロマンスも含むがそれに限るものではない、広い意味での愛を表現しているのだ。「lovers and friends I still can recall（恋人や友だちのことを今も思い出す）／Some are dead and some are living（今は亡き人もいれば、元気で生きている人もいる）」という歌詞なら、甘い声のカフェの歌手でも、キャンプファイアを囲む兵士でも簡単に歌えるだろう。

誰にも真似できないのは、「イン・マイ・ライフ」のミドルエイトで、不意にあらわれる優雅なピアノ・ソロだ。このソロはジョージ・マーティンが弾いており、彼はジョン・レノンに、いつも曖昧ではあるが刺激の大きい教訓を与えていた。レノンに、「イン・マイ・ライフ」のミドルエイトを趣《おもむき》あるものにした「バロック調のサウンド」を思いつかせたものが、本当は何だったのかははっきりしない。このバッハのようなソロを作ったのはマーティンであり、最初彼はオルガンで弾こうとして、それからピアノに変えた。望むようなテンポにするために、ソロの部分は半分のスピードで録音し、それを二倍速で再生した。こうして、十八世紀風のハープシコードに似たサウンドとなり、現在と過去のほろ苦い繋《つな》がりという歌のテーマを少しは強める効果を出したのだった。

このような音楽的冒険心もまた、この「ラバー・ソウル」に使われている工夫の一つで、これが初めての真のビートルズのアルバムだと言ったジョージ・マーティンの言葉を裏付けている。このアルバムに一貫している特徴は、ハーモニウムや、あるいは「ノーウェジアン・ウッド」でジョージ・ハリスンが初めて使ったシタール、ジョージの「嘘つき女」にとって重要なものとなったポールのベースのファズ・サウンドなど、楽器を大胆に工夫して使っているというだけではない。もっと広い意味で、その音楽は外見はシンプルでも、その歌詞に闇の部分や反主流的な考えを取り上げていたり、さらにそれが深みや広がりのあるものに発展して洗練されていっている。踊れるような音楽ではなく、またジャズでもない。これはただ、聴く音楽なのだ。「デイ・トリッパー」は、ビートルズのロックが健在であることを証明したが、一方では、このアルバムの音楽は、何よりもリスナーの心と頭に語りかけてくる。ティム・ライリーの批評によると、「ラバー・ソウル」の作品は非常にパワフルであるが、しかしこのレコードが魅力的なのは、騒々しい躁的雰囲気だからでなく、知的で巧みだからであった。

そして、「ミッシェル」は別として（異論があるかもしれないが）、ビートルズはもちろん気取っていたわけではない。彼らはユーモアのセンスを保ち、確かに生意気だった。だがそれは、つまりは彼らが独自の姿勢を持っていたということだ。たとえば、このアルバムのオープニングの曲「ドライヴ・マイ・カー」は、貪欲な野心、「成功したい」という、夢にはつきものの、わがままと嘘で固めた、とても辛辣な歌詞でできている。これはマッカートニーの作った曲だが、レノンも歌詞を手伝っており、ビートルズ最初のアルバムに入っている「アイ・ソー・ハー・スタンディング・ゼア」を作った時を髣髴《ほうふつ》とさせる。「ドライヴ・マイ・カー」のメロディは、最初からポールが担当していたようだが、彼の考えた当初の歌詞は、「I can give you golden rings（君に金の指輪をあげよう）／I can give you anything（なんでもあげるよ）／Baby, I love you（ベイビー、愛しているよ）」というようなものだった。レノンがこんなもの「ナンセンスだ」と言って却下し、スターへの道を急ぐ女の子が、その歌い手を車に乗せてあげる（運転手として）という、洒落た話に作りかえた。結局は、彼女が本当はまだ車を持っていないことがわかり、「But I've found a driver and that's a start（でも、運転手は見つかったから、これからスタートね）」という、ひょうきんで馬鹿げた最後のセリフを言って、話を一変させる。歌が段々静かになっていくにつれ、ビートルズは、まるで車を走らせて、その女の子を土けむりの中においていくかのように、最後には陽気で楽しそうに「ビープ、ビープ、ビープ、ビープ、イェー！」と声をあげながら終わっていく。

このユーモアはいかにもふざけているが、それだけではなく、そこにはアルバム「ラバー・ソウル」の特色の一つが見られる。平和と愛をテーマにし始めたアルバムの中で、女性について表現される感傷というのが、実は非常に手厳しいのだ。ただひたすら甘い「ミッシェル」、記憶に残らない平凡な「ウェイト」は除くとして、「ラバー・ソウル」のラブ・ソングに見られる女性に対する率直な感情は、怒りであり、皮肉であり、時には暴力ですらある。最初はごく軽い批判からはじまり、「ユー・ウォント・シー・ミー」の女の子は、「even to listen（話を聴くことすら）」拒んでいたのに、一方「君はいずこへ」の女の子は、「down there（魅力がなくなって）」、「nowhere（どこにもいなくなってしまって）」あざけられ、捨てられてしまう。「ガール」のヒロインは、「who puts you down（君に恥をかかせる）、それも／when friends are there（友だちのいる前で）」ような女の子であり、「消えた恋」（「ラバー・ソウル」で唯一リンゴがヴォーカルの曲）では、「平気で嘘をつける」女なのだ。

「君はいずこへ」の、リリースされなかった最初のサウンドは、もっと穏やかなものだった。この曲は、「ラバー・ソウル」のセッション中に3テイク録《と》られており、特に最初のテイクの時は、最終的にレコードになったものとはまったく違っていた。歌詞とメロディは同じなのだが、テンポがもっとスローかつ抑えたムードで、全体的にあまり攻撃的ではなく、失望の感情を表したものだった。ポールがワン、ツー、スリー、フォーとカウントしてから、最初の音が手拍子で入り、完成したバージョンでも見られるように、リズミカルな趣向がそれほど目立っているわけでもない。このバックには、控え目にマラカスが入っており、そして最初の二小節の後に、これもまた控え目なアコースティック・ギターが加わって、ポールのリード・ヴォーカルの場を支えている。この部分も、怒りが抑えられたことをのぞけば、最終的な作品とフレーズは同じである。このテイクで注目すべき箇所は、最後の一行、「You're not the same!（僕の知っていた君じゃない！）」で、最終盤で置き換えられたエレキ・ギターのかん高い音に比べると、オルガンのサウンドはぐっと抑えたものになっている。このことは、「君はいずこへ」の一回目のテイクが、魅力のないひどい出来であるという意味ではない。たとえば、ルイソンは、アビイ・ロードの全コレクションの、日の目を見なかったテイクの中で最高の部類に入ると言っている。だが、その曲の雰囲気は、リリースされたものとはまったく違う。この最初のテイクでは、彼女が思っていた人物とだんだん違うように見えてきても、彼はまだその恋人を愛しているような歌い方だ。非難の中にも、怒りよりも寛容の雰囲気があるのだが、それは、アルバムの騒々しいバージョンまでに消えてしまっている。

「ノーウェジアン・ウッド（ノルウェーの森）」では、もっと微妙な感情が入り混じっていて、「ラバー・ソウル」の中で成功したとされる他の曲よりもさらに優れたポップ・ミュージックの傑作となっている。「ノーウェジアン・ウッド」をそれほど際立たせているのは、まず第一に、驚くほどのシンプルさである。一緒に歌える名曲というのは、そのメロディが、レノンのとったような簡単な方法で生み出されるのだ。たとえば、手をDコードに置き小指と人さし指を動かして、メロディを拾っていく（ビートルズは「ノーウェジアン・ウッド」をEメジャーでレコーディングしたが、レノンはDメジャーでギターを鳴らし、カポタストでそれをEメジャーに上げている）。また、曲のブリッジの部分「She told me she worked in the morning（彼女は、朝から仕事があると言う）」の転調も、正統ではないが簡単だ。ジョンはただ指をDメジャーからDマイナーに移しただけで音楽理論からすれば違反しているが、基本のDメジャーと相性のいいGとAメジャーで終わることで帳消しにしているのだ。

アルバム「ラバー・ソウル」のA面の他の曲もそうだが、この「ノーウェジアン・ウッド」のブリッジ部分は、レノンとマッカートニーのそれまでで最も美しいハーモニーによって盛り上がり、ハリスンの弾くエキゾチックな新しい楽器、よく鳴り響いて元気のいいシタールでさらに曲が盛り上がって、特徴的な雰囲気を出している。おそらく、シタールの使い方で最も印象的なのは、うまく分散させていることである。彼らは、この楽器を使いすぎないように気をつけている。確かに、「ノーウェジアン・ウッド」のシタールに関しては、最初のテイクとリリースされたものとの違いは歴然としている。第1テイク（しかも、少々スロー）では、シタールがあちこちに突然あらわれているし、イントロのところではギターを圧倒しているし、ヴォーカルのない隙間を全部埋め立てていて（たとえば、「and she told me to sit anywhere（そして彼女は、どこにでも座っていいわと言った）」の行の後）、全体的に使い過ぎである。これは第2テイクでも同じだが、ハリスンの名誉のために言っておけば、彼は、この時に初めてシタールを習い始めたところだった。第3テイクで、誰かが問題に気づき、シタールをちょっと脇に置いて（すべてのパーカッションと一緒に）、二本のアコースティック・ギターとマッカートニーのベース・ギターのみでアレンジしている。このテイクの時に、次のテイクで再びシタールを入れた方がいいと考え、最後のテイクでは、ハリスンの演奏が、まさに「過ぎたるは及ばざるがごとし」を実証しているのだ。

詞として見れば、「ノーウェジアン・ウッド」は率直で、機知に富み、言葉の最高の持ち味である不可思議さがある。ここでは、洞察が鋭く、意地悪でおかしな歌詞が、歌い手と世の中のあり方に向けられる。レノンの実生活での婚外交渉が漠然ともとになっており、夫婦が互いに魅力を感じなくなったことを語り、それは、一九六〇年代の性の解放に伴う男女間の関係の変化をうまく映し出している。まるで自分の男っぽさをあざけるように、レノンは最初の行から、悪ふざけが自分に返ってくることを明確にしている。「I once had a girl（女を引っかけた）」という陳腐な言葉で始まり、素晴らしい訂正文句、「or should I say she once had me？（それとも、僕が引っかけられたのか？）」で、形勢を逆転させている。

彼は、クールで自意識の強い、洗練された都会的なシーンを描いていく。二人の若い男女が、女の部屋に入り、そこには床に置かれたクッションと（「I noticed there wasn't a chair（僕は、椅子がないのに気がついた）」）、六〇年代半ばのロンドンで大流行したノーウェジアン・ウッドしかない。しかし、見せかけだけの洗練さの下で、男と女は新しいゲームをどうやって始めるか、まだためらっている。男はセックスをするつもりだ——女は彼に、泊まっていって、と言う——彼は、我慢できるくらいに気のきいたやつだったから、彼女にすぐにちょっかいを出さずに、座って「biding my time, drinking her wine（ワインを飲んで、時間を潰す）」ことになる。二時になった時に、彼女が言う。「It's time for bed（もう寝なくちゃ）」。今しかない。そこで、彼女が決心をする間、ソロのシタールを前面に持ってきて、その迷いをみごとに盛り上げていく。ブリッジではジョンとポールのヴォーカルが戻ってきて、女が、男の耐えている気持ちを誤解したか、それとも失望したのかが表され、彼女はちょっと笑って、朝から仕事があるからと言い訳をして引き下がる。風呂に入って夜を過ごしてから、歌い手は、彼女をぴったりの言葉で語る。「This bird（鳥）――英語の俗語で女の子をさす――has flown（は飛んでいってしまった）」。「ノーウェジアン・ウッド」が表しているのは、恨みではなく、チャンスを失い、人との関わりの妨げとなった伝達不良に対するじれったさなのだ。

これは、春の小麦畑のようには季節感もなく、ビートルズは、ヴァン・ゴッホのゴーギャンに対する激しい悲しみを思い起こすような気楽さで、このテーマを呼び出している。シンプルであることは難しいが、しかし、それで得られる満足感は最高だ。「ノーウェジアン・ウッド」の四回目の最終テイクで、レノンはオープニングのギターのフィンガリングで二回つまずいた。「いかんな」。彼は、二度目に間違えた時、自分に諭《さと》すようにつぶやいて、またすぐにやり直した。今度は、最後まで完璧にでき、自分でもそれがわかった。「どんなもんだい！」最後のコードを弾くがはやいか、彼はまるで宇宙に向かって言うように宣言した。

第14章「シンフォニーのように」

——プロデューサー、ジョージ・マーティン

偉大なアーティストの創作がそうであるように、ビートルズの作品も、聴けばすぐにそれとわかる。たとえば「八月の光」の中の文章を少し読んだだけで、フォークナーの豊かで静かに包み込むような散文だと十分わかるように、ジョン・レノンが「ビートル・ミュージック」と名づけたサウンドは、瞬時にハッキリとわかるのだ。芸術的な偉大さは、審美眼的に優れているというだけでなく、その個性的なスタイルも関わってくるのだろう。それを生み出したアーティスト独特の芸術性が、何かきっとあるに違いないのだ。レノンとマッカートニーの曲と声は、ビートルズ独特のサウンドの要因ではあるが、それはその一部にすぎない。ビートルズはまた、いわゆる音楽構造というものが優れていた。彼らのメロディは、シャワーを浴びながらでも歌えるほど覚えやすいが、ビートルズ・ソングにはそれ以上のものがあるのだ。

彼らの音楽は、ふつうのポピュラー音楽よりも装飾的で、何層にも重なっていて、テクスチャーがあり、（独特の）サウンドの広がりがある。たとえば「エリナー・リグビー」の、ヴァイオリンの弦をスタッカートに弾いて、ビートを進めていくサウンドを聴いてみ

てほしい。「ノーウェジアン・ウッド」の、レノンのメロディ・ラインをなぞるシタールの音はどうだろう。「ヒア・カムズ・ザ・サン」の合い間の手拍子、「アイ・アム・ザ・ウォルラス」の、不思議で哀しげなオープニングを作り出している弦楽器と、シンセサイザーの混合サウンドも聴いてみてほしい。こういったものや、他にも数えきれないほどの音を飾る工夫の一つ一つが、音楽の指紋のようにはっきりと主張しているのだ。「ビートルズはここだよ」と。

ビートルズの独特のサウンドは、もちろん一つのことで説明がつくものではない。一九六二年に一緒にレコーディングを始めるまでに、彼らはカントリー&ウェスタンからリズム&ブルース、ロックン・ロールからショー向けのメロディ、またイギリスのフォーク・ソングからダンスホールで皆が歌う歌まで、いろいろな音楽を広く吸収してきた。かつてマッカートニーが言っていたが、彼は、ビッグ・ビル・ブルーンジーからフレッド・アステアまで、実に幅広い音楽から影響を受けているのだ。二つ目は、ビートルズ自身のメンバー間の不思議なシナジーである。それにもちろん、レノンとマッカートニーの優れた作曲の才能もあり、それもあってこそグループは、ずば抜けたオリジナル作品を持って着実に創作活動を始めていくこととなった。

また、ビートルズを引き立たせたのは、オリジナル曲を使ったことも大きい。まず、もともとの曲が素晴らしいとすれば、最終的な作品の出来は、レコーディング・スタジオ内での作業によるところが大きかった。どんなふうにアレンジしたか、どこに工夫をほどこして仕上げ、演奏したか。どの楽器をどこで、どのように、いつ使ったか。ヴォーカルのメロディやハーモニーをどのように組み立てたか。どんな特別な効果を加えたか。それらすべてが、テープにはどのように録音されたか。そして最後には、これらサウンドをミックスしたものが、どのように合わさってテープに録音され、ファンが実際に店で買うレコード（そして後に、カセットテープやCD）になっていったのか。

この点でビートルズになくてはならないパートナーは、プロデューサーのジョージ・マーティンだった。そして彼もまた、ロンドンにあるEMIのアビイ・ロード・スタジオで働く多くのエンジニアや技術アシスタントに支えられていた。ビートルズの作品に対して主に判断を下し、彼らの出すアイデアへの相談役として重要な立場にあったこと以外に、彼らに、そのサウンド全体の力強い構成要素となったクラシックの楽器を勧めたのもマーティンだった。それらの楽器をアレンジして、品のあるパワーを出したのも彼だった。そして何よりも、ビートルズに「シンフォニーのように考える」ことを勧めたのもマーティンだった。彼は、ロックン・ロールの刺激的な迫力と明確さを犠牲にすることなく、シンフォニーの壮大なフォームやテクニックを借りてきて、ポピュラー音楽を作り、構成するように勧めたのだ。マーティンは、ビートルズが自分たちのケタはずれの才能を、売れるレコードに注げるように導いた良き指導者であり、またその情熱と技術によって、彼らに最高の芸術的なビジョンを実現させる仲間でもあった。「ビートルズがジョージ・マーティンを見つけ出せなかったとしたら、彼らは彼を作り出すしかなかった。ろくでもないやつを見つけてきて、鍛えてものにするしかなかった」とは、何年か後に、デレク・テイラーが語った言葉である。

マーティンとビートルズの関係の大きな特徴は、彼らがお互いにまったく違う音楽畑にいたことだ。彼らのパートナー関係は、ほとんど対極にあった。ビートルズが楽譜を読んだり書いたりできず、音楽の専門知識がないのに対して、マーティンはロンドンでも名門のギルドホール音楽学校を卒業しており、そこで彼は音楽理論、作曲、管弦楽法、ピアノ、オーボエを学んでいた。マーティンの育った環境は地味だが（彼の父は大工で、一九三〇年代の恐慌の時には、街頭で新聞売りもしなければならなかった）、冷静なふるまいと洗練されたアクセントのおかげで、どう見ても上流階級の人間のように見えたし、聞こえた。マーティンとビートルズの音楽的才能以外の共通点と言えば、新しいアイデアや従来とは違った表現手段を追い求める屈託のない情熱だった。この自由な発想のできる状況と、彼の申し分のない伝統的な知識が合わさって、ジョージ・マーティンはビートルズにとって理想的な協力者となった。

ビートルズのメンバーたちの目には、マーティンは「まさに十二インチ」だった、とリンゴは言う。一九五〇年代にイギリスで使われていた高価なレコードの大きさが十二インチだったのだ（普通のレコードは十インチだった）。ジョンは、ビートルズとそのプロデューサーとの関係について、「僕らは互いにたくさんのことを一緒に学んだ。僕らが、〈こぶしを前で振って〉「何々をしたい」とか、〈腕を右に振って〉「これこれをしたい」とかって言うと、彼は〔落ち着き払った、上流階級の話し方で〕、『そうか、私たちも今日の午後にそのことを考えたんだ。昨日の夜、私が話していると』……誰と話していたかは知らない……『この考えに思い当たった』と言う。それで僕たちは〔にっこりと大袈裟に笑いながら〕『ああ、それは良かった、じゃあそうすることにしよう』と言うことになる。でも、彼はまた、こんなことも思いつく。『ところで、オーボエって聴いたことあるかい？』『いいや、どんなの？』『これだよ』『それ、いいね』そうやって、僕らは共に成長していったんだ」

ビートルズのサウンドに対してマーティンがいかに大きく貢献していたかは、一九六七年に出したＥＰ盤「マジカル・ミステリー・ツアー」に入っているレノンの作、「アイ・アム・ザ・ウォルラス」のリリース版でない初期のテープを聴けばわかるだろう。「アイ・アム・ザ・ウォルラス」のような曲――あるいは「愛こそはすべて」とかその他のビートルズの作品もそうだが――を、マーティンが取り仕切っていた管弦楽奏やクラシックの楽器なしで聴くのは、俳優が、ステージ衣装でなく普段着で演技をしているのを見るようなものである。

ビートルズは、一九六七年九月五日の夜に六時間かけて、「アイ・アム・ザ・ウォルラス」の基本となるリズム・トラックをレコーディングした。このトラックは、ドラム、ベース・ギター、エレキ・ギター、エレキ・ピアノ、それにオーバーダブしたメロトロンのシンセサイザーで構成されていた。全員が満足のいくまで、十六回のテイクが必要だったが、そのほとんどが不完全なものだった。このセッションのほとんどの時間が、曲をちょこちょこ修正していくよりも、もっと大幅な変更に費やされた。第9テイクで、やっと方針がしっかりと定まった。エレキ・ピアノが主体となるが、リンゴのドラムも適所で連続して勢いよく打ち、テンポもリリースされたものとほとんど変わらず、歌いやすい。翌九月六日の夜遅く、リンゴがドラムのパートに成功し、ポールのベース・ギターも迫力が増し、ジョンも素晴らしいリード・ヴォーカルを録音できた。もう少し磨きをかければ、この時点ですぐにでもリリースできる状態だった。

しかし、レノンとマーティンは別のことを考えていた。九月二十七日に、アビイ・ロードでオーバーダブのセッションが、もう二回加えられた。一回目は午後で、追加の楽器に焦点があてられた。外部のミュージシャンが呼ばれて、バイオリンが八人、コントラバス・クラリネットが一人、チェロが四人、ホルンが三人だったが、すべてマーティンが指揮した。マーティンはまた、これらの楽器用の楽譜も書いた（レノンからどれほどの指示があったかはわからない）が、よくできた楽譜だった。幻覚誘発剤を試したことがなく、むしろそれに対して眉をひそめるたぐいの人間であるマーティンが、LSDで体験する時間と空間の長く流れるような感覚を再生したのは、驚くべきことである。同時に、マーティンが学んできたクラシックの技法にのっとって書いた楽譜は、簡潔で目的意識がしっかりしていて、難解な袋小路に入ってしまうこともない。レノンの歌詞に描かれたビジョンは宇宙的で、その次元にほとんど限りがなく、しかもマーティンの奥の深いビジョンを見据えた楽譜が、飾り気のないリズム・トラックが目立たなくなるほど大胆にスケールを大きくし、この曲のテーマをさらに強いものにしている。

また、曲の途中に集団で声を入れたり止めたりするのを考え出したのも、マーティンであった。大聖堂の怪物像がいきなり蘇って、キーキー声をあげたり、あざけるように笑って——「ホーホーホー、ヒーヒーヒー、ハーハーハー」——教区民を苦しめるような音だ。このヴォーカルは、九月二十七日の夜のセッションの時に、外部の十六人の歌手の声によって入れられた。マーティンは、まるで楽器のように彼らの声を曲にフィットさせた。「我々は、歌手のザ・マイク・サムズ・シンガーズを入れたんだが、ジョンとはあまりにかけ離れていたので、彼は本気にしなかった」と、マーティンはルイソンに語った。「でも、楽譜に、ただ笑い声とノイズ、つまりウォオオオオーという感じの指示を入れておいたら、ジョンが面白がってね」と、マーティンは言う。レノンは後に、この曲にさらに仕上げを加えて（BBCのラジオ劇「リア王」からの抜粋）歌は完璧になった。

後にマーティンは、「アイ・アム・ザ・ウォルラス」のことを、「仕組まれたカオス」だと言って自慢していた。確かにこの歌には、アビイ・ロードのエンジニア、ケン・スコットが、「マジカル・ミステリー・ツアー」のセッション中のビートルズの要《かなめ》の原理と呼んだ、彼らの主義主張を満たしている。「彼らは、全部試してみるまで、自分たちが望んでいるものが何なのか、半分くらいしかわかっていないんだ」と、スコットは言う。「彼らが心に抱いていた考えは、独特で変わっていたよ」。実際、バンドを組んだ初期の頃から、ビートルズの基本的なルールには、とても良いとは思えないような非常に変わったものがあった。それで、リヴァプールやハンブルクで彼らが歌っていた曲や、誰も聞いたことがないような曲がB面にこっそり入れられていたりする。一九六三年に、「プリーズ・プリーズ・ミー」が初めてのナンバー・ワン・ヒットを記録したあと、マッカートニーが言った。「この次の曲は何か違ったものにしなきゃ、って決めたんだ。僕らはおかしな帽子をかぶったから、次にはそれを脱いで、別のを探したってわけさ」

強迫観念のように、絶えず変化と成長を求める姿勢は、ビートルズの全体像を特徴づける芸術的な進歩を煽《あお》るのに役立ったが、それは、アルバム「ラバー・ソウル」の頃から特に顕著になった。レノンが言うには、ビートルズがついに「スタジオを征服した」のはこの時だった。「初期の頃には、僕らは与えられたものを受け入れるしかなかった。もっと低音を上げるにはどうすればいいのかもわからなかった。僕らは、『ラバー・ソウル』で、そういったテクニックを学んだんだ」。マッカートニーも、スタジオ内のビートルズの態度についてこう言っている。「僕らはいつも、前に進むだけだった。もっと大きく、遠く、長く、そしてもっと違うように」

マーティンも、ビートルズのスタジオでの成長ぶりについては同様の見解を示し、彼らと一緒に仕事をした七年半で、彼らとの関係はこう変化していったと、その自伝の中で書いている。「一度に二つの方向に行ってしまったんだ。一つには、レコードがどんどん洗練されていった……ということは、私がその音楽にどんどん影響を大きくしていったということだ。だが、個人的な関係は、別の方向へ進んだ。当初、私は生徒を持った先生のようで、彼らは私の言うとおりに従った。彼らはレコーディングについて何も知らなかったが、信じられないほど覚えが早かった。そして、最後にはもちろん、私は召使で、主人は彼らだった。最後になっても、私はまだしつこく意見を言ってはいたが、私にできることは、もはやわずかな影響を与えるだけにすぎず、指図することはできなかった」

たとえば、一九六四年一月のパリでのレコーディング・セッションで、ビートルズが約束をすっぽかした時に、怒ったマーティンはスタジオを飛び出し、タクシーに飛び乗って、数分後にはビートルズのいる豪華なホテルの部屋に乱入していた。そこで彼は、「ルイス・キャロルの作品から飛び出したような」光景を目にする……「長いテーブルの周囲に、ジョン、ポール、ジョージ、リンゴ、ニール・アスピノール、アシスタントのマル・エヴァンズが座っていた。そのまん中でお茶を入れているのが、〔ポールのガールフレンドの〕ジェーン・アッシャーで、アリスのような美しい長い金髪をしている。私が現れると、その絵全体が崩れた。ビートルズたちはあちこちに走って、ソファやクッションやピアノなど、隠れられるものを何でも探し、その後ろに隠れた」。そしてその後で、彼らはおとなしく謝り、最高に魅力的な表情をして、素直にレコーディングをしに行ったのだった。

また一九六八年に、ビートルズのメンバーは、マーティンに対して小学生のように駄々をこねた。「『ホワイト・アルバム』の時、彼らは三十二曲もの曲を持ってインドから帰ってきたところで、それを一曲ずつレコーディングしたがっていたんだ」。マーティンが振り返って、こうつけ加える。「私は、その曲の多くがリリースする価値はないと判断して、彼らにそう言った。『私は二枚組のアルバムを作るつもりはない。だから、これらの曲をいくらかカットして、本当にいいものだけを残し、とびきり出来のいいアルバムを作ろうじゃないか。十四曲か十六曲だけ選んで、それに絞ればいい』とね」。だが、言うまでもなく、このアドバイスは無視された。

マーティンとビートルズの双方とも、ビートルズとスタジオの関係のターニング・ポイントは一九六五年だったと認めている。レノンは、十二月にリリースされたアルバム「ラバー・ソウル」を、ビートルズがレコーディング・プロセスを取り仕切り始めた最初のアルバムだったと位置づけている。一方、マーティンは、八月にリリースされた「ヘルプ！」だと言う。このアルバムは、「私がその音楽に太鼓判を押した最初のもので、この時から、部分的には私が作り上げたスタイルが現れ始めた」と、後に書いている。マーティンは特に「イエスタデイ」を取り上げ、弦楽四重奏の形で、ビートルズが初めてクラシックの楽器を採用したと言っている（しかし、マーティンの記憶に反して、外部のミュージシャンたちが最初に使われたのは「イエスタデイ」ではなく、これもまた「ヘルプ！」の中の「悲しみはぶっとばせ」だった）。ビートルズのチームが新しいレコーディング技術を採用したのも、一九六五年だった。一九六三年の終わりに試みられた4トラックのレコーディングが新しい展望を開き、この時にはもうフルに活用されていたのだ。「四つのトラックがあれば、一つは基本となるリズム・トラックに、それからヴォーカルが入り、残りは何人でも入れられる。それによって、スタジオがずっと仕事場らしくなった」と説明するのは、EMI専属のバランス・エンジニア、ケン・タウンゼンドで、ビートルズのために魔法のような技術を使って、数多くの芸当を行ってきた人物である。

「イエスタデイ」までのビートルズの曲は、管弦楽法を取り入れるにはシンプルすぎた、とマーティンは振り返る。レノンとマッカートニーが新しい曲を作ってくると、マーティンは、背の高いスツールに腰をかけて、彼らがアコースティック・ギターでその曲を演奏するのを聴いた。彼が改善するところを提案し、それを受けて、ジョンとポールがもう一度最初からその曲を通して演奏し、それからジョージとリンゴを入れて、通常のレコーディングの段階に入っていく。この時にマーティンが行ったアレンジは、その曲が、ラジオで放送するのにちょうどいい長さであること、ビートルズのヴォーカルにちょうどいいキーであること、出だしとミドルとエンディングが整然としてうまく収まっているかどうかを確認することだった。たとえば、「キャント・バイ・ミー・ラヴ」では、より覚えやすくなるからと言って、マーティンは出だしをサビにするよう提案したりしていた。

ビートルズは、マーティンと一緒でいい仕事ができたと思っているはずである。彼が一九六五年にEMIを辞めてフリーのプロデューサーとなった時、ビートルズは、EMIに余分の費用がかかってもマーティンに自分たちのレコードのプロデュースを続けてほしいと申し出ている。それは、丁寧で愛情のこもった共同作業だった。「シー・ラヴズ・ユー」の曲の締めくくりで、ビートルズのメンバーが、誰も聞いたことのないようなコードにしたいと考えた時のこと、マーティンはそれは良くないとわかっていたので、そのコードは「まるでメジャー・シックスのようなおかしな音」だと言った。マッカートニーによれば、ビートルズがそれを演奏した時、マーティンは笑って「だめだよ」と言い、理由は「『それじゃ、あまりにアンドルーズ・シスターズみたいだから』ということだった。それで僕らは、『わかった、じゃあやめよう』と言って、それをはずしたんだが、良くならなかった。そうしたら、マーティンはどうしたかというと——彼は認めたんだ。『君たちが正しかったよ。それがいい』と。つまり、僕らは互いに柔軟な態度をとっていたんだ。持ちつ持たれつってやつさ」

一九六五年十一月八日、「ラバー・ソウル」のレコーディング・スタジオでの会話から判断して、スタジオ内にはジョークや悪ふざけが飛び交っていた。第12章で述べたように、ビートルズはその夜にジョージ・ハリスンの「嘘つき女」を収録したが、彼らは、特にジョンはハーモニーをきれいに出すのに苦労していた。一つには自分たちが歌うことになっている歌詞のパートのトラックがよくわかっていなかったからだった。マーティンはコントロール・ルームのインターホンで、次のテイクの前にテープをもう一度聴くようにと勧めたが、ハリスンが即座に抵抗して言った。「大丈夫だよ、僕らはわかっているんだから」。そして、ジョンが予言するように言った。「今度の〔テイク〕はいけると思うよ」。だが、もちろん、ジョンはまだ自分が歌うことになっているパートをよくわかっていなかったために、うまくいかなかった。注意散漫で叱られている小学生のように、彼はハリスンの方を向いてつぶやいた。「僕らが歌うのはどっちだっけ？」ハリスンが答える前に、マーティンが笑いながら、コントロール・ルームから呼びかけた。「まったくだな、ジョン。君にはわかっていたんだろ」

しかし、次の瞬間、今度は間違いを犯すのはマーティンの方だった。うっかりして、ジョンがやっとうまくできた箇所の上からレコーディングして、消してしまったのだ。マーティンがそのことをハリスンに打ち明け、ハリスンは「そりゃ、ひどいよ」と言う。それぞれが歌うことになっている箇所について、マーティンがまた、巻き戻してもう一度聴きたいかと皆にたずねた。「絶対にいらない！」と、レノンが怒りをぶちまけるふりをする。「間違えているってわかっているものなど、絶対に聴かないよ」。マーティンが再生しながら優しく言う。「私はここで聴いているよ」。レノンが「それはよかったね」と言って鼻であしらう。そして、マーティンが作り笑いをして答える。「とってもいいね」

確かにこの時期、ビートルズとマーティンは、音楽に関しては別々の言葉を喋っているところが根底にあったせいで、共同作業はぎくしゃくする場合もあった。専門的な知識を学んでいないビートルズは、マーティンがサスペンディッド・ナインスのコードの話を始めても、ポカンとするだけだった。話をわかりやすくするために、マーティンはなんとかギターを覚えようとしたが、ジョンとポールの方が彼のできる楽器、つまりピアノをずっと早く習得できることがわかって、すぐに練習をやめた。それでも、やはりお互いに理解できないことは起こる。たとえば、アルバム「サージェント・ペパー」の中のレノンの曲

「グッド・モーニング・グッド・モーニング」のオーバーダブのセッションの最中に、外部ミュージシャンたちがいる前で、ジョンがマーティンに歯向かったことがある。ジョンは、マーティンがサックス・プレイヤー用に書き換えた楽譜でギターを弾いていた。ジョンは、サックスがEフラットとかBフラットなどの音を出せることが理解できず、ずっとマーティンの指導に反発していた。マーティンがその原理を説明すると、不愉快そうに低い声で答えた。「なんて、くだらないんだろうね」

こういうふてぶてしい態度と専門知識のなさから、ビートルズはニセのミュージシャンだと見くびる専門家たちも現れ、単に創作能力でごまかしているだけだという批判も起こった。ビートルズは、マーティンに自分たちのアイデアを適切な音楽用語に訳してもらう必要はあったが、しかし何よりも、そのアイデアは彼らが考えたものだった。マーティンの立派なところは、「ビートルズの方が優れた才能を持っている」ということを受け入れ、たいていの場合、「彼らの考えたアイデアの方が、私のものよりも良かった」と認めるだけの知性と正常な感性を持っていたことだ。マッカートニーと共同で、「ペニー・レイン」の中間部を明るい感じにするために、音の高い小型のトランペットをオーバーダブした時のことを思い返して、マーティンはこう書いている。「確かに私がアレンジしたのだが……もし、あれを私だけに任せられたのなら、正直言って、〔ポールの書いたようなあんないいメロディは書けなかっただろう」

しかも、ビートルズは自分たちが何を知らないのかをわかっていなかったからこそ、もっと音楽教育を受けていても月並みな感覚しか持っていない人には絶対に思いつかないような、新しいアイデアを考え出せたのだった。「僕らは、彼らがやりたくないことを、いつもやらせていたんだ」と、マッカートニーがアビイ・ロードのエンジニアたちについて言っている。「僕らは、『やってみてくれ』と言ったんだ。『僕らのためにやってみて、って。もし、くだらない音しか出なかったら、いいよ、諦めるから。でも、いい音が出るかもしれないじゃないか』って」。これこそが、道を切り開き、他の者には出せない、これぞビートルズの音楽という独特のサウンドを生み出そうとする執念だった。たとえば、ビートルズはアコースティック・ギターを何度も重ねて、エレキ・ギターのような音を出したりする。シンバルのテープを逆再生すると、ゆらめきながら広がる音が、電子的な鋭い息を吸い込む時のような音に変わる。録音した曲を極度に速くしたり遅くしたりすると、普通のスピードで再生した時とは違った雰囲気のものになる。ドラムを廊下に持っていくと、不思議な反響効果――まったく違ったサウンド――が得られる。ルイソンの『Recording Sessions』には、ビートルズがアビイ・ロードのいろんなスタッフと一緒に仕事をした話がたくさん載っているが、彼らの声や楽器の音を、新鮮で面白い方法で変えていったのは、主にミキシング・エンジニアのジェフ・エメリックか、テクニカル・エンジニアのケン・タウンゼンドだった。エメリックが振り返る。「ビートルズは、『ピアノをピアノらしい音ではなく、ギターみたいな音にしたい。それでもって、ギターをピアノのような音にしたい』と言うんだ。僕らはよくこう思ったものだ。『何だってそんなくだらないことをするんだろう』って」

レノンは特に、自分の声を変えることに熱心だった。ある時など、レノンのヴォーカルの声をいつもと違ったものにするために、エメリックはビニール袋にマイクを入れ、それを牛乳瓶に入れて水を注いで吊るしたこともあった。また、レノンは仰向けになって寝ころがって、「レボリューション」のヴォーカルを吹き込んだりした。ケン・タウンゼンドが機械操作でヴォーカルを二重録りする方法を考えついたため、レノンが苦労してオーバーダブすることもなく、彼の望む以上のエコーの効いたサウンドが得られることとなり、レノンを大いに興奮させた。それでも彼はまだ、自分のヴォーカルを違った音にする方法を求めてはエンジニアたちを困らせ続けた。「月から来た人のような音に」などと言ったこともある。何と言ってもきわめつきは、ジョンが、ギターと同じように自分の声も直接レコーディング機材につなぎたいと頼みにコントロール・ルームまで行ったことだった。そこで、ジョージ・マーティンが答えた。「そうだな、病院に行って手術してもらえばどうだい？　つまり、首にプラグの差し込み口を取りつけてもらうんだな！」

ビートルズは全員、実験してみるのが大好きだったが、ジョージ・マーティンは後に、中でもジョージ・ハリスンが一番で、彼のギター演奏や作曲は別として、「〔ビートルズの中で〕彼が一番影響を与えたのは、サウンドに対するアイデアだった」と言っている。ハリスン自身も、「一九六七年は、新しいサウンドを作ってやろうと、ほとんどの時間をスタジオで過ごしていた。僕らは、何時間でもサウンドを発明するのに熱中した。今では、ボタン一つで、それこそいろんな音を作ることができるようになって、簡単になったけれどね。実際、簡単すぎるよ」と、当時を振り返っている。マーティンも同意見で、あまりに機械やテクニックを過信しすぎて、今のポピュラー音楽の多くは、その魂をなくしていると言っている。そして、一九九三年に彼は、「一九六七、八年に私たちが作っていたサウンドは、今ならボタン一つで作ることができる。だから、みんな、作り出すのではなく、選ぶんだ。誰も演奏しない、ただデジタルの情報を集めるだけなんだ。味気ないことで、そうやって音楽は価値がなくなっていってしまい、任天堂やセガに取って替わられるんだ」と語っている。

マーティンは、彼とビートルズがしてきた仕事を、「サウンドで絵を描こうとした」のだと表現する。ピカソがカンバスに向かうように、彼らは、基本的なモチーフ――つまり、ドラムとベース・ギターのリズム・トラック――から始め、彼ら独自のアイデアに広がりと力強さを加えるために、その上にサウンドの層を重ねていったのである。この共同製作の最高傑作が、アルバム「サージェント・ペパーズ・ロンリー・ハーツ・クラブ・バンド」だった。しかし、この「サージェント・ペパー」へのマーティンの貢献が評論家から大きく評価されたことが、ビートルズに憤懣《ふんまん》の種を植え付けることになった。ビートルズは反発を感じ、マッカートニーなどは、「確かに、彼は僕らの力になってくれたとは思う。大きな助けにはなったが、でも、これは彼のアルバムじゃない、そうでしょ。少し皮肉も言いたくなるよ」と言葉数も多い。一九七〇年の「ローリング・ストーン」誌で、レノンは、マーティンがビートルズのアルバムを全部プロデュースしたわけでもないのに、自分がビートルズを「作った」と思っていると非難した。「ジョージ・マーティンの音楽を聴いてみたいもんだね。どうぞ、僕らに聴かせてよ」。レノンがこれほどインタビューで怒ったことはなかった。マーティンは、彼が攻撃した唯一の人というわけではないが、後にマーティンはこう言っている。マーティンは、彼を許していなかった。まったく理不尽だったからね。一九七四年にハリウッドで彼に会って、一緒に夜を過ごしたことがあって、私はこう言ったんだ。『君が私に会いたいとは知らなかったよ、ジョン』。すると、彼は答えた。『よしてくれよ、ジョージ。あのことでいろいろ言ったのは、もう忘れてしまったよ。僕の言ったことを気にしないでくれ』とね。彼は謝っているんだろう、と私は考えた。だが、ジョンは変わっていた、最初の頃とはすっかり変わっていたね」

ビートルズの活動が進むにつれて、マッカートニーが言うように、「労働者はどんどん道具を自分たちの手に入れて」いき、マーティンの役割は減っていった。一九六七年の秋にアルバム「マジカル・ミステリー・ツアー」が出る頃には、「ビートルズは［スタジオの］いろんなものを自分たちで扱うようになっていたので、ジョージ・マーティンよりも僕の方が彼らの右腕となっていった」と、ミキシング・エンジニアのケン・スコットは振り返る。その次のアルバム、「ザ・ビートルズ」では、マーティンがレコーディング・セッションに参加しないこともあり、その結果、ビートルズが自分たちでプロデュースすることもあった。四人の間がもめることもあって、マーティンとの関係もしだいにぎくしゃくとしていった。マッカートニーが、マーティンにひどい言葉をぶつけたことが、少なくとも一度はある。アルバム「レット・イット・ビー」のためのセッションの最中には、事態はさらに険悪になっていき、それ以降、マーティンはビートルズと一緒に仕事をしないことに決めた。ところが彼は、アルバム「アビイ・ロード」の製作に戻ってこないかとマッカートニーから誘いを受けたのだ。マッカートニーは、ビートルズが行儀よくすることを約束し、マーティンに「以前のようにアルバムをプロデュース」してもいい、と申し出た。その結果、アルバムは磨きのかかったスタジオ製作の大傑作となり、ビートルズのマーティンへの信頼を確実に回復することとなった。マーティン自身は特に、音楽が途切れないように続くB面のセグエ（楽章から楽章に間を置かず続けること）を自慢に思っていた。

スヴェンガーリ（モリエールの小説「トリルビー」で、ヒロインを催眠状態に陥れてあやつる音楽家）でも従僕でもなく、ジョージ・マーティンは、ビートルズの芸術性上、なくてはならない存在だった。「ビートルズと一緒に仕事をしたあの頃には、はっきりとした境界線はなかった」と、彼は自伝で書いている。「プロデューサーとして、アレンジャーとして、作曲家として、それぞれ独立した個人でいるよりも、優秀なチームでいることの方が大変だった。私のアレンジと楽譜作りがなければ、彼らのレコードの多くが、ああいうサウンドにはならなかっただろうと思う。しかし、また、全体を通じて中心となったのがポールとジョンの才能だったことは、私も疑う余地はない。ジョージ、リンゴ、そして私は、それを支えていたのだ。私たち五人が、同じ才能を持っていたわけではない。二人は非常に強く、他の三人はいわば着外馬だった。

程度こそ違え、この三人は別の人間でも良かったのかもしれない。ともかく、私たち五人が同じでなかったことだけは、事実だ」

第15章　夢の色を聴け（アルバム「リボルバー」）

一九六七年六月に「サージェント・ペパーズ・ロンリー・ハーツ・クラブ・バンド」のアルバムが出された後のある日、ポール・マッカートニーは、ロンドンのメイフェア・ホテルに、ボブ・ディランを「表敬訪問」した。ディランはメイフェアの奥の部屋でファンたちと会っていたところで、マッカートニーはローリング・ストーンズのキース・リチャーズやブライアン・ジョーンズとお喋りしながら一時間ほど待ち、それから奥の私室へ通された。そこで彼はディランに、「サージェント・ペパー」の何曲かを聴かせることができた。ディランとビートルズは、三年ほど前から面識があり、それ以後、互いに仕事の上でかなり影響し合ってきた。マッカートニーによれば、「サージェント・ペパー」を聴いたディランの反応は、「なるほど。もうアイドル路線はやめたんだね」というものだった。マッカートニーは後に、あれは鋭いコメントだと言って、こう説明した。「僕らは確かにアイドルの端っこにいたアーティストだった、それは……そう望まれていたしね。でも僕らは、本当はアイドルなんかやりたくなかった。芸術性を追求し始めたのが、この時だったんだ」

なるほど。だが、それはいつからのことなのか？　マッカートニーは、「しばらくして」ディランに「サージェント・ペパー」を演奏して聴かせたと回想している。ということは、ビートルズの芸術的活動期の始まりとして、他の人間たちも「サージェント・ペパー」を挙げているが、その一つ前のアルバム、一九六六年八月にリリースされた彼らの傑作である「リボルバー」の時からビートルズの音楽は芸術性を求め始めたと言っても、「サージェント・ペパー」の価値が下がるものでもない。「リボルバー」は、ビートルズのサイケデリック期の最初のアルバムであるが、これを芸術的であると評価する理由は、その曲のどれもが、「エリナー・リグビー」、「トゥモロー・ネバー・ノウズ」、「ヒア・ゼア・アンド・エヴリホエア」、「ゴット・トゥ・ゲット・ユー・イントゥ・マイ・ライフ」、「シー・セッド・シー・セッド」、「タックスマン」など、明らかに秀れた、洗練されたものであるからだ。また、「ペイパーバック・ライター」と「レイン」という、二大傑作のシングルもある。これらはどれも、アイドルの音楽ではない。

「ラバー・ソウル」で、ビートルズは筋の通った本格的な音楽性を披露し、初めて本物のアルバムを作った。その中の曲はどれも、宝石のようだった。しかし、「リボルバー」は、「ラバー・ソウル」の成功をさらに上のレベルまで引き上げた。「リボルバー」の中の曲は一様に素晴らしいだけでなく、それまでのポップ・ミュージックにはなかった手法が使われている。マッカートニーが一九六六年に「リボルバー」のことを、「これまで誰も……一度も表現したことのないサウンドがある」と言ったのは、自慢話だったのだろうが、それは大袈裟ではなかった。テープを逆回転させたり、他にも技術上のトリックを使ったりというビートルズのあくなき探究心は、結果としては「サージェント・ペパー」で世界中を魅了したが、実際には、「リボルバー」のセッション中から本格的に取り組まれ始めていたのだ。

そして歌詞の成熟度も、「リボルバー」ではさらに高くなっていた。知的で示唆に富む歌詞は、いまや例外でなく当たり前になってきていた。直接的なラブ・ソングから、その世代の代弁者として見られるような哲学的な主張のあるものまで思い切って踏み込み、ビートルズの世界はどんどん広がっていった。しかも、彼らの音楽を流行《はや》らせた第一の理由である、皆で歌えるという性質は失っていない。メロディは従来どおり覚えやすいが、その中に主張がこめられているか、またはその歌自体が主張であるような、豊かに練り上げられた歌詞をのせて流れていく。実は、「リボルバー」の中の曲のほとんどが、すぐに心を奪われてしまうようなものではない。だから「リボルバー」は、ただ繰り返して聴かせるようなアルバムではなく、最高の芸術のように、会うたびごとにまた新しい喜びと洞察を生み出してくれるアルバムなのだ。

ビートルズが、愛すべきモップ頭の時代からどれほど成長したかは、このアルバムの最初の曲、「タックスマン」で明らかである。ビートルズは、アルバム「リボルバー」を完成させてから、一九六六年の夏にアジアとアメリカを訪れて、ファイナル・コンサート・ツアーを行っているが、彼らはとっくの昔から、音楽的には稚拙なライヴに嫌気《いやけ》がさしていたため、アビイ・ロードの密室の中だけで本当の音楽を作ることにしていた。「タックスマン」は、スタジオ特有のサウンドで始まっていて、ビートルズがステージ・バンドから本格的なレコーディング・アーティストに変わったことを示している。ジョージ・ハリスンがぶっきらぼうにワン、ツーとカウントし、マッカートニーが咳払いをし、そして速いテンポでエレキを気ままに鳴らす音が入る。リスナーにはまだわからないが、巧妙な技がもうここから始まっているのである。ジョージのカウントは実は、曲が完成してから別個に入れたものであり、当時の首相と野党党首を「ミスター・ウィルソン」、「ミスター・ヒース」と猫の声をまねて野次っているのも同じだ。

にわかに金持ちになったビートルズは、気がつくと税金九十六パーセントの階層に入っていたことに、ハリスンはひどく不満だった。「There's one for you, nineteen for me（あなたの取り分は一、私の取り分は十九）」というくだりがあるが、そういうことは、以前のビートルズならまったく関心のなかったことだった。だが、「タックスマン」で、ハリスンはソング・ライターとしてみごとに花開いたことを示している。つまり、彼の怒りが、それまでで最高の歌詞を書かせたのだ。「Now my advice for those who die（死んでいく方にご忠告しますが）／Declare the pennies on your eyes（目の上に載せたコインも申告もれのないように）」。「トゥモロー・ネバー・ノウズ」や「ペイパーバック・ライター」を含むこの時期のビートルズの多くの曲のように、「タックスマン」は実質的には、ワン・コードの曲だ。初期の頃のビートルズが作った曲は、コードを組み合わせて、そこから独自のサウンドや活力を生み出していたが、この時期の彼らの音楽は、何か違うものからでき上がっていた。「タックスマン」では、それがギターだった。各行の最後のリズミカルな爆発音は、政府高官の家の窓に投げつけた卵がピシャッとつぶれるような音であり、ミドルエイトのソロ（フェイド・アウトの中で短く反復する）は、湧き起こる怒りの爆発だった。熱烈で挑発的でオリジナル性の高い「タックスマン」は、まさにアルバム最初の曲にぴったりだった。

しかし、「リボルバー」の中で音楽的に最も大胆な曲は「トゥモロー・ネバー・ノウズ」であり、奇抜で催眠術にかかっているような、LSDの刺激を受けたジョン・レノンの曲で、それがこのアルバムを締めくくっている。その前衛的な感覚と超俗的なサウンドとで、「トゥモロー・ネバー・ノウズ」は、アルバム全体の頂点になっているのだ。実は、「リボルバー」の中でこの曲が一番最初にレコーディングされたもので、その宇宙的な歌詞と幅広いスタジオの効果があいまって、一九六六年の春に十週間以上にわたって行われた「リボルバー」のプロジェクト全体のトーンを作っている。「ビートルズが、『うん、それがいいね。じゃあ、逆回転させようか、それともテンポを上げようか、下げようか』という具合いに、『リボルバー』はあっという間にアルバムになっていった」と振り返るのは、エンジニアのジェフ・エメリックだ。「彼らは何でも逆回転させて、どんなふうに聞こえるか試していた」

一九六〇年代初めのクオリーメンの時代から親しんできたライヴ活動を三か月休んで、

「トゥモロー・ネバー・ノウズ」のレコーディングは、一九六六年四月六日に始まった。レノンは、どうやら幻覚剤の引き起こす世界をさまようことにずいぶん時間を費やしたようで、その結果は、彼の書いた曲に一目瞭然である。この時期に彼が書いた六曲のうちの五曲が、ドラッグ体験か、もしくはそれに刺激されたものをテーマとしている。たとえば、「トゥモロー・ネバー・ノウズ」の歌詞は、LSDの研究者であるティモシー・リアリーの手引書『The Psychedelic Experience』からほとんど一語ずつ拾っている。「ラバー・ソウル」では、レノンはリスナーたちに対して積極的に、愛についての「言葉を広めて」きた。それが今度は、リスナーたちに、もし「the meaning of within（内なるものの意味）」を知りたいならば、「turn off your mind, relax and float downstream（心を空っぽにして、身体の力を抜き、流れに身を任せてごらん）」と言って、LSD体験を積極的に語っているのだ。だが、この新しいメッセージは、以前のメッセージに取って代わるというよりも、高められていると言っていいだろう。つまり、LSDの幻覚作用の中で人が理解できることの一つが、「愛がすべてであり、愛はすべての人々の内にある」ことなのだから。

レノンの救世主的な性質は、「トゥモロー・ネバー・ノウズ」をレコーディングする前に、彼がジョージ・マーティンに出した要求にも顕著に現れている。レノンはプロデューサーの彼に、自分のヴォーカルを「ダライ・ラマが最高峰から歌っている」ようなサウンドにしたいと言ったのだ。曲の精神性をさらに強調するように、レノンはまた、バックで何千人もの修道士たちが聖歌を歌っているところを想像していた。後者の実行は不可能だったが、マーティンは、レノンの最初の要求を満たす方法を思いついた。ジョンにいつも通りにマイクに向かって歌わせるが、そのヴォーカルがレコーダーに届く前に、回転式ラウド・スピーカーを内蔵したオルガンを通ってくるのだ。このスピーカーを使うと、オルガンの渦巻くような抑揚のある音になり、レノンの声にも同じ効果が現れた。後にマーティンは、「それは実に、首を絞められた時のような叫び声が、山腹から聞こえてくるようだった」と回想している。

しかし、「トゥモロー・ネバー・ノウズ」で最も注目を集めたサウンドは、この世のものとは思えぬヴォーカルでも、力強いリズム・トラックでもなく、現れたり消えたりする不協和音の奇妙なノイズで、どこからともなく現れては消えていく。最初のノイズは、躁病のカモメか、怒っているスズメバチのようで、レノンのヴォーカルが始まる前の八秒間だけ聞こえる。それから十一秒後に、彼が「It is not dying（それは死ではない）」と歌った後、魔法の絨毯《じゅうたん》が揺らめきながら遠くから現れるようなノイズが入るが、次の瞬間に、絨毯は荒々しく不揃いなトランペットの一群へと形を変える。そして、カモメもスズメバチも戻ってきて、最後までずっと続いていき、他のサウンド――ハリスンがバックで弾いているもだえるようなリード・ギター――も一緒に、まとまりのない考えや無意識に心に浮かぶイメージのように、次々とあれこれ浮かんでは高まっていく。

これらのノイズは、テープ・ループ、つまり、テープが音で飽和状態になるまで何度も何度も録音したエンドレスのテープで出されているのだ。たとえば、カモメの音は、ギターの歪みの音をテープ・ループにしたものだった。他の「ループ」の音は、ワイングラスとかポール・マッカートニーの笑い声などからも作られている。テープ・ループの音は、四月七日のオーバーダブのセッションで、「トゥモロー・ネバー・ノウズ」のリズム・トラックに加えられた。ビートルズは、リズム・トラックを前日に三回しか録《と》っていなかった（しかも、二回目は途中まで）ので、成功した二回のうちの第3テイクをベストとして選んだ。完成した曲の壮大な叙事詩的イメージとはほど遠いが、「トゥモロー・ネバー・ノウズ」の最初のテイクは明らかに、もっと重々しかった。ルイソンが『Recording Sessions』の中で、「一回目のテイクはセンセーショナルで、黙示録的なバージョンであり……相当にヘビメタ的なレコーディングで、エコーが響きわたり、海の底で地響きがして、唸り声をあげていた」と書いている。

「トゥモロー・ネバー・ノウズ」にそのような圧倒的な力を与えた原因には、もう一つ別の技術のトリック、つまりリンゴ・スターのドラミングがある。最初、ベース・ドラムにマイクをこれまでよりもぐっと近づけ、音を弱くするためにドラムの中に毛糸のセーターを入れた。そうやってレコーディングしたサウンドは、さらに歪めるためにリミッターとコンプレッサーに続けて送られた。「それが、『リボルバー』と『ペパー』の音になった。あんなドラムは聴いたことがなかったよ」と、発案者であるエンジニアのジェフ・エメリックが言った。

実際はこのエメリックが、「リボルバー」のセッション中に考案された数多くの改革の技術上のブレーンだった。当時弱冠二十歳で、EMIのディスク・カッティング部門から昇進してきたばかりだった。ジョージ・マーティンの監督のもとで、彼はすぐに、レコーディングに使える音をたえず開拓し続けるビートルズの熱心なパートナーとなった。彼の最初で最大の業績は、マッカートニーのベースのサウンドの解放であり、そのことで彼は、テクニカル・エンジニアのケン・タウンゼンドと共に賞賛を浴びた。

マッカートニーのみごとなロックンロール、「ペイパーバック・ライター」がレコーディングされたのは、「トゥモロー・ネバー・ノウズ」から一週間後で、エメリックがルイソンに語ったところによると、最初、ベースは「すごくエキサイトした音」だったそうだ。その秘密は、マッカートニーが新しいベース、より小さくて軽いリッケンバッカーのベースに替えたためで、このベースがそれ以降彼のトレードマークとなる。しかし、エメリックとタウンゼンドはまた、マイクだけよりもラウド・スピーカーを通してレコーディングした方が、リッケンバッカーのサウンドをずっと盛り上げることに気がついた。マッカートニーは、さらに勢いよくメロディを美しく弾いてその効果を倍加させ、ベースを、純粋に音楽として聴いても魅力あるものにした。以前のビートルズの曲では、重々しい音という以外には印象がなかったベースが、これで彼らのサウンドを躍動的にし、決定的な役割を果たすこととなったのだった。

レノンはパートナーにお世辞を言ったりする人間ではないが、一九八〇年にマッカートトニーのことを、「これまでのベース・プレイヤーの中で最も革新的な一人」であり、「ペイパーバック・ライター」がそれをよく示していると断言している。この曲は、ジョン、ポール、ジョージの声を互いにからむように渦巻かせ、美しくほとばしるようなアカペラのハーモニーで始まり、そしてリンゴのドラムとジョージのリード・ギターが炸裂して、突然ロックン・ロールが始まる。このオープニングの瞬間で、レノンが「ペイパーバック・ライター」を「『デイ・トリッパー』の息子……つまり、ギターの大胆なファズ・サウンドのロックン・ロール」だと評価する意味がわかる。しかし、マッカートニーのベースが入ると、レノンのその比較は、ごく弱々しい賞賛になってしまう。歌が始まると、ポールは、滑らかでいてしかも強い引き波のような、それだけでもさまになるベース・ラインをはじき出し、突風で波打つような音を入れてくる。確かに、ジョージやリンゴがどんなにうまく演奏しようとしても、このポールのベース・ギターがこの曲では最も耳に残る。こういったサウンドは、ビートルズのレコードでも他にはないだろう。

マッカートニーのベースは、「レイン」でさらに輝いたが、この曲ではリンゴも自分で「すごいドラミングだった」と称するほど、自分の楽器に対するプライドを持っている。ビートルズの仕事を振り返って、リンゴは自分で一番最高だと思うドラミングに「レイン」を選んでおり、「僕は自分も、自分のプレイもわかっているつもりだけれど、それなのに『レイン』は違っていた」と、不思議がる。タムの響線を軽く五つ叩いて、その曲を走らせ始めた瞬間から、リンゴのドラミングは旋風のようにエネルギッシュで意表をついてくるのだ。マッカートニーのベースとハリスンのキンキンとしたリード・ギターと共に、しなやかでビートのきいた演奏が、緊張感と共にはじけていく。入道雲が空をかけ昇り、これからあたり一面が土砂降りになるというのを、音楽で表現しているかのように。

ただ、それだけのパワーがあっても、「レイン」のサウンドは歯切れのいいものでは決してない。印象派の画家の絵のように、楽器もリード・ヴォーカルのトーンも同様にぼやけていて、まるで、現実の空間は普通に考えるほどはっきりしたものではないという、この歌のメッセージを強調しているかのようだ（ビートルズのレコードで初めてレノンがバック・ヴォーカルをした最後の繰り返し部分にも、同じことが言える）。この印象派的な効果は、電子楽器のまた別の用法から考え出されたものだった。ジェフ・エメリックがルイソンに語ったところによると、ビートルズは「トゥモロー・ネバー・ノウズ」を作っている最中に、サウンドをスロー・ダウンすると違った深みやテクスチャーを出す楽器もあることに気がついたらしい。それで、「レイン」のリズム・トラックとレノンのリード・ヴォーカルを非常に速いテンポでレコーディングし、それからスローでも入れて、それらいろいろなトラックをミックスさせてレコードを仕上げたのだ。確かに、この時からビートルズのメンバーは、最終的な仕上げを監督するために、日常的にミキシング・セッションに参加するようになった。

音楽的な工夫の才能とスタジオでの実験が原動力となった点以外にも、「ペイパーバック・ライター」と「レイン」のシングル盤は、その歌詞から見ても、作曲家としてのレノンとマッカートニーの姿勢を示している典型的な作品である。ステレオタイプが必ずしも悪いわけではなく、それが悪口とも思わないが、「ペイパーバック・ライター」でマッカートニーは、「退屈なことをする退屈な人たち」のことを書くつもりだったのだろう。後にレノンが言っているが、マッカートニーはまた戦後のイギリス社会の日常――「エリナー・リグビー」や「ペニー・レイン」や「シーズ・リーヴィング・ホーム」を含む最高傑作に命を与えた思想をも、ここで表現していた。一方レノンは、現実の自然界に対する宇宙的な思考でもって、いつも通り「レイン」を作った。それより数か月前に、彼は自らを「ひとりぼっちの人間」だと認めた。彼は、「they might as well be dead（死んでしまったほうがいい）」と歌い、現実は「just a state of mind（気分の問題）」だときっぱりと言って、無知な人々に対して作り笑いをしている。さらに彼は、言い尽くせない対処方法にまで言及しているのだ。「I can show you（教えてあげるよ）」と約束して、「トゥモロー・ネバー・ノウズ」や、その前の「愛のことば」の時のように、リスナーに親しく手を差し延べているが、その次の問いかけ――「Can you hear me?（聞いているかい？）」――で、リスナーたちが彼の後をついてくるのが待ちきれないようだ。そしてそれ以降、ジョンは、六〇年代のリーダーとしてのビートルズの重要性をあえて主張していないが、皆が彼らに答えを期待していたのは明らかである。

「リボルバー」の時期の多くの歌と同様に、「レイン」もまた、いわば才能が幾重にも合わさった傑作だった。ポールのベース、リンゴのドラム、ジョージのギター、ジョンの歌詞とリード・ヴォーカル、ほとんど裏声に近いエクスタシーのようなバック・ヴォーカルなどのどれもが、自由に振る舞っていて、リスナーの注意を引きつけるに充分の魅力があり、しかもそれらが合わさって、さらに完璧で息の合ったハーモニーを作り出している。

ビートルズのメンバーが一人として演奏していないのだが、同様のマジックが、「リボルバー」の二番目に入っている歌（「タックスマン」の次）、「エリナー・リグビー」にも見られる。マッカートニーのリード・ヴォーカルをバックアップする二組の弦楽四重奏の技術が素晴らしいので、最終的なレコーディングでは、一曲のスペースに完璧な曲が二曲入っているかのようだ。実際にはポールが「エリナー・リグビー」の全部を歌っているのだが、歌ができた背景には、共同製作の努力があった。

「エリナー・リグビー」は、ある日ポールが、遊びでピアノを弾いていて、オープニングのメロディにつまずいたところから始まった。創作の流れを維持するために、「イエスタデイ」の出だしを当初「Scrambled eggs（スクランブル・エッグ）」としていたように、彼は「Miss Daisy Hawkins」という言葉を入れたが、のちに「Eleanor Rigby」と変えたのだった。この言葉の戦術は、次の行が頭に浮かんだからだという。「picks up the rice in a church where a wedding has been（結婚式のあった教会で、落ちた米粒を拾い上げる）」というヒロインの人物像が鮮やかに浮かび上がり、その後のストーリー展開を示唆している。彼女は寂しいオールドミスで、人との接触という生命線を断ち切って、「lives in a dream（夢の世界に生きている）」というフレーズが、驚くほどの簡潔なパワーでもって彼女の孤独感を喚起する。

マッカートニーはまもなく（ブリストルのショー・ウィンドウでリグビーの名前を見つけた後に）、彼女の名前を「もっと自然な」音のエリナー・リグビーに変えたのだが、彼自身がその歌詞をどこまで書いたのかは明らかではない。後に、レノンがその詩の多くを自分が書いたと主張したが、それもまた疑わしい。なぜなら、それはマッカートニーだけでなく、レノンの友人のショットンまでが否定しているからだ。彼は、ジョンの家で、ポールが他のメンバーたちに初めてその歌を聴かせた時に同席していたのだ。その時点では、マッカートニーは、ただ基本的なメロディと、少なくとも一番の歌詞と、二番の歌詞に出てくる神父のイメージくらいは用意していたのだろう。ポールがその神父を「ファーザー・マッカートニー」にするというアイデアを最初に出した時に、誰も奇妙に思わなかったということが、この頃のビートルズが彼ら独自の創作の世界にいかに入り込んでいたかを物語っている。それでは、リスナーはポールが自分の父親のことを歌っていると思ってしまう、と指摘したのはショットンだった。それで、神父の名前は「ファーザー・マッケンジー」に変更され、彼の孤独は、リンゴの書いた一行で巧みに描かれている。「darning his socks in the night when there's nobody there（夜に誰もいない部屋で、一人靴下を繕う）」という姿に――。

この歌の詞の無上の栄光――閉鎖された精神的死の場面で、孤独な二人の人物を結びつける――は、レノンの家に集まって創作した時に出されたものだが、ショットンによれば、ビートルズの誰か一人が考えついたものではない。しかしレノンは、おそらく嫉妬からだろう、悪意に満ちた言葉でこのショットンの指摘に反論している。だがいずれにせよ、この歌は皆の総意でセンチメンタルではなく、しかも同情する気持ちが含まれる最終的な歌詞に落ち着いたのだった。エリナー・リグビーは、まるで存在しなかったかのように、「buried along with her name（その名前と共に葬られ）」た。そしてマッケンジー神父の「wiping the dirt from his hands as he walks from the grave（汚れた手を拭いながら、墓を後にした）」という空虚な行動が、歌い手の冷めた目には、「No one was saved（誰も救われない）」と映る。この歌詞が、最終的にはアビイ・ロードで仕上げられたのは確かで、マッカートニーとハリスンがこの哀歌のオープニング、「Ah, look at all the lonely people（ああ、あの孤独な人たちをごらん）」と考えついたのはスタジオだったことを、レノンがよく覚えている。

　また、ジョージ・マーティンが「エリナー・リグビー」のバックに入れた楽器は、その歌詞からくる陰鬱で身にしみるようなテノールに、これ以上ふさわしいものはないだろうというものだった。彼が構成したクラシックのバイオリン、チェロ、ヴィオラは、「イエスタデイ」の前の年に採用したクラシックの楽器を、ビートルズがまだ使っていたことを示していた。「エリナー・リグビー」では、クラシックの楽器を彼らの音楽パレットで存分に混ぜ合わせており、その後数か月にわたって大いに利用することになる傾向の予告となっている。マーティンは「エリナー・リグビー」の楽譜を作る際に、マッカートニーから大まかな指示を受けており、その上に、フランソワ・トリュフォー監督の映画「華氏四五一度」のサウンドトラックに使われた軋《きし》むような弦楽器の音から、さらにインスピレーションを得ている。結果は、感情を巧みに表現した力作となった。エリナー・リグビーやマッケンジー神父のような孤独で虚しい人生、そして、そのような世俗的な悲劇に対する、広い世界の小気味よいほどの無頓着さが、マッカートニーの抑え気味で感情のほとんどないみごとなヴォーカルの背後にあふれているのだ。そのシンフォニーのような効果の大きさと、メロディのみごとなまでの簡潔さで、完成した「エリナー・リグビー」は、ビートルズがレコーディングした中でも最高の曲に入るし、当時の人々の心に深く触れる芸術作品として通用するものとなった。

だが、「リボルバー」での激震は、なんと、アメリカのリスナーを失ったことだった。ビートルズのレコードで流行《はや》りそうなところだけを抜粋してリリースするという方針をとっていたキャピトル・レコードは、そのアルバムに入るべき曲、ジョンの「アイム・オンリー・スリーピング」と、同じく彼の作品「ドクター・ロバート」と「アンド・ユア・バードキャン・シング」を入れないで、「リボルバー」をリリースしたのである（その代わりに「イエスタデイ」が入っていた。……現在のアルバムにも）。それで、アメリカのファンたちは、ビートルズが初めて試みたギターのテープの逆回転も、「アイム・オンリー・スリーピング」のみごとな風刺劇も見逃してしまったのだった。「staring at the ceiling（天井をじっと見つめながら）／Waiting for that sleepy feeling（眠気が襲ってくるのを待っている)」という行は、レノンはうたたねのことを歌っているつもりはなかったが、一九六六年には、この歌の本当の意味を多くの人が見逃してしまうほど、まだLSDは十分に世の中に浸透していなかった。このアルバムの次の曲、ハリスンの「ラヴ・ユー・トゥ」もドラッグを歌っていたが、リスナーの興味を引いたのは、その珍しいリズム・トラックだった。ゆらめくハープのようなメロディの出だしは、インド音楽に反発する人ですら引きつけるし、その歌詞には東洋の神秘主義——「全世界は一つ」——と、西洋の実用主義、そして若者文化の快楽主義が融合している。束の間の貴重な時間を無駄にしないためには、人生を肯定し祝福すること。「make love all day long(一日中愛し合おう)/make love singing songs(歌を歌いながら愛し合おう)」

しかし、ロマンティックなラブというテーマが、ビートルズのレパートリーから消えることはないことを、このアルバムの次の歌、マッカートニーの「ヒア・ゼア・アンド・エヴリホエア」がみごとに実証している。即席のクラシックとも言うべき「ヒア・ゼア・アンド・エヴリホエア」では、ポールと、おそらくジョンもお気に入りのマッカートニー節を彼らは楽しんでいる。この歌は、言うまでもなく、シンプリシティの典型である。これは、ポールがある日、ウェイブリッジのジョンの家のプールで書いたもので、一つずつ基本コードを組み立てていき、ジョンが起きて洋服を着る間に、どうやってその曲が始められ終えられたかが目に浮かぶようだ。メロディもまたマッカートニーの秀作であり、ジョン、ポール、ジョージの豪華なハーモニーが際立っている。

ロマンティックなラブ以外では、マッカートニーは当時、子供の頃のことをずいぶん考えていたようだ。「ペイパーバック・ライター」の時に、彼はジョンとジョージのバック・ヴォーカルに、童謡の「フレール・ジャック」をぐっと和らげた感じで、テンポを上げて歌ってほしいと頼んだ。そして、特に子供の心を持って書いたのが、「イエロー・サブマリン」だった。これはリンゴが歌い、アニメ化された映画の影響もあり、歌自体が若者や年輩の人にも受けて、ビートルズの歌の中でも有名な一曲となった。ポールとリンゴは、「イエロー・サブマリン」には隠された意味などないと強調したが、子供じみた狂気と魅惑的な現実逃避は、テーマにされることが多かった反戦の意識に反するものではなかった。ファン受けするコーラスは別にして、この曲の優れたところは、工夫を凝らした音響効果である。六月一日、ビートルズはアビイ・ロードの第2スタジオで丸十二時間をかけて、多数のスタッフや友人の協力で、水を張ったたらいの中で鎖を引っ掻き回したり、エコー・チェンバーを通して叫んだり、泡を吹いたり、ブラスバンドに演奏させたり、コーラスをだんだん騒がしくしていったりして録音した。あけてみれば、結局こういったノイズのほとんどは、最終的には削除されてしまったわけだが、それはそれで変わっていて楽しいレコーディング作業だった。セッションの最後に、ビートルズのアシスタントのマル・エヴァンズが、胸にバス・ドラムをくりつけて、仲間の船員たちがその後ろでコンガの列を作り、スタジオ中を「We all live in a yellow submarine（俺たちゃみんな、黄色い潜水艦で暮らしている）」と歌いながら行進した。

A面最後の曲、ジョンの「シー・セッド・シー・セッド」は、ハリスンの素晴らしいギター・テクニックが曲を盛り上げており、レノンがその「心の遊び《マインド・ゲーム》」を形にした秀作である。この歌は、前年の八月に、ビートルズがツアーでカリフォルニアに行って、「バーズや女の子たちと一緒に」パーティをした際の、ジョンの二度目のLSDの体験を思い起こして書かれたものだった。LSDは、その後まもなく六〇年代の名作映画「イージー・ライダー」を作ることになる俳優のピーター・フォンダから貰ったものだった。このパーティで、フォンダは病院の手術台で死にかけた時のことを思い出しながら、こう言った。「死ぬってどういうことかがわかったよ」。レノンはその言葉に感動し、それがずっと頭から離れず、「シー・セッド・シー・セッド」の最初に入れることにしたのだった。

ジョンのコンポジション・テープからすると、まず「シー・セッド・シー・セッド」の一行目だけができ上がり、やがてアコースティック・ギターを鳴らしながら、ジョンはその行を繰り返し始めた。「He said, “I know what it's like to be dead, ”I said（彼は言った、『死ぬってどういうことか、僕はわかったよ』、それで僕は言った）」――何度も何度も、次の行のインスピレーションが湧いてくるのを待っているかのように、彼はこの言葉を繰り返した。そして次にGメジャーで（レコードではBフラットになっている）ギターを弾いているが、メロディはまだ形になっていない。レコードでは、短い「He（彼は）」から伸ばした「said（言った）」まで飛ぶように移るが、ここではフラットなメロディが、「He（彼は）」から、等しく短い「said（言った）」にすぐに続いている。

結局は、ジョンはテンポをスローにすることにし、ヴォーカルにエコーをかけた。これで、最終的なメロディに近いものとなり、「I know what it is to be sad（悲しみってどういうものか、知っているよ）」という行にもつながる。次にBメジャーに変えて、テンポを速くし、「He（彼は）」を「She（彼女）」に変えて、三行目の辛口の文句「And it's making me feel like I've never been born（それなら、この世に生まれてきていないような気になってしまう）」を加える。そして、歌詞はウィットのかけ合いのようになり、ジョンは尋ねる――「Who put all that crap in your head?（誰が君にそんな考えを吹き込んだんだい？）」そして切り札を使って、最初に出てきた死についての女の意見に反撃する――「I know what it is to be mad（狂うってどういうことか知っているよ）」。レノンは自慢しているのではない、とわかる。彼は、その節をさりげない句――「And it's making me feel like my trousers are torn（まるで僕のズボンが破けたような気になってしまう）」――で締めくくるが、注目すべきは、メロディがここにぴったりと当てはまっていることだ。ミドルエイトの部分で、彼は後に、「She said, "You don't understand what I said"（彼女は言った、『あなたはわかってくれないのね』）」と歌っている。ここでテープは終わっているが、後にジョンは、頭に浮かんだことを最初に書きとめてから数日たって、ミドルエイトの部分を完成させたと言っている。なんとなくノスタルジックな感覚が起こって、突然ジョンの子供の頃の話になり、それがどういうわけか「everything was right（何もかもが良かった）」時代として理想化されて、この歌が生まれたのだった。

ビートルズの音楽がいいのは、一つにはハッピーな気分になれるということがあり、アルバム「リボルバー」のB面は、まさにそれにぴったりの曲、「グッド・デイ・サンシャイン」で始まる。マッカートニーが、自分が書いたベスト・ソングについて「一気に書いたんだ。インスピレーションがすぐに浮かんで、ぴったりと収まった」と語っていたことがあるが、「グッド・デイ・サンシャイン」についても、そのベースにある構造は複雑ではあるが、そんな彼の言葉が当てはまるだろう。「グッド・デイ・サンシャイン」もまた、ポールが、レノンの家のプールサイドで書いたものであり、晩春の輝くような朝に、ギターを持ってそこにいて、レノンが言うところの「音楽の世界」の「チャンネル」として働いたのだった。人間は、生命を与えてくれる太陽の暖かさに対して、記憶にないほど昔から崇拝してきており（特にイギリスのような北方の気候では）、ポールは、その抗しがたい喜びの気持ちを歌に託そうと考えてこの曲を作ったのだろう。最初の文句で皆に話しかけ——「I need to laugh（笑おうよ）」——そしてそれがいかに簡単かをわれわれに思い出させてくれるのだ。輝く太陽という極めてシンプルな恵みは、「something I can laugh about（なんだか笑えてしまうこと）」なのである。この曲のミドルは、よくある少年と少女の恋の物語だが、最後にはまた太陽崇拝へと戻っていく。フェイド・アウトしていく中で半音上がるキー・チェンジは、ウィルフリッド・メラーズの言葉を借りれば、「永遠に上昇していくエクスタシー」を生み出す。

次の曲はレノンの「アンド・ユア・バード・キャン・シング」で、これは作った本人が気に入っていない点で注目される。後にジョンはこの曲のことを、歌詞には確かに意味があるし（奇妙な鳥にたとえられてはいるが）、特にハリスンのギター・テクニックなど、音楽的な価値もたくさんあるが、それでも「ゾッとする」ほど馬鹿げた自虐行為だと言って片づけた。しかし、ジョンは、「ドクター・ロバート」は非常に気に入っていて、治療目的だけでなく、マンハッタンの金持ちや芸術家気取りの人たちに特別な注射をするニューヨークの医者をからかい半分で書いている。普通のポップ・ソングの中で、薬を処方してくれるドクター・フィールグッド（アンフェタミンなどの覚醒剤を定期的に処方して、患者をいい気分にさせる医者）を讃《たた》えることは、レノンの悪ガキ的なイメージに重なる。後にショットンが、ジョンは「レコードを買った何百万という人々が無邪気に歌ってくれていると思うと、もうそれはとんでもなく愉快だった」と言ったと書いている。

しかし、ジョンはまた、「フォー・ノー・ワン」の控え目な美しさも評価していた。メランコリーなバラードで、後に彼は、マッカートニーの作品の中でもお気に入りの一曲だと言っている。この曲の出だしでは、失恋のテーマが鮮やかに描かれている。「Your day breaks（夜が明ける）／Your mind aches（心が痛む）／You find that all her words of kindness linger on...（彼女の優しい言葉が今も耳に残っている）」。マッカートニーは、まず彼のピアノによるリズム・トラックにクラヴィコードをオーバーダブし、次に、有名なシンフォニーの演奏家アラン・シヴィルによるフレンチ・ホーンのソロを崇高かつ控え目に入れてその効果を持続させ、アレンジャーとしての腕前を示している。マッカートニーの音楽ディレクターとしての役割は、ハリスンの「アイ・ウォント・トゥ・テル・ユー」でさらに顕著である。ポールは、そのアレンジがなければ淋しい歌だったものを、ほとんど一人でアレンジして心に残る歌に変えているのだ。まずは、楽器による低音のフェイド・イン、そしてほとんどメロディの対極にあるような彼の素晴らしいハーモニー、それからピアノによる二つの不協和音のメロディ、そして極めつきは、曲が完成した後にオーバーダブした弾むようなベース・ライン。

「ゴット・トゥ・ゲット・ユー・イントゥ・マイ・ライフ」もまた、レノンが特に賞賛するマッカートニーの曲である。ジョンは、この歌詞はポールが初めてLSDを体験したことをテーマにしているとまで推測している。この頃、ジョンがトランス状態をよく経験していたであろう事実を考えると、最初の行を見れば、その解釈も頷けるだろう。「I took a ride（僕は旅に出た）／I didn't know what I would find there（それで何が見つかるのかはわからなかったけれど）／Another road where maybe I（いつもと違う道を行けば）／Could see another kind of mind there（いつもと違った気持ちになれるかもしれない）」。だがこの先、歌詞はストレートな求愛に移り、実際この時点ではポールはまだLSDを試していなかったことからも、ジョンの推測は割り引いて考えなければならない。「ゴット・トゥ・ゲット・ユー・イントゥ・マイ・ライフ」の歌詞に緊張感を強めるために、金管楽器を入れようと言い出したのはポールで、ロンドンのクラブから狩り集めてきたプレイヤーたちは、悪くはなかった。彼らの管楽器は、快楽的なエネルギーにあふれて盛り上がった。ジェフ・エメリックは、「エリナー・リグビー」でマイクを弦楽器にうんと近づけたのだが、それと同じ方法をここで弦楽器と一緒に管楽器をレコーディングする際にも採用した。「エリナー・リグビー」を演奏したクラシックのミュージシャンたちは反発したが、「ゴット・トゥ・ゲット・ユー・イントゥ・マイ・ライフ」のジャズ・プレイヤーたちはまったく気にしないようだった。彼らのサウンドが元気いっぱいにスピーカーから飛び出して、これまでの曲に劣らず素晴らしい出来となり、曲の終わりに近づくにつれて、アルバムはしだいに加速していく。確かに、この金管楽器は、この後に続く畏敬の念すら起こさせるフィナーレ、ジョンの「トゥモロー・ネバー・ノウズ」にはぴったりのファンファーレとなっている。

「あれはLSDの歌だよ」と、後にポールは「トゥモロー・ネバー・ノウズ」のことを認めている。しかし、「トゥモロー・ネバー・ノウズ」をただの「ドラッグ・ソング」として片づけるのは、愚かな間違いだ。彼ら以前のジャズ・プレイヤーたちと同じように、ビートルズも「トゥモロー・ネバー・ノウズ」という抽象画に等しい音楽（そういう言葉では考えなかったとしても）を演奏していたのだ。圧倒されるほどにサウンドをごたまぜにして、そこに、非常に面白い歌詞をつけて。レノンの多くの曲のように、「後になってからしか、その意味するものがわからないだろう」と、ジョンが一度言ったことがあるが、「トゥモロー・ネバー・ノウズ」には、幅広いさまざまな解釈が許される。たとえば、「play(ing) the game existence to the end（この世に生きるというゲームを最後まで試してごらん）／Of the beginning（最初から）」という不可解な結びの句は、レノンが後年に積極的に追求していた理論、霊魂の再生を手放しで認めているとも受け取れる歌詞だ。しかしこの歌のもっと大きな意味は、穏やかな祈りと、生と死が際限なく繰り返されるという人間の根底にある真実の積極的な受容にある。また、ジョンが「listen to the color of your dream（君の夢の色に耳をかたむけてごらん）」と語りかけるのは、「トゥモロー・ネバー・ノウズ」に自ずと現れた彼の思いなのだろう。ビートルズが創作してきた不思議な魅力の作品の中には、即興的に書かれた詩など見つけることはできない。そのことが特にアルバム「リボルバー」には現れているわけで、このアルバムは、純粋に音楽的に見た場合、彼らの最高傑作と言えるだろう。

第16章　僕らは世界を変えたいんだ——ドラッグ、政治、精神世界

彼らの音楽はいつも、大衆へのアピールが基本となっていたが、彼らを英雄にしたのは——これだけ多くの人にこれだけ大きな影響を与えたのは——美しい詞やメロディのせいだけでは決してなかった。デレク・テイラーが彼らのことを、「クリスマスに象徴されるような抽象的な概念だ」と言い、「意図的なものかもしれないが、ビートルズは希望、楽観主義、ウィット、気取りのなさ、誰もが実行できる〔アイデア〕の象徴なんだ。彼らの勢いは止められないだろう」と、分析したことがある。ビートルズは、自らが見本となって、自分自身とそれを取り巻く世界を変えることができるのだと皆に証明したのだった。つまり彼らだってできたんだから、皆にもできるということを——。北イングランドの田舎町から出てきた、このごく普通の四人の若者たちが、世界的なセンセーションを巻き起こすまでになったわけだが、その道中で彼らはまた自分たちを、よりクリエイティブで感受性の豊かな、面白くて個性的な人間へと成長させていったのだ。彼らのように輝かしい出世をして名声と富を手に入れることは、普通の人間には難しいかもしれないが、彼らのような真実への追求心と人間的な成長ならば、自分にもできなくはないだろう。一九六七

年にレノンが歌ったように、「There's nothing you can do that can't be done（始めなければ、何もできない）」のだから。

一九六四年にビートルズがいきなり世界の舞台に現れた時、彼らは外の大きな世界や人生の深い問題にはそう興味がないように見えたが、しだいに彼らは、そういったものに興味をつのらせていく。たとえば、ビートルマニアが最高潮に達した頃の記者会見では、「成功のバロメーターは？」と聞かれて、四人全員が「お金だ」と答えていた。また、核戦争の脅威については、レノンの「作ってしまった物だけれど、それが投下されるとしたら残念だ」といったような、利己的で陳腐な言葉しか出てこなかった。しかし、数年のうちに、ビートルズは一九六〇年代のカウンター・カルチャーの旗手のような存在になり、愛、平和、精神世界の探究、社会変革といった哲学を口にするようになった。「しばらくして、僕らには影響力があるってことがわかったんだ」と、ジョージ・ハリスンは振り返る。「金も人気も手に入れてあらゆることを経験したが、僕らは人生にはもっと大事なものがあると気づき、それを示したいと思ったんだ。あなたの大切なものは何か？　友人やいろんな人たちにも考えてほしいからね」

ビートルズが愛すべきモップ頭から高潔な反抗者に変わるための重要な触媒として、意識高揚をはかるためのドラッグ、とりわけマリファナとＬＳＤとの関わりがある。ビートルズほど悪ふざけが好きな人たちもいないが、彼らにとってドラッグは、ただ楽しい時間を過ごすためだけではなかった。マリファナやＬＳＤは、知識をさらに深めるための道具、自分自身や世界について、さらに高尚な真実に近づくための方法でもあったのだ。確かに、ハリスンが後に言ったように、幻覚を起こさせるドラッグだけでなく、東洋哲学との関わりもその根底にあるものは「発見することへの欲望」だったのだ。リヴァプールで反抗的な若いロックン・ローラーとしてならしてきた彼らは、既成の知恵に対して彼らなりに抵抗してきた。不思議なのは、スターダムを一気にかけのぼっても、彼らのもともとの好奇心や独立思想がなくならなかったことだ。時にはつまずいたり、ばか正直すぎたりすることがあっても、彼らは常に追い求める人間であり続け、自分自身をより高めたいという意欲は、数えきれないほど多くの人たちに、自己の限界を引き伸ばさせる力となった。

マッカートニーの言葉で言えば、ビートルズの人生の方向を「百八十度転換」させたのは、マリファナだった。もちろん、一般的な「ドラッグ」に関して言えば、ビートルズはハンブルク時代に始めたビールのがぶ飲みや鎮静薬はもう何年も続けていた。しかし、一九六四年八月に、ボブ・ディランに〝みどり色の女神〟であるマリファナを教えられてから、「僕らはごく自然に酒をやめた」とレノンは言う。

その魔術にかかったのは、ビートルズがアメリカに初めてツアーに出かけた際のニューヨークのホテルの密室でだった。ビートルズとボブ・ディランが顔を合わせるのは初めてであり、非常に愉快で楽しい夜となった。マリファナの初心者の多くがそうであるように、ビートルズもただ笑いが止まらず、クスクス笑ってばかりいた。ディランは、いま注目の四人がそれまでマリファナを喫ったことがないという事実に驚いた。ビートルズはドラッグについて歌っていたんじゃないのか？　「抱きしめたい」の「I get high, I get high, I get high（ハイになりたい、ハイになりたい、高まりたい）」という文句はなんだったのか？――ディランの誤解は理解できる。ビートルズが「I can't hide（隠せない）」と歌ったのが、「I get high」と聞こえていたのだから。いずれにしても、ディランに焚《た》きつけられて、ビートルズはそのたびごとにハイになっていった。「僕らは彼にすごく感謝しているよ」と、後にレノンは語っている。

一九六五年の春に、映画「ヘルプ！」の撮影が進められる頃には、ビートルズはもう日常的にマリファナを喫っていた。マリファナが、すべてを巻き込むビートルマニアの重圧から解放してくれ（喫っている時は、「自分たちだけの世界」にひたることができた、とジョンは振り返る）、互いに普段よりも笑っていられた。こっそり喫う時の合言葉が、「笑おうよ」だったと、噂では伝えられている。しかし彼らがマリファナを使うようになったもっと大きな意義は、すでに成長していた彼らの創造力を刺激し、彼らの人生で初めて、彼らに本気になって考えさせたことだった。肉体的な感覚が高まり、精神的な機能が解き放たれると、彼らはより充実し、よりいきいきとして現実を体験することができ、そしてどんな芸術が可能で、どんな人生が望ましいかがありありと見えてくる。「それは、これまで受け入れていた価値観を遠ざける手段であったし、自分自身の頭で考えることができた」と、マッカートニーは言う。

デレク・テイラーが言うように、マリファナがビートルズの「意識を高め、心を広く」

したのなら、幻覚作用のあるドラッグは、その高くて広い心をしかるべき表舞台に出したということになる。「それはまるで、ドアを開けたようだった。それまでは、そこにドアがあることすら知らなかったんだ。その他の意識も含めてすべてを解き放ってくれた」とジョージ・ハリスンが説明し、こうも言った。「言いようもない至福の喜びだった。神がいるんだ。僕には、草の葉の一枚一枚に神が見えた。十二時間で、何百年もの体験をしたようだった。僕は変わったし、もう以前の僕には戻れなかった」

ハリスンは、ビートルズの生活にＬＳＤが入ってきたのは一九六六年だとしているが、実際には、ポール以外の三人は一九六五年十月にアルバム「ラバー・ソウル」のレコーディングを開始した時までに一度はＬＳＤを使用したことがある。ジョンとジョージは、自分の意志ではなかったが、初めての体験だった。その夜、二人とその妻たちは、主治医である歯科医と一緒に夕食をとっていたが、その歯科医がコーヒーにこっそり薬を入れたのだ。ＬＳＤを飲むとどうなるかを知らない四人のゲストは、その効果が現れだした時には、当然のことだが怖がっていた。彼らはロンドンのディスコに飛んでいって、わめき、笑い、幻覚を見て、最後にはジョージの家に車で戻ってきたのだが、レノンにはその家が巨大な潜水艦のように見えた。「すごく怖かったが、でも素晴らしかった」とジョンは後に語った。

それからしばらくして（歯科医と会った日は特定されていない）、ジョンとジョージはもう一度ＬＳＤを試したが、今度はもっと準備もできていたし、それにリンゴも加わった。

一九六五年八月、二度目のアメリカ・ツアーの合間に、数日間の休日を利用してロサンゼルス近隣の高級住宅地、ベネディクト・キャニオンに家を借りた時のことだった。ＬＳＤは俳優のピーター・フォンダが持ってきたもので、死についてのフォンダの話（「シー・セッド・シー・セッド」に出てくる）がレノンを感動させたが、ジョンは後に牧歌的な言葉でその場面を思い返している。「太陽は輝き、女の子たちは踊っていて、すべてが美しい六〇年代だった」。だが、ポールは、仲間たちからの強い誘いがあったにもかかわらず、その日は加わっていない。

一九六七年三月二十一日に、慎重だったマッカートニーが初めてＬＳＤを試すまで、なんと二十か月がたっていた。この頃には、ＬＳＤ漬けの最初のアルバム、「リボルバー」がすでに完成し、「サージェント・ペパー」もほとんど終わりかけている。彼らはよくスタジオでマリファナを喫っていたが、仕事中にＬＳＤを飲むことはなく、この日、ジョンが間違って飲んだ一回だけだった。ジョンが気分が悪いと言ったので、ジョージ・マーティンが、新鮮な空気を吸わせに、アビイ・ロード・スタジオの柵のない屋上に彼を連れていった。ジョンがどうして気分が悪いのかを知っているポールとジョージは、彼の居場所を知って、急いで連れ戻しに行き、ポールが家まで車で送って行った。そして車の中でポールはジョンに、まだＬＳＤを持っているかと尋ね、その後すぐに、二人は一緒に幻覚を体験した。

何年かたって、ポールは、あの夜はジョンとの関係を壊したくなかったからＬＳＤを使用した、と言ったが、その出来事の直後に、彼は自分の体験をもっと嬉々として語っていたことがある。彼がデレク・テイラーに話したところによると、彼とジョンは「その素晴らしいもの」を飲んで、それから座って、「互いの目を見つめ合い……そうして、『なるほど』と言って、笑い合った」という。ポールは公然と、ＬＳＤが『目を開いてくれた。それで僕は、社会の一員として、より正直で、忍耐強い人間になれた』と語っている。ピート・ショットンも、レノンの勧めるＬＳＤをマッカートニーのように長い間拒んできたのだが、それにもかかわらず、ジョンに対するドラッグの効果については同様の見解を示している。ＬＳＤは「彼の人生に情熱を取り戻させた」と、ショットンは書いている。「……彼の性格も、角がとれて丸くなり、傲慢で偏執的だったところも本当になくなった」。デレク・テイラーが後に言っているが、それは次のような効果があるからだ。「僕らは、ＬＳＤを経験して気分が解放されたし、だから、常用性のあるドラッグや他のものとひとまとめには考えられないんだ。いつも使っていたら、精神病院行きになってしまうだろう。子供も育てられないし、仕事もできない……〔でも、次から次へと〕真理や構造がいつもよりよくわかってきて、本当に役立ったと思う」

ビートルズほどの創造的な活動をしている者にとって、マリファナやＬＳＤが引き起こす感覚的な成長が、その芸術性に影響するのは当然のことだ。「それは本当に、僕らがそれまでやってきたすべてのことに影響し始めた」と、ビートルズのドラッグ体験について、ポールが語っている。「クスリは僕らの知覚をカラフルにした。未知の領域は、それまで考えていたほどたくさんはないことがわかり始めたように思う。バリヤーを破ることができるとわかったんだ」。ビートルズが初めて音楽とマリファナを結びつけたのは、ディランとホテルの部屋で会ってからわずか六週間後で、一九六四年十月八日にレコーディングした「シーズ・ア・ウーマン」の曲に、ジョンとポールが「turns me on（楽しませてくれる）」という句を入れた時だ。次に匂わせたのは翌年で、「ラバー・ソウル」に入っている「ガール」のバック・ヴォーカルで、ジョンがマリファナ常用者のふりをしているのと、「デイ・トリッパー」がそうである。しかし、ビートルズの音楽で、ドラッグのことが直接語られているものだけを数えあげても意味がないし、部外者が、ビートルズが意図していないところにドラッグの影があると推測してもしかたがない。ビートルズの曲をドラッグや新しい楽器や巧妙なスタジオのトリックなどでごまかしていると言うには、彼らはあまりに芸術性が高すぎるのだ。ＬＳＤやマリファナが彼らの芸術性に与えた影響など、とるに足らないものなのである。

「ドラッグが曲を書いたんじゃない」と、レノンが言ったことがある。「ＬＳＤであろうと水であろうと、どっちを飲んでいても僕は曲を書けるよ」。マリファナとＬＳＤの役目は、ビートルズがその音楽に持ち込む感性を変えたことだ。「マリファナで恍惚となって演奏したら、つまり無責任に演奏すれば、すごくつまらない音楽になってしまうことは最初からわかっている。だから僕らはまず体験して、それを曲作りに取り入れたんだ」と、リンゴが説明する。最初にその傾向が物議をかもしたのは、明らかに「ヘルプ！」のアルバムであった。タイトル・トラックや、ジョンの「悲しみはぶっとばせ」のような曲が、その後のビートルズの作品を、さらに深く意味あるものにしていくことを予兆している。「ラバー・ソウル」は、おそらく最もマリファナの匂いのするアルバムだと思うが、その曲は全体的に一層洗練されてきており、元気でヒューマンな感性を表現し始めて、一九六〇年代の思潮の中心要素となってきていた。アルバム「ラバー・ソウル」でも特に「愛のことば」は、後にジョンによって「マリファナ時代」の作品とされたが、彼はこの曲を、「なんていうか、気のきいた……愛と平和の歌なんだ」と語った。「リボルバー」は、詩にもサウンドにも、アルバム全体に幻覚剤的な気配の感じられる最初のアルバムだが、その次にくる「サージェント・ペパー」は、すべてのバリヤーを破った超大作である。

彼ら以前の世代のアーティストたちと同様に、精神を変化させる物質によって、ビートルズの生来の創作力が潤滑に働いていることが明白であるのに、世間は、「サージェント・ペパー」まで彼らの変化をすっかり無視していた。確かに、ジョージ・マーティンでさえ、ビートルズがマリファナを喫っていたことは知っていても、「LSDにも手を出していたことは知らなかった」という。ドラッグ問題が最初に火を吹いたのは、一九六七年五月十九日、アルバム「サージェント・ペパー」がリリースされる十三日前に、ドラッグの使用を助長するおそれがあるとして、BBCがこのアルバムの最後の曲「ア・デイ・イン・ザ・ライフ」を公共の電波にのせないという放送禁止措置をとった時だ。だが、ビートルズ自身がドラッグを使用していた事実を、ポールがリポーターの質問に答えて暴露してしまうまで、その後数か月間は表面化しなかった。しかし、騒ぎはあっという間に大きくなり、さらにジョンとジョージとブライアン・エプスタインが、マスコミの質問に答えて、彼らもLSDを使用して効果をあげていると言い、火に油をそそぐ結果になった（確かに、「サージェント・ペパー」のアルバム・ジャケットの写真撮影の時、ジョンと少なくともあと一人のメンバーには幻覚作用があった。あるいは、「いい気分になっていた」とジョンは言う）。

ドラッグがビートルズの人生を崩壊させたと決めつけるのは難しい。なぜなら、彼らはハッとするほどの天才的なアルバムをリリースしたばかりで、それが、ここ何年ものポピュラー音楽界で最も感動的な作品と広く認められたのだから。確かに、ビートルズが最もよくドラッグを使用していた時期が、彼らの最高傑作と言われる三枚のアルバム――「ラバー・ソウル」、「リボルバー」、「サージェント・ペパー」を出した時期と一致しているのは皮肉なことだろうか。それまでビートルズは素晴らしいと持ち上げてきた体制側にとっては、そのショックと裏切られたという思いは明白であり、反撃が次々に怒りへと変わり、マスコミの中傷から警察の攻撃まで広がっていった。個々の出来事としては、ジョンとジョージが違法のドラッグを所持していたとして数か月後に逮捕された。二人とも、自宅で見つかったとされるドラッグは自分のものでないと主張したが、彼らの主張を信じる理由はあった。彼らを逮捕したロンドン警察のノーマン・ピルチャー巡査部長が、他の事件で、容疑者に対して証拠を捏造《ねつぞう》したとして禁固六年の判決を受けたのだ。さまざまな批判が飛び交う中で、それでもビートルズは自分たちの信条を曲げなかった。一九六七年七月二十四日の「ロンドン・タイムズ」に、イギリスの芸術及び芸能界をリードする人たちが、マリファナに反対する法律は「そもそも不道徳であり、実際には役に立たない」という全面広告を出し、ビートルズも署名を入れ、その費用を負担した。

しかし、その一か月後に、ビートルズは、今はドラッグをやめていると公表して、またもや世界中を驚かせた。彼らが何を考えていたのかは明らかにされていないが、彼らの発表は、新たに、インドのグル、マハリシ・マヘシ・ヨギの精神的な教えに熱中する中で生まれたものだった。ビートルズはただ、ある奇妙な思想から他の奇妙な思想に移っただけだというのが、世間の見方だった。翌年の二月に、インドのマハリシの瞑想センターへ旅行することをビートルズは派手に公表し、そして、マハリシが最初に考えたほどの聖者かどうかの疑念を抱いて帰ってきた。しかし、彼らはマハリシから遠くにいても、彼からのメッセージを捨てることはなかった。彼らにしてみれば、幻覚作用を起こすドラッグと精神的な活動は、より高い意識の、同じゴールに続く違った道にすぎなかった。

ドラッグと瞑想は、「いくつかのドアを開く」ことができる、とマッカートニーは言うが、それは、人々がそのドアをくぐるかどうかにかかっているのだ。「答えは自分で見つけなさい」

六〇年代のヒッピーのような、受け身で社会的にも意味のない立場と違って、かつてビートルズの中の二大ドラッグ使用者だったレノンとハリスンは、社会からの逃避は利己的で無責任であるように、ドラッグを「崇拝する」のは間違いだと主張した。「ドロップアウトではない。中に飛び込んで変えていくんだ」とジョンは言い、「古く凝り固まった考え方からドロップアウトするんだ……〔そして〕この変化した人生観で影響を与えるんだ……皆に」と、ジョージがつけ加えている。

「ある意味では、僕らはトロイの木馬だったんだ」と、後にジョンがビートルズについて言ったことがある。「『イカす四人組』が頂点までのぼりつめ、そしてドラッグとセックスの歌を歌い、僕らはしだいに『難題』にはまっていき、そして転落が始まった」。トラブルを招いた最初の「難題」とは、ビートルズは「キリストよりも有名だ」というジョンの発言だった。最初に公表されたのは、一九六六年三月四日に発行されたロンドンの「イヴニング・スタンダード」紙の詳しい人物紹介の記事だったが、五か月ほど後にアメリカのティーン向け雑誌に、その内容が引用されるまで、特に批判が起こることもなかった。事実関係としては、このレノンの言葉はおそらく真実だが、キリスト教原理主義者たちの間に起こった怒りが、アメリカ南部の「バイブル・ベルト」（キリスト教篤信《とくしん》地帯）の一部で、ビートルズのレコードの不買運動や、公衆の面前でレコードや写真を焼くといった事態に発展し、ビートルズ自身の生命も危ぶまれるまでになった。ビートルズの三度目のアメリカ・ツアーの前日、八月十一日にシカゴで行われた記者会見では、敵意をあらわにするリポーターがジョンに謝罪を要求し、ジョンは、間違って解釈されてしまったことを説明しようとした。彼は、ビートルズがキリストよりも「偉大、もしくは優れている」と言ったのではなく、有名だと言っただけだと説明した。「人々が神と呼ぶようなものが、我々の中にもあると信じている」と、彼は言った。「キリストやモハメッドやブッダや、その他の神すべてが言ったことは正しいと信じている。ただ、その解釈が違っていただけなのだ」。だがリポーターたちは耳を貸さず、謝罪を要求し続けた。ついにレノンは言った。「それであんたたちがハッピーになれるんだったら、わかった、謝るよ」

しかし数分後、一九六〇年代に論議を呼んでいた社会問題であるヴェトナム戦争に反対する発言によって、レノンはさらに「難題」をほじくり出していった。親友だったデレク・テイラーとピート・ショットンが後に、一九六六年は、ビートルズ、特にジョンが政治問題――意識の成長の結果の一つが、マリファナやLSDを使うことで刺激されたのだろう――に、突然新たな興味を持ち始めた年であり、この新しい意識に、自分たちの行動を変えていきたいという願望がしだいに芽生えたのではないかと語っている。ジョンによれば、ビートルズが密かにヴェトナム戦争に反対していた時期もあったが、マネジャーのエプスタインから、そういう論議の元になる話題は口外しないようにと言われていたのだ。しかし、特にジョンとジョージは、だんだん黙ってはいられなくなった。「絶えず湧き起こる意識が僕に、何も言わないことは恥ずかしいことだと感じさせたんだ」と、ジョンは言っている。そして、彼らは一九六六年のツアーの前に、エプスタインに対して、ジョンの言葉で言えば、「今度聞かれたら、僕らはあの戦争が嫌いだし、すぐにもやめるべきだと思うと言うつもりだ」と、きっぱりと申し渡した。そして、グループは一度ならず、その通りにした。しかも彼らの発言は、その戦争に対する非難だけでなく、その背後にあるさらに大きな社会・経済構造批判にまで及んだ。一九六八年四月に、レノンがヴェトナム戦争を「狂気の沙汰の一つ」と激しく非難した時、インタビュアーが、「体制」についてはどうすべきかと尋ねると、ジョンは「変えるべきだ」と答え、「別のハリスツィード（スコットランドのハリス産の手織り、手染めのツィード）と交換するんじゃなくて、まったく別のものと変えるんだ」と答えた。そして彼は、正直にこうもつけ加えたのだ。「でも、どうしたらいいかは、わからない」

　ビートルズの意思表示の最も強力な武器は、もちろん音楽だった。後にジョージが、「僕らは、ヴェトナム戦争は間違っているとはっきり感じていた——僕は、どんな戦争も間違っていると思っているけどね。だから、僕らの歌にはその思いをこめたし、反体制的であろうとしたし、できるだけ多くの人に、自分が戦わなくていいならいいのか、という問題に気づいてほしかったんだ。戦争中止を叫ぶこともできるし、笑うことも、とぼけたふりをすることもできる、そういう時代なんだよ、今は。これは、これまで起こってきたこと、今も起こっている悪に対する僕らの報復にほかならないんだ」

　一九六八年のレノンの曲「レボリューション」を除いて、ビートルズは、たとえば初期の頃のディランのように、時事問題を率直に歌ったことはなかった。それでも、彼らの音楽には当然のこと、政治的な意味合いや影響力があった。彼らの歌のメッセージがそれほど明快なものでなかったため、ビートルズの歌は、あまり主張の強すぎる歌を好まない人たちにも届くことができた。彼らは、人種差別、戦争、不正をそのまま歌うことはなかったが、彼らがそういった問題に対してどう考えていたかは明白である。彼らの音楽に浸透している感性は、そういう蛮行を拒絶していた。その顕著な例がアルバム「サージェント・ペパー」で、アメリカの急進的な活動家、アビー・ホフマンが「ベートーベンがスーパーマーケットにやってきた……これはわれわれが政治的、文化的、芸術的に語り、内なる感情を表現したもの、そして非常に革命的な形で、われわれの世界観が集大成されている」と、賞賛したアルバムである。

「彼らは、世界と人間の意識が変わらねばならないという現実を感じ、示した」と、詩人のアレン・ギンズバーグが、ビートルズのことを語った。だが、それは、彼らの重要性の一部にしかすぎない。ビートルズのメッセージの要点は、世界が変わらなければいけないということだけでなく、さらに重要なのは、世界が変わることができるという点であった。あるものが違ったものになるべきだという考え方は、特に目新しいものではないし、ジョンが「レボリューション」の中で指摘するように、「We all want to change the world（僕らはみんな、世の中を変えたい）」のだ。まず基本的な最初のステップは、それが実現可能だと信じることである。彼らの発言や音楽には、それとなく、ぼんやりとではあるが、古い様式を破ってもっと優しく平和な現実を創り出すことが絶対に可能であり、ヴェトナム戦争についてだけでなく、他の形で現れた悪についても気にかけることが大切であり、何かをやろうとすることが大切なんだというメッセージがある。変われるか、そしてそれを実行できるかは、あなたに——つまり私たち全員に——かかっている。そういったメッセージが多くの人の心の中に深く強く共鳴し、そして、人々は意識の高い彼らを身近に感じることができ、人類を変えていくという大きなプロジェクトに参加できると感じることができるのだ。つまり、ビートルズはわれわれの間に最高の形で現れたわけで、それこそが、なぜこれほど多くの人がこれまで彼らを愛し、今も愛し、夢中になれるのかという大きな理由であろう。

ビートルズが文化的に過激な道を進んだ——ドラッグの使用、ロングヘアー、カラフルな衣装、当時の体制批判、新しい世界観の推進——ことは、彼らをヒーローにもし、またアウトローにもしたが、それよりも、それまでのアーティストにはほとんどなかった形で、社会に話題を提供することになった。後に、ビートルズの一人一人は、自分たちはただ大きな勢いによって押し流されただけだと言って、一九六〇年代に起こった社会情勢の大変革の設計者であったことを否定している。「たぶん、ビートルズは、見張り台の上で『陸が見えるぞ！』とか何とか叫んでいたんだろう。でも僕らは全員同じ船に乗っていたんだよ」と、レノンが声高《こわだか》に言う。しかし、アーティストとしての彼らの天才性は、その時代の精神に合致して、その時代と場所の根底にあった、まだ未熟な人間のあこがれに声を与えたものでもあった。オノ・ヨーコがかつて、ビートルズは「媒体のようなもの。彼らは自分たちが言ったことをすべて意識しているわけではなくて、それは彼らを通して出てくるの」と、言ったことがある。また、ジョージ・マーティンが指摘するように、「ビートルズが素晴らしいのは、彼らが彼らの時代にいたことだ。そのタイミングが良かった。彼らがそれを選んだのでなく、誰かが彼らを選んでくれたんだが、そのタイミングがぴったりで、そのために彼らは歴史に足跡を残せたんだ。彼らは、その時代の人々のムードと、世代そのものを表現したのだと思う」ということなのかもしれない。

第17章　芸術としてのロックン・ロール

（アルバム「サージェント・ペパーズ・ロンリー・ハーツ・クラブ・バンド」）

ジョン・レノンはよく、自分がジョン・レノンであることの難しさを感じていた。彼が「天才とは狂気の形容だ」と言うのは、決して自慢ではない。彼は子供の時から、他の子とは違うことに気がついていた。かつて彼が「壁が透けて見える」と言ったように、他の人には見えないものが見えるし、他人とは違う能力を与えられていることがわかった。しかし、彼の特別な才能は、知識と責任という二つの重荷を負わされて、時にはありがたいよりも恨めしいものであったようだ。レノンは生に対する深い疑問から逃れられず、自分がいったい何をするために生まれてきたのかを問わずにはいられなかった。「Why in the world are we here ?（いったいなぜ、僕らはここにいるのか？）」——彼は一九七〇年のソロ・シングル「インスタント・カーマ」で叫んでいる。それより以前、ビートルズの成功が絶頂にある頃には、彼はもっと苦悩に満ちた彼だけの言葉で疑問を投げかけた。ある夜、彼は文字通りひざまずいて、叫んだ。「神よ、キリストよ、誰でもいい——どこにいようとも——どうかお願いだ。一度でいい、私はいったい何をすることになっているのか、私に教えてくれ」

レノンの秀作の一つ、「ストロベリー・フィールズ・フォーエバー」を生み出したのは、まさにこの疑問だった。これは、発売後まもなくビートルズの代表作との評判になった「サージェント・ペパーズ・ロンリー・ハーツ・クラブ・バンド」のアルバム向けに最初にレコーディングされた曲だ。ご存じの通り、「ストロベリー・フィールズ・フォーエバー」は「サージェント・ペパー」には入っていない。マッカートニーの「ペニー・レイン」と共に、その三か月前の一九六七年二月十七日に、両A面シングルとしてリリースされている（ビートルズのレコード会社が、アルバムが完成するのを待つ間に何か売り出せるものを、と要望したのだ）。しかし、どちらの曲も、「サージェント・ペパーズ・ロンリー・ハーツ・クラブ・バンド」が、もとはビートルズの子供時代をテーマにしたアルバムにするつもりであったことを示している。ペニー・レインは、リヴァプール郊外にあるバスのロータリーのことだし、ストロベリー・フィールドは、木の葉がたくさん落ちているグラウンドで夏祭りが開かれる孤児院のことだ。「〔ストロベリー・フィールドはジョンの家の〕向かい側にあった」と、ポールが回想する。「彼は庭のようなところでよく遊んでいて、そこは言わば、彼にとっては子供時代の魔法の場所だったんだ。僕らはそれを、幻覚的な夢のようなものに置き換え、そして、それは僕らだけでなく皆の子供の頃の魔法の場所になった」

一九六六年十一月二十四日に、「ストロベリー・フィールズ・フォーエバー」のレコーディングが開始され、「アルバム『サージェント・ペパー』全体の日程が決まった」と、ジョージ・マーティンが言った。しかし、ビートルズが四週間後に完成させた「ストロベリー・フィールズ・フォーエバー」は、レノンが最初に考えたその曲のコンセプトとは大きくかけ離れていた。確かに、レコーディングの過程で、これほど劇的なまでに変わってしまった曲はなかった。拍子をどうとるかによって、まったく違うバージョンの「ストロベリー・フィールズ・フォーエバー」が二、三通りできた。この曲がリリースされた時、ビートルズのレコーディング・チームがこの二年間に培ってきた工夫の才能のすべてを活用した、まったく記念碑的な作品ができあがった。

それなのにレノンは、「ストロベリー・フィールズ・フォーエバー」は「ひどいレコーディングだった」と、死ぬまで言い続けていた。マッカートニーが、案の定スタジオに入ってきてちょっかいを出したことを非難しているようだった。ジョージ・マーティンによれば、レノンは当初、「ストロベリー・フィールズ・フォーエバー」を「穏やかな夢見るような歌」にしようと考えており、それはジョンが一人で録音していたラフ・ドラフトからもわかる。作曲用のテープは、エレキ・ギターと所々にオルガンが入り、レノンが一人で作っている。この最小限のバージョンが、アルバムになったものよりも優れているかどうかは好みの問題であり、自分の作品の中で最も素直で大切な曲の一つと考えていたレノンでさえ、この曲のリリース・バージョンが魅力あることを認めている。だが、「ストロベリー・フィールズ・フォーエバー」のデモ・テープについては、一つ言っておかなければいけないことがある。スタジオで加えた美しい装飾がないため、レノンが実際には何と言っているかということと、その後ろに流れる素敵なメロディに耳が集中する。確かにデモ・バージョンでは、レノンの魂と、彼が格闘していた存在に対する疑問への窓を開いてくれているが、最終バージョンではそういうところがない。

「ストロベリー・フィールズ・フォーエバー」のデモ・バージョンで最も素晴らしいのは、レノンがいかに正確にはっきりと自分の不確かさや混乱を表しているかということだ。この歌は、ビートルズがもうツアーをしないと決めた以上、これからの人生で何をすべきか、とレノンが迷っている時期に生まれた。一九六六年のその秋、毎日を満たし自我を育てるために、ジョンは、映画「How I Won the War」に脇役での出演を承諾しており、南スペインで撮影を行った。セットのまわりでの長い待ち時間の間、コードと言葉がぴったりと合わさるまで、彼はずっとギターを鳴らしていた。

この曲はそうやって作られたのだが、この時点ではまだ、歌のオープニングは「Let me take you down（君を連れていってもいいかい）」という穏やかならぬ誘いではなかった。代わりに、後に二番に移される、この曲で最もジレンマとなる文句で始まっていた——「No one I think is in my tree（僕の木には誰もいないようだ）／I mean it must be high or low（僕のは高すぎるか、低すぎるに違いない）」。ジョンが後に明かしたが、彼が言いたかったのは、自分と同じ波長の人は誰もいないだろう、「だからこそ、僕は狂人か天才なんだ」ということだった。だが、デモ・テープでこの句を歌っている時は、それほど生意気なふうには聞こえない。特に彼は「must」という言葉にストレスを置いていて、まるで天の裁判所のようなところで、確かにどこかで間違っているんだ、と訴えているようだ——この世での自分の特異さを他にどう説明したらいいのか、それは自分のせいなのか？　彼は自分に、とにかく「It's all right（大丈夫だ）」と言い聞かせようとするが、彼も馬鹿ではないから、これが事実でなく信じているだけであることに気づき、すぐに退却しておずおずと、「It's not too bad（そんなに気にすることじゃない）」と思う（だが、確信したわけではない）のだ。

そうして、彼はすぐに次の歌詞に移るが、さらに注意深く言葉を選び、彼の落ち着かない混乱した状況が、どれだけ自分のせいなのかを判断しようとする。しかし、次の句に入った途端、彼は立ち止まって訂正するのだが、言葉遊びのせいで彼の意図がつかみにくくなっている——彼が「いつも」わかっているわけではないのだが、「Always, no, sometimes think it's me（いつも、いや時々、それが僕だと思う）」のだ。その二行あとで、現実と「夢」の違いをわかっていると言ってから、彼は再び心の中で訂正し——「I think I know, I mean（そう、わかっている、つまり）」——そして、絶望して両手を挙げる——「But it's all wrong（でも、それはみんな間違いだ）」。だが、彼はこの確信さえ持続させることができず、歌詞はまた違う、ためらいがちな反論で締めくくられる——「That is, I think I disagree（つまり、僕は同意していないのだろう）」。この曲の最終的なバージョンとは違って、彼が私たちを子供の頃に——つまりストロベリー・フィールズに「連れていきたい」のでなく「連れて帰りたい」となっているのだが、ここで初めて、リフレインに入っていく。

「すごくいいね」というのが、アビイ・ロードで最初に、ジョンがアコースティック・ギターで「ストロベリー・フィールズ・フォーエバー」を弾いてみせた時のジョージ・マーティンの反応だった。実は後で、マーティンはそのシンプルなバージョンで録音しリリースさせたいと考えた。追い求め、傷《いた》みを感じ、エーテルのように軽いジョンのメロディは、彼特有のシンプルさと特異性を混ぜ合わせたコード構造の上に浮かんでいた。ビートルズはこの曲の音程を一つ半低くして演奏しているが、デモ・テープでは、ジョンはGメジャーで歌い始めている。つまり彼は、技術的には「間違った」コードを選んでいるのだが、そのコードのせいで軽快だが強く、控え目だが目立つ音楽となっている。レノンの夢見るような声の背後でエレキ・ギターが軽いタッチで鳴らされ、この曲は後に「ジュリア」や「ディア・プルーデンス」のような曲のサウンドにつながっていく。

マーティンが「ストロベリー・フィールズ・フォーエバー」を聴いた時には、ジョンはすでに、歌詞も仕上げてあった（もっとも彼は、いつも曲作りの最初に歌詞を考えていたのだが）。いつものレノンのやり方だが、この句も、彼自身の苦境と、もっと大きな社会の苦境を結びつけている。彼が他の人と同じようだったなら、人生はもっとシンプルだったろう――「Living is easy with eyes closed（目をつぶれば、生きることは簡単だ）」――だが、その代価はあまりに高い――「Misunderstanding all you see（見るものすべてを誤解してしまうからね）」。その数か月前に、ビートルズはキリストよりも有名だという発言で、中傷だけでなく死の脅威も味わって、彼は、実質的に完璧な「ひとかどの人間になることが難しい」とわかっていた。彼は、そんなことどうでもいいふりをする――「nothing is real（すべては幻）」の次に、「nothing to get hung about（煩わされるものは何もない）」――が、残りの部分で彼は手のうちを見せる。結局は、彼はそういった疑問をじっくりと考え抜くことをやめられなかった。しかし、「ストロベリー・フィールズ・フォーエバー」の最後で、彼はまだ流動的である。解決方法はないし、「トゥモロー・ネバー・ノウズ」を終わらせたような確固たる信念すらない。彼は逃れたい――おそらく理想化された子供時代の夏のパーティや、無限に広がる緑の野原や赤い苺《いちご》など目に見える素晴らしい画像で現れる、幻覚作用による夢の生活の中に逃げこみたいということ以外には、彼は自分の居場所すらわかっていない。

レノンの書いた歌詞のメッセージは、リリースされた「ストロベリー・フィールズ・フォーエバー」では解読できないが、あれだけ音楽的な装飾があっては無理だろう。その装飾は、一回目のテイクの時から始まっていたようだ。ビートルズは新しいおもちゃ、メロトロンを手に入れた。これは風そっくりの音や電子装置、弦楽器など、いろいろな楽器の音を出せるシンセサイザーの一種である。ジョージ・マーティンが言うには、メロトロンを弾いたのはポールだが、最初に使おうと提案したのはジョンだった――それが本当だとしたら、この曲のアレンジについてジョンがポールを非難したというのが疑わしくなる。マーティンの言葉を借りれば、「『ストロベリー・フィールズ』らしい」ポールの出す、フーフー、フーフー、フーフー、フーウというイントロは第2テイク以降だとしても、メロトロンが、一回目のテイクから中心の楽器となっていることは確かだ。二回目のテイクはまた、初めて、歌詞というよりもリフレインである「Let me take you down（君を連れていってもいいかい）」から始まっている。リンゴとジョージ・ハリスンが第1テイクで試し始めたドラムの音とバックのギターが、リリースされたバージョンにぐっと近くなっている。確かに、次の五回のテイクの間に大切なところの改善がなされていくのだが、この二回目のテイクは、レコードの完成版――少なくとも、出だしの六十秒間は――に極めて近いものになっている。

しかし、レノンは満足しなかった。何日かたって、彼はマーティンのところに行き、録《と》り直しができないかと頼んだ。たぶん、「エリナー・リグビー」の時の弦楽器のアレンジを思い出したのだろう。ジョンは、「ストロベリー・フィールズ・フォーエバー」も管弦楽で編曲してもらえないかと頼んだ。マーティンは承知し、トランペットとチェロの楽譜を書いて、必要なミュージシャンを手配した。一方、ビートルズは、最初よりはずっと重厚なまったく新しいリズム・トラックをレコーディングした。一番耳に残るサウンドは、ビートルズが最新のスタジオ技術で録《と》った、バックのシンバルのかん高いシュルシュルという音だった。新しいリズム・トラックを完成させるためには、十五回のテイクが必要だったが、それでも一番出来の良いバージョンも、二回のテイクをつなぎあわせたものだった。その上に、レコードでは狂ったように聞こえるトランペットと哀しげに響くチェロを重ねて入れ、ゆらめくようなグリッサンド（キーや弦の上で指を素早くすべらせる奏法）で「No one I think is in my tree（僕の木には誰もいないようだ）」、「Always, no, sometimes think it's me（いつも、いや時々、それが僕だと思う）」と進んでいく。後者の部分の効果は、ハリスンがインドのハープのような楽器、ソードマンデルを弾いて出している。レノンの美しいヴォーカルも新たに加えられた。

この斬新な音楽的発想と新しい波打つようなリズム・トラックでも、ジョンの「ストロベリー・フィールズ・フォーエバー」に対する不満をなくすことは難しかった。マーティンの書いた楽譜は、本当はＬＳＤを試したことがあるのではないのかと疑いたくなるほど、ドラッグ体験を過激に表現したものだった。その他に目立ったのは、曲の後半で巧みに二段階で盛り上がっていくバックのシンバル、それから、ヴォーカルの最後にどこからともなく突然流れ出すピアノは、「トゥモロー・ネバー・ノウズ」の魔法の絨毯のサウンドを思わせた。奮闘するあまり、当初望んでいた静かなムードとはまったくかけ離れたものになってしまったが、ジョンはこの作業に全身全霊を傾けた。新しいヴォーカルの最後の方に、彼はアドリブで、意味不明のゴボゴボいう流れの音を出し、「cranberry sauce（クランベリーソース）」と二度言っている。その音が、「I buried Paul（僕はポールを埋葬した）」によく似ていたため、後に、マッカートニーは実は死んでいるのではないかという馬鹿げた噂の証拠と考えられて、多くの人々を驚かせた。

最終的には、ビートルズは「ストロベリー・フィールズ・フォーエバー」を、まったく違ったバージョンで二度レコーディングした。だが、どちらかを選ぶというよりも、ジョンはマーティンに、そのどちらも好きな部分があると言った。「一つ目の最初と二つ目の最後を合わせることはできないかい?」「むずかしいね」と、プロデューサーは言って、その二つはキーもテンポも違うからと説明した。ジョンは平然と言った――「いや、あなたならできるよ」

レノンの言葉には、音楽やレコーディングの理論に対する彼の有名な無知さだけでなく、彼や他のメンバーに共通する、創作に関する限りない楽観主義が表れている。「彼らがいつも言っていることには、一つの特徴があった」と、アビイ・ロードのエンジニア、フィル・マクドナルドがルイソンに語った。「『できない』という言葉がないんだ。『できない』ってどういう意味、って感じなんだ。彼らの語彙にはない言葉だ……彼らはアイデアを思いつくと――どんなアイデアであっても――絶対に実現できると信じていた」。確かに、この場合もあてはまる。レコーディングされた「ストロベリー・フィールズ・フォーエバー」のいろいろなトラックを混ぜたり、調整したりを重ねているうちに、マーティンとエンジニアのジェフ・エメリックは、最初の軽めのバージョン(第7テイク)を徐々にテンポを速め、二番目の管弦楽のバージョン(第26テイク)を遅くしていけば、合わせられることを発見した。そのため、なぜ曲の最初で管弦楽もバックのシンバルも聞こえないのか、また、なぜ曲の二番でジョンの声が少しよけいにドラッグに酔っているようになっているかも説明がつく。「ストロベリー・フィールズ」に誤ってまだ未熟なフェイド・アウトが使われたのも、このミキシングの時だった。技術上の理由からなされた編集だったが、それでかえって「Nothing is real（すべてが幻である）」というこの歌の主張が効果的に強調されている。

「ストロベリー・フィールズ・フォーエバー」と「ペニー・レイン」を一緒にしたことは、販売上の欲張りな戦略だったと言われているが、結果としては芸術面からも成功している。子供時代という共通のテーマをまったく違った形で扱って、この二つの曲は互いにみごとに補い合っている。これらは喜びや皮肉めいたノスタルジーから神秘や恐れや憂鬱まで、人間の感情を端から端までこめて、そのすべてを、陽気、派手、自信過剰、警戒、不気味、穏やかと変わっていくリズムとメロディに乗せていく。マーティンは、「ストロベリー・フィールズ・フォーエバー」と「ペニー・レイン」のシングルが、それまでのビートルズのレコードで最高だと考えていた。他の人たちは、これまでリリースされたすべてのポップ・シングルで最高のものだと言う。もっともな評価だ。それはビートルズがグループとして、その才能と創造性の頂点に達しているということだけでなく、ジョンとポールが、これまでで最も優れた曲を作っているということも意味する。確かに、ポールが後に「ペニー・レイン」以上の曲を書いたとは言い難いだろう。これは、彼の最高傑作かもしれない。

マッカートニーは一九六五年の十一月から、「ペニー・レイン」という題名の曲を書こうと考えていたが、その考えを行動に移すには、レノンの「ストロベリー・フィールズ・

フォーエバー」によって競争心をかきたてられるという刺激が必要だったようだ。後にジョンは、この時期の共作の時のポールは自信に満ちあふれており、それは「ペニー・レイン」に表れている、と回想した。この曲は、マッカートニー特有の楽観主義と豊かさにあふれているが、それだけではない。彼の自信の見える歌詞が、その前の「エリナー・リグビー」の洗練された詞がまぐれでなかったことを示している。画家がカンバスを支配するように、ポールはひと筆で個性のすべてをとらえた。彼の個性の描写は、その姿がすぐにも私たちの心の目に飛び込んでくるに十分印象的であり、また社会全体の現実を喚起するに十分常識的である。

「ペニー・レイン」の歌詞については、ジョンが少し手伝っていることは明らかだが、基本的にはポールの作であり、ジョンがそのすべてを書いたとしたら、いい言葉が多すぎる――社会的な外見を気にするあまり、土砂降りでもレインコートを着ない銀行員をさして、「The little children laugh at him behind his back（幼い子供たちが、後ろから彼を笑う）」や、逞しい消防士のことを知るのに必要なことが、「In his pocket is a portrait of the Queen（ポケットにはいつも女王陛下の肖像）」の短い言葉ですべてを表しているし、また、帝政が衰退している時代のイギリスのアイデンティティについても重要な観点をほのめかしている。そして、すごく洒落ているのは、「pretty nurse ... selling poppies from a tray（きれいな看護婦さんが、トレーに載せたケシの花を売っている）」ようすを、「And though she feels as if she's in a play（彼女はまるで、芝居をしているような気分になる）／She is anyway（彼女は演技をしているんだ）」と表現している。そしてマッカートニーは、その行動を笑ったりしながらも、ペニー・レインの人たちを褒《ほ》めたたえているのだ。たとえば「Very strange！（すごく変わってるよ）」と言いながらも、その風刺が卑しいものになっていないので、私たちも彼と一緒に気持ちよく笑えるし、彼の描く人物たちや、おそらくは自分自身さえも理解できるのだ。ビートルズのメンバーたちは、幼い頃からはずいぶんと遠くへ飛び立ってしまったけれども、ポールもまた、「Four of fish and finger pies（魚四匹とフィンガー・パイ）（ティーンエイジャーの性的行為を表すリヴァプール方言の単語）」といった方言のきわどいジョークも含めて、心はまだリヴァプールの子供のままであることをほのめかしている。

だが、マッカートニーが、「ペニー・レイン」の音楽をどうやって思いついたのかという説明は、どこにもない。ピアノで作ったのか、それともギターか？　メロディがまず浮かんだのか、それともコードか？　ビートルズはBメジャーで演奏しているが、Bメジャーで書いたのか、それとも他のキーか？　わかっているのは、この曲のレコーディングには八回のセッションを要したことと、ポールがさまざまなクラシックの楽器と一緒にピアノとフルートを多く利用したことだ。その各々の楽器の美しさを堪能するには、一度聴いただけでは足りないが、「ペニー・レイン」の素晴らしさの一つは、繰り返し聴くに堪えるものであることだろう。この歌は決して聴く人を飽きさせない。

ヴォーカルが始まるあたりは、ポールのユーモアあふれる俗っぽさが、風刺のきいたノスタルジックな歌詞にぴったりであり、ジョンのバックも、この二人のパートナーが、これまでと変わらず抜群のハーモニーを作り出せることを示している。そして、楽器もなかなか憎い演出である。出だしの「Penny Lane（ペニー・レインには）」で、最も注意を引くのはポールの軽快なベースだが、各ビートの終わりにピッピッと歯切れよく入るフルートも刺激的だ。そして、気づかぬうちに、メタリック・ピアノが入り、「known（知っている）」の言葉の前から始まるが、あまりにスムーズに入ってくるので、フルートとすぐには聴き分けられない。同じ時に、フルートか他の楽器（この歌には全部で四種類使われている）も鳴らされ、耳を楽しませてくれるし、ピアノのトラックもさらに入ってくる。「stop and say hello（立ち止まって、挨拶をしていく）」人たちを描いたフレーズの最後では、ハチドリがライラックの株に止まっているように、フルートがきれいに鳴り響き、同じくちょうどその瞬間に、リンゴにバトンが渡されて、彼のドラムが段々高く激しさを増して、そこでポールが「banker with a motorcar（車の脇の銀行員）」と歌うのだ。数小節の間で、それらすべてのエレメントが合わさって、ポールが「Penny Lane is in my ears and in my eyes（耳に、そして目に懐かしいあのペニー・レイン）」と歌った直後に、リフレインのところでトランペットが響いて、新しく一気に均衡が作り出される。

中心部分が、消防士と彼の「clean machine（ピカピカの消防車）」のくだりの後に来て、そこで突然、夜明けに鳥が飛び立つように、高音のトランペットが喧噪の中から鳴り響く。この自由でエネルギッシュで幸せいっぱいの雰囲気が素晴らしい。ピッコロ・トランペットの演奏するソロは、「ペニー・レイン」の中でも際立ったパートであり、後からの思いつきで加えられたとはほとんど信じがたい。その時点で、ポール以外は誰もが、この曲はもう完成したものと考えていたのだ。しかし、「ペニー・レイン」の七回目の（そして結局は最後となった）レコーディング・セッションの前の夜、ポールは自宅にいて、テレビでBBC放送のバッハのブランデンブルグ・コンチェルトを見ていたのだが、その時に彼は、後にマーティンが「魅力的な高音のトランペット」と評したサウンドを聴いたのだった。そのトランペッター、ニュー・フィルハーモニア・シンフォニーのデイヴィッド・メイソンが、数日後にアビイ・ロードに連れてこられ、「ペニー・レイン」で出してほしいサウンドをマッカートニーがイメージし、マーティンが伝えた。「ポールが自分の望むパートを歌い、ジョージ・マーティンがそれを楽譜に書いて、私が演奏したんだ」とメイソンは振り返る。三時間いろいろ試してみて、ポールの求めていたものが見つかると、素早く二回テイクしてレコーディングは終わった。

「軽快な高いキーで、けっこう苦労した」とはメイソンの弁で、セッションについての彼の楽しい記憶の中には、音楽上はまったく必要ないのに、セッション中ずっと、ジョンとジョージとリンゴが同席していたという興味深い事実もある。メンバーたちは、あいかわらず緊密な関係だったようだ。皮肉にも、この頃のマスコミは、ビートルズがライヴ活動をやめたのはバンドが解散する証拠ではないかという噂を流して、その愚かしさを露呈していた。実際には、彼らはただ身を隠していただけだった。スタジオが、彼らのクラブハウスとなっていたのだ。スタジオでは外界で報道されている話で騒ぎが起こることもなく、そこは彼らが自分らしく振る舞える唯一の場所だった。それはまた、この時点でまだ、彼らがドラッグや女やそのほか彼らが興味を示すもの以上に夢中になれたもの——一緒に素晴らしい音楽を作ること——ができる場所でもあった。

マスコミの追跡がまたうるさくなってきたのは、一九六七年二月に、「ストロベリー・フィールズ・フォーエバー」と「ペニー・レイン」が、「ラヴ・ミー・ドゥ」以来初めてナンバー・ワン・ヒットにならなかった頃からだ。だが、ビートルズは静観していた。というのも、彼らの意識が宇宙的な規模に広がっていたからであり、また、自分たちが傑作を作り出しているという確信が育ってきていたからである。たとえば、アルバム「サージェント・ペパー」を作っている時ほど、スタジオで楽しそうなジョンは見たことがなかった。このアルバムに対しては、その後ジョン自身が批判をしたにもかかわらず、この時点では、「これまでビートルズが作った中で、ダントツで最高の傑作だとジョンも素直に感じていた」と、ピート・ショットンは言う。ポールは、この時期にマスコミの「ビートルズは枯渇してしまった……彼らはスタジオにこもり、何をしたらいいのかわからないのだ」という記事を読んで、「大喜びした」ことを振り返る。「僕は、座ってもみ手をしながら、『今に見てろよ』ってつぶやいていたんだ」

「ストロベリー・フィールズ・フォーエバー」と「ペニー・レイン」が、そのアルバムのプロジェクトからあっけなく外された時でさえ、ビートルズのメンバーは騒がなかった。

彼らは、おそらく彼らの全活動を通じて、最も完成度が高くて重要な曲になるはずの「ア・デイ・イン・ザ・ライフ」のレコーディングを始めていたからだった。「ストロベリー・フィールズ」や「ペニー・レイン」のように、「ア・デイ・イン・ザ・ライフ」もポップ・ミュージックの形をしたモダン・シンフォニーにほかならない。百年前なら一時間の曲に込められただろう音楽的体験や感情といったものを、三分間の中に表現したのだ。そのことが印象的だからといって、それでビートルズの業績のすべてを包括しているわけではない。彼らはその時代を象徴する音楽を作ると同時に、サウンドだけではなく新たに開拓した表現方法においても、威勢のいいアヴァンギャルドを作り出していたのだ。たとえば、今では一般的となったミュージック・ビデオは、ビートルズまでさかのぼるわけで、彼らが前記の三曲につけるために作ったプロモーション・フィルムが、歴史上の最初なのだから。

きわめて大胆で刺激的なアヴァンギャルドに飛び込んだビートルズ（サージェント・ペパーズ・ロンリー・ハーツ・クラブ・バンドという架空の人物として自分たちを表現した）を、世の中はまだ受け入れる準備ができていなかった。自分たちを作り直すということの試みは、生み出した曲と同じくらいにクリエイティブに、自分たちの芸術性を表明することになった。ここで彼らは、アーティストとしての彼らの生活のかなめであり、重圧である現実を裏返しにして、自分たちの作品の中できわめてウィットに富んだユーモラスな方法で利用したのだ。誰か他の人間（しかも少し不運な人たち）のふりをすることによって、彼らはマスコミが作ったイメージから逃れると同時に、そのイメージをつぶし、自分たちと世間の人たちの両方を笑い飛ばすことができるのだ。彼らは一歩外に出て、スターというもののくだらなさを指摘しているのだった。

そのみごとな策を思いついたのが誰なのかは、回想録によって違うのだが、これを最も強硬に進めたのはマッカートニーだった。特に、そのコンセプトを要約しているような「サージェント・ペパー」のアルバムのトレードマークにもなった、あの奇抜なジャケットの写真とデザインを強く推したのも、彼だった。実直なイメージとは違って、彼はメンバーの中で最もアヴァンギャルドな傾向が強い男であり、それでも自分の熱心な探究心のため、賢い販売戦略がつぶれることがないように慎重に気を遣っていた。後年のジョンと違って、ポールは前衛的な要素を、ごく平均的なファン向けの音楽にも入れるのが好きだった。

アルバム「サージェント・ペパーズ・ロンリー・ハーツ・クラブ・バンド」は、歴史の中にビートルズの場所を確保することになった。一九六七年までにポップ・ミュージック界や社会の中で彼らの地位は確立されていたが、「サージェント・ペパー」があそこまで過激で革新的なものでなかったならば、後年ビートルズはこれほど英雄的な形では記憶に残らなかっただろう。「六〇年代について知りたいならば――」と、作曲家のアーロン・コープランドが言ったことがある。「ビートルズの音楽をやりなさい」と。「サージェント・ペパー」ほど、このテーマにふさわしいアルバムはない。たとえば、「リボルバー」

は音楽的には優れているが、それに匹敵するだけの社会的なインパクトはどこにもない。一九六七年六月一日の「サージェント・ペパーズ・ロンリー・ハーツ・クラブ・バンド」の発売は、文化史上、画期的な出来事だった。このアルバムは、多様化する価値観、新鮮なエネルギー、希望の回復という新しい時代を予見するものと考えられた。評論家のケネス・タイナンはそれを、「西洋文明史の決定的瞬間」とさえ言っている。

「サージェント・ペパー」に関するあらゆること、ジャケットの表のビートルズが着ている派手な色の衣装から、裏に印刷された（ロックのアルバムとしては初めて）歌詞まで、何もかもが新しいもののように思われた。「サージェント・ペパー」は、その歴史的瞬間をあまりにうまくとらえたために、その時代さえも超えてしまった、珍しい芸術作品だったのである。自由、享楽、創造性といった「愛と平和」（ヒッピーのスローガン）の風潮を、うわべは難なく表明しており、それがまさに六〇年代的だったのだ。だが、そのオペラ的な形式や革新的な創作テクニックや高い音楽性は、ただその時代の申し子というだけのものをはるかに超えていた。ジョージ・マーティンの言葉を借りるならば、「サージェント・ペパーズ・ロンリー・ハーツ・クラブ・バンド」は、「ビートルズをただのロックン・ロール・グループから、芸術史上に重要な貢献をした者へと変身させ、レコード芸術を、ただ楽しむだけのサウンドから、適切な芸術的形態をなすもの——たとえば、音楽の彫刻——として、歴史の試練に耐えられるものに変えた」アルバムだった。

歌だけを見れば、「サージェント・ペパー」は、ビートルズのそれまでのレコードの中で最高の音楽とは言えないかもしれないが、それらの曲の集大成が素晴らしいのだ！「サージェント・ペパー」の曲は、ビートルズの他のどのアルバムよりも、互いに反響し合い、力を得て、その相互の関係からさらに大きな創造物を作り出した。つまり、このアルバムはビートルズ自身を映しているのであり、優れた曲が集まったというより、その全体が素晴らしいのである。アルバムが多大な賞賛を受けたせいか、レノンは後に、「サージェント・ペパー」はそういうコンセプトのアルバムではないと言って、その見方の欺瞞性をあばいた。ジョンは、このアルバムの自分の曲は、「サージェント・ペパーと彼のバンドというアイデアとはまったく関係がないのに、僕らがそうであるかのように言ってしまったから、こうなったんだ」と指摘した。なるほど――。それで誤解は解けたが、それはやはりアルバムの欺瞞性でなく、アルバムの強さを示しているのだ。また、リンゴは、「サージェント・ペパー』と『リトル・ヘルプ・フロム・マイ・フレンズ』の2トラックで終わりだ」と言っているが、彼は、ビートルズがきわめて強力にその雰囲気を作り上げていたために、続く曲はそれだけでも十分にそのアイデアを維持し、展開することができたという事実を見過ごしているのではないだろうか。

「サージェント・ペパー」の出だしの、観客の囁きと楽器のチューニングの音により、ライヴの光景をはっきり映し出すことで、このアルバムのオリジナリティがそのまま示されている。すでに私たちは、芝居の最中のような感覚になる。このアイデアは、バリバリというギターの音とハスキーなマッカートニーのヴォーカルが、リヴァプール時代のビートルズのハードなロックを思い起こさせるようなタイトル・トラックによって成功している（その歌も、「They've been going in and out of style（彼らは人気が出ることもあり、すたれることもあった）／But they're guaranteed to raise a smile（でも、きっと満足してもらえるだろう）」という文句で、解散後のビートルズの評価を無意識のうちに予測している）。アルバムが成功した理由の一つは、ステージに整列した鮮やかな衣装の四人の若者から始まって、その心を歌い上げて……と魅力的な映像が眼前に連続して現れるためである。そして、ポールが歌手を紹介し、ビートが変わり、突然一人にスポットライトが当たり、それが「the one and only Billy Shears（世界にただ一人のこの人、ビリー・シアーズ）」というわけだ。

究極のエヴリマン（十五世紀のイギリスの勧善懲悪劇の登場人物）であるシアーズは、弁解がましく、「Try not to sing out of key（キーをはずさないで歌うよう努力する）」ことを誓い始める。しかし、やがて彼が歌い進めて盛り上がり、「with a little help from my friends（友だちから少し手を貸してもらって）」という繰り返しに入ったところで、彼はなかなかうまく歌っていることが明らかになる。これはビートルズの曲の中でも圧倒的な魅力を持つ一曲だが、リンゴが歌うように意図されて書かれており、彼が唯一できたことは、心のこもったメッセージをそのまま伝えることであった。評論家のウィルフリッド・メラーズは、「リンゴは才能も歌唱力も一番なく、グループの中ではもっとも『劣っている』が、それでも、彼には彼にしかない良さがある。それは、ささやかな愛情を与えられるに十分だろう」と書いている。互いを気づかい合えば、全員の利益につながる、ということは、バンドと観客だけでなく、全員を強くつなぐメッセージである。

信頼と連帯感の基礎を固めておきさえすれば、ビートルズは一風変わった新しい方向へ出発することができた。最初に立ち止まったのは、「ルーシー・イン・ザ・スカイ・ウィズ・ダイアモンズ」の幻覚作用のような世界で、そこでは、「cellophane flowers of yellow and green（黄色や緑のセロファンの花）」が「so in-cre-di-bly high（とーっても背が高く）」育っている。レノンは、この歌は幼い息子のジュリアンが学校で描いてきた絵をヒントにして書いたものであり、ＬＳＤとは関係ないと一貫して主張していた。だが、彼のＬＳＤ体験が無意識のうちにこの歌に入り込んでいることを、本人すら認めているのだ。タイトルがＬＳＤという頭字語になる（ＢＢＣが「ルーシー」を放送禁止にした理由となる）し、そのイメージはまさにＬＳＤの体験そのままで、音楽もマッチしていた。来世を思わせる色調が、ビートルズのレパートリーの中でも最高の部類に入るイントロに、そのまま使われている。マッカートニーの弾いていたオルガンが、チェレスタ（鉄琴のような音を出すピアノに似た楽器）のような音に変わり、「ルーシー・イン・ザ・スカイ・ウィズ・ダイアモンズ」の出だしの音は、後にマーティンが、「非常に素晴らしいフレーズだ。ベートーベンが聴きに来たとしても、不愉快には思わなかっただろう」と表現するほどの演奏になっている。そしてポールのベースが次に入り、雨のしずくがスローモーションで落ちて滑るような雰囲気で、ハリスンのタンブーラ（インドのリュート属の楽器）の低いブンブンという音と、リード・ギターのファズ・サウンドが加わる。後にポールとジョンは、この曲の歌詞は「不思議の国のアリス」をモデルにして書いたと主張したが、どこから生まれようと、いきいきとした絵画になっており、どこかそう遠くないところの架空の土地で、楽しい冒険をしている光景が広がってくる。

　純粋に技術的な面から見ると、「サージェント・ペパー」はビートルズの活動の中でも最高の出来だ、とエンジニアのジェフ・エメリックは言う。自在に使えるのが4トラックの技術だけだったにもかかわらず、ビートルズのレコーディング・チームは、面白い音を幾重にも重ねて詰め込んでいった。一九八〇年の終わり頃のコメントだが、テープ・オペレーターのジェリー・ボーイズは、そういう音の中には、「今のコンピューター化した48トラックの装置でも作れない」ものもあった、と言っている。その最も顕著な例はおそらく、次の曲「ゲッティング・ベター」の出だしの、歯切れのよい素晴らしいリズムだろう。明るく、アイスピックのように鋭いこの音はピアノで出しているのだが、そこでは鍵盤を叩く代わりに、ジョージ・マーティンがピアノの中に手を入れて、打楽器用の槌《つち》で弦を直接叩くというトリックを使っている。

「ゲッティング・ベター」は、作曲家としてのレノンとマッカートニーの心情がうまく一致しており、しかも、シンガーとしての彼らのまれに見る性質もよく示されている。ポールのリード・ヴォーカルは元気で力強く、楽観主義に満ちている。バックのジョンの裏声は、か細く、悪ふざけでおどけており、適度に皮肉を盛り込んで、ポールを食ってしまうことなく支えている。レノンが「It can't get no worse（これ以上悪くはならないさ）」と歌うところを、ポールは「ジョンらしい」と好意的に考えている。確かに、この行はレノンらしいもので、彼は最初にこの曲を聴いた瞬間に、何も考えずに書き加えたのだ、とマーティンは言う。アビイ・ロードの第2スタジオでポールがピアノに向かって座り、「ゲッティング・ベター」を弾いていて、マーティンとハリスンとリンゴ・スターがそれを聴いていた時に、突然ジョンが入ってきて歌い出し、その場で彼の伝説的とも言えるその句が生まれたのだ、とプロデューサーのマーティンは思い起こす。マーティンのこのシーンの回想は、ビートルズ公認の伝記とは違っているが、たとえそのまま事実ではなくても、そういった内容だったのだろう。

「ゲッティング・ベター」はもともとは、レノンとマッカートニーが陰と陽になってパートナーシップを発揮した傑作、「シーズ・リーヴィング・ホーム」の前に入ることになっていた。確かに、「サージェント・ペパーズ・ロンリー・ハーツ・クラブ・バンド」のA面全体の流れは、最後に順番が変更されて、「フィクシング・ア・ホール」が次に入ることに決まるまで、違ったふうになっていた。これは、ポールが一人で歌っている曲だが、マーティンがその美しいベースとリード・ギターを褒め、ジョンがその歌詞を褒めている。この時期のビートルズの曲の多くに言えることだが、強調すべきところはそれぞれの責任で勝手に工夫して、歌を良い方向に持っていく。自由思想的な探究——「I'm taking the time for a number of things（いろんなことを片づけるのに時間をかけている）／That weren't important yesterday（昨日はどうでもよかったことなのに）」が、自己容認へと変わっていくのだ。「It really doesn't matter if I'm wrong, I'm right（僕が間違っていても、そんなことはどうでもいい）／Where I belong I'm right…（ここにいれば、僕は正しいんだ）」

カラフルな部屋の幸せな白昼夢から、シーンは一気に、寂しいティーンエイジの女の子の辛く悲しい夜明け前の家出に変わる。「シーズ・リーヴィング・ホーム」は、ロンドンの新聞の記事から思いついたものだが、「ペニー・レイン」と同様に、マッカートニーはどこにでもいるような親娘を想像して、その感情と行動をいきいきと、しかも普通の言葉で描いている。美しいメロディと小気味のいい弦楽器のアレンジが、飽きさせずに心に響き、歌詞との感情的なバランスも絶妙だし、憐憫《れんびん》の情にあふれていて、しかも徹底して冷静なのだ。そのストーリーは、「サージェント・ペパー」の中の芝居になるのに十分なドラマ性も含んでいる。一幕目は、少女が家を出て一人で暮らさなければならないと考え、悲しい気持ちのまま母親に、「hoped would say more（もっと言いたいことがあるけれど言い尽くせない）」という置き手紙を残して、家を出ていく。二幕目では、「father snores（高いびきの父親）」の脇で、ナイトガウン姿の母親が手紙を読み、「break down（泣き崩れ）」「Daddy, our baby's gone（あなた、あの子が行ってしまったわ）」と、嘆く。そしてあまりに過保護だったことが、彼女を家出させてしまったと描かれるのだ。三幕目では、少女がうまく家を出て、「from the motor trade（自動車販売会社の）」前途有望な社員に出会って、大人の世界へと入っていく。

「シーズ・リーヴィング・ホーム」は、管弦楽によるビートルズの演奏が入る曲の中で、ジョージ・マーティンが楽譜を書いていないたった三曲のうちの一曲であり、外部のミュージシャンだけをフィーチャーし、ヴォーカルはジョンとポールだけである。もしポールの歌詞が少女に味方をしているとすれば、ジョンの応答が人間関係の複雑さを示して、歌に真実味を出している。両親について言えばジョンは、金勘定で愛情をはかっていると非難さえしているが、少女への強い愛情には疑いをはさんでいない。彼の最後の文句は、自分のことを省みずに人を非難しないようにと、われわれに警告しているのだ。両親に悪意はなく、ただ盲目的だっただけなのだから。「What did we do that was wrong ?（私たちが何をしたっていうの？）／We didn't know it was wrong（よかれと思ってしたことなのよ）」

つまりは、彼らは自分のしていることがわかっていなかったのだから、許してあげよう、ということなのだ。賢明な歌詞と最高の歌声。そして時代を超えたメロディ。「シーズ・リーヴィング・ホーム」は、レノンとマッカートニーの作った傑作の一つだろう。

ジョンがこの曲の最後で「Bye-bye（バイバイ）」と言うのを聴くと、A面の幕はこれで下りるのではないかと思うが、まだもう一曲、ジョンの「ビーイング・フォー・ザ・ベネフィット・オブ・ミスター・カイト」がある。これは、マーティンのお気に入りで、A

面の最後に持ってきたのは、彼が、両面の最初と最後は威勢よくという信念を持っていたからだ。ジョンは、その歌詞を、彼がアンティーク・ショップで見つけた十九世紀の広告ポスターから「そのまま取った」ものであるのが不満で、それほど気に入っているわけではなかった。だが実際は、「ミスター・カイト」は、やはり成功している作品である。歌詞よりもサウンドの元気な取り合わせが、リスナーを新しい空想の世界へと運んでくれるのだ。

ジョンはマーティンに、この曲をサーカスのような雰囲気にしてほしいと言い、「おがくずの匂いがするような、ね」とつけ加えた。最初に考えたリズム・トラックは、ハーモニウムとオルガンとハーモニカによるものだったが、マーティンは何かが足りないと感じた。サーカスには蒸気オルガンがつきものだ。問題は、たった一度のレコーディング・セッションのために、アビイ・ロードに巨大な蒸気オルガンを入れるのは、ビートルズの基準から言っても贅沢だった。マーティンが保管テープから見つけてきた蒸気オルガンの音は、軍隊の行進曲だった。彼はその行進曲の保管テープを新しいテープに移し、それをエンジニアのジェフ・エメリックにこま切れに切らせて、この問題をうまく解決した。そうして、マーティンは「感動的瞬間」と呼ぶのだが、エメリックにそのテープの断片を宙に向かって投げさせて、それは「コントロール・ルーム中に雪のように散らばった」。そして、その断片を無造作にかき集め、「カオス的な音の集まり」ができて、「ミスター・カイト」のバックの蒸気オルガンとなったのだった。

最初は威勢よくいきたいというマーティンの信念からすれば、B面の初めにハリスンの「ウィズイン・ユー・ウィズアウト・ユー」が選ばれたのは奇妙な気がするかもしれない。ハリスン自身も、この曲を「物悲しくて」、「哀歌」のようだと言っているくらいだ。けれども、「白鯨（H・メルヴィルの小説の題名）」が、ともすると単調で退屈なクジラを描いた章がなければ、違った小説になってしまうのと同様に、「サージェント・ペパー」も、「ウィズイン・ユー・ウィズアウト・ユー」の曲がなければ、違ったアルバムになってしまっていたことだろう。マーティンも他のメンバーも、この曲を手放しで褒めている。タブラ、ディルルバ、タンブーラといったインドの楽器を使って、音楽的にもひと味違ったものになっているし、その歌詞も、精神世界と社会変革についてのビートルズのメンバー共通の信念を、このアルバムの中でも一番はっきりと打ち出している。「gain the world and lose their soul（世界を手に入れると同時に魂を失った）」人たちへの警告として、ハリスンはリスナーたちに、「No one else can make you change（他人があなたを変えることはできない）」ことを喚起し、われわれ人間は、「really only very small（こんなにもちっぽけな存在だ）」という無情な事実を考えさせ、そうすれば「And life flows on within you and without you（あなたの内にも外にも、生命があふれ出てくるのだ）」と言っている。

もし、「ストロベリー・フィールズ・フォーエバー」と「ペニー・レイン」が、「サージェント・ペパー」のアルバムに入っていたとしたら——マーティンは後に、この二つを入れなかったことを「人生最大の失敗」と言っているのだが——場所をあけるために、次の二曲が捨てられていただろう。二つともマッカートニーの作った曲だ。「ホエン・アイム・シックスティー・フォー」は、ポールが十五歳か十六歳の時に、家庭のピアノで初めて書いた曲の一つであり、「サージェント・ペパー」のバージョンでは、その年齢に合わせた音を出している。彼のヴォーカルは、若い感じにするために、ミキシングの段階で速くしてあるのだ。マーティンによればこの曲は、クラリネットによって、古いイギリスの音楽堂の魅力を気取ることなく表しているという。「ウィズイン・ユー・ウィズアウト・ユー」と同じく異質なものということで、「ホエン・アイム・シックスティー・フォー」もビートルズの歌の中では知名度の高い曲となっている。

もう一つの「ラヴリー・リタ」は、レコーディングが最も楽しかった一曲に違いない。偶発的な音の多くは、トイレット・ペーパーで覆ったコーム（くし）を吹き鳴らしているのだ（余談だが、アビイ・ロードのトイレット・ペーパーには、一枚ずつに「ＥＭＩ所有」と判が押してあるという）。「ラヴリー・リタ」にハーモニーが入れられた最後のオーバーダブのセッションの時に、このコームが登場する。この時には、マッカートニーの叩くようなベースと、ハリスンの上方にスライドさせていくギターで元気のいいリズム・トラックを録音し、マーティンの陽気なピアノ・ソロをオーバーダブして、かなりの時間がたっていた。その夜の収録終了まぎわに、ビートルズのメンバーは――驚くにあたらないが、レノンが先頭を切って――お互いに奇抜さを競い合いながら、自分たちの出す声でもっといいものはないかと考えていた。それで、特にフェイド・アウトのところで、さまざまな呻き声やあえぎ声、そのほかの奇声で歌に味付けをしようとしていた。

「グッド・モーニング・グッド・モーニング」にも、オープニングのニワトリの声から、最後のドドドッと動物が走る音まで、たくさんの効果音を加えたが、このレノンの曲は、単なる仕かけのコレクションだけではない。このアルバムのテーマであるフィナーレの「ア・デイ・イン・ザ・ライフ」を予感させるように、「グッド・モーニング・グッド・モーニング」という歌は、現代の都会での生活の平凡さや、毎日の悲劇を色めがねで見ているのだ。最初の行では、偶然に死のドアの前に立った無名の男のことを書いている。次に、二人の知人――あるいはもっと悪いケースだとしたら、友人――が何年も交わしているちょっとした疲れた会話が出てくる。レノンは、毎日の決まった仕事を無感覚にこなすことをわれわれがどう考えているのか、をほのめかしている。彼が、面白くもないシリアルのコマーシャルからとったというリフレインの間に、かすかに彼の作り笑いが聞こえる（実は、レノンは、「グッド・モーニング」のデモの時にもクスクス笑っているのだ。彼はこの曲をギターでなくピアノで作ったらしい）。それでも……「グッド・モーニング」と叫んでいるオープニングの騒がしいサウンド、断続的に音を出す管楽器、そして特に、マッカートニーの疾走するようなギター・ソロが、この歌に、生活のたえずドキドキするような活気あふれた雰囲気を、刺激的に吹き込んでいる。仕事を終えた時は特に、そして恋愛があまりうまくいきそうもない時でさえ、結局人は笑えるのだ。とにかく、大丈夫さ、ってブツブツ言ってもしかたがない――「I've got nothing to say, but it's okay（僕は、大丈夫さ、って言えるだけ)」

やがて曲は、いきなりエンディングに近づく。編集は非常にうまくいき、――「サージェント・ペパーが、この時までずっと、このアルバムに生命を吹き込んでいたんだ」とマーティンは言う――「グッド・モーニング・グッド・モーニング」の最後のニワトリの鳴き声から、「サージェント・ペパーズ・ロンリー・ハーツ・クラブ・バンド」のリプリーズのオープニングへと変わっていく。アルバム「サージェント・ペパー」の最後の曲としてレコーディングされたこのリプリーズは、勢いよくダッシュして、まるで新記録でゴールラインを踏むスプリンターのようだった。最初のバージョンよりも短く、速く、ハードなロックになっていて、そのまますぐに「ア・デイ・イン・ザ・ライフ」、そしてアンコールの声に応じたアンコール曲へとつながっていく。ペパー・バンドが歌うように、ビートルズは唯一無比(the one and only)のグループであることに、これ以上の証明が必要だろうか?

ジョージ・マーティンが数年後に語ったように、もし「サージェント・ペパー」が音楽的にビートルズの最高のアルバムではないとしても、芸術的そして歴史的には最高のアルバムであることは確かだ。彼らをその時代の最高の音楽アーティストにするだけの素質――創造性、知性、ユーモア、大胆さ、発明の才、今日性、融通性、親近感、そしてもちろん、素晴らしい作曲と刺激的な演奏――が、すべてにわたって示されているのだから。その後、ポピュラー音楽で「サージェント・ペパー」に匹敵するものは出ていない。これは、二十世紀文化の記念碑の一つと言えるだろう。その最後の行で、ジョン・レノンは厭世的な優しさでこう歌って、アルバムをまとめている。「I'd love to turu on（君たちをしびれさせたい）」。だが本当は、彼らはもうとっくにわれわれをしびれさせてくれていたのだった。

第18章　仕組まれたカオス（アルバム「マジカル・ミステリー・ツアー」）

アルバム「サージェント・ペパー」の驚異的な成功のあとの数週間、ビートルズは文字通り、世界を意のままにしていた。一九六七年六月二十五日に、彼らは史上初めての全世界に中継される二時間のテレビ・ショーのスターとして出演し、その番組は生中継で五大陸に送られ、二十四か国で放送された。その二年前にビートルズは、ニューヨークのシェア・スタジアムで五万五千人の観衆を前に演奏し、その時のライヴをレコーディングしていた。今度は、衛星中継技術の進歩のおかげで、推定三億五千万人が彼らの姿を見たと思われる。それまでになかったこのような方法でファンたちの前に姿を現す機会に、どれだけ期待にこたえられたかが、アーティストとしての彼らの姿を大いに物語っているだろう。ロックン・ロールの歴史を最高に揺るがすほどのアルバムを発表したこの時期に、彼らはきわめて政治的意味合いの濃い曲、「愛こそはすべて」を歌って、またさらに一つ前へと飛躍した。そののちジョン・レノンが、特にヒューマニスト的なヒーローとして記憶される発端は、この歌にあった。

「愛こそはすべて」の放送が、ビートルズの歴史の中の奇妙な時代の始まりだった。一九六七年四月、アルバム「サージェント・ペパー」のレコーディングが終了し、一九六八年二月にインドに瞑想の修行に出発するまでの十か月間で、ビートルズは非常にバラエティに富んだ曲をレコーディングしていた。そのほとんどの曲は、当時製作していた二本の映画——子供向けのアニメーション「イエロー・サブマリン」と、シュールな紀行映画「マジカル・ミステリー・ツアー」のためのものだった。後者は、この時期のビートルズを表すぴったりのタイトルだった。この十か月間は、芸術的に不思議な行き先のわからない《マジカル・ミステリー》旅行《ツアー》をしているようなものだったからだ。アルバム「リボルバー」から「サージェント・ペパー」までの、「エリナー・リグビー」「ストロベリー・フィールズ・フォーエバー」や、その他の多くの素晴らしい作品を作り出せる才能のあるグループが、どうして「イエロー・サブマリン」や「マジカル・ミステリー・ツアー」のアルバムに入っているようなくだらない曲をレコーディングできたのかは、まったくのミステリーだ。だが、彼らのマジック的感性は、この時期のビートルズを決して見捨ててしまったわけではなかった。「愛こそはすべて」は、彼らの全キャリアを通じても最高の曲の一つに挙げられるし、「アイ・アム・ザ・ウォルラス」も同様であり、また、「レディ・マドンナ」、「ヘイ・ブルドッグ」、「ハロー・グッドバイ」も一級品である。

「愛こそはすべて」は、「アワ・ワールド」とタイトルをつけられ、全世界に向けて放送されたテレビ番組用に特別に書かれた曲だったが、実はぎりぎりになって作られたものだった。アビイ・ロードの誰かが、その番組の放送日まで数日しかないと知らせた時、「エッ？　まずいな、そんなにすぐなの？」というのがレノンの反応だった。「番組のために何か曲を書いた方がいい」というのは、この番組がビートルズがスタジオで次のシングル用の曲をレコーディングしているところを見せることになっていたからで、この番組が撮影される日に、ジョンとポールはそのための曲を作っていた。だが、彼らの永遠の競争でこのラウンドに勝利したのが誰かは疑いなかった。ポールの作った曲はおそらく「ユア・マザー・シュッド・ノウ」で、旋律が美しいが少々ノスタルジックで、社会的意義はまったくない。パートナーは二人とも、文句なしに「愛こそはすべて」を選ぶことで意見が一致したのだった。

　残念ながら、レノンがこの曲を急いで書いたというほかには、どうやって作ったかの詳細はわかっていない。また、出だしの小節にフランスの国歌が入っているが、そのアイデアを誰が出したのかも定かではない。だが、この「愛こそはすべて」の出だしはビートルズ特有のものの一つで、最初にスタジオでテイクした時からその方法が使われていることから見て、おそらくジョンかポールのアイデアだろう（この時から、フランス人以外のリスナーはたとえばオリンピックなどで、「ラ・マルセイエーズ」を聴くとその多くは、「愛こそはすべて」がその国歌に取って代わるのではないかと半ば期待したものだった）。

　構造から言えば、「愛こそはすべて」は、「三匹の目の見えないネズミ（伝承童謡）」式の最初のリフレインと、コーラス部分の単一のメロディとのごくシンプルな歌だ。だが、もっと深く見れば、素晴らしいレノニズムのおかげ（各行の最後でビートを落としている）で、歌に厚みが出ているのだ。この工夫が、ジョンのパートでは意図せずにそうなったようだけれど、曲にさらにスピードと勢いをつけている。「愛こそはすべて」に、彼が自分とバンド仲間のタイミングの取り方の「驚くべき」センスの一例であるスキップ・ビートを採用したことについて、ジョージ・ハリスンはかつて、「でも、〔ジョンに〕実際にはどうするつもりなのかと聞いても、彼は自分でもわかっていないんだよ。ただ、自然とそうなっていくんだ」と言ったことがある。レノンの音楽は、いたずらに「ギクシャクしたリズム」などと呼ぶものではなかった。

「愛こそはすべて」は、そのシンプルさにもかかわらず七十七回もテイクし、世界に向けてライヴで演奏する前に、数えきれないほどオーバーダブをした。異例のテイクの多さの理由の一つは、メンバーたちが、ジョンの「There's nothing you can do that can't be done（できないことをしようとしても無理だ）」という行が気になっていたからだった。六月十四日に行われた「愛こそはすべて」の初めてのレコーディング・セッションで、ジョン、ポール、ジョージの三人が全員、なぜか「自分に馴染みのない」楽器をやりたいと言い出した。ジョンがハープシコード、ポールがダブル・ベース、ジョージがバイオリンで軋《きし》む音を出した（彼はその夜、初めてバイオリンを弾いたのだ）。その結果、三十二回のテイクが録音された。六月十九日の十回目のテイクでは、ヴォーカルとインストゥルメンタルのオーバーダブが行われ、数日後にバックのオーケストラも録音された。

この放送前のセッションの目的は、ベースになるリズム・トラックを録音し、六月二十五日のライヴの時に、ビートルズの演奏のバックに使えるようにしておいて、ひどい失敗をしてしまうおそれを減らそうというものだった。つまり、世界中の多くの人が当日に聴くものは、ジョンのリード・ヴォーカルあり、バック・ヴォーカルあり、ポールのベースあり、ジョージのリード・ギターのソロもあり、オーケストラの一部やリンゴのドラムもあるまったくのライヴだった。そうやって間違う危険性がたくさん残っていると、ビートルマニア時代の騒がしいスタジアムの群衆と違って、「アワ・ワールド」の視聴者たちは、彼らのミスを聴き取ってしまうだろう。ビートルズはそれまでずっと、どんなに名誉なことであったり、プレッシャーが大きかったりしても、表向きは無頓着なふりをしてきたが、この時にはアビイ・ロードのスタッフたちは、その見せかけのポーズを見抜いていた。「レノンはその日、とてもナーバスになっていた」と、オペレーターのリチャード・ラッシュが振り返る。「そんな素振りを見せていなくても、長年一緒に仕事をしていれば、ナーバスになっているのはわかるよ」

だが、映像では、最終テイクが始まるのを待つ間、レノンは呑気《のんき》なようすでスツールに腰をおろして、ガムを噛み、ビートルズの昔のヒット曲「シー・ラヴズ・ユー」の一節を調子はずれに口ずさんでいた。他のメンバーも冷静で落ち着いていた。当然のことだ。言ってみれば、それはパーティのようなものだった。BBCのそのイベントのフィルムは、四か月前に「ア・デイ・イン・ザ・ライフ」のオーケストラがクレッシェンドしていくところをレコーディングした時の、お祭り気分の雰囲気を思い出させる。アビイ・ロードの第1スタジオの中には、カラフルな風船と飾りリボンがいっぱいで、「愛こそはすべて」という英語、フランス語、ドイツ語、スペイン語で書かれたプラカードがある。オーケストラのメンバーはイヴニングドレスを着ているし、エリック・クラプトンやミック・ジャガーを含むポップス界のそうそうたるメンバーがフロアに座り、手拍子をとったり歌ったりしていた。

その曲は首尾よく演奏され、特にジョンのヴォーカルは素晴らしく感動的だった。ポールが、バック・トラックにつられて間違えそうになって、まばたきをしてユーモアたっぷりに驚いてみせたりしたが、それ以外は、ライヴはまったく完璧だった。ビートルズは、その気になればまだライヴで演奏ができるのだ。ジョンが「Love is all you need（愛こそはすべて）」をマントラのように繰り返してフェイド・アウトしていく間、ポールは、「さあ、一緒に」とか、「みんなで！」とか叫んで、スタジオにいるゲスト、そして世界中の視聴者たちをあおって、一緒に歌わせようとした。「ポップ・ミュージックで、これほど芸術的な瞬間はなかったよ」と、のちにデレク・テイラーは言っている。「愛こそはすべて」がシングルとして発売されて数日後に、この曲は「誤解されようがない」と、ブライアン・エプスタインが言い切ったが、その言葉は正しかった。「愛こそはすべて」は六〇年代のカウンター・カルチャーの聖歌となった。しかもこの曲は、「ビートルズを決して良く思っていなかった人たちにも、彼らは自分たちの大切な宝であると言わしめる」ことととなり、またもちろんファンの人たちにとっても魅力あるものだった、とテイラーは振り返る。それらが合わさって、「愛こそはすべて」は、世界中の国々でナンバー・ワンのヒットとなった。

だが、この曲が万人の喝采を浴びたにもかかわらず、そのわかりやすい歌の意味ということではブライアン・エプスタインの自信たっぷりな主張が間違っていたことは、のちに多くの伝記作者や音楽評論家によって明らかにされた。「愛こそはすべて」は希望や可能性の歌というよりも、サウンドは軽快だが、陳腐というよりは少しましな程度の作品という評価がほとんどなのだ。音楽的に見れば、単純で想像力がないことは失敗を意味し、詩的・政治的に見れば、純真で自己満足的で時代遅れであることは、失敗を意味する。批判する者でもたいていは、「愛こそはすべて」がその時代のセンチメンタルな人物像を描き出していることは認めている。だが、彼らが即座に受け入れられた時代は、もう遠い昔のことになってしまった。あの頃から比べると今では誰もがぐんと成長し、子供っぽいものは捨て去り、世界はそんなふうにはなっていないとわかってしまったのだ。

実際は、「愛こそはすべて」をくだらない六〇年代の遺物として遠慮して引っ込めることは、むしろ割り切りすぎであり、浅薄なことと理想主義であることとの区別をわかっていないせいでもある。レノンのように、世界はこういうふうにならなくてもいいんだ、変わることも可能なんだ、愛こそが不正に打ち勝てるんだと主張するのは、確かに理想主義的だ。結局人間の歴史は、その正反対のことを証明するものと考えることもできる。ビートルズが愛のメッセージを広げていたちょうどその時に、アメリカはヴェトナムに爆弾の雨を降らせており、中東では、短期だが残忍な戦争が終結したばかりで、核兵器の競争が、世界最後の日を目前までひそかに運んできていた。しかし、歴史は崩壊とともに進歩の記録でもあり、正義が有効である時代では、以前ならば空想的と考えられたこと——奴隷制の廃止、婦人参政権、南アメリカの民主制、ソビエト社会主義の崩壊など——が、目標として追求されるようになった。世界を変えるには、愛こそがすべてではないわけで、そこはレノン特有の誇張ということになる。だが、レノンを政治戦略の細かな点で批判するのは、マーティン・ルーサーをへたな歌手と文句をつけるのと同じようなものではないだろうか。彼の役目は詩人であって為政者ではない。

「You may say I'm a dreamer（君は僕が夢想家だと言うかもしれない）／But I'm not the only one（でも僕だけじゃないんだ）」と、レノンは「イマジン」の中で歌っており、彼は死ぬまでそのことを確信していた。当時のポピュラー・ソングを引き合いに出して、ジョンは撃たれる数日前のインタビューでこう語っている。「僕は今でも、愛と平和と相互理解を信じている。エルヴィス・コステロが言ったようにね。愛と平和と相互理解のどこがおかしいんだい？」その次のインタビューは、彼の死ぬ六時間前に終了したものだったが、そこでジョンは、より愛情のあふれた世界を祈るだけでは不十分だと、語気を強めた。行動もしなければいけないと。「六〇年代には、僕らは消極的で子供みたいだったかもしれない」と、彼は言う。「後になって、みんな自分の部屋に戻り、『花とか平和に満ちた素晴らしい世界じゃなかった……世界は、とってもひどい場所なんだ。だって僕らが求めるものすべてを授けてくれるわけじゃないんだから』と言う。そうなんだろうか？　求めるだけじゃだめなんだ。六〇年代は、僕ら皆にある可能性と責任を示してくれた。それは答えではなかったんだ。それはただ、僕らに可能性の一端を見せてくれただけなんだ」

もし、貪欲さと物質主義がはびこり、さまざまな事件の起こった一九八〇年代にレノンが生きていたならば、他の人たちと同様に彼の考え方が変わったかどうかはわからない。レノンが生きていたなら、八〇年代がどんなふうに変わったかもわからない。どちらにしても、一九八〇年十二月に彼が殺されたことは、六〇年代の〝夢の死〟を象徴していると見た人が多く、だからこそ、存命中に彼が闘っていたシニシズムを強調することにもなったのだった。だが、皆が皆、絶望してしまったわけではない。レノンの死の直後、一九八〇年代の全体主義信奉傾向に一人反対していたチェコの劇作家、ヴァーツラフ・ハヴェルも、一九八九年のいわゆるビロード革命によってチェコの大統領となるまでは、まったくと言っていいほど無力で、「六〇年代の価値観や理想が、空虚な幻想と失敗として信用されなくなったとは思わない。時代や歴史が変わったからといって、異議を唱えることはないだろう……ただ、今はすべてが、いくらか厳しく困難になっており、ものの値段も高くなっているし、もっと自由に有意義な生活をしたいという夢は、もはや『保護者』から逃れるというだけではなく、いわば現実を見据えて、新しい時代の悪の力に、日々立ち向かうことに関わってきている」と書いている。

現実を見据えたとは言えないが、一九六七年の夏に作られた映画「イエロー・サブマリン」の、善である若者――ビートルズ――が、「ブルー・ミーニー」と呼ばれる悪と闘うというアイデアは確かに歓迎された。しかし、当のビートルズは、製作中には熱心ではなかった（一九六八年七月に公開されてからは熱を入れたけれども）。ブライアン・エプスタインは、ビートルズを三本の映画に出させるというユナイテッド・アーティスツとの契約を完了させるために、「イエロー・サブマリン」のプロジェクトを認めたのだった。アニメーションであったために、ビートルズが画面で実際に動く必要はなかったが、サウンドトラックを入れなければならなかった。当然ながらビートルズはその義務に反発を感じて、ほとんど製作にタッチせず、ジョージ・マーティンによれば、このプロジェクトには「樽の底に残った」ような曲だけを提供した。たとえば、ハリスンの「オンリー・ア・ノーザン・ソング」は、アルバム「サージェント・ペパー」には不十分だと却下されたものであったし、「イッツ・オール・トゥ・マッチ」はキンキンと金切り声が響くだけの曲だった。マッカートニーの「オール・トゥゲザー・ナウ」は害のない楽しい曲だが、それだけの代物だ。「ベイビー・ユーアー・ア・リッチマン」はレノンとマッカートニーの共作で、一番いい出来だが、とびきりというほどでもなく、いずれにしろすぐにシングル「愛こそはすべて」のB面に入れられた。「イエロー・サブマリン」の雑な作りの中で一つ輝いているのは、「ヘイ・ブルドッグ」である。一九六八年二月に、ビートルズがインドに出発する前日にレコーディングされた、ハード・ロックの秀作だ。ビートルズの四人全員が、レノンの作ったこの曲を、手を抜かずに極めてエネルギッシュに、単純な音を情熱的なピッチにまで高めている。フェイド・アウトの間のジョンとポールの犬の吠えるような笑い声は、エンジニアのジェフ・エメリックに「本当に楽しい」セッションだったと回想させるだけでなく、この時にはまだ、ビートルズのメンバーが互いに好感を持ち合っていたことを示してもいる。

この頃、映画「マジカル・ミステリー・ツアー」は、評論家たちによって、ビートルズ初の、真の意味での失敗作と言われて笑い物にされていた。ここで、映画――「本当にへまをやったよ」とマッカートニーも認めた、プロットのない失敗作――とアルバム――「アイ・アム・ザ・ウォルラス」や「フール・オン・ザ・ヒル」などのビートルズの名作と言われるもの――を区別することが大切だろう。だが、これらの名作は、「マジカル・ミステリー・ツアー」のEP盤（二枚組のEPで、映画で使われた六曲だけが入っている）の四曲によって相殺されてしまっている。タイトル・トラックとマッカートニーの「ユア・マザー・シュッド・ノウ」は好ましい曲だが、アルバム「サージェント・ペパー」や「リボルバー」や「ラバー・ソウル」の時の素晴らしい出来のものとは比べようもない。また、インストゥルメンタル曲の「フライング」や、ハリスンの「ブルー・ジェイ・ウェイ」はまったく退屈きわまりない。ジョージ・マーティンの言う「まとまりのないカオス」の典型が、この盤のレコーディングに広がっているのだ。「ビートルズのプロとしての経歴をグラフにするなら……『マジカル・ミステリー・ツアー』は絶対に最低線にくる」と、マーティンはのちに書いている。

これだけの問題があとで起こってくるとも知らず、「マジカル・ミステリー・ツアー」のプロジェクトは前途洋々のスタートを切った。アルバム「サージェント・ペパー」が終了して、マッカートニーはアメリカに渡り、そこでメリー・プランクスターズ（the Merry Pranksters）の存在を知った。ＬＳＤの傾向が強いグループで、アナーキストのヒッピーであり、バスで全国を放浪し、時たま「偶然のように」ステージに立つ。ポールはイギリスに帰る飛行機の中で、巡業をするこの風変わりな一団の映画を作ったらどうかと思いついた。「マジカル・ミステリー・ツアー」のタイトル・トラックのレコーディングは、予定通りポールがロンドンに戻った数日後の四月二十五日に始まり、「サージェント・ペパー」以来初めてのアビイ・ロードでのセッションとなった。五月三日にその曲が終了するまで、四回のセッションが行われた。その後に、「イエロー・サブマリン」と「愛こそはすべて」の放送にかりだされ、それがすんで彼らは二か月間の休暇をとったので、結果として、「マジカル・ミステリー・ツアー」の仕事が再開されたのは、八月二十二日、「ユア・マザー・シュッド・ノウ」の録音からだった。その数日後に、ブライアン・エプスタインが急死し、それからビートルズはどうなるのかと案ぜられたが、九月一日にマッカートニーの家でミーティングが行われ、ビートルズ四人全員が「マジカル・ミステリー・ツアー」のプロジェクトを続行することに決めた。出だしは順調だった。最初の二日で、「アイ・アム・ザ・ウォルラス」をだいたい録音し、「フール・オン・ザ・ヒル」のデモ・テープもできた。

ポールは「フール・オン・ザ・ヒル」をその前の春から作り始めていた。ポールとジョンが「ウィズ・ア・リトル・ヘルプ・フロム・マイ・フレンズ」を作っていた時に、ポールはその最初のバージョンをジョンに聴かせている。「フール・オン・ザ・ヒル」はこの時にはギター曲で、ハンター・デイヴィスの証言からすると、ポールは歌詞を少ししか書いていなかったようだ。しかし、九月六日にアビイ・ロードでデモ・テープを録音した際には、ポールはピアノを弾き、歌詞も全部つけて歌っている。まったくのソロで、フルートとその他のバックの楽器がない以外は、トーンもテンポも最終的なバージョンにそっくりだ。「フール・オン・ザ・ヒル」は、レノンの「イエスタデイ」に対する批判を思い出させるような歌詞だったが、結果的には非常に愛される曲となった。一行ずつの歌詞はいいのに、全体としてはよくわからない。マッカートニーの言うフール（愚か者）は、自然界とだけ交わるのが好きで、社会の束縛を拒絶しており、その選択は知性と気品があるものとして描かれている。だが、彼は夕日が沈むのを見ること以外に、彼を鼻であしらう人たちとそんなに違うのだろうか？　ポールは、説明できないし、しようともしていない。しかし、スローな美しいメロディが、その詩の怠惰な雰囲気を補っている。

「アイ・アム・ザ・ウォルラス」は、その裏にあるストーリーを知らなければ見破るのは難しいが、これにも無邪気な雰囲気がある。人間の結びつきを主張するオープニング——「I am he as you are he（君が彼であるように僕も彼で）／As you are me and we are all together（君が僕であって、僕らはみんな一緒なんだ）」——が、ＬＳＤで幻覚を見ているレノンの頭にひらめいた言葉だった。だが、それに続く歌詞の大半は、彼の出身高校の生徒から受け取ったファン・レターがきっかけとなった。ピート・ショットンは、自分とジョンがある日、ファン・レターの袋から、くじのようにその「宝」をどうやって抜き出したかを思いだす。それはある男子からの手紙で、クオリー・バンクの文学の教師がビートルズの歌詞の背後にある本当の意味についてもったいぶって話したという内容の手紙だった。もうすでに、ジャーナリストや評論家やファンたちがビートルズの曲を間違って解釈していることに辟易《へきえき》としていたジョンは、それでひらめいたのだ。彼らが共有していた少年時代のリズム、たとえば「デッド・ドッグズ・アイ」に見られるように、思春期の少年たちがどうしてもおもしろ可笑《おか》しさを見つけてしまうグロテスクなものをいろいろとショットンに挙げてもらい、レノンはそれらの言葉を変えていった。「Yellow matter custard（黄色いカスタードが流れる）／Dripping from a dead dog's eye（死んだ犬の目から）」「Semolina pilchard（セモリナのイワシ）」という言葉も、彼とショットンが子供の頃から親しんできたプディングとサーディンの種類を意味していた。そしてそれらの歌詞をざっと書いた後で、ジョンはにっこり笑ってショットンを見上げ、こう言ったのだった。「あいつらにこれを練習させてくれ、ピート」

「アイ・アム・ザ・ウォルラス」は、「その時の気分で書く」というジョンの、作曲する時の姿勢をまさに表していた。主旋律はパトカーのサイレンのような二拍子のリズム――「Mis-ter cit-y p'lice-man sit-ting（街のおまわりさんが座っている）」――に近いものとなっていて、それはある日、ロンドン郊外の彼の家の外で実際に聞こえた音だった。ウォルラス（セイウチ）のキャラクターは、ルイス・キャロルの反資本主義的な詩「セイウチとカーペンター」から拝借したものだった。「Element'ry penguin（駆け出しのペンギン）」の一行は、アメリカの詩人アレン・ギンズバーグのハレ・クリシュナへの極端に熱心な（レノンの目から見れば）信仰に対する間接的な非難だった。わざと曖昧にしていることはさておき、「Don't you think the joker laughs at you？（ジョーカーまでが君を笑っているのを知らないのかい？）」や「Man, you should have seen them kicking Edgar Allan Poe（彼らがエドガー・アラン・ポーを蹴飛ばしたところを見ればよかったのに）」のような鋭い風刺もあった（後者は芸術評論の流行への一撃だったのだろうか？）。

ついには、シェークスピアの「リア王」の、最も有名な無上の悲しみに満ちた嘆きの言葉——「ああ、ここで死んでしまうのか！」——をオーバーダブしたところもある。このみごとな引用は、純粋に直観力の賜物《たまもの》でもあった。シェークスピアを「ウォルラス」に取り入れるというアイデアは、この曲の最後のミキシング・セッションの日、九月二十九日にアビイ・ロードに到着するまで、レノンは思いついていなかったようだ。だが、ジョージ・マーティン（彼が「ウォルラス」のバックのオーケストラを演出したことは、本書第14章を参照）と一緒に第2スタジオのコントロール・ルームに入った時に、ジョージがラジオの周波数を合わせ始めた。たまたま、ＢＢＣで「リア王」の芝居をやっており、そこで彼はそれを直接ミキシングに織り込んで、これもまた（「エリナー・リグビー」のように)、台本を超える偶然のチャンスとなったのだった。ジョンの行き当たりばったりの仕事は、即興的な気まぐれかもしれないが、芸術として見れば革新的だった。五十年ほど前には、ピカソやその仲間のキュビズムの画家ジョルジュ・ブラックが、絵を描いたカンバスに布や新聞や煙草のパッケージを貼りつけて、芸術の新しい手法を考え出した。レノンも、それほど凝った方法ではないにしても、異質のものだが電子回路では関連のあるサウンドを生み出せる二つのもの――ポピュラー音楽をスタジオでレコーディングするという人為的な形と、話し言葉でのライヴ・パフォーマンス――を組み合わせられないか、という可能性を追求していた。

「アイ・アム・ザ・ウォルラス」が、一九六七年十一月に発売されたビートルズの次のシングル、マッカートニーの「ハロー・グッドバイ」のB面に入れられたことに、レノンは憤慨していた。だが、どちらの曲が芸術的に優れているかが明白であるように、どちらが売れそうなサウンドであるのかも明白だった。「ハロー・グッドバイ」は、明らかにマッカートニーが力を抜いて作ったと思われる、大衆受けする金儲けのためのお粗末な作品だ。事実、彼は後に、これはイエスとノー、つまり黒と白を交互に使うだけで「ほとんど書けた」ような曲だと言っている。この曲は、丁寧にプロデュースされており、すぐにチャートの一位になった。特にフェイド・アウトの部分など、マッカートニーのヴォーカルも情熱的だ(この部分はプロモーション・ビデオにも使われ、ハワイのフラダンスの恰好で女の子が踊っているという意味のない内容で、ただジョンがおどけて痙攣するように踊っているのだけが救いである)。

この一連のレコーディングの最後は「レディ・マドンナ」であり、一九六八年二月の、ビートルズがインドに出発する前日に行われた。ビートルズが精神世界の探究に専念して不在の間、ファンとレコード会社をハッピーにしておくために、シングル盤として発売するつもりだった。B面はハリスンの「ジ・インナー・ライト」で、歌詞もメロディもインドへの旅行が楽しみだというようなものだったが、マッカートニーの「レディ・マドンナ」は、ヒューマニズムに関わってくるような内容だった。みごとなピアノさばきによるブギ・ウギ・ビートの背後で、ポールがまたエヴリマンを擁護している。もっとも、今度のは「エヴリウーマン」だったが、彼の歌詞は、ジャーナリストや社会学者が目をつける何十年も前のシングル・マザーの、肩身の狭い、経済的にも苦しい生活への同情と共感を表している。レディ・マドンナは、週末に逃げ出すこともできず、ロマンスもなく、「Friday night arrives without a suitcase（金曜日の夜にスーツケースも持たずにやって来る）」彼女が、どうやってやりくりしているのかという疑問は、単に言葉だけのものではない。おそらく、彼女は公的扶助に頼らなければならないのだろう。そうすれば、なぜ「Tuesday afternoon is never ending（火曜日の午後は果てしなく長い）」のか、なぜ「Wednesday morning papers（水曜日の朝刊）」がないのか、ストッキングの伝線を心配したままなのか——新しいストッキングをちょっと買ってくるという余裕がないのだ——束の説明がつく。だがこの歌は、彼女の生活の苦しさだけを描いているわけではない。束の間の休息の時に、頭の中には音楽が流れているのだ。

「レディ・マドンナ」もまたヒット・チャートの一位となったが、広い意味でのアルバム「マジカル・ミステリー・ツアー」製作期にあたるこの頃は、ビートルズの最後の時期の始まりでもあったというのが、後年の多数の見方だ。その前年の八月のブライアン・エプスタインの死によって、グループは自分たちでマネジメント方法を考えねばならなくなったと言われ、その危うい事態は、「マジカル・ミステリー・ツアー」の映画化という災難で、すぐにも露呈してしまった。さらに、エプスタインの死はマッカートニーによるグループの支配という扉を開けるきっかけになり、彼が時々見せる横柄な態度が、ジョン、ジョージ、リンゴの怒りを買うようになっていった。

こういった解釈に根拠がないわけではないが、もっと大事な事実がいくつか見逃されている。まずは、一九六七年には、もはやエプスタインはビートルズをコントロールできなくなっていたということだ。たとえば彼は、ビートルズにツアーをやめてほしくなかったし、アルバム「サージェント・ペパー」の贅沢なジャケットも作らせたくなかったのだが、どちらの場合も思い通りにはできなかった。確かに彼のマネジメント方法にも問題があったが、ビートルズ自身も、とうの昔から、自分たちで進む方向を考え出していたのである。さらに、「マジカル・ミステリー・ツアー」のプロジェクトで、ポールの力が強かったことは確かだが、彼の親分肌はこの時に限ったことではなかった。他のメンバーはそれに慣れていたし、それに耐えることにも慣れていた。もちろん、彼ら四人の意見が合わないのはいつものことだったが、彼らの間にどんな確執があろうと、一九六八年二月にインドに出発した際には、仲間の繋がりと愛情が、グループを結びつける力として残っていたのだ。彼らは、スタジオでは互いに楽しく過ごしていたし、「レディ・マドンナ」や、一九六七年のファン・クラブ向けの陽気なクリスマス・レコード――「Plenty of jam jars, baby（ジャム瓶をいっぱいね、ベイビー）」などとノスタルジックに歌っている――のレコーディング中なども、マイクを離れたところで笑い声やジョークが聞こえていることからもそれがわかる。実際、彼らの結びつきは非常に強く、妻や子供たちも一緒に全員で暮らせるギリシアの島を買おうとまで真剣に考えていたくらいなのだ。それにもちろん、インドへの旅行も、皆で一緒の冒険だった。つまり一九六八年初めの段階では、ビートルズは解散に向かって運命づけられているとはまだ言えなかった。

第19章　ジョンとヨーコのバラード

かつてジョン・レノンは、人生の中でパートナーとして選んだのはただ二人、ポール・マッカートニーとオノ・ヨーコだけだと語ったことがあり、誇らしげに、「悪くない選択だろ」とつけ加えた。だが、レノンをひどく不快にさせたのは、少なくともオノ・ヨーコに関しては誰もこの意見に賛成してくれなかったことだろう。世界は、レノンとマッカートニーのコンビの芸術性には賞賛を惜しまなかったが、ジョンが名づけた「ジョン・アンド・ヨーコ」のコンビについては寛容にはなれなかった。それは、オノ・ヨーコがビートルズを解散させる原因となったという憤《いきどお》りからだけではない。ジョンは「彼女の才能に圧倒され」て、彼女のことを「16トラックの声」と呼んだが、世間は、オノ・ヨーコの不可解な奇妙さと舞台の上での金切り声に当惑し、仰天することが多かった。いったいレノンは、彼女に何を見ていたのだろうか?

そんな世間の見方の中で、注目すべき例外の一つめは、ジョンの友人のピート・ショットンだった。ショットンはオノ・ヨーコの理解しがたい性格を身をもって十分に知り、彼女の傲慢さを一度ならず経験しているにもかかわらず、「彼女は〔ジョンにとって〕これまでの人生で最高のもの」だと言い切るのだ。ヨーコはジョンの人生に愛をもたらしただけでなく、彼を解放して、「彼がずっと一番なりたがっていた、固有名詞としての『Artist（アーティスト）』にならせたのだ」、とショットンは言う。二番めの重要な例外は、部分的ではあるが、マッカートニーだ。ショットンの意見の後半を認めながら、ヨーコがジョンを解放して、ジョンが結婚して郊外で暮らしていた時にはできなかった方法で、アヴァンギャルドを追求させたとポールは言っている。「実は、彼女はさらに上を望んでいたんだ」とポールは言う。「もっと、もう一度、大胆に、そして服を全部脱がせてしまうように、彼女はいつも彼をせきたてていた。彼がそうされたがっていたからだが、今まで誰も彼にそんなことをしたことはなかった」

もちろん、マッカートニー自身も共同で仕事をしていた数年間に、たとえまったく違った形とはいえ、ジョンをすごくせきたてていたわけだから、彼のこのコメントは皮肉でもある。だが、ポールはジョンのパートナーであると同時に友人であり、友人としては、ジョンがいかにヨーコのことを深く愛していたかを認めざるをえなかった。ジョンとヨーコがカップルになった直後にポールが書いた、バラード兼聖歌のような秀作「ヘイ・ジュード」の中で、ポールが暗に言おうとしていることを、ジョンはいつも感じていた。「まるで僕が、勝手に歌の意味を読むファンの一人のようだけれど、でも君だってよく聴けばあれは僕への歌だということがわかっただろう」と、ジョンは後に言っている。ジョンは、その疑いをポールにもぶつけたが、ポールは、「ヘイ・ジュード」は自分自身の歌だと説明して否定した（実際は、ポールの将来の妻になるリンダ・イーストマンが、この頃から彼の生活に影響し始めていたのだった）。だが、ジョンが自分の解釈を主張するのも、理由のないことではなかった。ポールが「ヘイ・ジュード」を書き始めたのは、ある日、両親が離婚訴訟中であるジョンの息子ジュリアンを慰めに車で向かう途中のことだった。とはいえその歌詞の大半が、情熱的な新しい恋が始まろうとしている大人に呼びかけていることは、特に「you have found her now go and get her（せっかく彼女を見つけたんだから、アタックして手に入れるんだ）」や、「you're waiting for someone to perform with（誰かが助けてくれるのを待っているのかい）」などを見るとわかる。でもジョンの解釈は、「『go and get her』という言葉は――無意識に〔ポールが〕、いいから僕を置いて行けよ、と言っているんだ。意識のレベルでは、彼は僕に行ってほしくはないんだろうけどね。彼の中の天使が、『君に恵みあれ』と言っているんだ。彼の中の悪魔は、パートナーを失いたくないから、そんなことを決して言いたくなかった」というものだった。

オノ・ヨーコが初めて現れた時、ポールがパートナーを失うなどとは、誰も想像だにしなかった。マッカートニーによれば、彼女が、前衛的な作曲家ジョン・ケージと一緒にやるプロジェクト用に、昔に作った曲の楽譜を見せてほしいと頼んできた時に、最初に会ったのは彼だったのだ。ポールは断ったが、ジョンに確かめたらどうかとアドバイスした。オノ・ヨーコとレノンは、彼女の個展の前夜、一九六六年十一月九日に、ロンドンの前衛的な画廊インディカ・ギャラリーで初めて会った。その場所を探し出したのは、マッカートニーだった。それからオノ・ヨーコは、支援してほしくて、レノンを執拗に追いかけまわした。レノンの妻シンシアは、ヨーコがケンウッドの自宅まで電話や手紙を何十回となくよこすだけでなく、ジョンと少しでも言葉を交わしたいがために、どんな天候の時にも車道で待ちつづけていたと回想している。結局、彼女は成功したわけで、ある日ジョンは、ビートルズの新しい会社アップルの経営を任せていたピート・ショットンに、オノ・ヨーコに会うようにと指示した。彼女が自分の次の個展に二千ポンドの資金援助を申し出た時に、レノンはショットンに、それを認めるようにと言ったのだった。

ショットンの回想は、ジョンとヨーコのロマンスを理解する上で重要だ。というのは、ジョンとヨーコが初めて結ばれた夜に、ショットンはレノンの家にいて、翌朝ジョンから最初に打ち明けられた人間なのだ。ジョンにとってヨーコは、シンシアが休暇で留守の間の単なる遊び相手、セックスだけの相手とショットンは考えていたのだが、翌朝のジョンの真面目な態度から、ピートはすぐに察知した。「そういうことなんだ、ピート」と、ジョンはお茶とゆで卵をガツガツと食べたあとで、また急いで二階のヨーコのところに行ってしまった。「これこそが、僕が人生をかけてさがし求めていたものなんだ」。そう言って彼は、ショットンにヨーコと一緒に暮らせる新しい家を探してくれないかと頼んだという。

ショットンは面食らった。彼は友人の決心を疑いはしなかったが、いつまで続くだろうかといぶかしんだ。ジョンはいつも情熱的な人間だが、長く続かないことが多かったのだ。

それにジョン・レノンがいかにエキセントリックであるとはいえ、彼のその頃の行動は、以前にも増して常軌を逸していた。たとえば、その二十四時間前には、彼はまったくの真顔で、自分はイエス・キリストだと言い切っていたのだ。そういうことは、LSDの幻覚作用によってジョンに起こるのだが、彼は翌日起きた時にもそう思い込んでいて、世間に公表しようと決意していた。そしてアップル社の幹部――ビートルズの他の三人とショットン、ニール・アスピノール、デレク・テイラー――の会議を、すぐに招集するようにと急《せ》かした。その席上でジョンがこのニュースを報告した時、ほかの者たちは押し黙っていた。皆、彼の言いたいことはわかっていた。だから、誰も笑うわけでもなく、彼の発言に挑むわけでもなかった。むしろ彼らは、その意義を理解し、言外の意味も熟考するには時間が必要だから、と言って時間をかせいだ。そうこうするうちに、何とかおさめられないものだろうかと考えたのだった。

ジョンは、キリストへの執着はすぐに忘れてしまったけれど、それは他の幹部たちがまさに望んだことだった。だがこの話は、レノンの予測のつかない多様な面を示す以外にも、大きな意味がある。というのは、ジョンとヨーコとの関係を知った時の、他のメンバーの心情を理解するのにも役立つからだ。彼らは、この日本人アーティストのことを、一風変わった物に興味を持つジョンの性格のあらわれだと思ったものの、おそらくすぐに忘れてしまうだろうと考えたのだ。だがまもなく、そうではないことに彼らは気づいた。ジョンとヨーコの初めての夜の正確な日はわからないが、一九六八年五月の後半、ビートルズがいわゆる「ホワイト・アルバム」、正式には「ザ・ビートルズ」と名付けられたアルバムのレコーディングを開始する直前だった。ジョンがヨーコを他のメンバーに紹介したかどうかはわからないが、レコーディング初日の五月三十日にアビイ・ロードに集まった時に、全員がヨーコに会ったのは確かだ。この時ジョンが、ヨーコをいつもそばにおいておきたいと言い張った。

しかも、そばにいるだけではなかった。最初のセッションが始まると、ヨーコもまたレコーディングに加わってきたのだ。その日の曲はジョンの「レボリューション」で、これまでで一番政治的な意味合いの強い曲だった。ビートルズは最終的に、「レボリューション」をまったく違う三パターンのバージョンでリリースしている（そのうちの二つは「ホワイト・アルバム」に、一つは「ヘイ・ジュード」のB面におさめられている）が、「ホワイト・アルバム」の二つは、実はシングル・トラックでできていて、それがこの日ビートルズが録音したトラックだったのだ。最初の四分間は、のちに「レボリューション１」と名付けられたスローなギター・シャッフルであり、最後の六分間は、「レボリューション９」と言われるモンタージュで、カオス的なインストゥルメンタルとヴォーカルのジャムになっている。だが、第18テイクまでは、幻覚作用のようなわけのわからないパートは入っていない。それまでは、長さも平均して五分程度で、曲を正確に演奏することに集中していた。だがどういうわけか第18テイクでは、他のメンバーがそれぞれの楽器を強くかき鳴らす一方で、ジョンとヨーコが金切り声をあげたり喚《わめ》いたりし始め、ヨーコが「You become naked（裸になるのよ）」などと不可解な言葉を発しているのだ。

レノンは後に、このモンタージュのアイデアはオノ・ヨーコの影響だと言っているが、「レボリューション」の彼のオリジナルのデモ・テープがそれを裏付けている。五月三十日のアビイ・ロードでのセッションの直前に、ビートルズの四人はジョージ・ハリスンの家で二十三曲もの新曲のデモ・テープを録音しており、結局そのほとんどが「ホワイト・アルバム」に入っている。この時のジョンの「レボリューション」のデモ・テープには、後に加えられた奇妙な雰囲気はないし、しかもまったく違った感じの曲になっていた。学生運動がヨーロッパからアメリカに広がっていた時だったので、ジョンはこの「レボリューション」を次のシングルにして、ヴェトナム戦争や社会変革のあり方についてのビートルズの見解を示したいと思っていた。だがポールとジョージが、この曲のスローなバージョンは、シングルとして成功するにはビートが足りないと反対した。ジョンも抵抗したが、このデモ・テープでは、ポールとジョージに分があるようだ。「レボリューション」のこのバージョンは、五月三十日に録音されたものよりもかなりテンポが速いのだ。実際には、七月に録音されてシングルとしてリリースされたバージョンと比べても、テンポは同じくらいだ。ただ、フィーチャーしている唯一の楽器がジョンのアコースティック・ギターであり、そこに他のメンバーの手拍子と裏声のバック・ヴォーカルがうまく増音されて、かなり騒々しいサウンドになっている。

六月四日のセッション中に、ジョージ、ポール、リンゴがいろいろなオーバーダブを加えて、十分のバージョンの「レボリューション」ができたが、その二日後に、ジョンとヨーコがそのテイクの最後の六分を生かして、多くの音響効果やテープ・ループを加え始め、不可解な「レボリューション9」へと変わっていったのだった。ジョージ・ハリスンも少し手を貸したが、このレコーディングは基本的にはジョンとヨーコの生み出したものだった。ポールとリンゴは参加せず、ポールは明らかに、それを「ホワイト・アルバム」に入れるのには反対だった。この意見の相違は、前衛的な作品に対するマッカートニーとレノンの見解の違いをよく示している。確かにポールは、実験的なレコーディングに対して敵意を抱いているわけではない。ルイソンが指摘するように、ポールはそれより一年半ほど前の一九六七年一月に、ビートルズの同様のサウンド・モンタージュを先頭切って作っていた。だが、そのモンタージュはロンドンの劇団に譲り、ジョンが「レボリューション9」をアルバムに推したように、ビートルズの正式な作品としてレコードになることはなかった。だがジョンは、ヨーコのアイデアと励ましで勢いづいており、自信を持っていた。

ビートルズは続いて「ホワイト・アルバム」用の曲にとりかかり、まずはリンゴが初めて一人で作った「ドント・パス・ミー・バイ」から始めたが、その頃にはヨーコがスタジオにいることが、しだいに当たり前になってきていた。ジョンがビートルズのレコーディング・チームに語った言葉は、「ヨーコは今、僕の一部なんだ。つまり、僕に右手と左手があるように、僕にはヨーコがいるんだ。僕がいるところには、彼女もいる。扱いにくいとは思うが……」というものだったと、ジョージ・マーティンが振り返る。最初は、このことを誰もが嫌っていた。それは、オノ・ヨーコがジョンにくっついてスタジオにずっといたからだけでなく、ビートルズの仕事に、好き勝手にコメントしたり批評したりしてうるさかったせいもある。彼女がロックン・ロールについて何も知らないことは彼女自身が認めているのに、それでも黙ってはいられなかった。たとえば、ビートルズがジョンの「セクシー・セディ」をレコーディングしている時、ヨーコは一回目のテイクの後で、皆もっとうまくできるはずだと口をはさんだ。ジョンは、新しい恋人と長いつきあいの仲間との板ばさみになって、急いで「ああ、僕ならできるかもね」と言って急場をしのいだ。

ジョンは、ヨーコが、芸術的には自分より優れているとは言わないまでも、同等であると考えていたが、そう考える人間が少数派であることは、たとえビートルズの他のメンバーが直接口にしなくても明白だった（ヨーコの音楽的才能について語れるビートルズの側近中の側近はジョージ・マーティンで、ビートルズ解散後、リンダ・イーストマンがジョン・レノンの代わりにはなれない以上に、オノ・ヨーコはポール・マッカートニーの代わりにはなれない、と語っている）。ジョンは、自分たちのルールを変えたのが自分であることを棚にあげて、ヨーコに対するメンバーの冷たい態度は自分への侮辱だと受け取った。ヨーコが来るまでは、ふつう部外者は、スタジオでビートルズの音楽を聴くことは禁止されていたのだ。ブライアン・エプスタインや、出版者のディック・ジェイムズのような親しい関係者でさえ、自分たちの用事をすませるとすぐに帰るように促されていた。それなのにジョンは、一方的にそのルールを無視しただけでなく、オノ・ヨーコをグループの事実上のメンバーに入れてしまっていた。彼女は常にそこにいて、しばしば口をはさみ、それまで気楽に一緒にいたり、スタジオでの魔法をあみだしてきた、意欲的できわめて強いシナジーのあった雰囲気を台なしにして、他のメンバーを苛立たせていた。ルイソンは推論や偏見で判断するような作家ではないが、ジョンとヨーコの結びつきが、「ビートルズのグループとしての機能に否定的な意味を持ったことは明らか」だとの見解を示しており、それは、「狂気に満ちた屋外から逃れて、理想的な環境を作っていたのに、二人の結びつきは他者を寄せつけず、不快にし、落ち着かなくさせたからだ」としている。

ジョンはジョンで、ビートルズは結局、彼の作ったグループなのだから、自分のしたいようにする権利があると考えていたのだろう。ヨーコと恋におちていたジョンには、どうして誰もが、女性として、またアーティストとしての彼女に対する尊敬の気持ちを共有できないのか理解できなかったのである。アップル社のスタッフがヨーコを憎んでいた、とジョンは主張するが、デレク・テイラーはそれを否定する。「この建物の中の誰も、彼女を憎んではいなかった。憎むなんて……。それは、最大級の強い非難であり、極端な仮定だ。だからといって彼を非難するつもりはないが、彼がそう感じた理由は、僕らが彼女を愛してはいなかったからだろう」

ジョンのヨーコに対する感情は、とりつかれていると言ってもいいくらいで、彼はポールに――まったくそんな心配はないのに、とポールは後にきっぱりと言ったが――ヨーコの気を引こうとするな、と注意したのだった。またヨーコ自身が後に説明したところによると、アビイ・ロードでどこに行くのにも、たとえばトイレにさえもジョンにくっついて行ったのは、彼女がそうしたかったからではなく、ジョンが、自分と同じように皆も彼女が欲しいに決まっているから、部屋中男だらけのところに残していくのは心配だったからだという。

ジョンにとって、ヨーコは「愛の女神であり、全人生を満たしてくれるもの」だった。自分と同じ感性の人はいないと何年も感じてきて、やっと「自分と同じくらいに醱酵した」人間を見つけて、彼は狂喜した。ジョンの目には、自分とヨーコが非常によく似ていて、彼女は「女装した自分」に見えたのだった。どちらもエキセントリックで、人から距離をおき、現実に対して抑えがたい不安を感じながら、世界でただ一人という孤独感を持っており、「その狂気を行動に移すために何かをする必要があった」。そうして、互いに魂の友として理解し合い、その繋がりは深く超越的ですらあったから、ジョンの妻さえそれを認めないわけにはいかなかった。最初の夜を過ごしてからのジョンとヨーコに会った時のことを、シンシアはこう振り返る。「二人が一緒のところを見た瞬間、彼らは互いにとってぴったりの人だとわかったわ。もう彼は戻らないとも。二つの心の出会いには誰も抗《あらが》うことができないのよ」

ジョンは、自分とヨーコが、実際に恋人同士となる一年半前に初めて出会った瞬間から、波長がぴったり合っていたと主張する。インディカ・ギャラリーでジョンが、彼女の作品の一つに想像の釘を打ち込んでもいいなら、想像の五シリングをあげようと言った時のことを、彼はこう語っている。「ヨーコには意味がわかったし、僕もわかったし、後は――いろんなインタビューで言っているように――運命だったんだ」。ジョンは多くを語り、特に自分とヨーコの話となると、たいていの人間と同じように、自分が信じたいものだけを信じたのだった。おそらく彼にとっては、自分が言ったことがすべて現実だったのだろう。たとえばその時は彼が彼女に夢中だったのであって、その反対ではなかった。ジョンが語ったインタビューの中には、ヨーコが彼と「恋におちた」という話は出てこないし、彼が彼女に対して抱いたような情熱的で、すべてをかけるほどの感情の話も出てこない。彼女にしてみれば、仲間になることや知性の方が魅力的だったのかもしれない。彼女はついに、自分を理解し、その上で愛してくれる人と出会ったのだ。またジョンにしても、精神的なグルである「ドン・フアン」に出会ったというわけだ。

ヨーコは、彼女自身も認めているように、ジョンにとっての母親的存在であり、彼が実の母を二度失った後の生活にぽっかり開いた心の穴を埋めていた。「私は多分、ミミおばさんの後を引き継いだようなものだわ」と、ヨーコはレノンの伝記の執筆者レイ・コールマンに語っている。それ以前のジョンは、自分がボスになり、暴力をふるってでも自分の意志を押しつけることがあった。アルバム「サージェント・ペパー」の「ゲッティング・ベター」の中の歌詞、「I used to be cruel to my woman（僕は恋人にひどいことをしていた）／I beat her and kept her apart／From the things that she loved（殴りつけたり、好きなこともさせてやらなかったり）」は、自分のことだと、後にジョンは告白し、

「若い時の自分が、女性に対してどんな扱いをしてきたかを堂々と話すには、かなり大人にならなければいけないね」とつけ加えている。ジョンはシンシアに対しても一度ならず手を挙げたが、ヨーコは彼にぶたれたことなど一度もないと否定している。二人の関係では、ヨーコが常に優位に立っていたのだ。

彼女は、子供の頃からそういう立場に慣れていた。東京の裕福な家庭に生まれ、何十人も使用人のいる家で育った彼女は、学芸会で自分の望む役が与えられなかったら、クラスメートにむりやり選び直させたりした。ジョンが自分にぞっこんだとわかった途端に、ヨーコが最初に見せていた不安げなようすはどこかに行ってしまい、「強い意志を持った、暴威をふるう雌虎」の姿を現しはじめた、とピート・ショットンは振り返る。ある夜、ショットンがジョンとヨーコを家まで車で送っていた時に、ショットンが角を間違えて、ちょっと道に迷ったことがあった。すると、後部座席からヨーコが怒りを爆発させて、金切り声をあげた。「いったい何やってんの、わたしは早くうちに帰りたいのよ」。まるでショットンは彼女のおかかえ運転手のようだった。その後も、警察が麻薬捜査のために到着する直前に、ジョンとヨーコのアパートを掃除しようと、ピートが親切にもその手伝いを申し出た時など、ヨーコはジョンをシッシッと追い立てていた。一九七六年に、ショットンがたまたまニューヨークに行って、五年ぶりにジョンに会えるという時でも、彼を夕食に招待するのに、ジョンはまずヨーコの許しを得なければならなかった。ピートがイギリスに帰る前に、ジョンがもう一度会う機会を作りたいと思っても、ヨーコが反対した。彼女は、ジョンの気持ちを乱すだけだと言って、ビートルズのメンバーを含めた昔の友人たちと、ジョンを会わせないようにしていたのだった。

ヨーコの尻に敷かれているという何度となく取り沙汰された非難を、ジョンは否定していたが、そうでないと解釈するのが難しいことも確かだ。彼の死の前日に撮影された写真は、冷ややかなヨーコのそばで、胎児のように丸まっている裸のジョンが写っているという、話題になったショットだが、それについて評論家のロバート・クリスゴーは、「二人とも、アニー・リーボヴィッツのカメラに向かって幸福であることを示しているが、ヨーコが、幼児のような、あるいは胎児とさえ言えるような頼りきった夫の成長を助けている」と評している。しかも、一九七三年の別居に際しては、彼を追い出したのがヨーコだったことを、ジョンは初めて認めたのだった（ジョンが酔っぱらって暴力をふるった悪名高い「失われた週末」に、ヨーコの目、耳、セックスの代わりをつとめさせていた二十三歳の中国人秘書メイ・パンを、ヨーコが追い出したことについては黙っていたが……）。さらに、ヨーコに、家に帰らせてくれと何度も頼んだのもジョンだった。彼女は、「僕がいま知っているすべてのことを教えてくれた」先生だった、とジョンは言う。そう、彼は常にヨーコの生徒だったのだ。彼女は、彼が学ぶべきことが何かをわかるまで、決して家に戻らせてはくれなかったとジョンは語っている。

彼の遺作の一つである「ウーマン」で、ジョンは、ヨーコには永久に借りがあると歌っている。彼女は文字通り、彼の人生を救ったのだ。特に彼女は、ジョンを目覚めさせ、ビートルズのメンバーであるがゆえのわがままな無気力さから解放してくれたのだった。「そうやって、ビートルズは終わったんだ」と、ジョンは後に語っている。「ヨーコがビートルズを解散させたのではなく、彼女が僕に、エルヴィス・ビートルでいることの意味と、現状を維持したいだけのおべっか遣《つか》いや奴隷に囲まれていることの意味を示してくれたのだった。あれは、一種の死だった」。いつもながら、ジョンはこの点を必要以上に誇張して語っているし、いずれにしろ、世間が彼らを狂気で取り巻いたのは、他のメンバーたちのせいではなかった。だが、ジョンのアルバム「イマジン」のラブ・ソングを聴くと、彼は、「for the first time in my life...（生まれて初めて……）／I see the wind（僕は風を見た）／Oh, I see the trees（ああ、それに木々も見える）」と歌っており、彼の元気回復ぶりには、目を見張るものがある。彼は、まるで生まれ変わったかのように、人生を一新しているのだ。

ジョンはまたヨーコのおかげで、若い頃の乱暴で、情熱的で、がむしゃらで奔放な彼に戻っていくこともできた。彼とヨーコは平和運動に真剣に取り組んでいたが、彼が公に行った多くのイベント——二人のヌード姿のアルバム・ジャケット、平和のためのベッド・イン、袋をかぶって会見をしたり——は、ジョンとヨーコがそれを前衛芸術として通用させていたもの以外は、ジョンがピートと一緒に子供の頃に遊んでいた悪ふざけを、ただ大人向けにしただけだった、とショットンに打ち明けている。たとえ、世間はヨーコがジョンを惑わしたと非難しても、彼をよく知る人たちは、実際には、リンゴが言うように「ジヨンがジョンらしかっただけ」であることを承知しているのだ。

オノ・ヨーコがビートルズ解散の直接の原因でなかったとしても、彼女が、ジョンにグループからきっぱりと手を引くように仕向けた触媒の役を果たしたことは明らかだった。ビートルズの解散に関して、後にポールはこう言った。「振り返ってみると、ジョンが新しい方向を求めて、一気に大急ぎでそちらに行ってしまったことが大きな原因だろう。彼は、自分の人生を生き、充実させたかったわけで、ジョンを止められるものは何もなかった。そこが、僕ら全員がいつだってジョンを賞賛するところなんだ。だから僕らは、『いや、そんなことはしないでくれ、ジョン。僕らと一緒にいてくれ』とは言えないよ。残念かもしれないが、なるべくしてなったんだ」。そして、ジョンも同意する。「僕の中にいた昔のギャングが、彼女に会った途端に姿を現した。その時は意識しなかったんだが、実はそういうことだったんだ」

「ホワイト・アルバム」のレコーディングの時には緊張が生まれたにもかかわらず、ジョンと他のメンバーの間には、まだ愛情がたっぷりと残っていた。たとえば、七月にテレビ・カメラの前で「ヘイ・ジュード」のリハーサルをした時など、テイクを一回終えた後で、ジョンはわざとセンチな声のふりをして節をつけながら、「うん、今度はいいね、ポール、いい線いっているよ」とポールをからかっている。またリンゴが、ズボンがドラムのキットにひっかかるとこぼした時には、ジョンが「脱げよ！」とすかさずまぜ返しているし、テレビで流れたこの曲のライヴでは、ジョンがポールのヴォーカルの最中に笑わせようとした後で、二人の表情には、間違いなく暖かい友情が浮かんでいた。これは、後にジョンが別の機会に匂わせたこと――彼は必ずしも、長年連れ添った友人でありパートナーである三人と、完全に別れてしまうつもりはなかった――を証明する瞬間だったとも言えるだろう。しかし一方では、もし彼が選択しなければならないとしたら、どちらとの関係が彼にとって重要かは明白だった。「僕は、このままヨーコを〔ビートルズとしての〕僕らの生活に入れておくことができると思ったんだ」と、一九七〇年にジョンが話している。「だが、僕は彼らと結婚するのか、ヨーコと結婚するかしかなく、それで僕はヨーコを選んだのだし、それは正解だった」

第20章　グループ内の混乱とあふれる創造性（アルバム「ザ・ビートルズ」）

もし、知らない方が幸せだとしたら、一九六八年の夏は、ビートルズ・ファンたちにとってはニルヴァーナ（涅槃《ねはん》）のような状態だったろう。ビートルズが全員で冬の間インドに行っていたことはもちろん皆知っていたし、ジョン・レノンがオノ・ヨーコという名前の日本女性とつきあっていることも知っていた。もっと耳ざとい人たちなら、一九六七年の秋に、ビートルズの今後の創作活動をマネジメントする会社、アップルが設立されたことも聞いていた。だが、ビートルズの側近以外は誰も、後に「ホワイト・アルバム」として知られるアルバムのレコーディング中に、オノ・ヨーコとアップル社がビートルズの間に生じさせた混乱など、知る由《よし》もなかった。後にレノンとマッカートニーの双方とも、「ホワイト・アルバム」のセッションこそが、ビートルズ崩壊が実際に始まった時期だったと言っている。リンゴ・スターとハリスンは、この時に魔法から覚めたと語っている。リンゴは実は、一九六八年八月に二週間だけ、失意のうちにバンドを抜けたことがあった。だが、こういった不幸なニュースは、その時は秘密にされていた。確かに、七月十七日に「イエロー・サブマリン」のアニメ映画が公開された時も、仲の良い、陽気な愛すべき四人組というイメージをさらに広めただけだった。

そして、八月三十日に、「ヘイ・ジュード」と「レボリューション」がリリースされた。ビートルズの音楽を最後に聴いてから半年近くたっていたが、「ヘイ・ジュード／レボリューション」のシングルは、待ったかいがあった。どちらをシングルのA面にするかというレノンとマッカートニーのエゴむきだしの争い——結局はポールの「ヘイ・ジュード」が勝った——に、悩まされることはなかったため、ファンは純粋にその音楽を味わえた。音楽的に見れば、これは大いに喜ばしいことで、ジョンとポール双方にその権利はあった。「ヘイ・ジュード」も「レボリューション」も、「ストロベリー・フィールズ」と「ペニー・レイン」がそうであったように、どちらもA面に入れてもいいくらいの出来だったからである。

ビートルズは、この二曲のライヴ——実際にはセミ・ライヴだが——をイギリスとアメリカのテレビで放送しているが、そのエキサイトぶりは二十五年以上たった今でもよくわかる。実際のライヴはヴォーカルだけなのだが、この画面を見た人は誰も、ビートルズが彼らの最高のロックを演奏していることを疑わないだろう。「レボリューション」の画面では、ジョン、ジョージ、ポールがマイクの前でギターを鳴らし、リンゴと彼のドラムが、その後ろの一段上がったところに陣取っている。この時、特にジョンは本格的に髪を伸ばしていて、まん中で分けた髪が肩まで垂れており、彼のヴォーカルも髪の毛も、モップ頭の時代からずいぶん離れてしまったことを余計に強調していた。ひどく目立つファズ・サウンドのリード・ギターに続いて、オープニングで叫ぶ彼の声は、歓喜の叫びというよりも、軍隊を動員する号令のように聞こえ、その歌詞も、既存の社会秩序を急進的に変革させるための準備を宣言しているようだった。問題はただ、その革命をどうやって起こすかだった。

驚いたことに、過激な人の中には、「レボリューション」はまだまだ革命的でないと攻撃する人たちもいたが、レノンの歌詞は、そういった批判どころか、歴史の監視にすら耐えうるものだった。夏に出した「愛こそはすべて」のような信頼と理想を歌っているものではなかったが、「レボリューション」には、政治的活動はイデオロギーでなくモラルに基づいて判断されるべきだという、レノンの主張が引き継がれていた。そうして彼は、「憎しみの心を持った人々」への支援を拒んだ。同時に、実際的なことも話題にした。毛沢東の中国をどう思うにしても、彼を恐れる西洋の大衆に、彼の革命のやり方を説くことは自滅行為だろう。だが、その方が良い考え方であるのなら、レノンは一心に耳を傾けただろうし、実際にそのやり方を知りたがった。この曲のオープニングで、名もないかたき役が社会の悪を正す手段としての革命を擁護しても、彼は尻込みはしない。逆に、ジョンは彼の話を終わりまで聞こうとする。そして結局、彼は返事を二度歌うことで、手段は違っても、同じように世界を変えたいということを示しているのだ。

それが暴力を意味しているとしたら？　目的は手段を正当化するかどうかという問題は、政治倫理として昔から取り上げられるものの一つであり、レノンは、どう答えるべきかについてはきわめて不確かでもあるが、五月のデモ・テープでは、破壊を伴ういかなる革命からも「you can count me out（僕をはずすことができる）」と歌っている。だが、まもなく彼は気が変わって、――それも一度ではなしに――六月四日に「レボリューション」のスロー・バージョンに彼のヴォーカルをオーバーダブした時には、「you can count me out（and）in（僕をはずすことも加えることもできる）」と歌っているし、七月十日に、シングルとしてリリースしたテンポの速いバージョンを録音した時には、また「out（はずす）」に戻っているのだ。でも、さらに九月に、テレビ放送でその速いバージョンで演奏した時には、彼は再び「out（はずす）」と「in（加える）」の両方に戻している。多分、非暴力への願いと、たとえばヒトラーが自分の暴力を「正しい戦争」と呼んだように、ほとんどの革命の中で実際に行われるだろう現実の両方をふくめて考えた時に、この態度は考えられる最良の答えだったのだろうし、つまりは、悪いやつはいつだって暴力に訴えずに諦めたりはしないということなのだ。

レノンは、日を追うごとに政治的関心を強く持つようになっていたので、ビートルズ内部でのリーダーシップを強めたいという意図はさておくとしても、マッカートニーの「ヘイ・ジュード」のような曲をシングルのA面に入れるのは、認めがたかったのだろう。だがジョンは、後に語っているように、この曲が「傑作」であることはわかっていたし、レコーディング・スタッフからも満場一致で認められては、譲るしかなかった。「ヘイ・ジュード」はポップ・ミュージック史上最高の売り上げを誇るシングルの一枚となった。競争心を除けば、レノンはこの曲を非常に気に入っており、かなめとなる一行をマッカートニーが削ろうとした時に、必死で守ったくらいだ。「ヘイ・ジュード」を初めてジョン（とヨーコ）に聴かせた時、ポールは、「the movement you need is on your shoulder（君に必要な変化は、君の肩にかかっている）」というフレーズは単なる埋め草なんだと、恥ずかしそうに説明し、それを他の言葉に置き換えるつもりでいたが、ジョンはポールのアイデアに反対した。数年前、「アイ・ソー・ハー・スタンディング・ゼア」で、ポールが書いた陳腐な二行目を「you know what I mean（僕の言うことがわかるだろう）」に換えさせた時とは逆に、「ヘイ・ジュード」のその行は完璧だと声を大にして主張したのだった。ビートルズの曲の多くがそうであるように、これも、自分を信じなさい、悲しみを喜びに変えるために必要なことのすべては、そこ、君の肩近くにあるのだから――と言っている歌なのである。

ロックン・ロールの中の偉大なる聖歌と言ってもいい「ヘイ・ジュード」は、またシンプルさにおけるビートルズの才能を示した一例でもある。この曲は、三つの基本コード、Fメジャー、Cメジャー、Bフラットで展開する。この一、五、四のコードは、リフレインのあいだ中、軽やかに弾かれる最初のCのコードがEフラットに置き換えられ、次いでBフラットが新たなトライアングルのベースになる。一方、リフレインの歌詞は、言葉というよりもいたってシンプルに、「nah, nah nah nah-nah-nah nah, nah-nah-nah nah, Hey, Jude（ナー、ナーナーナー……ねえ、ジュード）」と繰り返されるだけなのだ。だが、ここまでで曲は十分に盛り上がり、リスナーは皆一緒に歌いながら、自分独自の意味をサウンドにのせていくことができるようになっている。

「ヘイ・ジュード」は長さが七分以上もあり、ビートルズがリリースしたシングルの中では最も長いものの一つだ。ポールが自分のピアノに合わせて一人で歌うというきわめて穏やかな始まりだが、しだいに演奏は威力を増していく。ベーシックなメロディの周囲に、だんだんインストゥルメンタルとバック・ヴォーカルが増えていき、川の水が支流から支流へとあふれていくように、歌が膨らんでいく。ビートルズの四人に加えて、三十六人のオーケストラが採用されており、長いフェイド・アウトに深みと広がりを加えていく。バイオリン、フルート、トロンボーンなどのさまざまな楽器のほかに、外部のミュージシャンが、リフレインの間に手拍子をしたり、歌ったりして曲を盛り上げてくれる。ついには、サウンドの巨大なウェーブが最高潮に達したところで、マッカートニーのフェイド・アウトのヴォーカル、狂気の叫び声、金切り声、うなる声、それまでになかったような興奮した爆発的な声が続く。

テレビで放映された「ヘイ・ジュード」のライヴで一緒に歌っているのは、幸運な三百人のファンで、土壇場になってトゥイッケナム・フィルム・スタジオ内のライヴの観客として集められたのだった。老若男女、黒人も白人もいて、これらのエキストラたちはビートルズを囲んで大きな円を作り、セッションが始まる。しかし、歌が進んでだんだんフェイド・アウトしていくと、円もしだいに小さくなって、特にリンゴやポールは、手拍子したり身体を動かしたりするファンにきつく囲まれて、演奏どころかほとんど動けなくなってしまう。それは六〇年代を象徴する瞬間であり、皆がつどって満ち足りた感動的場面だったのだ。

観衆は気づかなかったが、トゥイッケナムでのライヴは、八月二十二日にリンゴがビートルズを離れてから事実上初めて復帰した日だった。彼は、他のメンバーたちからは軽んじられ、彼らに対して余計な努力を払わなければならなかったし、日増しに増えるグループ内の口論にうんざりしていた。リンゴだけがアビイ・ロードに時間どおりに入って、他のメンバーが好きな時に現れるのをただひたすら待つという夜が何度もあった。おそらく一番の不安要素は、リンゴが、自分のドラムがあまりうまくないと思っていたことで、ポールが特に彼にハッパをかけすぎるということもあった。ポールは、よくリンゴにドラムをレクチャーしたばかりか、彼を脇に追いやって、自分がドラムを叩くことさえあった。リンゴがセッション中にアビイ・ロードから出ていってしまったのは、「バック・イン・ザ・U.S.S.R.」のドラムのことでポールがリンゴをいじめたからだった。数日がたち、他のメンバーは、リンゴが一時的に機嫌を悪くしただけではないことに気がつき、彼を呼んでジョージの家で話し合いをし、グループに戻るようにと懇願した。彼も他のメンバーと同じくビートルズの一員であり、彼以上のドラマーはいないと言って説得した。リンゴの気持ちをなだめるには多少の時間を要したが、九月三日に彼がアビイ・ロードに戻った時には、彼のドラム・セットは花で囲んであった。

だが、リンゴの離反は、グループ内により深刻な問題が噴出する前兆となった。ポールがボスのように振る舞うこと以外にも、ジョンがヨーコに夢中になっているという問題があった。他のメンバーは、ジョンに侮辱された気がしていたし、ヨーコの干渉には苛立っていた。ジョンはと言えば、また彼らの憤りに憤慨していた。「『ホワイト・アルバム』の直後から、メンバーの間には明らかに緊張が生まれ、ジョンと僕たちの間には大きな疎外感があった」とジョージは振り返り、「僕ら全員の間に疎外感があった」とつけ加えている。パーティのように楽しくて創造的だったレコーディング・セッションが、陰気で面白味のないものになり、アップルの会議によって中断したり、カッとなったり、ののしり合ったり、叫び合ったりで紛糾することもしばしばだった。もちろん、すべてのセッションが楽しくなかったわけではないが、一人一人の個性が非常に強いグループにとっては悪い徴候だった。そうやって礼儀が損なわれていくことで、ビートルズは、レコーディング・スタッフの重要な人物を失うことになった。エンジニアのジェフ・エメリックは、「リボルバー」と「サージェント・ペパー」を成功に導くほどの才能を持っていたのだが、こういったあまりにひどい紛糾が重なるようになってから、職を辞した。

ビートルズもまた、自分たちの才能がありすぎるがためのパラドックスに直面していた。以前は、グループをより大きな成功へと導いていた仲間うちの競争心が、兄弟喧嘩のようになり始めた。ポールはそれまで通りたくさんの曲を書いていた。そして、インドへの旅行とヨーコの出現は、ジョンの芸術的なエネルギーを再び蘇らせ、「ア・ハード・デイズ・ナイト」以後の彼には見られなかったほど多くの曲を作るようになっていた。ジョンはまた、ポールの曲を軟弱な「おばあちゃんソング」――「マーサ・マイ・ディア」や「ハニー・パイ」など――とからかって、しだいに彼に対して批判的になっていった。一方、ジョージは当然ながらリンゴと同じような気持ちでいた。彼もいい曲をたくさん書くようになっていたのだが、他のメンバーは自分たちのことにかまけて、あまり気にかけてくれなかった。ハリスンによれば、ジョージの曲の中で初めてと言っていい秀作で、「ホワイト・アルバム」の中でもおそらく唯一最も印象に残る歌、「ホワイル・マイ・ギター・ジェントリー・ウィープス」に対しても、他のメンバーたちはほとんど耳を貸さなかった。

「ホワイル・マイ・ギター・ジェントリー・ウィープス」は、「ホワイト・アルバム」の前にジョージの家でデモ・セッションを行った際に録音した二十三曲のうちの一つであり、他の優れた作品には、「レボリューション」、「ジュリア」、「バック・イン・ザ・U.S.S.R.」、「ディア・プルーデンス」、「ブラックバード」などがある。しかし、これらのほとんどの曲がだいたいそのままの形でアルバムに入れられているのに、「ホワイル・マイ・ギター・ジェントリー・ウィープス」は、一年半前の「ストロベリー・フィールズ・フォーエバー」の時と同じくらい大胆に、大幅に形を変えられてしまっていた。

「ホワイト・アルバム」のセッションが始まってから二か月近くたった七月二十五日に、ビートルズはやっと「ホワイル・マイ・ギター・ジェントリー・ウィープス」のレコーディングにとりかかったのだが、この曲に対する皆の態度にジョージはひどくがっかりした。「ある日僕は、ジョン、ポール、リンゴと一緒にこの曲にとりかかったんだが、彼らはまったく興味を示さなかった」と、ハリスンは振り返る。「でも僕は内心、これがいい歌だとわかっていたんだ」

七月二十五日のセッションで、ジョージはこの曲のソロ・バージョンを録音したが、「いい歌」はまだその美しさとパワーを表してはいなかった。そうやって、「ホワイル・マイ・ギター・ジェントリー・ウィープス」の正式な一回目のテイクは、哀愁に満ちて控え目なものとなった。

実際、このテイクでのサウンドは、ハリスンが完璧にかき鳴らすアコースティック・ギターと、心をうずかせるような、瞑想的な彼のヴォーカルだけだった。彼が、私たちすべての心にある「the love there that's sleeping（眠っている愛）」を歌えば、哀しみがあふれてくるのだった。皆が知っているように、世界には深い溝があり、われわれが築ける世界は悲しいものなのだ。彼は、「with every mistake we must surely be learning（失敗するたびに、僕らは確かに学んでいく）」と考えて自分を慰めるのだが、これは成長への願いであって、断定ではなく、彼のギターはやはり泣いてしまう。最後の部分は後にカットされてしまうのだが、そこで歌い手は、どんなことがあろうと世界は変わりはしないという考えをやめて、嘆きを越えて受け入れる側に動く。最後には、ハリスンは最高に詩的な言葉を二行入れたのだったが、最終バージョンではカットされているのが残念だ。とにかく、「ホワイル・マイ・ギター・ジェントリー・ウィープス」の最初のテイクは、スリリングなセッションとなり、エリック・クラプトンの揺らめくようなリード・ギターがフィーチャーされた「ホワイト・アルバム」の中のエレキ・バージョンと比較しても、かえって刺激的な作りになっていた。

実は、クラプトンを招いたのはハリスンで、ビートルズの他のメンバーの無関心さや、いさかいに対する報復の意味もあって、この曲に部分的に加わってもらったのである。二人のギタリストは、九月六日に、サリー州にあるそれぞれの自宅を出て一緒にロンドン市街まで車を走らせていたのだが、その時にジョージがそのアイデアを提案したのだった。クラプトンは遠慮した。「できないよ。ビートルズのレコードで演奏した奴なんていないじゃないか」。だが、ジョンがヨーコをビートルズの中に、どういう形であれ結局は半永久的に入れてしまうのであれば、ジョージだって、イギリスで最高のリード・ギタリストにシングル盤のセッションに加わってもらうことができるはずだ。その結末は、というと、その夜スタジオにクラプトンが現れて、他のメンバーは張り切らざるをえなかったのだった。

その時までに、「ホワイル・マイ・ギター・ジェントリー・ウィープス」は、二つの違ったアレンジで、すでに四十四回のテイクを録音していた。そして二十五回目のテイクを基本のリズム・トラックとして選んでいて、いつかハリスンの意に反して、冷静なミュージシャンの作品ではないようなサウンドになっていた。リリースされたバージョンの出だしの何秒間かを聴いてみてほしい。マッカートニーの軋《きし》むような、ほとんど単一のキーのピアノ・リフ、リンゴの激しい炸裂するようなシンバルが、第25テイクから採用された。そして、このテイクにオーバーダブが重ねられていったのだが、アビイ・ロードの第2スタジオで七時間かけて、ジョージがリード・ヴォーカルを録音し、バックにポールのハーモニーが入り、ポールがファズ・ベースを鳴らし、リンゴがドラムと、さらにパーカッションを添えた。しかし、このセッションで際立っていたのは、クラプトンの見事なリード・ギターだった。たくましく、なめらかで、抑え気味であるのに迫力があって、まさに名人芸だった。

「ホワイル・マイ・ギター・ジェントリー・ウィープス」のエレキを騒々しくかき鳴らしたバージョンが、地味なアコースティックのバージョンよりいいかどうかは、個人の解釈によるだろう。でも考えてみればビートルズが、「レボリューション」のように、両方のバージョンをリリースしなかったのは残念に思われる（現在は「アンソロジー1」に入っている）。問題は、二枚組のアルバムに入れられる数よりも多い曲が、すでに用意されていたことだ。たとえば、ジョージの「ノット・ギルティ」や、ジョンの「チャイルド・オブ・ネイチャー」などの秀作は、五月のうちに、ジョージの家でデモ・セッションが録音されていたのだが、ジョージとジョンがそれぞれソロとして活動し始めてから、初めてアルバムに入れられた。さらに、ジョージ・マーティンは、発表曲をもっとずっと限定するつもりでいた。二枚組アルバムに入れる三十曲として、十分に通用する内容の五月のデモ・テープを聴いた後かどうかは定かではないが、マーティンは彼らに、価値ある曲とそうでないものを分けて、十四～十六曲で「本物のスーパー・アルバム」を作ろうと話をもちかけたのだった。

マーティンの考えは的を射ていた。「ホワイト・アルバム」には、おそらく他のビートルズのアルバムと同じくらいに、優れた曲がたくさん入っていたが、アルバム全体として見ると、「サージェント・ペパー」や「リボルバー」ほどのパワーはなかった。批評家の意見は、以前のアルバムに見られたアンサンブルの演奏や歌の展開が、より個人的な傾向の強いレコーディングになっているとして、この時期にビートルズの結束が揺らぎ始めたことが、このアルバムの欠点だと見ていた。ジョンも、「ホワイト・アルバム」については、「僕とバックのグループ、もしくはポールとバックのグループのアルバム」だと言っている。だが、この理由づけはあまり説得力がない。「ホワイト・アルバム」のトラックの多くに、ビートルズの四人全員が加わっているからだ。それに、「ホワイル・マイ・ギター・ジェントリー・ウィープス」があれだけパワフルな仕上がりになったのを見ても、内部に混乱があるからといって、必ずしも月並みな音楽しか生まれないというわけではないことがわかるというものだろう。

「ホワイト・アルバム」が散漫な印象になってしまった理由をさらに一般常識的に説明するならば、ただ、当初それほど魅力的でなかった曲が、最終段階になってこのアルバムに入れられた、ということが挙げられるかもしれない。だが、それらもまったくひどい出来というのではなく、マーティンの言葉を借りれば、だからこそ次の段階へ持っていくのが難しく、どの曲をアルバムから外すかをきっぱりと決めにくかったのだ（だからといって、マーティンがここで容赦する必要もなかったのだが……）。ポールの「ハニー・パイ」、リンゴの「ドント・パス・ミー・バイ」、ジョージの「サボイ・トラッフル」、ジョンの「グラス・オニオン」などのトラックが、ビートルズのいつもの高い水準に合わないとしても、それらはいろいろな意味で十分に面白かったし、その時代の大方のポピュラー音楽の水準には、当然達しているものだった。そういった曲を却下するには、厳しい基準と冷静な自己判断が必要だが、当時のビートルズにはそのどちらもなかったように思われる。後にハリスンがマッカートニーのソロ活動について語ったように、誰でも、その仕事の出来が良くない時には本当のことを言ってくれる誰かが必要なのだ。だが、「ホワイト・アルバム」に関しては、マーティンがその役を演じようとしたが、すでにビートルズは聞く耳を持たなかった。彼らは他者にはエゴイズムに陥らないようにと忠告していたのに、今では自分たちがそれで力を失っていこうとしていた。それまで順調だった彼らの結束が、崩れ始めていたのだった。

だが、これらは後になってわかったことで、その当時は、「ホワイト・アルバム」も、中に含まれる作品で評価されていた。そしてそれらの曲も、バンド内部の軋轢《あつれき》を反映したガラスの破片でなく、圧倒的な数の豊かさと多様性がほとばしり出た音楽として見られたのだった。確かに、注意深いリスナーは、このコレクションに個人プレーが増えている――全員が揃ってのヴォーカルやハーモニーが少ないのが特に目立つ――ことを見破っていたが、でもそれが必ずしもこのアルバムの一番の特徴というわけでもなかった。というのも、「ホワイト・アルバム」では、「リボルバー」以来ビートルズのすべてのアルバムに見られるスタジオ・トリックやプロデュース技術が、それなりのレベルまで達していた。これらの曲の多くがインドで書かれたため、ギター主体のものが多く、「ホワイル・マイ・ギター・ジェントリー・ウィープス」のような例外は別にして、仕上がったアルバムのトラックはデモ・テープに録《と》ったものとそう違いはなかった。音楽的にはベーシックに戻ったこの傾向は、アルバムのジャケットでさらに完璧なものとなった。白一色が広がるミニマリズム的な優雅さは、「サージェント・ペパー」以降に目立っていた派手で見せかけだけの仰々しさに区切りをつけていたからである。確かに、「ホワイト・アルバム」のジャケットだけ見ても、ビートルズはまだ、ポピュラー音楽では他者に抜きん出て、半歩先を歩き続けていたと言えるだろう。

そういった騒ぎやいさかいが、彼らの思考を阻害することなどないと証明するかのように、ビートルズは、「ホワイト・アルバム」の最初に「バック・イン・ザ・U.S.S.R.」を持ってきたのだった。これはリンゴが放棄した曲だ。ポールが、リンゴのいないドラム・セットに座ったが、ポールのドラムはジョージ・マーティンの信用を得て、彼に、技術的に言えばポールはリンゴよりいいドラマーだと言わしめたのだった。ポールは、リンゴのようにドラムからうまく感情を引き出すタイプではなかったが、「バック・イン・ザ・U.S.S.R.」のような生粋《きっすい》のロックン・ロールには、ポールの引き締まった力強いビートの方が向いていた。もちろん、ジョージとジョンにずいぶん助けられたせいもあったが——。これは、「ホワイト・アルバム」には共同で作った本当の意味でのビートルズ音楽はない、というジョンの主張に反するトラックの一つだろう。

八月二十二日のセッション中にリンゴが出て行っても、他のメンバーは仕事を続けていて、夜更けには「バック・イン・ザ・U.S.S.R.」のリズム・トラックを終わらせた。「夜更け」という言葉は正確には誤りで、実際にはビートルズは徹夜でレコーディングすることがよくあった。たとえば、その八月二十二日のセッションが終わったのは朝の五時近くであり、次の日の夜にジョージ、ジョン、ポールがアビイ・ロードに戻ってきてオーバーダブを追加し、スタジオを出たのは午前三時を過ぎていた。しかも、それだけでこの曲を完成させるという異例の速さだった。ポールの元気のいいリード・ヴォーカルに加えて、ジョージとジョンがリードとベース・ギターにまわって素晴らしい音を出し、それに、「ビーチ・ボーイズのパロディみたいな」歌というポールの評価そのままに、高いハーモニーが突然挿入される。デモ・トラックは、ポールが元気よくアコースティック・ギターをかき鳴らして歌い、ごくたまに、他のメンバーの迫力のないバック・ヴォーカルが入るだけで、そういった効果はまったく入っていなかった。デモとアルバムでのバージョンがまったく違っているという点では、「ホワイル・マイ・ギター・ジェントリー・ウィープス」と同じく、「バック・イン・ザ・U.S.S.R.」も、「ホワイト・アルバム」の傾向からは外れている。だが、この曲の場合は、さらにもう一つのパンチが効いていた。

騒々しいスタート、「バック・イン・ザ・U.S.S.R.」の導入部となるジェット・エンジンの音でこのアルバムは離陸し、この曲の最後に再びその音が現れ、そのままフェイド・アウトして、ジョンの美しいバラード「ディア・プルーデンス」に入っていく。「ディア・プルーデンス」のレコーディングが、たまたま「バック・イン・ザ・U.S.S.R.」の直後だったので、ポールが再びドラムを叩いた。だが最も目立つのは、ポールの控え目で美しいベースと、ジョンのみごとなアコースティック・ギターである。ギターはまるで暗い空に朝日の一条の光が差してくるように――穏やかだが熱く、無情だが興味をそそられるような――エンジンの音が消えていくにつれて、しだいに現れてくる。「ディア・プルーデンス」のデモの時に演奏したものとほとんど同じであるところから、ジョンはそのギターの弾き方を自分で考え出したのだろう。彼のヴォーカルもまた、ほとんど同じだった。

デモ・テープでは、その終わりにジョンが何行かアドリブでセリフを入れ、この曲は「リシケシュで瞑想コースに参加した」少女を歌っているのだと言って、作り笑いをしている。そういった言葉がジョンの口から出るやいなや、今度はポールがバックのハーモニーで、「クー・クー」という不思議な音を出す。ジョンは、クスクス笑いをかろうじて抑えながら、「マハリシ・マヘシ・ヨギのもとで、彼女があんなに凶暴になるなんて誰が想像できただろうか?」と大袈裟に喋る。その「彼女」とは、女優ミア・ファローの妹のプルーデンス・ファローのことだ。彼女はリシケシュで、あまりに深く瞑想に入りすぎてしまって、バンガローから出てきて団体行動をすることを拒んだのだった。「それで、僕らは彼女に歌を歌ったんだ」と、ジョンはなつかしそうに言ったが、その結果がこの歌だった。しかも、レノンの多くの作品と同じように、「ディア・プルーデンス」もそのもともとの意味を超えて、さらに大きなメッセージ、ジョンが「ひとりぼっちのあいつ」以来広めてきたメッセージ性を持っていた。「さあ、人生から逃げないで、笑い、立ち上がり、この世の壮大な構想の中で自分の役割を演じるんだ」

一方、「ホワイト・アルバム」でこの歌の次に入っている「グラス・オニオン」は、ジョンの歌からあまりに多くのメッセージを読み取ろうとしすぎる人たちへの、彼の反発だった。初期の頃のビートルズの曲についてごたまぜに言及しながら、「the Walrus was Paul（セイウチはポールだったんだ）」というような、惑わせるような「手がかり」をわざと入れたりして、それなりに面白いものの、平凡な歌になっている。ビートルズがジョージ・マーティンのアドバイスを無視して、「ホワイト・アルバム」を二枚組にしようと言い張っていなければ、この曲はおそらくカットされていただろう。さらに、ジョンの曲がそうなっていたら、その次の「オブ・ラ・ディ、オブ・ラ・ダ」も、おそらく同じ運命になっていただろう。歌いやすいコーラスで、気紛れに話が展開していく「オブ・ラ・ディ、オブ・ラ・ダ」は、ひどく感傷的なマッカートニー節の典型であり、レノンはそれにしだいに我慢ならなくなっていた。だが、「オブ・ラ・ディ、オブ・ラ・ダ」には、まだそれでもメロディがあったが、その次の「ワイルド・ハニー・パイ」にいたっては、単なる耳への暴力と言っていい。重く耳障りな呻き声の中で、誰かが大きな懐中時計を、中のぜんまいが壊れるまでハンマーで叩いているような音がするのだ。これこそ、このアルバムの中での彼らのわがままさの最たるものだろう。

「コンティニューイング・ストーリー・オブ・バンガロウ・ビル」は、ヨーコが調子はずれで「Not when he looked so fierce（相手がひどく凶暴な時は別だわ）」と歌うところは別にして、ジョンが大物狙いのハンターのことをウィットを効かせた風刺で描いているのがピリッと辛口で、しかも上手で楽しいが、その後のA面最後の二曲は、「バック・イン・ザ・U.S.S.R.」と「ディア・プルーデンス」で最初に昇っていったテンションの高さへと、アルバムを戻していく。最初は、控え目で壮麗な「ホワイル・マイ・ギター・ジェントリー・ウィープス」、そして不気味さの漂う「ハッピネス・イズ・ア・ウォーム・ガン」。ジョン、ポール、ジョージのお気に入りのこの「ハッピネス・イズ・ア・ウォーム・ガン」は典型的なレノンの作品である。これは、三つの別々の歌を一つにまとめているので、テンポが不意に変わることがある（実際、このリズム・トラックを成功させるには、七十回のテイクが必要だった）。これは、マスメディア、つまり雑誌の表紙の見出しで、「Happiness Is A Warm Gun（幸福は発射直後の温もりが残る銃である）」と、大真面目にうたっていたことから影響されている。それが、ジョンの感情抜きのユーモアとなったのだったが、それは、そのままヨーコ——つまり彼の Mother Superior（女子修道院の院長）への愛となった。

ジョンはこの曲を書くのに、いろいろな助けを借りていた。まず、ある日、デレク・テイラーとレノンがLSDで幻覚状態にあった時に、テイラーが出だしの行を考え、最初の節の歌詞を作るのを手伝った。だが、二番の歌詞は、別のドラッグの助けを借りているのだ。他のメンバーにとっては悩みの種となったのだが、一九六八年の夏に、ヨーコはジョンにヘロインを教えてしまった。それで、「I need a fix（薬〈麻薬〉が欲しい）」という言葉が出てくる（レノンは翌年、完全な麻薬常習者になってしまい、そのことは、胃のむかつくような一九六九年のシングル「コールド・ターキー」に描かれている）。そして、三番で明らかにセックスを意識した語り口調のオーバーダブが始まり、「When I hold you in my arms（君をこの腕に抱けば）」は、エヴァリー・ブラザーズの「オール・アイ・ハヴ・トゥ・ドゥ・イズ・ドリーム（夢見る頃を過ぎても）」などの五〇年代ポップスに出てくるような、月並みな文句への皮肉になっているようだ。推測ではあるが、これは五月のデモ・テープがそのままベースとなっており、そのテープには、レノンの「アイム・ソー・タイアード」を録音している時の楽しそうなようすが入っている。テイクの終わり近くで、ジョンが話し出しているのだが、その声が、速度といいイントネーションといい、後に「ハッピネス・イズ・ア・ウォーム・ガン」に出てくるものとそっくりなのだ。このデモ・テープの中で、ジョンはからかい口調で、半ば口ずさむように、こう歌っている。「When I hold you in my arms（君をこの腕に抱けば）／When you show each one of your charms（君の魅力を一つ一つ見せてくれれば）／I wonder should I get up（僕は起き上がって）／And go to the funny farm（精神病院に行くのだろうか）」

レノンはかつて、「ホワイト・アルバム」に入っている自分の曲の方がいいから、「サージェント・ペパー」よりも「ホワイト・アルバム」の方が好きだと言ったことがある。それは、「ア・デイ・イン・ザ・ライフ」や「ウィズ・ア・リトル・ヘルプ・フロム・マイ・フレンズ」のような、アルバム「ペパー」の中の秀作に対して不当に聞こえるが、それらはマッカートニーとの共作であり、「ホワイト・アルバム」の中のジョンの曲は、ほとんどがソロで作ったものだった。その質は確かに高く、特に「ホワイト・アルバム」のB面に入っているポールの曲よりはずっと良い出来だろう。ポールは、B面の九曲のうちの五曲を書いているが、ジョンの「アイム・ソー・タイアード」や「ジュリア」と同列に考えられるのは「ブラックバード」だけだと言っていい（リンゴがコツコツと書いた「ドント・パス・ミー・バイ」は、純粋に音楽的な評価によるというよりも、メンバーの平等性から入れられたものだろう。またジョージの「ピッギーズ」は、ブルジョアの貪欲さをあますところなく描いて、ビートルズのカウンター・カルチャーの炎を燃やし続けている）。

B面の五曲のマッカートニーの歌のうち、四曲は実質一人だけで作ったトラックで――「ロッキー・ラックーン」だけが、他の三人も加わって作られているが――その質にばらつきがあるのは、ポールがソロになってからの起伏の激しさを予告していた。「ブラックバード」は、ソロ・トラックとしては非常によくできていて、シンプルさが成功している。一方、「マーサ・マイ・ディア」と「アイ・ウィル」がセンチメンタル気味なのは、レノンの鋭い冷徹さへの反抗だろう。「ホワイ・ドント・ウィ・ドゥ・イット・イン・ザ・ロード」は、その中間に位置する。よくできたブルースだが、その歌詞は六〇年代の自由恋愛の理想を露出狂の視点でとらえており、ポールの不良少年の一面と、彼の驚異的なヴォーカル力を示しているが、もっといいものにできたのではないだろうか。後にポールは、この曲を「ジョンに飛ばした石」として書いたと言っているが、彼はこの曲のトラックを演奏するのに、リンゴだけにしか声をかけなかった。それが残念だ。もしここにレノンのヴォーカルとハリスンのギターがあれば、もっとずっといい曲になっていたことだろう。「ホワイト・アルバム」のB面で最も美しく大事な曲は「ジュリア」で、レノンが亡くなった母親を絶賛している歌だ。ジョンは「ジュリア」のデモを何回となく録音したが、それらすべてはアルバムのバージョンにそっくりであり、これは、ビートルズの曲の中でジョンが完全にソロでレコーディングした唯一の曲である。「アイム・ソー・タイアード」と同じく、「ジュリア」も「ホワイト・アルバム」向けに最後にレコーディングされたうちの一曲だが、どちらも数か月前にジョンがインドを訪れた際に書かれたものだった。公には、彼とヨーコはこの時にはまだ恋人になっていないが、「ジュリア」とおそらく「アイム・ソー・タイアード」には、彼の心にすでにヨーコがいたことがほのめかされている。「ジュリア」でヨーコのことに触れているのは、「Ocean child calls me（大洋の子供が僕を呼ぶ）」というくだりで明白だが、一見それとはわからない。ヨーコというのは、日本語で「大洋の子供（洋子）」という意味だからだ。将来の恋人とは、この頃いつも手紙を交わしていたことから、「アイム・ソー・タイアード」の中の「my mind is set on you

（僕の心は君にだけ向いている）」も、ヨーコに向かって言ったと考えていいだろう。

しかしまた、レノンがこれらの歌に託した思いを正しく読み取ろうと、彼の個人的な言外の意味まで気を回す必要もない。「アイム・ソー・タイアード」では、彼の混乱とフラストレーションとで不眠症があまりにひどくなり、「give you everything I got for little peace of mind（僕にあるものはすべて君にあげるから、少しばかりの心の安らぎをくれないか）」とジョンは歌っており、「ジュリア」では、人との交わりに対する彼の心に時折浮かぶ優しい願いは、「Half of what I say is meaningless（僕の話すことの半分は意味がない）」（この引用は、レバノンの詩人であり作家であるカリル・ジブラーンの「預言者」から）ことを、気を静めて認めることから始まっている。そうして彼は、「But I say it just to reach you（でも、それをあなたに聴いてほしいんだ）」とつけ加えて、彼の傷つきやすさをさらけだしているのだ。この曲はマイナーのコードが多く、メランコリーで不安定な彼の気持ちを強調しているし、また、その歌詞は、鮮明だが不完全にしか覚えていない夢と同じくらいはかなく、魅力的な女性の美しさのイメージを思い起こさせる。結局は、悲しいかな、彼が必要とし、憧れるものはすごく現実的なものであり、彼の心が満たされることがないのなら、彼は自分の心を打ち明けて、つまり歌って癒《いや》すしかないということなのだ。

二枚目のA面はロックン・ロールの集まりであるが、ここには「デイ・トリッパー」や「ペイパーバック・ライター」のようなメロディが良くて大衆受けするような曲はなく、ビートルズがたまたまロックン・ロールを演奏していたポップ・バンドでなく、もともとロック・バンドであることを認識させてくれる。ポールが言うには、特に「ヘルター・スケルター」は、彼らが知る中で「最高に音が大きく、騒がしく、汗をかく」ロックである。イギリス人は、「ヘルター・スケルター（らせん状の滑り台）」は遊園地の乗り物としか思わないけれど、アメリカ人にとっては、この言葉は秩序が破壊されたカオスを意味する。そして確かに、ビートルズがアビイ・ロードでこの曲を最初にレコーディングした時、彼らは怒号と金切り声が飛び交う中で、最初のバージョンでは十分以上をかけ、二度目には十二分以上かかり、そして雄壮だがまだ堅さの残る演奏で、三度目は二十七分もかけて、この曲を録音した。そして九月九日には、最終的にリリースされたバージョンの「ヘルター・スケルター」が録音されて、長さは四分半に削られたが、レコードになったものも、ならなかったものも、ただひたすらワイルドだった。リンゴが興奮して叫んだ「指に水ぶくれができちまったよ！」も、テープに収められたが、その夜のようすはビデオにも撮られており、ジョージが灰皿に火をつけて、それを冠のように頭の上に乗せてスタジオを走りまわるようすが映っている。

若い頃、ロック歌手としてのジョンは、曲の歌詞ではなくサウンドを聴いているんだとディランによく言っていた。二枚目A面の曲は、曲の作り方も演奏の仕方も、ロックン・ロールの基本の概念に立ち返っており、ビートルズの栄光を生のままで感じることができる。最初の「バースデイ」は、実はスタジオでいきなり書かれたものだ。「ヤー・ブルース」では、きしるようなギター・リフが繰り返し演奏され、一方レノンは、自殺するのではないかと思うほどに叫んでいる。次の曲、「マザー・ネイチャーズ・サン」はマッカートニーの才能あふれる作品だが、違う小道にふらふらと入りこみ、荒くれ少年たちの中に迷い込んでしまったような感じがする。つまり、この面には場違いなのだ（この面の最後の曲、ハリスンの「ロング・ロング・ロング」もそうだと言えるかもしれないが、これは「ヘルター・スケルター」の次ということで、穏やかな着地場所を提供している）。「エヴリボディーズ・ゴット・サムシング・トゥ・ハイド・エクセプト・ミー・アンド・マイ・モンキー」もまた、ジョンが認めるように、最初の一行だけがとりえの曲である。だが、彼はその行に十分なメロディをつけたために、彼もメンバーたちも、特にカウベルを鳴らす役目の人は楽しくレコーディングできたことだろう。二枚目A面の「セクシー・セディ」だけは、全体としてサウンドよりも歌詞に重きを置いた曲であるが、メロディもミドルエイトのところでは、叙情的に描かれたヒロインの理想化された姿にふさわしく美しい。「セクシー・セディ」はもちろん、女性でなく男性のことで、特にジョンの友人だったマハリシ・マヘシ・ヨギのことである。この曲はインドで、マハリシと気まずい対峙をした後に、ジョンが荷物をバッグに詰めて出発するまでの待ち時間に、一瞬にして崩れ去った理想主義を書いたものである。

ジョンはまた、「ホワイト・アルバム」の二枚目のB面でも優位に立っているが、それには、「レボリューション」の二つのバージョンがここに入ったことが大きかった。この二つのトラックの間に入った三曲のうち、ポールの「ハニー・パイ」は、彼のお得意の甘いノスタルジアを描いた作品であり、ジョージの「サボイ・トラッフル」は、鈍く重いホーンの音と、ポールにフラストレーションをぶつけるような歌詞「We all know' Ob-La-Di-Bla-Da'（オブ・ラ・ディ、オブ・ラ・ダは誰でも知っているけれど）／But can you tell me where you are？（でも、君はいったいどこにいるんだい？）」が印象的であり、またジョンは、「クライ・ベイビー・クライ」のことをあまり良く思っていなかったので、後年にそれを書いたことを否定している。そして、もう一つの「レボリューション」に戻るのだが、一九六八年十一月二十二日に「ホワイト・アルバム」がリリースされた時には、「レボリューション」のシングル・バージョンがもうすでに三か月近くも前に出されていた。だから、ファンたちは、この曲がテンポが速く騒々しく演奏されるのには慣れていた。二枚目B面最初のアレンジをまったく変えてしまったバージョンは、リスナーにビートルズの創作過程の内幕を垣間見せることになり、曲がジョンとポールのスタジオでのお喋りから入ることで、さらに大きな話題となった。政治に興味を持っているリスナーたちは、ジョンが破壊的な革命から「count me out, in（僕をはずして、また加えてよ）」と歌っているのを聴くと、この数か月のうちにレノンは好戦的になったと決めつけてしまうかもしれない。あるいはそうなのかもしれないが、歌詞の一致はまったくの偶然なのだ。先にも述べたように、「レボリューション」のアルバムのバージョンは、実際一番最初にレコーディングされたものであり、「レボリューション９」の不可解なサウンドのコラージュも同様である。後者は、狂気であるが筋も通っており、評論家ティム・ライリーによると、「音楽の初心者ならば、サウンドのこういったコンビネーションにはならない」ということになる。しかも、抜け目なくマッカートニーが、「Can you take me back where I came from ?（元のところへ戻してくれるかい？）」という文句をはさんでいるのだ。ただ、ほとんどのリスナーたちは、最後のところで「Block that kick（そのキックを防ごう）」という言葉がしだいに弱くなり、「グッド・ナイト」のウォルト・ディズニーみたいな不思議な世界に移っていくのに気づいて、間違いなくホッとすることだろう。

それまでの傾向とは反するが、「グッド・ナイト」を書いたのはレノンであり、五歳の息子ジュリアンへの子守歌のつもりだった。彼が後に、「グッド・ナイト」の弦楽器が「多すぎるかもしれない」と言ったのは正解であるが、この曲を「ハリウッド映画のように」アレンジしてほしいとマーティンに頼んだのは、彼だった。だが、リンゴの優しくて落ち着いたヴォーカルのおかげで、この歌を気取ったものにしないですみ、歌の最後に「everybody, everywhere（世界中のみんなに）」おやすみと囁いて、いつも熱狂的すぎたファンとバンドの間の一人ずつの信頼関係を回復している。

問題は、ビートルズのメンバー同士の関係の方が、それまでになく険悪になっていたことだった。彼らは「ホワイト・アルバム」に、イプセンの芝居の題名「人形の家」と名付けようと考えていたが、彼らが一緒にいることは、もはや子供じみた見せかけではすまされなかった。

第21章　辛い時代（アルバム「レット・イット・ビー」）

ビートルズの全時代を通じて行った千四百回のライヴの中でも、ファイナル・コンサートほど印象に残るものはないだろう。映画「レット・イット・ビー」の仕上げとして、アップル社の屋上で行った、あのコンサートだ。映画は一九七〇年五月まで封切られなかったが、その中で使われた曲は、一年以上も前にレコーディングされていた。屋上コンサートが行われたのは、一九六九年一月三十日のことだった。一九六六年八月の最後のアメリカ・ツアー以降、ビートルズは本当のライヴ・ショーを行っていなかったのだが、一月の午後にアップル社のビルの屋上で彼らが見せたエキサイトぶりは、彼らにはまだかつてと同じくカリスマ性があり、その音楽も活気あふれるものであることを示した。冬の風が、肩まで伸びた彼らの髪をなびかせ、昼時のビジネスマンたちは、驚いてビルの下に集まってきた。その注目の中でビートルズは、四十二分間にわたって五曲――「ゲット・バック」、「ドント・レット・ミー・ダウン」、「アイヴ・ガッタ・フィーリング」、「ディグ・ア・ポニー」、「ワン・アフター・９０９」――を演奏し、最初の三曲は二回ずつ演奏した。百パーセント完全なスタジオの状態ではないにしても、それに近いものとなり、時々歌詞を忘れたり、ハーモニーの入る場所を間違えたりというミスよりも、その状況からくる実に楽しくエネルギッシュな雰囲気の方がずっと大きかった。

ジョン・レノンが、「ドント・レット・ミー・ダウン」の三番の初めで突然歌詞を忘れてしまった時の光景は、最高に楽しい瞬間だ。ポール・マッカートニーがコーラスでハーモニーを入れているが、ヨーコへのラブ・ソングであるこの曲の歌詞は、ジョンが一人で書いたものである。ジョンは、何年も前の十代の頃、リヴァプールでポールと初めて会ったウールトンの教会でやったことを、そのまま再現した。彼はその場で、新しい歌詞を作ってしまったのだ。実際には、今回は歌詞というよりもサウンドに近かったが、ジョンのハッタリは十分にリアルで、次の行の後に息継ぎをした時は、共犯のポールに向かって、やったぜ！　というふうに一瞬ニヤリとした。

だが、このセッションは、ほとんどの部分はうまくいっていた。マッカートニー、ハリスン、スターのリズム・セクションのゲストのキーボード奏者ビリー・プレストンと意見が食い違うこともあったが、それでも意外なほど引き締まったものになった。「ゲット・バック」の一番最初のウォーミングアップのリハーサルから、特にリンゴのドラムは正確で、てきぱきときれいなストロークで、積極的にビートを打ち出していた。一方、ポールの元気のいいリード・ヴォーカルは、たとえ観客があまり見えなくても、再びその前に立てた喜びが表れていた。屋上のコンサートは、常にそれに追いかけられていた人気というモンスターに対して、思い切り裏をかいたポールのアイデアだった。そもそもアップル社の屋上は、ビートルズを世界のステージから引きずり降ろしてしまったような熱狂的ファンに、もみくちゃにされることなくライヴができる、彼らに残された唯一の場所だった。それにもし、白昼ロンドンのダウンタウンでロックン・ロールを勢いよく始めて、ビジネスを中断させるような大騒ぎになるとしたら、それもかえっていいかもしれない。ショーは大いに盛り上がるだろうからである。

ビートルズのライヴのエネルギッシュなようすを見ていると、彼らの誰もが、その音楽的な感性を失っていないことは明らかだが、一番楽しんでいるように見えたのは、ジョンとポールだった。このバンドがオーディションに通りますように、というジョンの有名な締めの言葉は、彼とポールがそのステージでほとんど言いっぱなしだったジョークのうちの一つにしかすぎない。まず「ゲット・バック」のウォーミングアップのリハーサルに、屋上に同行した仲間たちからパラパラと拍手が送られ、ポールがそれをクリケットの試合の観客になぞらえて、「まるでテッド・デクスター〔当時の有名なクリケットの選手〕」がもう一点入れたみたいだ」とおどけてみせた。負けじとばかり、ジョンも明快な歌うような声で、相の手を入れている。「マーティンとルーサーからのリクエストにお答えしました」。そして、ついに警察が来て中止するようにとの命令があった時、ビートルズは「ゲット・バック」の最後の演奏に入っていたのだが、ポールがアドリブで、曲の中のヒロイン、ロレッタに話しかけるようにこう歌っている。「君はまた屋根の上で演奏しているが、それはよくない……ママは警察に君を逮捕させちゃうぞ」

内輪のジョーク、突飛な言葉遊び、権力に対する陽気なからかい。栄光と狂気の入り混じったこの何年間かがどこかへ行って、キャヴァン・クラブでのビートルズ、あの四人の若い天才たちが世界を征服して、一世を風靡しようとしていた時代に戻ったかのようだった。

しかし、一九七〇年五月十三日に「レット・イット・ビー」がリリースされる頃には、ビートルズはもう後戻りできない事態になっていた。四人の若き天才たちは、確かに世界を征服し、その中で多くの喜びを得てきたが、「ショー・ビジネス上の一つ一つの頂上を登りつめた後は、〔自分らは〕故意に再び戻らなかった」と、映画の撮影中に発表した半ばふざけたプレス・リリースの中で、マッカートニーは語っている。実際には一九六九年の夏にレコーディングされた「アビイ・ロード」が、実質上は彼らが作った最後のアルバムになるのだが、この「レット・イット・ビー」が、ビートルズのさよならアルバムと見なされるようになった。しかも、「レット・イット・ビー」のアルバムと映画は、一九七〇年四月にビートルズの分裂が公になった直後にリリースされたため、多くのジャーナリスト、評論家、その他の人たちが、その映画とアルバムに含まれている音楽に、分裂がどのように現れているのかを見ようと注目した。そして特に「レット・イット・ビー」の映画には、バンドを解散に至らしめた個人同士の緊張関係が現れている、と当初は考えられた。ほとんどのビートルズ関係の本には、「レット・イット・ビー」のプロジェクト全体が、互いにもう我慢しきれなくなった四人の疲れ切ったミュージシャンによる、まとまりのない、意欲の感じられない最後の作品以上の何ものでもない、と書かれている。

確かに、ビートルズの仲が険悪になってしまっていたことから言えば、この暗くなるような見解もまったく根拠がないとは言えないだろう。後にレノンは、「レット・イット・ビー」のレコーディング・セッションのことを、「まったく、あんな惨めなものはなかった」と語っている。ハリスンは、「いつも沈んだ気持ち」で録音していたし、感情を隠せないマッカートニーも、「ひどく不愉快だった」と思い返しているのだ。「ホワイト・アルバム」の時と違って、「レット・イット・ビー」のセッションでは、たえず険悪な言い合いや、癇癪の爆発で気分が暗くなってしまうというわけではなかったが、そのうちのかなりの回数のセッションを見たジョージ・マーティンは、グループが自滅の方向に向かっており、自分はもう手を引く時期であるという結論を出すに至ったと語っている。「もう終わりだ。私はもうこれ以上関わりたくない、と思ったんだ」

些細なことだが、一九六八年のファン・クラブ向けのクリスマス・レコードに対する彼らの態度で、その仲たがいぶりがわかる。一九六三年以来、このレコードのためにビートルズ四人全員が、さまざまにアイデアと曲を考えて演奏し、マイクの周囲に集まってユーモアたっぷりのクリスマスのメッセージを吹き込んだりして、本当に力を注いできたのだった。だが、一九六八年のレコードでは、メンバーが自分の分担分を別々に録音している。しかも、ジョンが吹き込んでいるのは、それとないほのめかしであるとはいえ、ヨーコを歓迎してくれないポール、ジョージ、リンゴに対する怒りだった。ジョンは、「ジョックとヨノという二つの風船」が——あとは暗に残りの三人のことを言っているのだが——「力の強いヘンな生き物たちとその野蛮な仲間に対していかに闘いを挑むか」という、まったくくだらない冗漫な詩を書いたのだった。

一方、アップル社の経営も、思ったよりも厳しい状況になって、どんどん不協和音が大きくなっていき、ビートルズも、おそらくポール以外は関心を示さなくなっていた。最も深刻な争いはまた、最も大きな火種でもあった。グループの新しいビジネス・マネジャーを誰にするかということである。屋上コンサートから四日しかたっていない一九六九年二月三日に、アラン・クラインが、ジョン、ジョージ、リンゴの支持を受けて指名された。彼は、ローリング・ストーンズや他のポップ・ミュージシャンのレコード契約など、交渉ごとに腕を奮っていた議論好きの人物だったが、ポールは強硬に反対していた。彼は、自分の新しい婚約者の父と兄弟、つまり有能な弁護士であるリーとジョンのイーストマン親子を推していたのだ。初期の頃の全員一致の結束は、明らかに崩れてしまっていた。

ポールは、クラインのことでは負けても、ビートルズのキャリア・プランナー及びオーガナイザーとしてふるまい続けたが、それもまた争いの原因となっていった。のちにリンゴは「ポールは、自分が仕事の虫なもんだから、僕らにも四六時中働かせたかったんだ」と言っている。他のメンバーも、マッカートニーが——リンゴの言葉を借りれば——「少しばかり彼らにせがんだ」から、「レット・イット・ビー」の計画に同意したのだった。ポールはそのアイデアを提案したミーティングを振り返って言う。一九六八年の終わりに、ジョンとジョージとリンゴは、「あんまり働かないでいられることに、すごく満足していた。彼らは、それまでの成功の報酬を満喫していたからね。僕はこう言ったんだ、『おい、みんな！　やろうよ！　座ってなんかいられないいんだ、何かをしなければ。僕らはビートルズなんだよ！』って」

マッカートニーはライヴを再開したがっていたが、他のメンバー、特にハリスンはツアーの話には耳を貸さなかった。そして結局、妥協案として、一度だけ特別にコンサートを――おそらくはローマの野外劇場で――開き、それを後でも観られるように撮影しようということになった。そのコンサートのリハーサルも撮影されることになっていたので、ファンたちは、ビートルズの創作風景を垣間見ることができるはずだった。結局、ジョンの主張によって、このプロジェクトの曲は、それまでの作品を特徴づけていたオーバーダブやその他のスタジオ技術は使わずに、できるだけシンプルにレコーディングしようということになった。ビートルズを「ありのまま……欠点も隠さずに」見せようとしたのだ。基本に戻るということで、このプロジェクトの作業上の名称は「ゲット・バック」になった。

しかし、プラン作りも、根底にある無気力感を克服することにはならず、まもなく新しいトラブルが起こった。マーティンが振り返る。「すべてをまとめて組織するために、どちらかと言うとポールが出しゃばりすぎて、それが他のメンバーには気に入らなかった。だが、全体をまとめるには、それしかなかったんだ。ジョンはヨーコのことでフラフラしていたし、ジョージは明日は来ないぞと言うし。どう見ても分裂状態だった」。ポールのボスぶりが顕著に表れている場面が、フィルムの中にもある。ポールがジョージにギターをどう弾いたらいいかを教えた後で、二人で口喧嘩をしているところだ。ポールはそれまでもよく、そういった指導をしてきたのだが、ジョージはついにうんざりしたようだった。冷ややかな皮肉の混じった声で、ポールに、「君の言うとおりに、どんな演奏でもするよ。つまり、僕に弾くなと言うなら、僕は弾かない。どんなことだって君が喜ぶなら、そうするよ」。その日のうちに、ジョージはグループを離れる二番目のメンバーとなり、五日間帰ってこなかった。だが、リンゴと同じように、彼もまたのちにはバンドに戻ってくるのである。

しかし、こういった視点で見てしまうと、複雑な状況を単純化しすぎてしまうし、この頃のメンバー同士の感情がかなり険悪なものになったことや、彼らを悩ませていた不和が、すべて彼ら自身のせいであると考えてしまうことになる。ある意味では、彼らの喧嘩は、彼らがまだ互いをどれだけ好きかというバロメーターでもあったのだ。つまり、人は、関心のない人間とはわざわざ喧嘩したりしないものなのだ。また、彼らが交わした言葉も、そうひどいものばかりではなかった。たとえば、このプロジェクトに際して、ジョージはポールに、「君が曲を書けば、僕はそれに完全に入り込んで、まるで自分が書いたような気分になるんだよ」と言い、「〔世に出る曲は〕たくさんあるけれども、僕ら以上のものはない」とつけ加えてもいる。実際、世間の人たちもそう考えていた。ビートルズ自身そうであったことは抜きにしても、ファンは、彼らに永久に曲を提供し続けて欲しがっていたのだ。外の世界からの限りない熱い期待が、個人として、プロとしての彼らの大きなプレッシャーとなっていたが、それまでビートルズが耐えてきたそのプレッシャーは、この時になっても変わらなかった。ハリスンは、「僕たちのライヴを価値あるものにしてくれて」いたのは「誠実な」ファンだった、と見えすいた嘘を言って、一九六八年のクリスマス・レコードに辛辣な不満を込めていた。特にジョージとジョンは、ビートルズ神話によって受ける強い制約にフラストレーションを感じていた。ジョージの言葉を借りれば、ビートルズのメンバーはそれぞれバンドの中の巣箱に「きちんと納められて」いて、逃げることはできないと感じていた。それまでにもメンバーの一人が「グループに嫌気《いやけ》がさす」ことが何度かあって、それはポールもフィルムの中で認めているが、それは絶えず「互いの腕でがんじがらめにされて、ひどい緊張状態にある」せいでもあった。

だが、ビートルズの抱える問題が何であったにせよ、一月のあの午後に行われたアップル社の屋上でのライヴは、彼らがその気になれば、まだ音楽シーンへの登場が可能であることを示していた。そして翌日、今度は屋内で「レット・イット・ビー」、「ザ・ロング・アンド・ワインディング・ロード」、「トゥ・オブ・アス」の最終バージョンをカメラの前でレコーディングし、彼らはそのことを証明した。この二つのパフォーマンスで、アルバム「レット・イット・ビー」に含まれる十二曲のうちの半分を生み出し、メンバー間の不協和音でビートルズの音楽は駄目になってしまったという悪評を返上したかに見えたのだった。

だが、話はそれだけではない。この二つのパフォーマンスに先立って、ビートルズは何十時間ものリハーサルを録音していたのだが、その多くが後に海賊版テープとして出回った。このテープでは、「愛こそはすべて」や「ヘイ・ジュード」のテレビ・ライヴで世界中を感動させたバンドが、メンバーたちにやる気がなければ、きわめてひどいサウンドも出せるのだということを露呈している。こういったプライベートな練習でそのグループを判断するのは不当だ、という意見も一理あるだろう。俳優や運動選手にしても、問題にすべきは本番なのだから。だが、覇気がなく、まとまりもなく、メロディもテンポも外すことの多かった「ゲット・バック」プロジェクトのリハーサルと、彼らが過去何年間かスタジオで見せていた、意欲的でファンが愛した彼らのプロ意識との間のギャップは、無視するにはあまりにも大きすぎるのだ。この時期のことを、後にレノンはこう語っている。あのリハーサルは「誰も本気じゃなかった」わけで、それが出てしまったのだと――。

オリジナルの「ゲット・バック」のアルバムは、おそらく、そのやる気とまとまりのなさからリリースされなかったと思われるが、しかしそれ以上のヒントも含まれていた。ポールが選んだエンジニアで、アップルの地下にある新しいスタジオでの最初のアルバムのレコーディングを手伝ったグリン・ジョンズが編集した、オリジナル・アルバムの「ゲット・バック」は、後に作り変えられたアルバム「レット・イット・ビー」とはまるきり違っていた。同じなのは、「ワン・アフター・９０９」、「レット・イット・ビー」、「フォー・ユー・ブルー」、「マギー・メイ」、「ザ・ロング・アンド・ワインディング・ロード」

だけだった。それ以外は、タイトル曲「ゲット・バック」も違ったテイクになっており（そのバージョンはシングルでリリースされた）、「ディグ・ア・ポニー」や「アイヴ・ガッタ・フィーリング」も、アルバム「レット・イット・ビー」に使われた屋上でのバージョンではなく、スタジオでの録音が収められていた。また、「アイ・ミー・マイン」や「アクロス・ザ・ユニバース」も、このオリジナル盤には入っていない。その替わりに、「ドント・レット・ミー・ダウン」や「セイヴ・ザ・ラスト・ダンス・フォー・ミー」のカバー、その名の通りの「ロッカー」、そして後にポールが初のソロ・アルバムで発表した「テディ・ボーイ」など、アルバム「レット・イット・ビー」にはない曲が入っていた。

それぞれのトラックの合間には、このプロジェクトのドキュメンタリー形式の手法に合わせて、スタジオでの会話もたくさん入れられている。中でも自然な瞬間には、非常に魅力的な場面もあった。たとえば、「ザ・ロング・アンド・ワインディング・ロード」にとりかかる直前に、おそらくは真面目くさった顔つきでジョンがポールに尋ねている。「ソロの時に笑い出すつもりかい？」しかし、だいたいにおいてアルバム「ゲット・バック」には、魅力よりも散漫さを感じてしまうはずだ。「ライヴ」感を強調するために、ライヴ的な失敗も含めてレコード化するというアイデアは、理論としては良く聞こえるかもしれないが、実際には、「ディグ・イット」でレノンが必要以上にわめいていたり、「テディ・ボーイ」に見られるポールの自己陶酔的な仕上げなどには、魅力よりも退屈さを感じてしまうのだ。「セイヴ・ザ・ラスト・ダンス・フォー・ミー」では、彼ら二人が驚くほど単調に歌っていて、それにもむしろ戸惑いを禁じえない。

オリジナルのアルバム「ゲット・バック」のレコード盤が送られてきた時のことを、レノンは振り返って、「僕らは、本当にひどい状態でそれを出そうとしていたんだ」と言う。これならビートルズの「神話を崩壊させて」くれるに違いないから、レノンには逆に魅力的だったかもしれない。「これは、ズボンを脱いだ僕らのようなものだ。だから、ゲームはやめにしてくれないか?」とレノンは考えたのだ。だが、結果はそうはならなかった。一九七〇年の初め頃、ビートルズがアルバム「アビイ・ロード」のレコーディングをすっかり終えてから——おそらく、彼らが解散を決意してから——レノンとハリスンは、有名なレコード・プロデューサーのフィル・スペクターに、そのアルバム「ゲット・バック」を再編集してみないかともちかけたのだった。その結果、一九七〇年五月にアルバム「レット・イット・ビー」がリリースされた。

この「レット・イット・ビー」は明らかに、「リボルバー」や「サージェント・ペパー」ほどの絶対的な強さのあるアルバムではないが、「ビートルズの中の最低」でもない、と書いている本もある。「ゲット・バック」、「ザ・ロング・アンド・ワインディング・ロード」、「アクロス・ザ・ユニバース」、「レット・イット・ビー」のようなビートルズの秀作を含み、「トゥ・オブ・アス」、「アイ・ミー・マイン」、「アイヴ・ガッタ・フィーリング」のような選外佳作もあって、おいそれと見過ごすわけにはいかない盤なのだ。スペクターは後に、マッカートニーとマーティンから、オーケストラのオーバーダブや、三つのトラックでのコーラスでアルバムを甘ったるいものにしたという批判を受けたが、一方では、アップル社屋上でのライヴやスタジオでのパフォーマンスを多用した彼は、グリン・ジョンズよりもオリジナルの「ゲット・バック」のコンセプトに忠実だったとも言える。しかもスペクターは、スタジオでの会話を「ゲット・バック」の質を低下させるほど過度に入れるのではなく、適度に織り込んで、リスナーに、ビートルズのセッション中、自分が壁に止まっていたハエになったかのような気にさせてくれたのだった。

このアルバムは、ビートルズがもはやサージェント・ペパーズ・ロンリー・ハーツ・クラブ・バンドではなく、むしろ不運な「チャールズ・ホートリー・アンド・ザ・デフ・エイズ／Charles Hawtrey and the Deaf Aids」であることをほのめかすような、おどけた叫び声をあげるレノンの奇妙なアドリブで始まっている。そして、手際よくマッカートニーの魅力的なアコースティックのナンバー、「トゥ・オブ・アス」に移っていく。グリン・ジョンズは、アルバム「ゲット・バック」を「ワン・アフター・909」で始めて、ビートルズの最初の頃のルーツを引き出そうとしており――この曲は、レノンが初期に書いたものである――「トゥ・オブ・アス」は、マッカートニーがこの当時に書いたものではあったけれど、同じような役割を果たしている。「トゥ・オブ・アス」は、実話ではないにしても、リンダ・イーストマンのことを描いた曲なのだが、そこに込められている雰囲気はラブ・ストーリーというよりも、男同士の友情映画のようだった。「ヘイ・ジュード」と同じように、「トゥ・オブ・アス」の歌詞には、何よりもポールとジョンの関係がすぐにも読み取れるのだ。「burning matches, lifting latches（マッチに火をつけ、錠をはずして）」というくだりでは、ポールとジョンがよくやっていたように、いけない遊びをするために学校をさぼる二人の少年の姿が思い浮かぶ。「spending someone's hard-earned pay（誰かが苦労して稼いだ金を使うんだ）」は、ポールの言葉を借りれば、自分たちの曲作りが金になることに気づいた時に、ポールとジョンが感じたという「労働者階級の喜び」を思い出させる言葉だ。「chasing paper, getting nowhere（紙きれにあくせくしても、どうにかなるわけでなし）」は、自分たちの能力以上に官僚的になってしまったアップルでの経験に符合する。だが最も印象的な文句は、ポールが歌うブリッジの部分、「you and I have memories（君と僕には思い出がある）／Longer than the road that stretches out ahead（この前に延びる道路よりも長い思い出が）」だろう。この感傷は、リンダとは知り合って一年にもならないのだから、彼女に向けてではなく、ジョンに対して、長い緊密な友情を捨てないようにと（少なくとも）無意識のうちに呼びかけたとも取れる歌詞なのだ。

パートナーの意識を強めるように、レノンとマッカートニーは「トゥ・オブ・アス」のリード・ヴォーカルを一緒に歌っている。実際、「ホワイト・アルバム」ではほとんどがソロで歌ったのに対して、アルバム「レット・イット・ビー」の十二曲のうちの六曲は、ジョンとポールが一緒に歌っているのだが、統一性のないところもたくさん見られて、このアルバムのイメージを混乱させている。その次の曲「ディグ・ア・ポニー」は、その六曲のうちの一つで、出来としてはなかなか良い。その歌詞にはヨーコへの愛の呼びかけも混じっており、ジョンがこれまでに書いてきた中で最も美しいメロディとは言わないが、ポールの高いハーモニーとハリスンの創意に富んだリード・ギターもあって、曲そのものよりも面白い出来になっている。

レノンが、アルバム「レット・イット・ビー」のスペクターの再プロデュースぶりを褒《ほ》める理由の一つは、次のトラック「アクロス・ザ・ユニバース」での彼のみごとな救済策による。ジョンは、すべての創造物を切れ目なく結ぶこの美しい祈りの言葉は、自分の書いた曲の中でも最高の一つであると考えていた。ビートルズは、一九六八年二月に「レディ・マドンナ」を生み出したのと同じセッションでこの曲の最初の録音をしたのだが、ジョンは納得のいく表現がなされていないからと、そのリリースを拒んだ。彼はその失敗をポールのせいだと非難し、後には、このレコーディングの最中にマッカートニーが「ずぼらで呑気《のんき》で実験室みたいな雰囲気」を作って、「この名曲を無意識に壊そうと」したとまで言った。レノンは「ストロベリー・フィールズ・フォーエバー」についても同じような非難をしているが、この「アクロス・ザ・ユニバース」の場合の方がもっとひどかった。「アクロス・ザ・ユニバース」を七回テイクした後で、誰かがこの曲にハイ・トーンのバック・ヴォーカルを加えようと提案したのだが、ポールはプロのシンガーを雇うことはせずに、いつもアビイ・ロードを取り囲んでいる大勢のファンのところに出て行って、適当にティーンエイジャーの女の子を二人選んで連れて来ると、そのパートを歌わせたのだ。

結果は案の定アマチュアっぽくなり、速いテンポがさらに曲のイメージを弱めて、心がなごむというよりも落ち着かないサウンドになってしまった。スペクターがこの曲を蘇らせた時、彼はテンポを遅くし、バックに弦楽器と合唱団の歌を加えて、ビートルズの歴史の中でも、最高の幻の名作となってこの曲が忘れ去られることから救ったのだった。

「アイ・ミー・マイン」もまたスペクターによってオーケストラが加えられて、質の向上がはかられたが、このトラックのビートルズの演奏がすでに無理強いされたようなものだったから、彼の選択した効果はさほど目立つものにはならなかった。ハリスンが「重いワルツ」と表現した曲と、「永久の課題であるエゴ」という分析には悲しいものがあるが、ジョージのうねるようなギターとミドルエイトの部分のテンポを変えたのが功を奏して、ポールのバック・ヴォーカルを解放し、この歌を優れたものにしている。偶然にも、「アイ・ミー・マイン」は、ビートルズがレコーディングした最後のフル・ソングとなってしまった。映画「レット・イット・ビー」のラフ・カットの準備ができた時に、「アイ・ミー・マイン」のレコーディング風景を入れることになり――ジョージがリンゴにこの曲のことを打ち明けて、冗談で「君たちのショーにこの曲を入れたくなければ、それでもいいよ」と言っているところと、ジョンとヨーコがトゥイッケナム・スタジオでワルツを踊っているところが入っている――ジョージ、ポール、リンゴが一九七〇年一月三日にアビイ・ロードに戻って、このアルバムのリリース用のバージョンをレコーディングしたのだった（レノンは休暇中で、このセッションには参加していない）。

スタジオでレコーディングした曲が二曲続いた後、スペクターは、より描写的な二曲を入れて、アルバムの基本構想を少し変えてみている。まずレノンの魅力的な「ディグ・イット」を、かなり短くして、とても良く仕上がっているバージョンのものと、賛美歌「あめにはさかえ」に似た、ジョンの皮肉がこもったテンポの速い「レット・イット・ビー」を続けて入れているのだ。ジョンが書いた文句は不可思議だが、それは、ふとした拍子に「レット・イット・ビー」の創作理由にも触れている。マッカートニーは、十二年ほど前に亡くなった母親メアリーが夢に出てきたのがきっかけで、この曲を書いたのだった。「母は僕が十四歳の時に亡くなったので、僕はずっと母に会っていなかったから、本当にうれしかった」とポールは振り返る。そして苦しい時だったから、母が突然現れて「僕に強さを与えてくれた」のは、本当にうれしかったとつけ加えている。

こうした個人的な内容を歌にするのは、マッカートニーには珍しいのだが、この曲はビートルズがレコーディングした中でも、最高傑作の一つとなった。ジョンはそうすることが多いのだが、ポールも「レット・イット・ビー」の中で、個人的な状況と、さらに大きな仲間との現実を結びつけた。彼の母親が「in my hour of darkness（苦しい暗闇の中で）」どれほど慰めてくれたかを描いた後で、二番で彼は、「the broken hearted people living in the world（世界中の失意の人たち）」全員のことを歌い、「though they may be parted（別れ別れになったとしても）／There is still a chance that they will see（また会える日がくることだろう）」と、感動的な希望に満ちた文句で言い切っている。彼のヴォーカルは実に完璧で、感傷的な自己愛に陥ることなく、歌から可能な限りの感情を引き出している。またそのバック・トラックも同様に素晴らしく、スケールといいパワーといい、申し分ない。この歌は、ポールのピアノだけで静かに始まり、しだいに天使のようなバック・ヴォーカルが加わっていき、リンゴの地味だが品のあるドラムが入り、やがてポールの控え目なベースが膨らんでいってミドルエイトにつながり、脈打つようでいてしかも抑えのきいたロックとなっていくさまは見事で、ジョージのギターによるリードと、ジョージ・マーティンの演出したオーケストラによるところが大きい。「レット・イット・ビー」のベースになるトラックは、屋上コンサートの翌日にレコーディングされたのだが、この曲にシンフォニーのような重厚さを出しているオーバーダブは、ほとんど一年近く後になって、一九七〇年一月四日の、文字通り最後のレコーディング・セッションの時に加えられたものである。そしてそれは、最後にふさわしい素晴らしいものになったのだった。

アルバム「レット・イット・ビー」のA面は、「ゲット・バック」のプロジェクトとつながる荒っぽい切れ味の曲、耳ざわりだが楽しく過ぎてしまう「マギー・メイ」で締めくくられる。これはリヴァプールの売春婦を歌ったトラディショナル・スタンダードで、ビートルズが時々スタジオでのウォーミングアップに歌っていた曲だ。B面も、「アイヴ・ガッタ・フィーリング」や「ワン・アフター・909」の屋上でのバージョンで、ライヴ感覚が続き、どちらもレノンとマッカートニー二人のヴォーカルが素晴らしく、その後に、スタジオでレコーディングしたポールの「ザ・ロング・アンド・ワインディング・ロード」と、ジョージの「フォー・ユー・ブルー」が続く。少しブルース・ブギのような感じのジョージの曲が、「レット・イット・ビー」のアルバムに入れられたのは謎である。ハリスンには、すでにレコーディングしているが、まだビートルズとしてはリリースしていない曲――後に彼がソロで出した「オール・シングス・マスト・パス」や「ノット・ギルティ」や「レット・イット・ダウン」などいくらでもあって、その方がずっといいものになっていたはずなのに――。

「ザ・ロング・アンド・ワインディング・ロード」にフィル・スペクターは弦楽器と合唱隊のオーバーダブを入れているのだが、マッカートニーはその結果に満足していず、ビートルズのグループ活動の停止を求めた一九七〇年の訴訟で、そのことを技術上の妨害行為の例として挙げている。「ザ・ロング・アンド・ワインディング・ロード」のビートルズのオリジナルと、スペクターの作ったバージョンを比べてみると、ポールがそれだけショックを受けたのもうなずける。オリジナル・バージョンでは抑制がきいていて、楽器のアレンジをほとんど入れないことで、曲に静かな荘厳さを与えているのだが、スペクターが作り直した騒がしくて大袈裟なオーケストラのバージョンは、この曲をただのノスタルジックなお涙頂戴ものにしてしまっているのだ。幸い、メロディと情趣がしっかりしているために、その妨害にも耐えてはいるが――。

「ザ・ロング・アンド・ワインディング・ロード」は「レット・イット・ビー」に近いものがある。別離、哀しみ、失意をテーマにして、ピアノをベースとしたバラードである。

信頼と人とのつながりを求めようとする思いが、こういった真面目なテーマと釣り合うおもりとして働いているが、必ずしもうまくいったわけではない。初期の頃の作品と違って、マッカートニーは、人生はいつもうまくいくわけではないと認識しているかのようだ。さらに、彼の歌詞には、少なくとも部分的にはジョンに向かって歌うという思惑が入っているようでもあった。「You left me standing here（君は僕をここに残して行ってしまった）／A long, long ago（ずっと、ずっと昔に）」は、特に心が傷《いた》む文句だ。さらにもっと哀しいのは、「Don't leave me waiting here（僕をここで待たせないでくれ）」という哀願だ。だが、注意してこの行を聴いていると、これまで長い間一緒にやってきた、あの奇跡的で素晴らしい時間には、もう彼もジョンも戻れないとはっきりわかっているかのように、ポールがバックで「It's too late（もう遅いよ）」と歌っているように聞こえるのだ。映画の最後のクレジットで「ゲット・バック」が流れる時に、ポールは、その曲のフェイド・アウトのところにアドリブで、「Get back, get together, Ohhh, we got to get together（帰っておいでよ、一緒に、おお、一緒に帰ろうよ）」と、再び一緒になれることを願っているようなアップビートの歌声を入れているが、その夢にはもうすでに幕が下りていて、この王者たちの一座が再び一緒になることはなかった。

第22章　解散のニュース、世界をかけ巡る

ビートルズの解散は、まるで大好きだった若い叔父さんが急死したかのように、世界中をひどく驚かせた。そのニュースは、一九七〇年四月十日に、ポール・マッカートニーがグループを離れたと発表したことから始まった。マッカートニーの離脱を確認したアップル社の広報部は、ビートルズの活動はおそらく「何年間かは休止」することになるだろうとつけ加えた。解散は、大半の人々にとってショックなだけでなく、ジョン、ポール、ジョージ、リンゴがまだグループで素晴らしい音楽を生み出していた時だけに、理解しがたいことだった。その七か月前の一九六九年九月には、傑作アルバム「アビイ・ロード」をリリースしていたし、十月には、その中から最高の二曲「サムシング」と「カム・トゥゲザー」をシングルとしてもリリースしている。そして、マッカートニーの爆弾宣言の一か月前の三月には、「レット・イット・ビー」のシングルがリリースされていたのだった。これらすべては、ビートルズがそれまでに生み出してきた中でも最高の部類に入る秀作であり、その販売枚数も非常に多かったから、創作においても、ビジネスにおいても、ビートルズはその頂点を極めていたのだ。それなのに、なぜ今解散しなければならないのか？

その疑問は、その後何か月も何年も、徹底的に論議され、分析されることになり、それは悲しみに暮れるビートルズ・ファンだけにはとどまらなかった。というのも、ビートルズは、その時代の傑出した音楽の旗手というだけでなく、文化的なシンボルとしても最も重要だったからだ。だから彼らの解散は、一人のポップ・スターの死よりもっとずっと歴史的な意味を持つものだった。むしろ大統領の暗殺や、一九六九年七月の月面着陸と同じように、ビートルズの解散は一九六〇年代の重要事件の一つと見なされた。七〇年代に入ってわずか四か月たらずで分裂したという事実をとらえて、メディアの専門家たちは、楽観主義と善意に満ちた六〇年代が、決定的な終末を迎えた印だとして、さまざまに解釈した。

ビートルズの解散というニュースはいろんな形で広く伝わったが、その真相についてはよくわからないままで、それは、すぐに安易な答えを好むというマスコミのいつもの姿勢のせいだけではなく、世間の人たちもまた、そのドラマ性に魅せられつつも、最終幕はもっとハッピーな結末に書き直されることを願い、さもなくば終わらせないで欲しいと主張して解散に反対していた。ショックと怒りのあまり、しつこいファンたちは短絡的になり――オノ・ヨーコとリンダ・マッカートニーがその一番の非難の対象となった――自分たちが長年愛してきたバンドが仲直りしないなんて許せない、と泣き叫んでいた。

ビートルズ自体、この件に関してはあまり役に立たなかった。結局は彼らも人の子、メンバーの間にあったことについては、ほとんど喋りたがらなかったのだ。ただ、ジョン・

レノンだけが例外で、この出来事から一年近くたって、彼が「ローリング・ストーン」誌のインタビューに応じたのは有名な話である。だが話の内容は不明瞭で、一面的で、あるいは不完全だった。世間にとっては、彼らの解散は、今世紀で一番広くあまねく愛された音楽の終幕を意味していた。だが、ビートルズ自身にとっては、解散は辛い身近な問題であり、自分たちのアイデンティティの根本が引き裂かれ、一番親しかった友人、血を分けた兄弟にも等しい人たちから引き離されるという、個人としての重大事件であった。怒り、悲しみ、恐れ、不安、安堵、自由などの感情がどうしても湧いてきて、それらが入り混じって混乱しているというのに、ビートルズは、当然ながら何百万という人たちからの執拗な詮索に晒《さら》されなければならなかった。

さらに悪いことに、世間の人たちがこの問題に触れるとなると、どうしても、ビートルズは戻ってくるのだろうか、戻るとしたらいつなのか、ビートルズを狂わせた本当の理由は何かを知りたいということになってしまうのだ。「それは、離婚したカップルに、『また一緒になるの?』と尋ねるようなものだった……顔も見たくないほどなのに」と、マッカートニーは言った。レノンも、ビートルズの解散を離婚になぞらえており、四人を無口にさせているのは何か他に理由があるのではないか、との憶測を呼んだ。彼らは、自分たちでもよくわかっていなかったからこそ、説明できなかったのだ。離婚の協議の最中に、その説明ができる人間などほとんどいないだろう。実は、これまでビートルズに関する書物に書かれた一般通念とは逆に、ビートルズの解散は避けられなかったわけではなく、彼ら四人にしたって、かならずしも完全に永久に別れたかったわけではない。ビートルズ神話の偶像にふさわしく、彼らの離婚には芝居がかったところがあった。彼らは決して永久にグループで活動を続けるつもりだったわけではなく、だんだん惨めに落ちて消えていくよりも、その日が来たら潔く解散しようと互いに約束していたという。「僕らがいつも、ビートルズについてはっきりと意識していたことの一つは、大きな成功をおさめて、そして笑って去っていくことだった」と後に、マッカートニーが語っている。

すべての非常ベルがセットされた事件、つまりマッカートニーがビートルズを脱退するという宣言は、ポールの初のソロ・アルバム「マッカートニー」のリリースと時期が一致した。試聴盤のアルバムにはポールのインタビューが織り込まれており、その中で彼は、ソロの活動を楽しんでいるし、「個性、ビジネス感覚、音楽性の相違」から、自分はビートルズとの関係を絶ち、レノンと組んで創作活動を再開する見込みはないと語っていた。部外者はすぐに、ビートルズが分裂し、マッカートニーがその崩壊の起爆剤となったという結論に飛びついた。だが、このインタビューを注意深く読んでみると、実はマッカートニーは、ビートルズが分裂したとはひと言も言っていないのだ。彼は、自分は彼らとの関係を絶つと言っていたにすぎない。しかも、その関係を絶つのが一時的なものか永久的なものかという質問には、「時間が答えてくれるだろう」と言って、明言を避けた。それでも、世界中の新聞の見出しには、「ポール、ビートルズを脱退」という見出しが躍って、その話は大袈裟なものになっていった。

これほど間違って解釈されたことはないと、ジョンが後に誇らしげに認めたことだが、その七か月ほど前には、彼が実質上バンドの活動から手を引いていたという事情がある。一九六九年の九月半ば頃にアップル社で、四人全員の会合がもたれた時からだった。レノンは、九月十三日にトロントで、彼と即席のプラスティック・オノ・バンドでコンサートを開き、そこから戻ったばかりだった。ジョンが後に語っているが、そのロンドンからトロントへの飛行機の中で、ビートルズをやめる決心をしたのだという。彼はすぐにその驚くべきニュースを、たまたま同じ飛行機に乗り合わせていたビートルズの新しいビジネス・マネジャー、アラン・クラインに伝えた。クラインがジョンの決心のメリットをどう考えたかはわからないが、彼はジョンに、ビジネス上の理由でしばらくは口外しないようにと言った。その日付は定かではないが、その頃クラインは、ビートルズが契約しているレコード会社ＥＭＩとの契約の再交渉の途中か、終了した直後だったのだ。彼は印税率の大幅増を認めさせたが、それに応じた支払いがまだ終わっていなかったのだろう。だからクラインは、レノンがグループを離れるというニュースで、契約を危うくさせたくなかったのだ。クラインは、ジョンがポールにその決心を話すことも避けたかったのだが、それは不可能だった。

グループを維持していくことに、いつも一番熱心だったマッカートニーは、そのアップル社でのミーティングの際に、内部の不協和音を解消する一つの方法は、もう一度ライヴ活動を行うバンドに戻ることで、彼らが最初に始めたような小さなクラブでやれば話題になるだろうと提案した。マッカートニーは後にこう回想する。彼が自分の提案を売り込むと、「ジョンが僕の目を見て、『どうかしてるんじゃないの。実は、まだ言うつもりじゃなかったけれど……僕はグループを離れるつもりでいる』と言ったんだ。僕の記憶が正しければ、それが実際に彼の言った言葉だった。僕らはすごく驚いた。それから、ジョンは打ち明けて心の重荷がとれて、むしろ気分がいいと話を続けた……そりゃ、彼は気分が良かったろうけれど、僕らはあまりいい気分じゃなかった」

レノンは、死後出版された回顧録の中で、「僕がついに他の三人に『離婚したい』と打ち明けた時、彼らは、その前にリンゴやジョージが脱退しそうになった時と違って、僕が本気であるとわかったようだ」と、書いている。「僕がバンドを始めた。そして僕が解散する。簡単なことさ」と、レノンは続ける。だがもちろん、そう簡単にはいかなかった。確かに、ビートルズ解散の理由となる一番のきっかけがあるとすれば、それはジョン・レノンが脱退を決意したことだった。だがその決心は、何年か後にレノンが言っているほど、明確な形のものではなかったようだ。だがとにかく、彼はどうしてそう決心をしたのだろうか？　そして最終的にビートルズが解散するところまでなぜ、どういうふうに進んでいったのか？　四人の若者の愛情と才能と奇跡とも言える団結力が、アルバム「サージェント・ペパー」でもわかるように、世界を確かに変えていったのに、それがどうしてこんなことになったのだろう？

これらの疑問に答えはない。ビートルズの解散に関連する一連の出来事については、いろいろと事実が明らかにされているのに、その理由については、意見と予測の域を出ないのだ。一番肝心のビートルズ自身の見解は、何年もかけて徐々に引き出されつつある。中傷や怒りは別として、何がどうして起こったかについては大筋の合意がなされている。だが、すべてがそれで納得できるわけではない。たとえばポールは、自分はビートルズを解散させたくなかったが、他の誰も賛成しなかったと言っている。だが皮肉にも、一九七〇年代の初めに一緒に仕事をする機会を多く持ったのは、他の三人だった。さらにもう一つ例を挙げると、ジョンがグループを離れた一番の理由がオノ・ヨーコだったということには、誰もあまり反論しない。彼の回顧録（ヨーコの手が加わった情報である）では、ジョンは、ヨーコが自分に「僕のもう一つの結婚を、もっとよく見るだけの心の強さを与えてくれた。僕の本当の結婚。それがビートルズにとっては……落とし穴になってしまった」と言って、ヨーコを賞賛している。ポールに言わせれば、「ジョンは、僕らを片づけて、彼とヨーコとのスペースを作らなければならなかった」ということになるし、ポールはさらに、別の時にはこうも言っている。「ジョンとかいうやつが、ビートルズの時代を終わらせて、ヨーコの時代を始めさせたかったんだろう。そして、彼は誰にも邪魔されたくなかったんだよ」。だが、ジョンの離脱がジョージとリンゴもグループを離れたがっているシグナルだと解釈するポールの主張には、いささかごまかしがあると言えるだろう。ポールの解釈は、確かにジョージとリンゴがグループから「離れようとしたこと」と矛盾はしていないけれど、後にジョンは、他の三人がすでにやめているのにポールがビートルズを脱退すると宣言したのは傑作だと言って笑った。つまり、ジョージとリンゴが抜けたがったのは、彼らなりの理由があったという事実を、ポールはごまかしているのだ。ジョンは、ビートルズを解散してソロでやりたいと言った際に、同じ間違いを犯していた。ジョンはポールと違って弁解が少ないのだが、ジョージとリンゴの気持ちと通ずるところが多かった。

結局は、各々のスペースと、自由の問題が一番大きかったのだろう。ビートルズの解散がトゲトゲしいものとなったのは、彼らだけが悪いわけではなかった。彼らに憧れた何百万人ものファンにも責任はあるのだ。電灯に集まる蛾のように、ビートルズのファンたちはその四人の若者に不可抗力的に引きつけられ、その音楽とカリスマ性によって幸福を感じて元気になれたのだった。だが、やがてはその激しい執拗な情熱でヒーローたちを圧倒し、結局はビートルズを隔離し、そして最後には引退させてしまうことになった。どうしてビートルズが自分たちのアイデンティティだった「工場を燃やしてしまおう」と決心したのか、という疑問に、のちにハリスンが最高の説明をしている。「ただ、ファンの人たちにとってほど、僕らにとっては楽しくなくなったからだ」。リンゴは何年か後に、ヨーコとリンダがビートルズ解散の原因であることを否定して、こう言っている。「一九六一、二年から六九年頃まで、僕ら〔ビートルズ四人〕は、いつも一緒だった。だが急に成長して、いつも一つのことに専心するのが嫌になったんだ……僕らは、もう充分だったからやめた。僕らは互いに、できるところまでやったんだ」。ジョージはまた、ビートルズの経験を「窮屈だった」と言って、結局は、「十人の兄弟姉妹がいる家で大きくなり、四十歳になってもまだ引っ越さないでいる」ような状況に似ており、「息をして人間らしくなるためには、ビートルズという狂気を壊す方向に持っていかねばならなかった」とつけ加えている。

限られたスペースの問題は、芸術的なフラストレーションにもつながった。どのアルバムについても、入る曲の量は限定されていて、ビートルズ一人一人が書いている曲すべてに便宜を図れるほどの容量はなかった。特にハリスンは、アルバム一枚に自分の割り当てが一、二曲しかないことを不満に思っていたし、リンゴに至っては、時たま書かせてもらう程度だった。アルバムのスペース争いは、とても熾烈だったのだ。加えて、ポールは自分が一番だと思い込んでいたので、それに対するジョン、ジョージ、リンゴの長年にわたる感情は鬱積する一方だった。「他の人の曲を聴く前に、ポールの曲を五十九曲も聴かなきゃいけない」と、ジョージが後にこぼしていた。ポールが振り返って言う。結局メンバー全員が、今後のアルバムを「ポール四曲、ジョン四曲、ジョージ四曲、リンゴ四曲」に分けることに同意したが、「それはうまくいかなかった。公平なバランスじゃなかったんだ。あまりに民主的すぎた」

だが、仮にこれらの問題が紛糾したとしても、それがビートルズの解散に結びつく必然性はなかった。実際、それらの問題には簡単な解決方法があり、少なくともビートルズの中でも検討されるだけでなく、実行に移す者もいた。一九六九年一月の「ゲット・バック」プロジェクトの時に録音されているジョージとジョンの会話に、その基本的なアイデアが入っている。ジョージはすでに「今後十年分のアルバムの、自分の割り当て分の曲を」書いていたから、彼は「ゲット・バック」が終了した後で、「アルバムが出せるといいんだけど……」と言った。「君の？」ジョンが尋ねる。「うん」と、ジョージ。その頃すでにヨーコとのアルバムを試験的に出し始めていたジョンは、すぐさまジョージのアイデアに賛同し、ビートルズの仕事と両立させることは簡単であり、「君のやりたいことがどんなことでも発表できる場」になるだろうと言っている。ジョージはこう続けている。「僕らは皆、別々でも仕事ができるよね。つまり、こうすれば、ビートルズの仕事の方ももっと守ることができる」。ビートルズの仕事と並行してのソロ活動は、実際に一九六九年にジョンとリンゴが始めているし、それは、ビートルズのアルバムをレコーディングする時に集まって、一方ではソロ活動も続けるという形で、その後も彼らが一緒に活動していくことが可能なことを示していた。そうすれば、ビートルズも続けられるし、彼らが望んでいた独立も実現するのだ。

こう見てくると、一方的にビートルズを解散させたというジョンの自慢話にも、別の見方が出てくる。白黒をはっきりさせたいという彼の性格はともかく、解散時のジョンの言動の多くが、たとえそれまでの発言と違った形のものであっても、彼の離婚発言のあとでさえ、他のメンバーと一緒に仕事を続けていくつもりでいたことを示唆しているのだ。たとえば、一九七〇年四月のポールの宣言の余波が続いていた時でも、ジョンは「僕は去年四枚のアルバムを出したし、やめるなどとひと言も言っていない」と嚙みついた。このことは確かに、公の席では言っていない。けれど、それは重要な意味を持つのだ。ジョンが公表しなかったことで、将来的に一緒に仕事をする道を取っておけたからだった。ジョンが意識的に自分の選択の余地を残しておいたのかどうかはわからないが、ビートルズの解散についてまだ答えの出ていない重要な疑問の一つに、レノンがどうして自分の方が早くグループを離れようとしていたことを公表しなかったのか、ということがある。彼が後に主張するように、それほどビートルズから自由になりたかったのだとしたら、なぜそんなに——一九六九年九月から一九七〇年四月まで——待ったのだろうか？「ビジネス上の理由」もある程度はあるだろうが、たとえＥＭＩとの新しい契約交渉が合意に達するのに七か月かかったとしても、それだけが公表の遅れた説明にはならないだろう。ジョンは、一九六九年九月のミーティングの時に、ビートルズを離れることを公表しないと約束したことを、ポールは自分が何も変更しないという意味に取ったんだろうと言って、ポールをからかった。だが実際には、ポールや他のメンバーたちには、ジョンの離婚発言を割り引いて考えるだけの理由があった。皆は、ジョンがその少し前に、自分はイエス・キリストだと発言したばかりだったから、それがまた始まったと思ったのだ。さらに、一九六九年九月のミーティング以降の数か月間の彼の行動は、いろいろな意味であいまいだった。彼はそのほとんどを政治活動に費やしていたし、少しだけ音楽活動をすると言えばプラスティック・オノ・バンドと一緒で、かと思うと、アップル社ではオフィスの維持に努めていたし、対外的にはビートルズのメンバーであり続けて、ビートルズの数多くのプロジェクトにも携わっていた。たとえば、彼とヨーコとが一九六九年のファン・クラブ向けのクリスマス・レコードを作った（ポール、ジョージ、リンゴは、前年に続いてこの年も別々に収録した）。さらに注目すべきことに、ジョンはジョージに手伝ってもらって、フィル・スペクターに「レット・イット・ビー」のアルバムを再プロデュースさせたのだ。全体として、これほどまでに新たな情熱を傾けているところを見ると、ジョンはビートルズとの絆を断ち切ったわけではないし、そうしたがっているとも思えない。そしてその絆が、彼のソロ活動を邪魔しないかぎり、彼は両方うまくやっていけたはずだと、誰もが思っていたのだった。

しかし、一九七〇年四月のマッカートニーの宣言によって、全世界のマスコミに火がつき、そういったシナリオは意味がなくなってしまった。レノンは、この公表はマッカートニーによって計算されたもので、特にポールの方がレノンを捨てたと思わせるものだとして怒った。長年のパートナーの間に和解が成り立つかもしれなかったすべてのチャンスを、二人はこの時に失ってしまったのだった。マッカートニーは後に自分のシナリオを、振返ってみると、「ひどく厳しく冷たく」見える「愚かな手段」だったと言及している。彼は、公表する前に他のメンバーたちの同意を得たかったものと思われる。同時に、彼は他のメンバーが戻ってくるのを（特に彼らが戻らないと感じてからは）、ずっと待つつもりはなかった、と何度も言っている。「ビートルたちはビートルズを離れてしまったが、誰も、パーティは終わったと自分からは言い出したくなかったんだ」

マッカートニーの宣言で、それまでの二年間にビートルズの中をかき乱していた意見の相違が、初めて世間にさらされることになった。それに続いて一連の反応が出てきたが、それはただビートルズの崩壊を証明しただけだった。グループの不和が知れ渡ったからには、ジョンは、たとえ怒りが少しはおさまったとしても、メンツを失わずにポールと一緒に仕事をすることはできなかった。すなわち、ビートルズの四人全員が揃って仕事をすることは、当面の間は不可能となった。ポールの行動がまた、すでに冷えていた四人の間の関係をさらに悪化させた。ジョン、ジョージ、リンゴを苛立たせたのはポールの演じたシナリオではなく、「マッカートニー」というアルバムであり、アルバム「レット・イット・ビー」と、リンゴがレコーディングをすませていたソロ・アルバム「センチメンタル・ジャーニー」に先駆けて発売したポールの態度に対してだった。リンゴのアルバムは最初のリリース予定から随分時間がたっていたし、「レット・イット・ビー」もそれに続くことになっていたのだが、ポールは、三番目というのが我慢できなかったのだ。一九七〇年の初め頃、おそらく三月に、リンゴはそのことについてポールとの話し合いをすませていた。リンゴは後になる方を選んだ。というのも、ジョンやジョージと違って彼は、まだポールと比較的親しい関係が残っていたからだが、その話し合いはひどいものになった。他のメンバーが自分のソロ活動の邪魔をしようとしていると勘ぐったポールは、リンゴのその後の宣誓供述書によれば、「まったく自制心を失って、私を怒鳴りつけ、指で私の顔をついて、『おまえなんか、これでおしまいにしてやる』と言い、それから『覚えていろ！』と言った」ということになる。

だが、一番険悪になったのはジョンとポールだった。一九六九年を通じて、二人の仲は確実に悪くなっていったが、実は、二人が結束しなければならないような深刻な事態が周辺では起こっていた。レノン＆マッカートニーの作った曲の版権を有する音楽出版社ノーザン・ソングスが、法人荒らしのターゲットにされてしまったのだ。その設立者ディック・ジェイムズが、三月に突然、彼の持ち株をロンドンを基盤にしたコングロマリット、ATVミュージックに売却することを決めたため、ノーザン・ソングスは乗っ取られる危機に陥った。マッカートニーとレノンは、ジェイムズに次いで第二、第三の大株主であり、ジェイムズは何年にもわたって二人の作品から何百万ポンドという莫大な収益をあげていたくせに、彼は自分の株の売却の話を、彼らに最初に持ちかけることはしなかった。そして予告もなしに持ち株のすべてをATVに売却してしまい、ATVは安定多数を確保できるだけの発行株を購入する作戦に乗り出した。

ジェイムズの裏切り行為に茫然としたレノンとマッカートニーは、気を取り直して、自分たちも乗っ取り作戦を開始した。しかし、始まりは最悪だった。ジョンは四月に、ポールがひそかにノーザン・ソングスの株を追加購入していたことに気づいた。その時点で、レノンの持ち株が六十四万四千株であるのに対して、ポールの持ち株は七十五万一千株。ポールがノーザン・ソングスの支配に要する株数を購入していたことは、どう考えても不自然で、しかもポールはジョンに内緒で購入し続けていた理由を説明できなかった。ジョンはすぐに、ポールがコソコソやっていたことを非難した。この不信感がレノン&マッカートニーの株式公開買い付けに影を落とし、マッカートニーは、ビートルズが最終的には、ATVの付け値に対するカウンター・オファー（修正申込み）として二百万ポンドを出す際の副担保として、自分の持ち株を提出することを拒んだ。だが、レノンとマッカートニーには、自分たちはノーザン・ソングスにおける金の卵を生むアヒルであるという有利な点があった。だから、他の株主たちは、ATV側について彼らを敵に回したくはなかった。

ノーザンの全株式の四十七パーセントを取得していたATVは、五月の半ばまで勝利することはできなかった。レノンとマッカートニーに残されていたのは、総株数の十四パーセントを持つ株主たち全員と約束をとりつけて、自分たちに投票してもらうことだった。この時点でレノンが、勝利の狭き門から負けを選んでしまった。交渉はスムースに進み、評判の悪いアラン・クラインを役員席に座らせないようにしたりして、協力団を確保しつつあったのだが、そこでレノンが癇癪を起こし、協力してくれるはずの株主を侮辱してしまったのだ。彼は、当然自分のものと考えている企業のこれからについて話し合って、妥協しなければならないことにうんざりしたのか、「太ったケツでふんぞりかえっている、ロンドンのスーツ姿の野郎どもにファックされるつもりはない」と言ってしまったのだ。約束は当然ながら御破算で、協力予定者はATVと契約し、レノン&マッカートニーの曲の版権は作曲者の手の届かないところに行ってしまった（一九八六年に、マッカートニーとオノ・ヨーコがこのカタログの権利を取り戻す機会を得たのだが、歌手のマイケル・ジャクソンに競売で負けてしまった）。（なおこの競売には、日本からも「ミュージック・ライフ」の出版社でもある新興楽譜出版社が参加して、あと一歩のところでマイケルに負けている）

この時の状況が状況だっただけに、ノーザン・ソングスの闘いで、レノンとマッカートニーがあのように勝てる間際まで行けたこと自体が不思議だった。というのも、彼らはもっと基本的なビジネス上の問題で、深く反目していたからである。ブライアン・エプスタインが亡くなって随分になるが、誰が彼のあとを継ぐのか？　ジョンはもちろんアラン・クラインを推しており、結果的にはリンゴとジョージも同意見だったが、ポールは、新しく義理の兄になったジョン・イーストマンを強く推していた。この二人の候補者は、いわば五分五分で、どっちがどっちということもなかった。クラインはニューヨークの会計士で、口が悪く、ストリート・ファイターのような闘争本能のうちに、カミソリみたいな財務感覚を隠し持っている人物だったが、後に訴訟と税法上の詐欺行為で告発されてしまう。一方、イーストマンは、世間の噂話と違ってイーストマン・コダック社とは何の関係もないが、非常に裕福な家系の出身である。彼の父リー・イーストマンは、エンターテイメント・ビジネスで有能な弁護士を長年務めており、その息子ジョンも父の輝かしい足跡に続いていた。

一九六九年のしばらくの間は、レノンもマッカートニーも自分の思い通りにできていた。つまり、ビートルズのビジネス上の相談役はクラインで、顧問弁護士はジョン・イーストマンが務めていた。だが、クラインとイーストマンは最初から気が合わず、おそらくどちらかが生き残るという意識があったのだろう、彼らは互いに容赦なく批判し合い、出し抜き合った。ポールはクラインを嫌っていたが、ＥＭＩの交渉の最中や、クラインがアップル社のスタッフの多くを容赦なく解雇した際には、彼を支持することに抵抗はなかった。それでもポールは、この一年間ずっとクラインを信用せず、他のメンバーたちにも彼と敵対させようとした。それはうまくいかなかったが、レノンが支持する男への嫌悪感が、しだいにジョンとの不和をも増幅させていったのだった。

確かに、レノンとマッカートニーの仲で重要だったのは、オノ・ヨーコよりもクラインだっただろう。ポールが一九七〇年四月にアルバム「マッカートニー」のインタビュー・パンフレットを出した時に、彼は、アラン・クラインが自分の代理にはならないようにと、わざわざ念を押している。事実、クラインがビートルズを騙《だま》しているとの確信を得ても、ポールはそれ以上彼をどうしたいとも思わなかったが、それは、何かをするよりも言う方が簡単だったからだ。クラインから逃れるためには、マッカートニーは、ビートルズとの関係をやめなければならなかった。とうとう彼は七月に、メンバーたちにクラインを正式に解雇するようにと提案したのだが、答えは得られなかった。引き続き調査も行ったが、成功しなかった。ついには、イーストマンからの助言で、クラインとの関係を断ち切る唯一の方法は、訴訟を起こすしかないという結論に達した。問題は、作戦上の理由から、訴訟はクラインに対してでなく、他の三人のメンバーの名前にしなければならないということだ。

後にマッカートニーは、「僕の最高の仲間を告訴し、彼らが告訴されるのを見る」ことは彼を苦しめ、「あれは最悪だった」と言っている。それでも、一九七〇年十二月三十一日に訴訟は起こされた。裁判は、一九七一年一月十日にロンドンで始まり、二か月後に最高裁判所が判決を下した。裁判所はマッカートニー側に立って、ポールをビートルズの財産の受取人とし、つまりはグループの資産を凍結し、クラインの公的権限を剝奪した。裁判所はまた、グループの財務に関して、どちらにも属さない立場で調査を行うよう命じた。だが、ほとんど四年近くのちの一九七五年一月九日になるまで、ビートルズの法的なパートナーシップは正式には解消されなかった。

マッカートニーのインタビュー・パンフレットがビートルズの柩《ひつぎ》を封印する釘であったなら、彼の起こした訴訟はそれをおおうセメントだった。再結成は、もはや考えられなかった。皮肉にも、その後まもなく他の三人はクラインと敵対し、中でもジョンは一番強硬な対立者となった。そしてクラインがジョン、ジョージ、リンゴと交わした契約が一九七二年に切れた時には、彼らの誰もが更新しなかった。事実、一九七三年には、ポールも加わって彼ら全員がクラインを詐欺で告発している。そして一九七四年に、ジョンは歌でクラインを攻撃した。ジョンの「スティール・アンド・グラス」は、一九七一年に「ハウ・ドゥ・ユー・スリープ」でポールを非難した時と同じように、極めて悪意に満ちた攻撃だった（クラインと元ビートルズの訴訟は、一九七五年に判決が下った。一九七九年に、ニューヨーク州裁判所は、アップル社関連の税法違反の罪で、クラインに二か月間の刑務所行きを命じている)。「そう、僕にとっての別れはいつも、そうあってほしいと思うほど素敵ではないようだ」と、後にレノンは感慨をこめて言っている。彼はもちろん、ビートルズが解散したことを残念がってはいないが、「後味の悪さ」そのものは残念だと強調した。マッカートニーも、「あんな素敵なものが、こんなふうに嫌な終わり方をしなければいけなかったのが残念だ……僕はおとぎ話が好きなんだ。僕は、ビートルズが小さな雲の中に昇っていって、僕ら四人が魔法のローブを着て、それぞれが僕らの作品の入った封筒を持っていくっていうのがいいな」と語ったものだったが、現実はそうはいかなかった。もしそうなっていたなら、そもそもビートルズは分裂していなかったかもしれないのだから。

第23章　最後の傑作（アルバム「アビイ・ロード」）

ビートルズが、最後の数か月間で一緒に作ったアルバムは、それまでで最も感動的で風格があり、これ以上のものは創作できないと思えるほどだった。一九六九年の春と夏にレコーディングしたこの傑作アルバム「アビイ・ロード」で、おそらく最も印象的なのは、彼らの音楽がずっと進化し続けているのを示していたということだろう。確かにこのアルバムは、グループのこれまでの作品からさらに成長し、彼らを成功に導いた要素をみごとに表現していた。もしそれを三つだけ挙げるとしたら、レノンとマッカートニーの歌唱力と作曲力、ビートルズ全員の音楽的シナジー、そしてジョージ・マーティンの隠れたる手腕だ。アルバム「アビイ・ロード」は単なる過去の栄光の焼き直しではない。「カム・トゥゲザー」や「ヒア・カムズ・ザ・サン」などは素晴らしく、必ずや記憶に残る名曲だ。B面のほとんどの曲が、ひとつながりの音楽となっているという組曲風のトラックは、ビートルズがいまだパイオニアであり、彼らが活動するかぎり新しいルールが作られることを示していた。ポピュラー音楽に革命を起こしてから七年がたっても、「アビイ・ロード」はビートルズが彼らだけで最高峰をなすことを証明しているのだ。また同様に重要なのは、彼らがまだ成長を続けるアーティストであり、さらに前進し、成長し、極めるところまで改善し続けることを示していたという点だろう。

アルバム「アビイ・ロード」は、一般的には「強力なアルバム」として認識されているが――ジョージ・マーティンは、ビートルズの全アルバムの中で一番のお気に入りだと言う――ビートルズ関連の書物の中には、その完全とも言える質の高さを正当に評価していないものもある。この時期の物語の焦点は、グループの目前に迫った解散に向けられることが多く、音楽性については、それを作っていた時には誰と誰が反目し合っていた（だろう）という余談の中に埋もれてしまっていた。しかし、ビートルズの歴史の中で、この時期に本当に注目すべきは、グループ内の緊張のことではなく、そういう状況にもかかわらず、音楽がどのように生き続け、しかも開花さえしていたかということだ。レノンがかつて言ったように「ビートルズはさらに大きな音楽的な力へのチャンネルにすぎず、その力は、彼らのちっぽけな口喧嘩など意に介さず、どんな世界であろうとその中に道を求めて進んでいくよう定められていた」のかもしれない。その力を遺憾なく発揮できたのは、まさに彼らがビートルズだからであり、メンバーたちが時々互いに争ったりしたくらいでは、その流れは止まらなかったのである。ジョージ・マーティンは――本書の最初の方で引用したが――四人のビートルズが全員揃っている時にはいつも、その部屋に「説明できない〝存在《プレゼンス》〟」を感じたと言っている。ビートルズが好むと好まざるとにかかわらず、つまるところ、彼らの音楽は彼ら自身よりも大きかったということだろう。

一九六九年四月十四日、まだジョンとポールは元気いっぱいだった。その日、彼らはこっそりとアビイ・ロードに忍び込み、「ジョンとヨーコのバラード」をレコーディングした。もめることの多かったアルバム「レット・イット・ビー」のセッションから、このレコーディングまでに十週間たっていたが、レノンは、マスコミが彼と新しい妻を追いかけまわして「苦しめ続ける」と、明らかに強い不満をもらしていた。その十週間の間に、ポールとジョンは、アラン・クラインにビートルズの仕事を任せられるかどうかでぶつかり、ポールはリンダ・イーストマンと結婚し、また、ジョンはオノ・ヨーコと結婚して、初めての「平和のためのベッド・イン」を実行していた。ジョンとポールの人生は、明らかに違う方向に向かっていた。にもかかわらず、ジョンがある日、いきなりポールの家にやってきて、「さかりがついたみたいに」新しい曲をレコーディングするから手伝ってほしいと言った、とポールは回想する。長いつきあいのパートナー二人は、結局ジョージとリンゴの担当するはずのバックもやることになった。というのも、リンゴは新しい映画「マジック・クリスチャン」の出演に忙しかったし、ジョージは国内にいなかったからだった。ビートルズのレコーディング・セッションは本当は四月十六日に予定されていたのだが、自分のレコード作りを急いでいたジョンは、あと二日待つのがいやだったのだろう。

アビイ・ロードの保管庫にあるこのセッションのテープには、素晴らしい瞬間がいくつか入っている。このセッションは第3スタジオで行われ、ポールがリンゴの代わりにドラムを叩き、ジョンがアコースティック・ギターを弾いてリード・ヴォーカルを歌い、ジョージ・マーティンがコントロール・ルームからその調整をしていた。曲は飾り気のない三コードのロックン・ロールであり、ビートが命だった。マッカートニーが初めて正式に叩くドラムを、レノンが面白がった。「ぴったりのスピードだね」と、第1テイクが終わってジョンが言う。二回目のテイクに入る前には、ジョンが「いいかい、ポール?」と尋ね、それから演奏が始まっていく。ポールが、わざと卑屈そうな声で答える。「いいよォ」。そして四回目のテイクの前に、ジョンがつぶやいた。「わかったよ、ジョージ」「もう少し速くできるんじゃないのかい?、リンゴ」。ポールがくすくす笑う。

悪くない会話だ。だが、保管庫のテープの音楽そのものは、驚くほど抑制された、ほとんど虚《うつ》ろなサウンドだった。ジョンとポールが、互いの考えをじっくり理解しようとしていないのは事実だった。実際、彼らは一生懸命努力して一緒にやろうとはしていたようだが、むりやり当たり障《さわ》りのないジョークを言うだけで、初期の頃のビートルズのセッション(あるいは一年半後のジョンのソロ・セッション)のような、熱のこもった雰囲気はどこにもなかった。十一回目の最終テイクを終えても、ジョンとポールは互いに口をきかなかった。沈黙は、ジョンがコントロール・ルームに呼びかけた時にだけ破られた――「どうだった?」レコード作りは、今や単なる仕事にすぎなかった。

それでも、ジョンとポールは非常にうまく仕事をこなしていたし、ジョンのヴォーカルは始まりの第1テイクから的確で、ポールのドラムも力と振動が一定していた。だが、レコーディングは失敗続きだった。ミドルエイトの最後でジョンが「Think!」と叫んだ直後に、最後の追い込みに入るところで、ドラムのパターンが一時停止したあとシフトするのを、ポールがうまくマスターできなかったのだ。しかし、第5テイクのあとで、二人は別々にそのくだりを練習していて、ジョンが「ミドルエイトのところは、もう少しアップテンポで」と説明した時、ポールにはすぐに、ジョンが求めているものがわかった。彼がビートを叩いてみせると、ジョンが「そうそう」と言い、ポールが「わかった」と答えた。だが、ここはなかなか手ごわくて、ポールが第6テイクでまた失敗し、ジョンが「ああ、だめだ」と溜め息をつく。それでもポールは、第10テイクでついに成功し、二人は、ベース、ピアノ、リード・ギター、パーカッション、ポールのバック・ハーモニーのオーバーダブで、それから七時間セッションを行った。ジョンとポールが効率よく働いたおかげで、セッションは予定より一時間早く終了した。

夕方になると、「ジョンとヨーコのバラード」はサラブレッドのようにギャロップした。オーバーダブの間、ポールは違ったハーモニーを探して試みようと、時々調子はずれの音を出している。だが、発見はそうやってするものであり、仕上がった曲では、最後の歌詞のところで対になるメロディに入る前に、四番の歌詞の各行の終わりで、ポールが短いハーモニーを入れて、彼のアプローチを成功させている。六週間後にシングルとしてリリースされた（B面はハリスンの「オールド・ブラウン・シュー」で、二日後にビートルズ四人全員でレコーディングした）「ジョンとヨーコのバラード」は、ジョンがアップル社のスタッフに対するセリフとして入れた「the Christ bit（ちくしょう）」という歌詞が、いくつかのラジオ局の検閲にひっかかったにもかかわらず、ナンバー・ワンのヒットとなった。

この時や、その他の「アビイ・ロード」のレコーディング・セッション中の彼らの礼儀正しさは、一つにはジョージ・マーティンのおかげと言えるだろう。マーティンがビートルズを叱咤してからずいぶん時間がたっていたが、彼はおそらく彼らに、自分たちでどうにかするしかないんだぞ、とプレッシャーをかけて、なんとか最高の演奏をさせたのだろう。アルバム「レット・イット・ビー」のセッションがあれほど不愉快だったのに、また新しいアルバムを出す計画があると聞いて、マーティンも驚いたわけで、「アビイ・ロード」への参加を即同意したわけではなかった。マッカートニーからプロデューサーをやってくれないかという話があった時、彼は、もし本当に自分に実権が与えられ、ビートルズがあまり喧嘩をしないのであれば戻ってもいいよ、とはっきりと言った。「もしビートルズが昔のようなアルバムを出したいのであれば、自分たちも昔のようにならなければいけなかった」とポールは告白している。

「アビイ・ロード」のセッション中のビートルズの態度は、最高水準とまではいかないが、仕事をこなすには十分のレベルだった。もちろん、緊張はなくならなかったし、時には議論になったり、声を荒げたりすることもあった。リンゴとジョージは、「スタジオで威張りすぎると言って、『アビイ・ロード』のセッション中に僕に文句を言った」と後にポールが語っている。ヨーコの侵入もさらにひどくなり、ジョンが、妊娠した妻とは離れていられないし、彼女が医者からベッドで休むように言われているからと、スタジオにベッドを入れたいと主張したのは、あまりに突飛なことだった。ある日、ヨーコが断りもなしにジョージのビスケット一枚を勝手に食べてしまったことで、二人のメンバーは激しくなじり合った。それに、ジョンがレコーディング・セッションにまったく参加しないことさえあり——七月一日に、彼とヨーコは自動車事故で怪我をしてしまい、また一九六九年の夏には、たびたびヘロインを喫《す》ってフラフラになった——「アビイ・ロード」は部分的に、特にA面のオーバーダブは、ジョン抜きでレコーディングされることになった。

だが、ジョンがいる時でもいない時でも、親しく楽しい瞬間もたくさんあった。八月八日には、「アビイ・ロード」の有名なジャケット写真——あのスタジオのあるビルの外で、横断歩道を四人が渡っているカラー写真だ——が撮られたが、この撮影は予定よりも早く終わって、午後のレコーディング・セッションが始まるまで、二時間ほど空くことになった。多くのビートルズ関連の書物にあるように、この頃、ジョンとポールは同じ部屋にいることすら、ほとんど我慢ならなかったはずなのに、実は、彼らはいつのまにか一緒にポールの家に行って時間をつぶし、リンゴは買い物に、ジョージは動物園に行っている。また、後にシングル「レット・イット・ビー」のB面に入れられたコミカルなナンバー、「ユー・ノウ・マイ・ネーム」に、風変わりなヴォーカルと効果音をオーバーダブするため、第3スタジオでジョンとポールが同じマイクに向かって何時間も一緒に歌ったこともあった。ルイソンが報告しているが、「オクトパス・ガーデン」や「ヒア・カムズ・ザ・

サン」を録音する時など、メンバーは楽しくからかい合ったりしていたのだそうである。アルバム「アビイ・ロード」でマッカートニーが楽しく思い出すことの一つに、アルバムのA面の最初を飾る記念碑的なレノンの聖歌、「カム・トゥゲザー」のセッションがある。マッカートニーによれば、レノンは他のメンバーを褒《ほ》めることは決してなかったから――「もし、ほんのわずかでも褒められたりしたら、それはもうすごいことなんだ」――ポールがその曲で弾いたピアノを、「湿っていて、しかも煙《けむ》るようだ」と、ジョンから褒められた時には非常に喜んだ。しかも、「カム・トゥゲザー」でうまく演奏できたのは、ポールだけではなかった。この曲は、「アビイ・ロード」のセッション期間中に、ビートルズの四人全員が、いかに気をひきしめてパワフルに音楽を作り続けているかを示す最高の作品となった。「カム・トゥゲザー」の最初の三秒間には、斬新さと生命感があふれている。

この曲の出だしのきわめて特徴的な長いラインの展開で、ビートルズは四つのユニークなサウンドを合わせて、曲の最初から、すぐに聴く者を惹《ひ》きつけるムードを作り出している。まずジョンのヴォーカルがきて、半ば歌うように、半ば囁《ささや》くように「Shoot me（僕を撃って）」と命令する。これはいかにも不気味で、十一年後にジョンが射殺されることを考えると、まったく不吉な言葉だった。だが、ジョンのヴォーカルは「shoot」の部分だけが聞こえ、「me」は、ポールが徐々に盛り上げていくベース・ラインの最初の音にかき消されている。そしてベースと同時に、三番目のサウンドが現れ、的に向かう矢のような、とても短い、手を叩くような音が、ベース・ラインの上を反響していく。レノンは、その音を「me」と歌うとすぐに手を叩いて出し、ミキシングの段階で、テープのエコーを手拍子に合わせていった。そして最後は、この盛り上がる二つのリズムが、高いところから雷が轟くように下りてくるリンゴのドラムと呼応する。

最初の行の「ol' flatop（なつかしい山高帽子）」はチャック・ベリーの歌からとったものだが、レノンがこの「カム・トゥゲザー」を書き始めた時には、政治的な歌にしようとしていた。ヒッピーで、LSD推進者でもあるティモシー・リアリーが、カリフォルニア州知事に立候補しようと考えて、レノンに、スローガンである「come together（共に歩もう）」のキャンペーン・ソングを作ってくれと頼んだからだった。たまたま、ジョンが書き終えた政治的な意味合いの強い曲の一行目は、コーラスがなければ、「One thing I can tell you is（一つ、あんたに言えるのは）／You got to be free（自由になるべきだということ）」という言葉だった。だが、コーラスが入ると、これは強い叫び、明快で含蓄があり直接的なものとなった。一九七二年にニューヨークのマジソン・スクエア・ガーデンで、レノンがこの曲をライヴで歌った時には、彼はさらにこのコーラスを「Come Together（共に歩もう）／Stop the war（戦争をやめさせよう）／Right now!（今すぐに）」と変更している。群衆は、この言葉に同意して叫んだ。それなのに、ジョンはその曲の最後で、はっきりとこう呟《つぶや》くのだ――「こんなイカれたセリフを吐くのは、もういいかげんやめなくちゃ」。たとえレノンがその言葉の曖昧さを承知していたとしても、これほど重大な言葉を、ほかの人なら口にする勇気があるだろうか？　レノンは自分自身のことを歌っているようだが、それぞれこういった独立したライン――「I know you, you know me（僕はあんたを、あんたは僕を知っている）」とか、「Got to be good lookin'（よく見てみることだ）／'cause he's so hard to see（でないと、彼は簡単には見つからない）」などに、レノン特有の親しみやすさと茶目っけなユーモアが見られるのが印象的だ。

音楽的に、「カム・トゥゲザー」のどれか一つを取り出して褒めるのは難しく、これはまさにグループの素晴らしい努力の賜物《たまもの》だった。レノンの激しいリード・ヴォーカルは力強いが包み込むようで、それだけでも十分通用しそうなのだが、マッカートニーのうまく配置したハーモニーがさらに気持ちをかり立ててくれるのだ。一つ言っておきたいのは、よく見過ごされるからというわけではないのだが、リンゴ・スターの本当に見事なドラムである。「カム・トゥゲザー」はドラマーとしてのリンゴの最高の強みの二つ、つまり歌に対する本能的な感覚と、きわめて個性的なサウンドであるとのマーティンの指摘がよくわかる良い例だろう。この曲のオープニングの瞬間からそれは明らかであり、しかもきわめつきは、ジョンが最後のコーラスを歌った後のエンディング近くである。ジョージが高いギター・フレーズを響かせ、ジョンが「Come together」と繰り返し歌ってフェイド・アウトしていくところで、ビートルズは最初、オープニングの「Shoot me」の節を四回繰り返している。その四楽節目で、リンゴのドラムが、みぞおちにパンチを食らわせる稲妻みたいに素速いリフレインに入るのだが、これがものすごく早くて力強いので、息切れする暇もないほどアッという間に過ぎてしまうのだ。またアルバムに入れられたトラックの彼のドラムも、負けず劣らず感動的である。以前にはマッカートニーに批判されたりしたが、音楽的に他のメンバーにはひけをとらないんだ、ということを示すと心に決めたかのような演奏だった。

意図的にかどうかはわからないが、ハリスンもまた、このアルバムの次の曲、彼の美しいバラード「サムシング」で、同様の頑張りぶりを見せている。レノンもマッカートニーも、「サムシング」がアルバム「アビイ・ロード」の中で最高の曲だと思っていたとも言われているが、フランク・シナトラはこの曲を「この五十年間で最高のラブ・ソング」だと言った。アルバム「アビイ・ロード」の中のハリスンのもう一曲「ヒア・カムズ・ザ・サン」と合わせて考えると、「サムシング」もまた、ビートルズがバンドとしてまだ成長し続けている確かな証拠でもあった。そうなれば、彼らは、リンゴの言葉を借りれば、「当時の世界最高の作曲家」二人だけではなく、真に偉大な三番目の作曲家も誇ることができたわけである。

「サムシング」のデモ・テープでは、ハリスンが苦労して歌詞を完成させたようすがわかる。一時は、出だしの歌詞は、冗談で「Something in the way she moves（彼女の仕ぐさに表れる魅力が）／Attracts me like a pomegranate（ザクロのように僕を惹きつける）」としていた。ジョージがのちに、この曲は音楽的には、「おそらくこれまで書いた中でも最高のメロディ」だと自負している。もちろん多くの人が、彼と同じ意見だ。「サムシング」は、リリースされてから十年の間に、他のアーティストたちによって百五十回以上もカバーされてレコード化されており、それはビートルズの曲の中では「イエスタデイ」に次ぐ多さになるはずである。だがたいていの場合、ビートルズのオリジナルのアレンジを凌《しの》ぐことは難しい。ここでもリンゴのドラムは輝いており、ポールがベースでいつもの名人芸を見せているし、ジョージのなめらかなギターも、ミドルエイトを楽しげな表情で満たしている。全体は、甘すぎも辛すぎもせず、ジョージ・マーティンの楽譜によるちょうど良い程度のオーケストラに縁《ふち》どられて支えられているのだ。

もし、アルバム「アビイ・ロード」の中で甘ったるいトラックがあるとすれば、それはマッカートニーの「マックスウェルズ・シルバー・ハンマー」である。ポールが言うには、人の頭蓋骨を強打する癖のある若者についての、この陽気で気味の悪い話は、予測できない人生の浮き沈みを比喩したものだという。これは、「オブ・ラ・ディ、オブ・ラ・ダ」と同じ調子で――ハリスンは「安直な、口笛で吹けるようなメロディだ」と言うが――それと同じように、ポールは何度も何度も、ジョンとジョージがうんざりするほど、この曲のレコーディングを繰り返した。ハリスンは後に、この歌を「本当に甘ったるい」歌だと言った。レノンはからかって、「おばあちゃんたちが気に入る、『マックスウェルズ・シルバー・ハンマー』のようなちょっと素敵なフォークソングを作っているかぎりは、ビートルズはファンを引きつけておくことができる」と言ったといわれている。

だが、マッカートニーの次の曲「オー！ダーリン」は、絶対におばあちゃん向きではなかった。実際、ジョンはこの曲を非常に褒めて、できればポールでなく自分が歌いたいと望んだほどだった。彼は、ポールよりも自分の方がうまく歌えるとさえ言った。それも確かに一理ある。ジョンはロックン・ロール歌手として最高の一人だからだ。だが、それならポールも同じわけで、彼はそれを「オー！ダーリン」で証明している。後にマッカートニーが語ったところによると、彼は一週間、毎日早めにスタジオに来て、「その週ずっとステージで歌っているかのような」サウンドが出したくて、皆が到着する前にこの曲を歌っていたのだそうだ。五度目の挑戦が、アルバムに入るバージョンとなった。飾らないハスキーなヴォーカルは、その奔放さが（リトル・リチャードの裏声で完璧な）「のっぽのサリー」を思い起こさせ、しかも一つ一つの音が澄んでいて豊かだ。彼のヴォーカルは、アンサンブルの素晴らしい演奏によってより豊かになっているが、特にジョージのオープニングのギターがミドルエイトのところで三段跳びのように弾《はず》んで、ポールの歌をなめらかなものにしている。

このアンサンブルは、「オクトパス・ガーデン」にとっても重要だった。リンゴが思い描いたのは、水の中の理想郷だった。何年か前に、リンゴはよく、他の人の曲を無意識のうちに使って作曲していると言われ、他のメンバーからからかわれていたことがある。だが、「オクトパス・ガーデン」は、ポールの「イエロー・サブマリン」に似てなくもないが、それ以上のものであり、リンゴは、その前年の夏にビートルズを離れた後にそれを書いたと言っている。「あの時には、僕も海の中にいたいと思った。しばらく、逃げたかったんだ」

映画「レット・イット・ビー」の中で、リンゴがこの曲のコード進行を考えるのを、ジョージ・ハリスンが手伝っている場面がある。特にオープニングのジョージの元気のいいギター・ソロは、このありきたりな曲を、実際よりも強い印象にしている。ポールの陽気で硬質なピアノと、高揚するバック・ハーモニーも入って、彼とジョージがさらにこの曲の幻想的風景を盛り上げている。ここで、ビートルズのもう一つの秘密がわかる。このやり方なら、グループでメンバーのいろいろな弱点を補い合えるということが。ポール・マッカートニーとジョージ・ハリスンにバックでハーモニーを歌ってもらえるシンガー・ソングライターなど、他にどれだけいるだろうか？

A面最後の曲は「アイ・ウォント・ユー」で、これもまた、ビートルズの卓越した音楽の結集と調和のモニュメントである。ビートルズが解散してすぐにレノンは、メンバーとの演奏で、「目くばせをしたり、ノイズを入れてみたり、僕らがどこでアドリブを入れるかが全員にわかっていたりすることが、もうないと思うと寂しい」と語った。「アイ・ウォント・ユー」では、ジョンがそういったテレパシーのようなものに頼って、他のメンバーの舵をとっていたことが、容易に想像できる。ジョンのヨーコへの愛の叫びは、歌詞としては少し未熟かもしれない――タイトルが何度も繰り返され、それがこの歌の唯一の歌詞と言えるほどだから――が、メロディからすれば、この曲は極めて複雑で、微妙だが明らかに違う、さまざまなトーンやテンポへと次々に変化していく。これほどのツイストやターンをうまくこなすには、しっかりしたバンドが必要だが、ビートルズは（キーボードにビリー・プレストンを加えて）、一九六九年二月二十二日に、一回のセッションでこの曲のベースになるリズム・トラックを録《と》り終えている。

「アイ・ウォント・ユー」はまた、ビートルズがまだ独自の前衛性を維持していることも示していた。シングル・リフの個別の繰り返しをこれだけ多く使うと、逆効果でかえって陳腐なものになる危険性があるが、この曲のベースは決して衰えていない。長く高まりながらフェイド・アウトしていくのは、ポピュラー音楽の常道ではない。サウンドがしだいに壮大な広がりを見せるので、聴く人はクラシックのオーケストラが使われているかと思うほどだが、実際にはその効果は、レノンとハリスンがエレキ・ギターを数えきれないほどオーバーダブして出したものなのだ。その時ジョンは、いわゆるホワイトノイズ——シャーッという雑音——をわざと取り入れることによって、さらにサウンドの効果を高めたので、この曲の最後の部分は、北極地方の荒野の夜に風が吹いているような音になっている。そして、最後にさらに奇抜さを加えているのは、その嵐が、まるでヒューズが飛んだみたいに突然やむことだろう。「アイ・ウォント・ユー」のこのエンディングは、ジョージ・マーティンが別の機会に語った次の言葉で、はっきりと説明がつく。「騒がしいサウンドの後の完全な静寂ほど感動的なものはない」。だが、これはおそらく、ジョン・レノンが思いついたものだろう。アルバム「アビイ・ロード」の最後のミキシング・セッションの時に、レノンがこの曲のプレイバックを聴いていて、突然、エンジニアのアラン・パーソンズに向かって、「ちょっと！　テープをそこで切って！」と言ったのだ。それは、一九六九年八月二十日に行われたミキシング・セッションで、ビートルズの四人全員がアビイ・ロードのスタジオに集まった最後の時だった。

ビートルズが解散してから、ジョージ・マーティンは一度ならずも、「作曲家としてのジョージ・ハリスンにあまり注意を払っていなかったことが残念だ」と言っていた。マーティンがレノンとマッカートニーにばかり向いていたのも、彼らが生み出してきた作品の質と量から考えれば当然のことだが、結果として「ジョージはかわいそうに、後になるまで、あまり注目されなかった」。マーティンは詳細は語らなかったが、アルバム「アビイ・ロード」のB面最初の曲、「ヒア・カムズ・ザ・サン」は、彼への評価が間違っていたことを示す作品の一つだろう。後にマーティンは語っているが、それは「ある意味では、これまでに書かれた中でも最高の曲の一つ」だったのである。

これは非常に重要な見解だろう。「ヒア・カムズ・ザ・サン」は確かに、ビートルズがそれまでにレコーディングした中でも最高の曲の一つに位置づけられるだろうし、しかもこれはほとんど完全にジョージ・ハリスンの作品である。この歌は彼が、春の初め頃に、エリック・クラプトンの家の庭を散歩していた時に書いた曲だ。曲を書いただけでなく、彼はたくさんのギターを一つ一つ鳴らして、芝生の上で戯れるようなこの歌の喜びを表している。彼はまた、ハーモニウムを演奏してみたり、手拍子を入れてみたり、（マッカートニーにハーモニーを入れてもらう以外は）ほとんど全部を歌ってみたりしているのだ。

実際、ジョージは、ポールのベースとリンゴのドラムと、マーティンに楽譜を書いてもらう以外は、すべて自分でやっている。何年もの間、レノンとマッカートニーは曲を書いてきて、その出来の良さと親しみやすさは誰の目にも明らかで、その曲はすぐにも名作となっていった。たとえば「抱きしめたい」や「ヘルプ!」、「イエスタデイ」、「ノーウェジアン・ウッド」、「ア・デイ・イン・ザ・ライフ」、「ヘイ・ジュード」などなど。しかし偉大な兄弟たちを見てきたハリスンもまた、「ヒア・カムズ・ザ・サン」で同じ立場に立ったのだった。

「僕はジョージであってもよかった、つまり目立たない人間であってもよかったし、ビートルズの初期の頃に彼が学んだことを学んでもよかった」と、解散してからレノンが言ったことがある。「ヒア・カムズ・ザ・サン」は独特の作品であるが、また、ジョンとポールの傑作に通ずるような素晴らしい点もたくさんあることを、はっきりと示していた。

何よりも、そこにはシンプルさと洗練された感じがうまくブレンドされている。「ヒア・カムズ・ザ・サン」のメロディ・ラインは、非常にテンポが速くて純粋であり、ハリスンはアコースティック・ギターを二秒ほどかき鳴らしただけで、その音を耳に留めた。確かに、その五つの音符が非常にぴたりとはまっていたので、彼には言葉すら必要なかったが、二度目にはこう歌ってみた——「Doo-doo-doo-doo」——そして、歌の残りの部分は、そこから生まれていく。コードは、一番の歌詞の最後、「And I said, it's all right（そして僕は言う、もう大丈夫だって）」の直前に変調が入る以外は、必然的に1—4—5を繰り返し、元気いっぱいの調子で、また最初のメロディに戻っていく。ミドルエイトでは、「Sun, sun, sun（太陽だ、太陽だ）／Here it comes（やっと現れた）」と、ジョージが別の三コードのパターンを演奏するところで、二層目のシンプリシティが加えられた。そしてここでは、ベースの音がAメジャーからGメジャーに移り、順序も4―1―5となる。そして彼は、三層目のシンプリシティでこのキー・チェンジを行っているのだ。唐突でありながらまったく自然なサウンドで行えるテンポ・チェンジは、ジョン・レノンの常套手段だった。歌詞もまた、無垢《むく》の強さを持っている。答えを説くのではなく、普遍的なもの――太陽の暖かさ、春の到来、人の笑顔――を聴く人の心に訴える。

これほどまでにシンプルさを織り込みながら、結局は非常に複雑に、洗練された最高のフォームを作り出しているのだが、この歌がビートルズの傑作の一つと称される別の理由は、たいていのポップ・ソングよりもずっと内面的で深く、しかも外にも広がっているという点だ。だが、この曲は構造的に洗練されている一方で、曖昧さというものがない。つまりはジョージが、優れた音楽の建築家になったということだった。この点では、もちろんポールとジョンもその例に漏れないわけで、彼らは三人とも、代わるがわるそれらのことをジョージ・マーティンから学んでいったのだ。「交響曲のように考えろ」というマーティンのアドバイスは、三人に、ポップ・ミュージックのスタイルでさらに大きく芸術性を表現する方法を考えさせ、彼らの先天的な才能と、抑えきれない好奇心をそこから引き出したのだった。

そのことで、「ヒア・カムズ・ザ・サン」に描かれている、ビートルズ作品のもう一つの大きな特徴を説明することができる。彼らは、ただ優れた曲を作っただけでなく、それらの曲に明確な解釈を与えているのだ。ビートルズの曲はどれも際立ってオリジナル性が高いので、リメイクするのは非常に難しい。ビートルズの解釈した「ヒア・カムズ・ザ・サン」を、どうやったらカバー・バージョンに発展させられるだろうか？　彼らのアレンジはふわふわと空気のようでいて、しかもしっかりと地に足がついており、穏やかだが誇大化されているのだ。そしてそのコントラストは、ハリスンの繊細なギターと透明なヴォーカル、一方ではマーティン、マッカートニー、スターの元気のいい演奏によるバックアップとの組み合わせから生まれている。マーティンは、サウンドの迫力を広げるために、ハリスンのヴォーカルの一番最初の音節から弦楽器を入れ、オーケストラを強めていき、そこから後は、メインのメロディ・テーマを対比させることでコントラストを強調している。マッカートニーは、チェロの最初の盛り上がりのところで、気づかないほどうまく入り込んでから、解き放たれるようにベースを勢いよく滑らせ、曲に圧倒的な流れとはずみをつけており、そこにスターが、陽気で力強いドラムを炸裂させてアクセントをつけるのだ。この曲は、「カム・トゥゲザー」がA面最初でハチャメチャな激しさを見せたのと同じくらいヴィヴィッドに円熟した喜びを表しており、その二つのムードのあまりの違いもまた、ビートルズの強み、彼らの感情と音楽の幅の広さを示している。

アルバム「アビイ・ロード」の中で、「ヒア・カムズ・ザ・サン」はジョン・レノンがまったく参加していない曲だ。つまりは、ほかの三人でも十分にホットなバンドになることが証明されたと言っていいだろう。実際、楽器演奏者として見れば、マッカートニー、ハリスン、スターは、レノンの及ぶところではない。彼がグループに貢献していたのは、もっと別のところ――自然で綿密で深い詩的感受性を、音楽を通して非常に雄弁に語ることのできる才能――だった。その結果の四人組は、激しやすい組み合わせとなったが、その原因の一つは、レノンがそういった多才で創造的な力を持っていたからだった。「アイ・アム・ザ・ウォルラス」があって「ジュリア」があり、「ひとりぼっちのあいつ」のような曲があって「涙の乗車券」もある。アルバム「アビイ・ロード」では、「カム・トゥゲザー」や「アイ・ウォント・ユー」の鋭いエッジは、B面二番目の曲「ビコーズ」の高尚な雰囲気でバランスがとれている。この「ビコーズ」では、リンゴが脇に追いやられていた。というのは、地球の丸さや青さや風の強い空の荘厳さを歌ったこの美しい瞑想的な曲は、とりわけジョン、ポール、ジョージ向けのヴォーカルによるところが大きい。「ディス・ボーイ」だけではなく、「抱きしめたい」でも、彼らはこういった複雑で高度な三部のハーモニーを歌っている。

「ビコーズ」のハーモニーに見られるように、アルバム「アビイ・ロード」自体が、非常にプロフェッショナルなアルバムだと言われている。それだけでは曖昧な褒め方だと非難されるだろうが、「アビイ・ロード」がそれだけ優れた作品であることは事実であり、その理由は一つにはとどまらない。たとえば、リンゴのドラムとポールのベースがあれだけ感動的なサウンドが出せるのは、レコーディング時の熟練の技による。「アビイ・ロード」製作のためにビートルズと共に働いたスタジオのスタッフの中には、この業界で最高の技術者たちもいる。特にジョージ・マーティンとジェフ・エメリックは、「リボルバー」や「サージェント・ペパー」のアルバムを作った際に、ポップ・ミュージックのレコーディング方法に革命を起こした大ベテランなのだ。程度の差こそあれ、それ以降、この二人はビートルズから距離をおいていたが、それはビートルズの態度によるところが大きかった。だが、「アビイ・ロード」の製作に戻ってきた時には、二人ともまだ鋭い切れ味をなくしてはいなかった。

おそらく、自分たちがあまりに利己的で道を外れていってしまった、とビートルズが感じていたからだろう。マーティンとエメリックを「アビイ・ロード」に呼び戻したのはマッカートニーだった。他のメンバー、特にジョンは、こういったポールの抜け目のないマネジメントに憤慨することもあり、映画「マジカル・ミステリー・ツアー」の時も、ポールの手柄となるようなトラック・レコードは、当然ながら問題にされた。だが、ビートルズの歴史を公平に考えてみると、マッカートニーのオーガナイザーとしての意欲が、彼らの成功の重要な要素であったことは認めなければならない。それがなければ、彼らのアルバムのベスト3か4に入るという「アビイ・ロード」も、できあがらなかったことだろう。メンバー全員をせきたてて、それぞれの位置に配し、このプロジェクトを完成まで持っていったのは、ポールなのだ。B面の十六分にも及ぶロング・メドレー——リンゴに言わせればも、「僕たちの最高傑作の一つ」——ほど、このアルバムの姿をよく表しているものはない。

メドレーを構成する八曲は、曲の集まりというよりも、部分的に完成した曲の断片である。キーやテンポの変化をたくさん取り入れて、しかも、それらの断片を継ぎ目なくつないで連続性を出せたのは、マーティンとマッカートニーの音楽的才能によるところが大きい。だがそれ以上に、まず最初にこの方向で進めようと考えたマッカートニーの鋭い構成力の賜物なのだ。これをレノンに任せていたら、これらの断片は未完のままで残され、結局はアルバムにならなかっただろう。そうなる代わりにこのアルバムは、断片をミニチュアのシンフォニーに仕立てるという、マーティンとマッカートニーのアイデアで救われたのだ。

レノンは、「アビイ・ロード」のメドレーが気に入らないことを隠さなかった。ジョンが正統派のロックン・ロールを好むからだというマーティンの言葉は正しいが、メドレーがマッカートニーのプロジェクトであり、その概念上の複雑さが、レノンの音楽の範囲をまったく超えていたことも確かだ。また、レノンが提供した部分が、メドレーの中では最も印象に薄いということもある。「サン・キング」、「ミーン・ミスター・マスタード」、「ポリシーン・パン」は良くできており、特に「ポリシーン・パン」の意地悪なユーモアがいい。だがこれらは、マッカートニーの作品——「ユー・ネバー・ギヴ・ミー・ユア・マネー」の美しく疼《うず》くような悲しさ、「シー・ケイム・イン・スルー・ザ・バスルーム・

ウィンドウ」の騒々しい陽気さ、「ゴールデン・スランバーズ」と「キャリー・ザット・ウェイト」の厭世志向ほどの高い評価は得られなかった。それでも、全体のメドレーは素晴らしい手品のようで、どこか、変わった食べ残しを休日のご馳走に変えたようなところがあった。

メドレーの最も痛快な場面と言えば、このアルバムの最後の意味深い一節、「ジ・エンド」を挙げるのが適当だろう（二十三秒間の短い「ハー・マジェスティ」は、スタジオ・エンジニアの手で「ジ・エンド」の後に加えられ、何らかの理由でビートルズもそれに同意した）。この頃のビートルズのことを後から考えてみると、一九六九年八月初め、まだ解散することになるとは思っていなかった時に、「ジ・エンド」のレコーディングを終えていたことは重要だ。少なくとも、意識的ではなかったろうが、アルバム「アビイ・ロード」には、ビートルズがこれだけ人気が出て、音楽的にも成功した理由が集大成されていると考えれば、「ジ・エンド」は、カーテンが降りる前に、ビートルズの一人一人に順番にスポットライトを当てたということになるからだ。

このパートは、最初にリンゴのドラムソロで始まるが、これは彼にとって唯一初めてのことであり、ドラマーとしての彼同様に、堅実で控え目な演奏になっている。次に、華々しくバンバンとギターのコードが数小節ほど続き、「Love you（愛している）」というコーラスで、彼らの真髄である真のロックン・ロールに戻っていく。そして、ジョン、ポール、ジョージがまだ決まったドラマーを持たなかった時代、つまり「ギターでリズムをとる」ことを誇りにしていた頃までかえって、三人のギタリストがそれぞれ、素晴らしいお別れのソロをかき鳴らす。まずはポールが射るように、高く舞い上がるように、そしてジョージが水銀がきらめくように、そしてジョンが加わってどんどんと盛り上がっていく。すさまじい音から明るく澄んだ速いピアノの音が現れて、三人の元クオリーメンのためのステージがセッティングされ、ポールの詩――「And in the end（そして結局は）／The love you take（君が受ける愛は）／Is equal to the love you make（君が捧げる愛に等しい）」が歌われる。四人の若者にとって、リヴァプールからの道のりは、長く驚異的なものだった。だが結局は、ポールの最後の歌詞は、ビートルズには当てはまらないのだ。世界は彼らを愛したけれども、彼らが音楽を通じて世界に与えた愛は、もっと違う高い次元のもの――それ以前にも以降にも、誰にもまねできない、比類ない、奇跡的な贈り物だったのだ。

第24章　時代の象徴として──歴史の中のビートルズ

「ハッピー・バースデイ・トゥ・ミー、ハッピー・バースデイ・トゥ・ミー！」──一九七〇年十月九日のジョン・レノンの誕生日の夜、彼はアビイ・ロードのスタジオで、ビートルズを離れてから最初のスタジオ・アルバムのレコーディングを行っていた。後ろでは、バンド仲間のリンゴ・スターとベースのクラウス・フォアマンが、ふざけて自分を祝う歌を歌うジョンを笑っていたが、陽気なスタジオの雰囲気は、完成後のレコードにはないものだった。「ジョン・レノン／プラスティック・オノ・バンド（ジョンの魂）」と題されたこのアルバムは、余分なものを一切除いたスタイルと、裸になって告白しているような歌詞で、リスナーたちに衝撃を与えることになる。アルバムの始まりでは、ジョンが幼い時に母親から捨てられたことが描かれている──「Mother, you had me, but I never had you（ママ、僕はあなたのものだった、でも、あなたは僕のものじゃなかった）／I wanted you, but you didn't want me（僕はあなたが欲しかったけど、あなたは僕なんかいらなかったんだ）」というあの有名なくだりだ。「ワーキング・クラス・ヒーロー」の中で、レノンは「as soon as you're born, they make you feel small（君は生まれた途端に、自分が小さいと感じる)」世界のことを歌っていた。

アルバム「プラスティック・オノ・バンド」は、レノンの「最初の叫び」のアルバムだと言われるようになるのだが、それは彼がプライマル・スクリーム療法という名目で四か月間を過ごした後にレコーディングしたもので、子供の頃に心の中に埋め込まれたと思われる傷《いた》みを払拭しようと、吠えたり泣いたりする長いセッションが特徴だった。ジョンは、この最初の叫びが彼を癒してくれたと感じているし、実際その通りだったのだろう。このアルバムにはゾッとするような歌詞も入っていたりするのだが、アビイ・ロードの保管庫のテープを聴くかぎり、スタジオでのレノンは楽天的で楽しそうな雰囲気だ。中には、ジョンとリンゴのおかしな、ホッとするようなやりとり——二人の、あるいは、ハンブルク時代からのビートルズの友人であるフォアマンとの皮肉や冗談や音楽上のアイデアの出し合い——が多く含まれている。そして、ジョンの誕生日の夜遅くに、ジョージ・ハリスンがふいにスタジオに現れた時には、ジョンもリンゴも、特に嬉しそうだった。

その時、ジョン、リンゴ、フォアマンは、「リメンバー」の四回目のテイクの終盤に入っていた。ジョンは、その曲のエンディングをまだ決めていなかったので、バンドは即興でジョンに続いていた。ついにジョンが演奏をやめ、他の者が口をはさむ。「わかった、わかったよ」と言ってジョンは笑う。「僕らの一人でもやめなければ——つまり、そいつがパターンを決めるということさ」。次の瞬間、ジョンが現実に戻ったように声をあげた。「ジョージじゃないか！」そして、懐かしい友がスタジオに入ってくると、リンゴも叫ぶ

──「よく来たなァ」。ホールの向こうのスタジオで、ソロ・アルバム「オール・シングス・マスト・パス」を作っていたハリスンは、当然ながらスライド・ギターを持って来ており、テープにはジョンが「じゃあ、Eから始めるの?」という声と共に、そのギターの音が少し入っている。ジョージが熱心に答えている。「いいや、たぶんFシャープだろう、だって、前は弦をあんなに緩めていたんだから」。ここでテープは切れ、会話の残りの部分はない。

「プラスティック・オノ・バンド」で最もパワフルな曲の一つは「ゴッド」で、その中にレノンは、彼がもう信じてはいないイコンたち──イエス、エルヴィス、ディラン、そしてもちろんビートルズ──の名前を入れている。だが、レノンが信じていないビートルズというのはその神話であって、人間ではない──外界から押しつけられ耐えがたい重荷となった期待、束縛、圧迫がからんだクモの巣であって、彼と共に狂気に満ちた経験をしてきた三人の若者たちではなかった。一九八〇年にジョンが言った、「僕はまだ彼らを愛している。ビートルズは終わったけれど、でもジョン、ポール、ジョージ、リンゴは生きているんだ」という言葉に象徴されるように。レノンは、「プラスティック・オノ・バンド」のセッションをしていた頃に不仲で、その後一生、公的にも私的にも争い続けたマッカートニーでさえ、二人がソロで活躍したあいだ中、ずっと敵だったわけではない。ビートルズの解散を、ただ四人の兄弟が引っ越してそれぞれ別に暮らしているだけなんだ、と言ったハリスンの比喩を思い出すなら、それは、彼らが一緒に時間を過ごすのをやめただけで、楽しむことをやめたという意味ではなかった。レノンの頑固な不信にもかかわらず、ビートルズの神話は生き続け、グループが解散した後も成長しさえした。ビートルズは、絶頂期に創作及び商業活動をやめたため、つまらない仕事をしたりして、彼らの芸術的な評価が大きく変わってしまうこともなかった。つまり、彼らの時代に最も愛され、成功したミュージシャンとしての神話像は、まるでタイムカプセルに入れられたように、完全に守られたのだった。その神話像は、一九八〇年十二月八日にレノンが、ニューヨークの自宅アパートのそばで狂信的なファンに殺された時には、殉教者にまで高められた。

しかし、この言いようのない悲劇の前は、ビートルズの神話はもっと世俗的な次元でもてはやされていた。その一つが、なぜビートルズが解散したか、彼らは再結成するかどうかという、世間の変わらぬ興味だった。グループの解散が法廷や新聞や雑誌のコラムで取り上げられすぎたせいで、ビートルズは互いに修復できないところまで行ってしまった、と結論づけた人も多かった（逆説的だが、そのことがビートルズ再結成への願望を静まらせたわけではない）。だが、実際はもっと複雑だった。確かに、元ビートルズのメンバーたちは、解散後もつまらないことで喧嘩を続けていたが、彼らは仕事でも私生活でも仲良くしていたこともあるのだ。「僕らは議論したし、少し喧嘩もした」と、一九八一年にリンゴが言った。「ツアー中はそうだったし、今でもそうだよ。でも、新聞が書きたてるようなものとは違うんだ」

だいたいの仲たがいは、いつもポールと他の三人の間で起こり、その二つのグループの間の関係は、解散の直後、特に一九七一年に、マッカートニーがビートルズのパートナーシップの解消を持ちかけた訴訟によって、まったく冷えきってしまっていた。だが一九七三年に、事態は著しく変わった。四人が一致協力して、元マネジャー、アラン・クラインに対する訴えを起こしたからだった。これによって四人の仲はまた元に戻り、リンゴのソロ・アルバム「リンゴ」に対して、それぞれに別個の協力もした。彼らが一つになった時の迫力は、確かに以前のようなものではないけれど、彼らの根底にある友情は、解散という不愉快な出来事の中でも生き残ったのだった。マッカートニーが後に回想しているが、彼らはアップル社のビジネスを話題にしないかぎりは、うまくいっていたと言っていいだろう。

好むと好まざるとにかかわらず、元ビートルズの四人は、ビートルズという、とてつもない経験によって永久に結ばれていた。そして、解散という出来事がどんどん過去に遠ざかっていくにつれて、栄光の時代に作られた絆が、険悪な期間に生まれた敵対感情よりも強くなっていったようでもあった。ビートルズの研究家マーク・ルイソンは、「言うなれば彼らは、親族、兄弟のような意識を持っていた。それは、他の人々には決して理解できない、彼らだけが経験してきた出来事がたくさんあるからだろう。私は、たとえ彼らが互いにののしり合っていても、そこには愛情があるんだと思っていつも微笑ましく見ていた。兄弟喧嘩みたいなものなんだ。彼らは今も、心の中ではまだ兄弟なんだよ」と分析している。一九七九年に行われた記者会見で、ハリスンは部屋を埋めた記者たちに向かってこう言ったものだった。「全員が納得のいくまで互いを訴え合ったけれど、今、僕たちはいい友人です……僕らは団結することも、楽しく付き合うこともできますが、それを邪魔する唯一のものがあるとしたら、それはカメラやマイクを持ったあなたがたでしょう」

とはいえ、「マスコミの連中」――レノンの言葉を借りれば――はあまり役に立たなかったが、ビートルズのメンバーの間に何が起こったかを部外者が明らかにできないのは、愚かなジャーナリズムだけの問題ではなかった。彼ら自身が、自分たちで混乱を大きくしていたことも多かった。彼らはインタビューで矛盾したことを言い、故意に誤解させたり、曖昧な答えかたをしたり、時間がたつにつれて考えを変えたりしたのだから。たとえばレノンが「僕は天才だ！」と言ったとされる、一九七一年初めの悪名高き「ローリング・ストーン」誌のインタビューを読めば誰でも、彼はもう他のメンバーとは一切関わりを持たないだろうと思ってしまうに違いない。同じようなことが、その年の後半、「ハウ・ドゥ・ユー・スリープ」の歌のマッカートニーに対すると思われる辛辣な攻撃についても言える。一九七〇年代の初めには自分でビートルズ神話をけなしておきながら、一九七四年には、ビートルズの歴史を楽しそうに振り返っているのだ。一九七四年にマッカートニーがニューヨークに行った際に、かつてのパートナーは二、三日を一緒に過ごし、ハンブルクやリヴァプール時代を回想して時を過ごした。

その同時期にレノンとマッカートニーは、ビートルズがまた一緒に演奏することについても、積極的な意見を出し始めている。彼らも互いに生活や仕事があるから、それだけに専念したり永久的にということではないが、四人でまた一緒にできる何かを、ということだった。一九七五年初めのインタビューは、ビートルズの法的な意味でのパートナーシップが正式に解消された直後に行われたものだが、その中でレノンは、「四人の間にはいい雰囲気」があり、「僕らの間には何も〔否定的なものは〕ない。それは、世間が勝手に考えていることだ」と言っている。ハリスンが、マッカートニーとはもう一緒にやりたくないと公言しているけれど、これについてはどうかと尋ねられて、レノンは「僕は全員と一緒にできるつもりだ。ジョージは今はああ言っているけれど、金曜日までには気が変わるだろう。だって、僕らは人間だからね。気が変わるってこともあって当たり前さ。だから、僕らがやるかどうかについては、僕の言葉も、彼らの言葉も、これで決定したというふうに僕自身もとってはいない」と答えている。

レノンが一九七五年の初めにまたオノ・ヨーコと一緒に暮らすようになって、こういった話は出なくなったが、ビートルズが何らかの形で再結成するという考えは、まったく消えてしまったわけではなかった。ファンたちが勝手に再結成の噂をするのも嫌《いや》だったが――「僕ら抜きで馬鹿な話が進んでいる」と一九七四年にリンゴがこぼしていた――元ビートルズのメンバーたちは、再び一緒にやる可能性をまったくなくされるのも嫌だったのだ。「僕らの誰もが、一番最初に〝絶対にやらない〟とは言いたくなかったんだ」と、レノンは死の数週間前のインタビューで話している。実は、レノンが死ぬ数日前に提出した宣誓証書によると、ビートルズ四人全員が興味を持ったプロジェクトとは、ビデオによる共同の自伝の作成だった。ビートルズがその半生をカメラに向かって語り、ショーの部分では全員で演奏もする。仮題は「ザ・ロング・アンド・ワインディング・ロード」で、このプロジェクトは一九八〇年代中ずっと宙に浮いた状態になっていた。

だが、一九七〇年代からEMIレコード社に対してビートルズが起こしていた訴訟と、一九八〇年代に双方が起こしていた訴訟のすべてが最終的に解決して、一九八九年に大がかりな法的決着がついてから、その自伝のプロジェクトの話が再び持ち上がった。残った三人のビートルズが、アップル系企業を通じて、自伝を製作することにしたのだ。タイトルは「ザ・ビートルズ・アンソロジー」と変えられ、そのビデオは、一九九五年に世界中でテレビ放映されることになっている（すでに放送され、ビデオ発売もされている）。元ビートルズたちはまた、アビイ・ロードの扉を開けて、彼らの全盛期にリリースされなかった曲のCDを、一枚か、もしくはそれ以上リリースする決心もしたのだった。ジョージ・マーティンは、彼がビートルズの「音楽の歴史的な展望」と呼ぶ――ライヴあり、すでにリリースされた曲の別バージョンあり、BBCラジオのライヴあり、ビートルズのプライベート・コレクションからの抜粋ありという――このプロジェクトの編集監督の依頼を受けることになった。

ついに元ビートルズたちは、もう一度一緒に演奏することに決めたのだった。一九九四年二月に、ポール、ジョージ、リンゴがレコーディング・スタジオに入り、ジョンが死ぬ前に録音して、まだ完成していなかった曲に、新しくヴォーカルと演奏のトラックを加えた。この「フリー・アズ・ア・バード」は、レノンが一九七五年にアメリカからの国外追放に対する法廷闘争に勝利した後に書いたと言われており、「アンソロジー」のビデオシリーズと一緒にリリースされることになっている（新曲もアルバムも出ている）。

「アンソロジー」のプロジェクトは、ビートルズが自分たちの歴史を見直すという目的で、ビートルズの宣伝担当だったデレク・テイラーによって構想が練られた。第三者が、書物、映像、雑誌記事で彼らの遺産を定義づけ、断定的だが実際とはおよそかけ離れていることが多いという実態を何年間も見てきて、ビートルズはついに、自分自身の口で語ろうという気になったのだった。

「アンソロジー」のビデオとCDは、その歴史を語り、彼らが何をし、それがどういう意味を持っていたかを、率直に記録していこうとする。つまり、「アンソロジー」の自伝はまた、ビートルズが将来にわたってどのように記憶されていくのか、という問題も提起しているのだ。彼らの音楽は、何十年、いや何世紀も先まで、重大な関心と、広範な楽しみを鼓舞し続けるのだろうか？　ポール・マッカートニーは、現代の人々がモーツァルトを聴くように、一世紀先の人たちがビートルズを聴くことになるだろうと言ったが、それは希望的観測なのか、それとも不遜ではあっても正確な予測なのだろうか？　ビートルズは本当に、モーツァルトやベートーベンのような巨匠と同じ仲間だったのか、それとも、彼らを知る世代のファンが死んでしまえば、やがて記憶から消えていってしまうのだろうか？

「ビートルズがそうした過去の偉人と同じくらいに重要であるというのは自惚《うぬぼ》れだと思うし、われわれに言わせれば、それは違う」と、ジョージ・マーティンが一九九三年のインタビューで私に語ってくれたことがある。それから、彼はニヤリと笑って、こうもつけ加えた。「だが同時に、そうだとも言えるだろう。つまり、ビートルズの偉大なる価値は、人々の声であること、彼らの時代の音楽を表現していたことにあるからね。一九六〇年代に私たちが共に作り出したのは、あの時代の最高の音楽だった。当時のすべての音楽の中でも、最高だった。私は音楽に境界線は引きたくないのでね。だから、現代音楽について語るならば、ビートルズもブーレーズ（現代フランスの作曲家・指揮者）も私は一緒に挙げるし、ビートルズが現代音楽の中で最も重要な作曲家だったと、はっきり言える。それを踏まえた上で、彼らは理解されるべきだよ」

マーティンは、ビートルズの音楽的業績の話となると、無理もないが明らかにひいき目になるようだ。真に偏見のない判断を下すのは難しいが、ビートルズの音楽の持つインパクトがあまりに大きく、おそらく、われわれ全員が、社会現象としてのビートルズにあまりに近づきすぎていたため、世界史的な見地から彼らの音楽を客観的に判断するのは危険すぎるだろう。一方、彼らの曲は、今もそれこそ至るところで聴かれているから、その美しさは簡単に理解することができる。また一方で、多くの人にとっては、感情抜きで、音楽の持つ本質だけを考えるのも不可能なことだろう。

さらに、この現象は諸刃《もろは》の剣でもある。今日でも、アメリカとヨーロッパ（そして日本も）の多くのニュースメディアは、ビートルズ世代の編集者、記者、プロデューサーたちで動かされている。その音楽（及びビートルズ自身）に対する彼らの個人的な興味が、放送内容に影響し、世間のビートルズの評価を不当に大きくしているのかもしれない。だが、もっと後の世代では、その逆もありうるのだ。一九七〇年代、八〇年代の音楽で育った世代の多くは、ビートルズの音楽には耳を貸さないことだろう。そしてその反動は、特に一九七〇年代に著しく、それはまだビートルズの記憶が新しくて、しかも彼らに匹敵《ひってき》し、取って代わることのできる者が誰も現れて来ていない時代だった。ポップ・ミュージックの流行はほとんどが若者の好みで決まり、彼らは、ある意味では音楽を大人の世界と区別する定義として考えていた。一九七〇年代には、パンク・ロックやニュー・ウェーブ・ミュージックの熱狂的なファンが、さかんにビートルズ（及び六〇年代のグループ）を退屈で古い、くだらないやつらで、新しい音楽のために道を空けるべきだとけなした。それほど熱狂的でない人たちでも、まず、わざわざビートルズを聴こうとはしなかった。積極的であれ消極的であれ、そういった反抗は、その世代のアイデンティティを主張する手段だったのだ。結局、一九七〇年代後半と一九八〇年代のティーンエイジャーたちにとっては、ビートルズは親たちの世代の音楽だったのだ。

　同じことが、一九六〇年代に、ビートルズよりもローリング・ストーンズの方が好きだった若者たちに当てはまる。ストーンズはもっと強く、危険で荒々しく、純粋なロックン・ロールだと言われた。ビートルズの音楽は好きだが、ストーンズの名曲「レッツ・スペンド・ザ・ナイト・トゥゲザー」や「ストリート・ファイティング・マン」のように、明らかにセックスと暴力をテーマにした挑戦的な歌には我慢できないという親もいるだろう。これは、ビートルズの持つアウトロー的な傾向を控えめに評価しているが、別の見方をすれば、六〇年代以降のビートルズに対する反応につながっていることも明白である。ローリング・ストーンズのようなバンド――または、それ以降のセックス・ピストルズやブロンディ、トーキング・ヘッズ、ニルヴァーナ、その他の数多くのホットなポップ歌手たち――は、それぞれの世代の象徴として、ビートルズよりもずっと排他的だった（ここで使う「世代」とは、二、三年単位のポップ・ミュージックの傾向を言う）。つまり、特定の世代以外の人は誰も、彼らの活動を楽しまないし、その存在すら知らないのだ。熱心なファンというのは、年齢で厳密に境界線が引かれているわけで、そのことはつまり、ファンたちが大人になって、音楽に時間と情熱をかけることをやめるとたちまち、その人気は急落してしまうということにつながるのだ。

どの世代にも、それぞれの文化的ヒーローや指標となるものは必要であるし、実際にあるわけだが、そういった基準を、ビートルズが歴史的にどのような立場にあったかという点に当てはめることは、またもや芸術的な判断と、感情的な欲求を混同してしまう。親がそのタイプの音楽を好きかどうかは、音楽の実際の価値とは関係ないが、それも価値基準になるとしたら、彼らの魅力は時代を超えているという、彼ら最大の強みの一つを強調することになるのだが、ビートルズの好みに関しては世代間の論争まで起こってくるのだ。

ビートルズが一世代のバンドにとどまらない理由は、彼らがはるかに世代を超えた存在だからである。確かに、彼らはその時代のシンボルだった――ビートルズ以上に六〇年代を象徴するものがあるだろうか？――が、彼らはまた、世代を超越した存在でもあった。彼らの音楽は際立って普遍的なものであり、ビートルズのライフスタイルや信条には賛成できない年輩の人たちでさえ、彼らの歌には本能的に反応してしまうことが少なくなかった。「僕らはいつも、子供から親、おじいちゃんおばあちゃんの世代にまで、誰にでもわかる曲を作っていた……誰でも『イエスタデイ』はわかってくれたし、半分くらいの人は、『アイ・アム・ザ・ウォルラス』もわかってくれるだろう」と、一九七六年にリンゴが言ったことがある。

ビートルズが初めてナンバー・ワン・ヒットを出してから、三十年以上が過ぎた。われわれはついに、彼らの正体を見ることになるのだろうか？　ジョージ・マーティンの見解に戻れば、二十世紀後半で最も重要な音楽性を有するというビートルズの評価は、議論の余地はない。彼らの音楽がその時代の精神を完全にとらえていたというだけではなく、当然のことであるが、その成功が、ビートルズを時代の象徴に導いたのだった。そしてむしろ、ほとんどの人々がビートルズを特別であると感じたのは、彼らの音楽が世界中にもたらした革命的な影響だった。たとえば、ビートルズ以前には、ロックン・ロールはティーンエイジャーだけのものだった。ビートルズほど、ロックを二十世紀後半のポップ・ミュージックの主流に転換できたグループはいない。しかも彼らは、また違った方法で音楽史を前に進めた。音楽のレコーディング技術や、表現方法をまったく変えてしまったのである。彼らは、意見を言わないプラスチックのイコンのような、それまでのポップ・スターのあり方に挑んだのだ。彼らはポップ・ミュージックの概念をもっと広く深くして、真の芸術の一つとして認識させた。社会の共鳴、永続する地球規模の人気、芸術的卓越性という意味で、ビートルズのような成功をおさめた現代のアーティスト、ないしグループは他にはいない。かつてリンゴが言ったように、「他に誰がいるというんだい？……僕らは怪物だった。大物はたくさんいたが、怪物はほとんどいなかった。そこが違うんだ」ということだろう。

ビートルズの確固たる影響力が、彼らを歴史の中に確かに位置づけたが、疑問は残る――芸術性において、彼らは今後どのように発展していくのだろうか？　歴史的に重要であるということですでに記憶されているし、もう一つには、人類史上で最も偉大な音楽家の中にランクづけされてもいるのだが、ビートルズはきっと、これからもずっと「重要である」と見なされていくことだろう。だが、彼らの曲は、単なる文化的産物として聴かれるのだろうか？　それとも、ただ楽しむためだけに聴かれるのだろうか？　一つの社会現象であったという、その明らかな重要性はおいておくとして、ビートルズはその音楽だけでも、時代の不朽の名作と考えられるだけの質があるのだろうか？

ピカソが二十世紀の絵画を制したように、二十世紀の音楽を制したアーティストは一人もいないが、今世紀の音楽界の巨匠の選抜候補者リストを作るとしたら、ビートルズを外すことはまずできないだろう。ポピュラー性でも音楽性でもひときわ優れた曲を何十曲も書いた、才能あふれる作曲家としてだけではなく、ライヴ・ステージにおいても、スタジオ・レコーディングにおいても、天才的なパフォーマーであった。ジョージ・マーティンは、ビートルズと、エルヴィス・プレスリーのような天才的パフォーマーや、ジョージ・ガーシュインのような才能ある作曲家を区別する主な理由として、この二つの成功を挙げている。「皆は、『ハートブレイク・ホテル』やその他の曲のおかげでエルヴィス・プレスリーを覚えているのではなく、エルヴィス・プレスリー自身を覚えているんだ」とマーティンは言う。「彼の場合は、最初に注目が集まり、それから歌があった。ビートルズの場合は、膨大な量の自作曲がある。ガーシュインのようにね。ガーシュインはパフォーマーとしては覚えられていないが、彼の音楽は覚えられている。ビートルズはその二つを合わせることができたんだ。ガーシュインのような優れた自作曲と、プレスリーのような優れたパフォーマンスのレコードを持っていた」

プレスリーとガーシュインを、フランク・シナトラとコール・ポーターに置き換えても、同じことが言えるだろう。あるいは、ボブ・ディランでもいい――彼はその世代で最高の詩人であり、極めて優れた作曲家でもあるが、その歌声と風貌は、少々不利だったと言えるかもしれない。もちろん、デューク・エリントンもいる。ピアニストでバンド・リーダー、何十年にもわたって豊かな不朽の名作を書き、演奏してきた作曲家だ。だが、ビートルズほど、その業績が後世まで残っていけるアーティストはそう多くはないだろう。

ジョン・レノンはいつも、ビートルズの曲はエレキ時代のフォーク・ミュージックにほかならないと言っていた。この事実は、あらゆる世代や階層、そしてもちろん広くさまざまな文化や国の何百万という人たちが、時代を超えてビートルズの音楽に熱い賞賛の拍手を送っていることにも表れている。この反応は、ビートルズの驚異的な創作領域の広さのせいもある。「アイ・ソー・ハー・スタンディング・ゼア」のような熱いロックン・ロールから、「ヒア・ゼア・アンド・エヴリホエア」のような心にしみるラブ・ソング、「愛こそはすべて」のような元気の出る歌や、「イエロー・サブマリン」のような子供でも歌える歌、「トゥモロー・ネバー・ノウズ」のようなドキッとする幻覚世界や、「ア・デイ・イン・ザ・ライフ」のような社会性の強い傑作まで、ビートルズはあらゆるものを提供しているために、あらゆる人が何かしらの価値を見出すことができるのだ。それに、ビートルズは日常の言葉を見捨ててはいない。現代のクラシック音楽の作曲家たちとは違って、ビートルズは広く大衆が理解できる言葉で語ったのだった。しかも彼らは、皆が関心を持っていることを語った。彼らは、世界をもっと良い場所にすることが大切であり、自分たちの音楽が人々を勇気づけ、仲間に加わるようにと考えていた。非常に多くの「社会派アーティスト」と自覚した人たちが苦しんだ〝雑音〟に負けてしまうことなく、ビートルズは、愛、正義、自由の大切さを広めていった。それは、たとえばヴェトナム戦争の終結のような直接政治的な変化だけでなく、さまざまな状況や行為での変革を進めていく手助けもしたし、その効果は今も表れつづけていると言っていいだろう。庶民派の詩人たちの多くがそうであるように、ビートルズもまた政治的にはリベラリストであったが、彼らの音楽が非常に広く愛されたおかげで、彼らはそんなカテゴリーさえも超えてしまったのだ。

シンプルさを洗練したものに織りあげるという、ビートルズの超人的な才能のおかげで、彼らの「フォーク・ミュージック」は同時に、芸術的な不朽の名作のレベルにまで高められた。一九六四年のデレク・テイラーの言葉を借りれば、ビートルズの音楽が「民族、年齢、階層の違いを克服し、世界中で賞賛されている」最も大きな理由は、人間であるとはどういうことかという核心に触れているからだろう。その歌詞からもメロディからも、ビートルズの歌は、喜び、悲しみ、苦労、笑い、知恵、怒り、愛、恐れといった人間のいろいろな感情や経験に訴えることも、またそれらを引き出すこともできるのだ。きっと、ビートルズは意識的にそうしたわけではないだろうし、自分たちの歌で表現されたことのすべてに気づいてもいなかったことだろう。しかも、忙しく仕事に追われていた彼らには、その音楽にそんな特別なマジックを込めるだけのひらめきはあっても、努力する時間はなかったと言える。ＬＳＤの推奨者ティモシー・リアリーが、一九六〇年代の終わりに、「ビートルズは、新しく革命的な段階に人類を導くために地球につかわされた、人間の形をした神々である」と言った言葉は馬鹿げて聞こえたが、彼が言いたかったことは、そう突飛なことでもなかった。ビートルズが共同で生み出した音楽は、彼ら自身も認めているように、四人の力以上のものだった。ジョン、ポール、ジョージ、リンゴ全員が一緒になった時――ジョージ・マーティンが言うには――彼らは違った次元に入り、どんな速さでも出せる車となって、私たちをせき立てたのだった。レノンはこの現象を、「天球の音楽、すべての理解を超えた音楽」にチャンネルが合ったのだと表現した。だが、どのように説明しようと、ビートルズは、人間として、人間であるという最も深く、真実である領域に入っていったことは確かだ。そうすることで、彼らは、すべての偉大なアーティストたちと同じように、私たちを神に触れさせてくれた。

つまり、ビートルズの音楽は、一般大衆のための高尚な芸術だった。しかも注目すべきは、その音楽が広範な視聴者に初めて届いた瞬間にはもう、認識され理解されたということである。確かに、ビートルズがそういった大衆的に大きな成功をおさめたということで、彼らの作り出した音楽が、偉大な芸術としては認められないと言う人が必ずいるだろう。だが、モーツァルトやシェークスピアなども、その時代の大衆に非常に人気があったという事実が、そういったエリート主義の嘘を暴いてくれるはずだ（ビートルズがこの二人の偉人と厳密に同じ芸術的基盤にいると言いたいわけではないが）。ポール・マッカートニーは、「僕たちがいまモーツァルトを聴くように、百年後には皆がビートルズを聴いているだろう」と言ったが、彼は、ビートルズがモーツァルトの音楽と同等と言うつもりではなかったし、また言うべきことでもないだろう。モーツァルトとビートルズを比べることは、ある意味では、リンゴとオレンジを比べるようなものである。だが、ビートルズを二十世紀のモーツァルトと見なすことはできるかもしれない。ビートルズもモーツァルトのように、その時代の大衆に最も人気があるだけでなく、芸術的にも優れた作品を生み出したのだから。

二十世紀の音楽史を真剣に語るならば、ビートルズに栄光と尊敬の称号を与えないわけにはいかない。影響力、衝撃、独自性、人気、社会性、そして卓越性において、彼らの偉業は比類ないほどに大きい。ビートルズの音楽が時代と場所を超えて、これから先も何世紀にもわたって楽しまれると言ったマッカートニーは正しいだろう。だが、その判断は、これからの世代が下すことだ。ビートルズの一番のメッセージは、死ぬ直前にレノンが言ったように、「今ここにいる」ことこそが、大事だということなのだ。まさにここで、今、彼らの音楽が、これまでと同じように、そしてこれから先も新鮮に響くということにこそ、意味があるのだ。

あとがき

本書は、雑誌「ニューヨーカー」に掲載された記事から始まった。一九九四年一月二十四日発行のその記事では、生きている三人のビートルズ――ポール・マッカートニー、ジョージ・ハリスン、リンゴ・スター――が、一九七〇年のバンド解散後初めて、一緒に活動することとなったニュースを、世界に知らせたのだった。この記事では、三人の元ビートルズが、「ザ・ビートルズ・アンソロジー」という、グループの自叙伝とも言うべきマルチ・アワー・ビデオを製作することになったことが書かれている。リリースは翌年で、ロンドンのアビイ・ロード・スタジオの保管庫にある、これまでにリリースされていない曲のCDが四枚～六枚も一緒に出ることになっており、三人のメンバーは、「アンソロジー」のプロジェクトに伴って、リリース可能な新曲のレコーディングも予定しているとのことだった。

「アンソロジー」プロジェクトの情報は、この記事によって初めて明らかとなった。この記事はもともとは、ビートルズ研究の世界的権威の一人として認められている、研究者であり作家でもあるマーク・ルイソンのプロフィールを紹介する目的で書かれたものだった。

ルイソンは、ロンドンのアビイ・ロード・スタジオにあるビートルズの保管庫の、四百時間以上にも及ぶワーキング・テープをすべて聴いた（ビートルズ自身やアビイ・ロード・スタジオのスタッフ以外で）唯一の人物であり、一九八七年に彼が請け負った仕事は、ビートルズのレコードをリリースし、テープの所有者でもあるＥＭＩレコード社からの依頼によるものだった。私は「ニューヨーカー」誌でルイソンに関する記事を書くため、ＥＭＩの許可を得てアビイ・ロードの保管庫に二度も入ることが認められたのだが、それは外部のジャーナリストとしては初めてで、非常に幸運なことだった。そこで、ビートルズ及びジョン・レノンのソロ活動時の保管テープ五十時間分を聴くことができた。後に、いわゆる海賊版テープ――アビイ・ロードにあるテープのコピーで、無許可で出回っているもの――も何十時間か聴いて、その公式保管テープを補うこともできた。本書の序文でも述べたように、市場に出ているビートルズの楽譜と共に、これらのレコーディング・テープが本書の主要な情報源である。

私は、「ニューヨーカー」誌の連載が終わってすぐに、「ア・デイ・イン・ザ・ライフ」の執筆を決心した。その記事を書くため、ビートルズに関する本は、現在発行されているもの、あるいは図書館にあるもののほとんどすべてに目を通した。それは、心を痺《しび》れさせ、目を開かせてくれる体験だった。そして、本棚いっぱいになるほどの本があるのに、ビートルズについて最も重要なもの――彼らの音楽――をきちんと扱っている本が一冊もないことに気がついたのだった。たいていの本は、彼らの芸術としての音楽よりも、「イカす四人組」の華やかな私生活に焦点をあてて書かれている。音楽に焦点をあてた本としては、ウィルフリッド・メラーズの『Twilight of the Gods』(『ビートルズ音楽学』晶文社)や、ティム・ライリーの『Tell Me Why』(『ビートルズ全曲解説』東京書籍)のような分析書があり、時には有用な洞察を加えていることもあるが、そういった洞察も、音楽理論については大学程度の知識もないままに書かれた散文に埋没してしまっている。ビートルズのプロデューサーであるジョージ・マーティンの自叙伝『All You Need Is Ears』(『耳こそはすべて』河出書房新社)や、彼がアルバム「サージェント・ペパーズ・ロンリー・ハーツ・クラブ・バンド」のレコーディングの思い出を書いた『The Summer of Love』(『メイキング・オブ・サージェント・ペパー』キネマ旬報社)には、貴重な情報や見解が含まれているが、それにも限界がある。マーティンは、大きな視野で見るには、ビートルズに近いところにいすぎたし、しかも彼らの書いた詩についてはほとんど触れていないからだ。つまり、彼の著書は、ビートルズのカノンの部分しかカバーしていないと言っていいだろう。マーク・ルイソンが、アビイ・ロードの保管庫のテープ四百時間の内容をまとめた『The Beatles : Recording Sessions』(『ザ・ビートルズ・レコーディング・セッション』シンコー・ミュージック)は素晴らしいが、それは百科事典的な素晴らしさである。一般の読者が知りたいことよりも遥かに詳しくて、森全体よりも木に焦点があてられているといった具合なのだ。

私は、ビートルズの音楽を真剣にとらえ、それでいて親しみやすい本——何百万人の人たちの人生を変え、一方ではその芸術をもっと大きな歴史的な視点にまで高めた彼らの芸術の背後にある、その製作過程に光をあてた本を書きたいと思った。それには、ビートルズとその作品の周囲に作られてしまっている、神話や誤った情報の壁を一気に打ち砕かなければならない。ビートルズに関する書物を延々と読んでいて、二番目にわかったことは、その多くが、「記録をありのままに伝える」とうたっておきながら、実際には、われわれの時代の最高の音楽グループの生活と仕事に関して、真実をとらえた——本当に信頼できる——内容の本は一冊もないということだった。

独自に調査をする記者として、私は、ビートルズに関する本のほとんどが、あまり信頼できないという事実にショックを受けた。それらの「事実」がすべて間違っているというわけではない。間違っているものもあり、そうでないものもある。問題は、情報源が明らかにされていないために、たいていの場合、真偽の区別がつけられないことだ。著者の主張を裏付ける証拠資料を備えている本がほとんどないために、読者は、それらを信じて受け入れざるをえない。確かに、真実でない内容でも、時にはさほど問題にするほどのものでない場合もある。ビートルズの本の信憑性をチェックする簡単な方法は、フィルムやラジオで実際に彼らが言ったことと比較することだ。たとえば、レノンが一九六六年に言った、ビートルズは「キリストよりも有名だ」という悪名高い発言の後、彼はシカゴで記者たちに会って、こう説明している——「僕は、神にもキリストにも宗教にも反対しているわけではない。僕らが偉大だとか立派になったと言ったのでもない。僕は神を信じているが、神は形のあるものでもないし、天にいる老人でもない。僕は、人々が神と呼ぶものは、僕らの心の中にあると信じている」。ところが、フィリップ・ノーマンの著書『Shout!』の三三三ページではこう引用されている。「その発言は申しわけないと思っている。僕は、神にもキリストにも宗教にも反対しているわけではない。またそれを攻撃しようというわけでもない。僕らが偉大だとか立派になったと言っているのでもない」。これくらいの違いは、とるに足らないものかもしれない。だが、微妙な違いによって、重大な意味の違いが生じてしまうこともあるのだ。しかも、そういった矛盾は、さらに大きくて複雑なところにまで及んでいくかもしれない。

単に正確であるというだけでなく、ジャーナリストとしての誠実さと公平さの問題もある。ビートルズの本の著者の多くが、誤解を招くような方法で、巧みに事実の証明を行っている――たとえば、著者の見解に反する証拠があるのに、それを無視して自分に都合のいい情報だけを引用したり、本当は一人の人間の意見にしかすぎないのに、その出来事や状況が真実であるかのように、その情報を提供したりする。つまり、証拠採用の基準がひどく低いのだ。だから、ほとんどのビートルズ本に書かれた「事実」が、偏った見方、噂、意見以上のものであるとは信じられなくなってしまう。その結果、マーク・ルイソンの『The Complete Beatles Chronicle』(『ザ・ビートルズ全記録』プロデュース・センター)につけられたジョージ・マーティンの序文を引用すれば、「膨大な量の誤解されたくだらない話に、むさぼるように食らいつく」結果にもなるのだ。

この点で最も問題のある本の一つが、アルバート・ゴールドマンの『The Lives of John Lennon』(『ジョン・レノン伝説』朝日新聞社)である。ゴールドマンは深く考えることなく、あらゆる事実を最もセンセーショナルな形に解釈していったようだ。その一例が、レノンがホモセクシュアルで、ビートルズのマネジャー、ブライアン・エプスタイン(彼は確かにゲイだった)と長く親密な関係があったという主張(こういう場合はたいてい、彼は主張というより事実として提示しているのだが)だ。そのくだりを注意して読んでみると、彼の主張のもととなる証拠の大半が、「~に違いない」とか「誰々から話を聞いた別の誰々によると」といったレベルのものであることがわかる。エプスタインの昔の助手で、長年ビートルズのスタッフだったピーター・ブラウンの、ビートルズに関する暴露本、『The Love You Make』(『ビートルズ・ラヴ・ユー・メイク』早川書房)(スティーヴン・ゲインズとの共著)の方が、同じ主張でもそれほどワイセツ的ではなく、抑制もきいているが、適切な証拠を挙げているというわけでもない。この件に関する唯一の確かな証拠は、レノンの子供時代からの親友であるピート・ショットンによるものだ。二人の友情を回想した『John Lennon In My Life』(ニコラス・シャフナーとの共著)で、ショットンは、レノンがかつて自分に話したこととして、ジョンが一度だけエプスタインに手でやらせることを許したと書いている。一度だけ性的なことがあっただけか、完全なホモセクシュアルの関係だったかの違いはもちろん大きいが、特にゴールドマンは、その違いの大きさを理解していないようだ。

その対極にあるのはルイソンで、ビートルズに関する彼の著書は、厳格に調べ、注意深く情報を提供しているお手本である。「ニューヨーカー」誌で彼を追う中で、多岐にわたって彼にインタビューをしたが、証明できうる事実に対して、彼がいかに献身的に粘り強くアプローチしていったかには感嘆させられる。ルイソンは、黒か白かを証明できなければ、活字にはしないという人物なのだ。彼のモットーは、推測でものを言うよりは言わない方がいい、ということらしい。実際、ジョン・レノンとポール・マッカートニーが初めて出会った正確な日は、ルイソンのおかげで特定できた。ルイソンの研究以前には、ほとんどの本が、二人の中学生が教会の屋外コンサートで出会った——その時ジョンは、彼のバンド、クオリーメンで演奏していた——その運命的な出会いの日は、一九五六年から五八年のいつかである、と書いていたのだ（ビートルズ公認の伝記では、その日付を間違えて一九五六年六月十五日としている）。ある日、ルイソンは私を、ロンドンの北部にあるブリティッシュ・ライブラリーの新聞閲覧室に誘った。そこで彼は、どうやってその日を特定したかを示してくれたのだが、一九五六年と五八年、そして最後には五七年の夏の間の「サウス・リヴァプール・ウィークリー・ニューズ」の全ページのあらゆるコラムを丹念に見ていき、フェスティバルの小さな記事に行き当たったのである。

情報源への執念のアクセスと、疲れを知らない知識欲のおかげで、マーク・ルイソンの著書は、人々がビートルズに興味を持ち続けるかぎり、ビートルズの基本参考書となることは確かだろう。何冊ものビートルズ本——不十分な伝記、事情通の噂話、善意の音楽評論――が、書店や図書館の棚から姿を消しても、ルイソンの著書は、歴史的記録の不朽の書として残るはずである。特に、『Recording Sessions』と『The Complete Beatles Chronicle』は、ビートルズを真面目に研究する者なら、必ず買うべきだ。実際、『Recording Sessions』に書かれている保管テープの記述を目にしなければ、私自身もこの本を書くことはできなかっただろう。

訳者あとがき

今、四百ページ近くにも及ぶ本文の、最後のページにペンを入れ終ったところだけれど、この偶然はどういうことだろう……と、不思議な想いで窓の下を眺めている。同じ赤坂の、旧ヒルトン・ホテルの十階。今から三十一年前の六月に、ビートルズの四人と、今は亡きブライアン・エプスタインが泊っていたのと同じフロアーの一室にいるのだ。

本当ならこの本は、ビートルズ来日三十周年にあたる去年、一九九六年の夏には世に出るはずだったのに、私のチェックが遅れに遅れて、今になってしまった。そしてその追込み作業のために、三十一年前のあの日からすっかり定宿となってしまった現キャピトル東急ホテルにチェック・インしたのだけれど、案内されてみたら目の前には、あのビートルズが出入りするために利用したプール直通のエレベーターがあるスウィートで、ここを出て廊下を左に曲れば、彼らと逢った１００５号室の前に今も行くことができるのだ。

思えば私も、ビートルズを解散に追い込んだマス・ヒステリアの一人であり、役にも立たないジャーナリストの一員だったのかも知れないと思ってみる。この本を読みながら、

「そうか、そうだったのか」と、何度タメ息をついたことだろうか。

仕事をしておいて言うのも何だけれど、しつこい本だと思う。読んでいてイライラするほど、くり返し同じような表現が出てくる。これでもか、というほどのビートルズ絶対礼讃であり、どちらかといえば著者のマーク・ハーツガードは、ポールよりもジョン・レノン・ファンなのかも知れない。

それにしても、よくここまで食いさがって、ビートルズの作品をベースとした、資料的にも意味深い本を書いたものだと、その熱情に頭が下ってしまう。「ニューヨーカー」誌や「ニューヨーク・タイムズ」紙にペンをふるい、TVの「ラリー・キング・ショウ」や、「ナイトライン」に顔を出しているという人だから、ジョンと同じニューヨークの住人なのだろう。

多少パラノイアっぽいしつこさに、時にはへきえきとしながらも、結局この本に最後まで目を通すことになったのは、著者自身があとがきでもいっているように、この本が「ビートルズの音楽を真剣にとらえ、それでいて親しみやすく、われわれの時代の最高の音楽グループの生活と仕事に関して、真実をとらえた信頼できる本」だと思ったからだし、そこかしこに、ジョンに対する愛情が感じ取れたからだったと思う。エルヴィスに関しては、他のビートルズ世代の人の多くと同じように、類型的で気に入らない部分はあったけれど――。

ともあれそのジョンも、ブライアンも、もうこの世にはいない。「アンソロジー」が世に出て、ビートルズ自身がビートルズを語る、という証拠が揃ったところで読み返してみても、どうやらこの本の信憑性に変わりはないと言えそうである。あとは、ビートルズの音楽と共に、この本が資料のひとつとして、二十一世紀にまで残ることを祈念して、筆を置こうと思う。

最後に、作業が大幅に遅れたことを、角川春樹さんに深くお詫びすると共に、何回も足を運んで下さった担当編集者の方、そしてプロデュース・センターの浜田哲生さんと広田寛治さん、今もそこはかとない友情の絆でジョンやビートルズと私を結んでいて下さっているヨーコさんに、心から感謝を捧げたいと思う。ヨーコさんはこんな本が世に出ても、ひとつも嬉しくないかも知れないけれど……。

湯川れい子

キャピトル東急ホテルにて――

訳者文庫版あとがき

この本が日本で発売された日から数えて、今年でちょうど二十二年になる。

たかだか二十年とちょっとだから、その間に日本でも読めるものとしてどれほどビートルズに関する本が出ただろうか……と調べ始めたが、途中で諦めてやめてしまった。ムック本などを含めるとアマゾンに出て来るものだけで膨大な数になるし、それにポール・マッカートニーやジョン・レノンに関する分厚い翻訳された本や、CDと組み合わされた貴重なBOXの解説書などをくわえたらビートルズに関する事細かなレポートや伝記、研究書はますます深みと詳細を極めながらアメーバのように増え続けているのだ。

十年前。私自身の遅れに遅れた翻訳作業の言い訳のように、この本の著者、マーク・ハーツガードのしつこさに辟易としながらも、訳者あとがきの中で、「ともあれそのジョンも、ブライアンも、もうこの世にはいない。『アンソロジー』が世に出て、ビートルズ自身がビートルズを語る、という証拠が揃ったところで読み返してみても、どうやらこの本の信憑性に変わりはないと言えそうである」と書いたように、この本に対する評価は、数は少ないけれどアマゾンの読者評価を見ても、専門家の書評を見ても、五つ星という高い評価しか見当たらない。

その理由は、筆者のマーク・ハーツガードが序文で、「ビートルズについてもっとも評価されるべき点はその芸術性にある」と書いているように、ビートルズという存在の意味を、魅力的な外見や時代性、ゴシップやプライヴェートな行動などから見るのではなく、四〇〇時間に及ぶ録音物を丹念に聴いて、それがデモ・テープからスタジオ録音を経て、どのように完成していったのか、というプロセスを徹底的に追求して伝えようとしたところに、他者には決して追従できないこの本の意味と、価値があるのだと私は思っている。

マーク・ハーツガードは、十年前まではニューヨークを拠点に、ビートルズやその音楽について健筆をふるっていたが、その後二〇〇一年には『世界の環境危機地帯を往く』という本や、『だからアメリカは嫌われる』といった、環境破壊や地球温暖化について、徹底的に調査、研究した環境関係の警告書を出していてびっくりさせられたことがあった。

確かに彼は熱烈なビートルズ・ファンであり、ジョンの信奉者であるからこそ、その豊かな感性と徹底したジャーナリスト魂から、今では環境問題に関わっているのかも知れない。

そして二十二年前の訳者あとがきでも、「この本がビートルズの資料の一つとして、二十一世紀にまで残ることを祈念して、筆を置こうと思う」と書いたけれど、すでに今は二十一世紀だ。三十一年を経た平成が終わって、新しい元号の令和となったその年の十一月に、こうして再びこの本が陽の目を見ることを、私は心から感謝したい。

そして初版の日から今日まで温かく見守って下さった角川春樹さん、お世話になったプロデュース・センターの浜田哲生さん、今もお元気に頑張って下さっているヨーコさんに、改めて感謝と友情を捧げたいと思う。

二〇一九年五月

湯川れい子

Side Two: Here Comes The Sun; Because; You Never Give Me Your Money; Sun King; Mean Mr.Mustard; Polythene Pam; She Came In Through The Bathroom Window; Golden Slumbers; Carry That Weight; The End; Her Majesty.

サイド2：ヒア・カムズ・ザ・サン／ビコーズ／ユー・ネバー・ギヴ・ミー・ユア・マネー／サン・キング／ミーン・ミスター・マスタード／ポリシーン・パン／シー・ケイム・イン・スルー・ザ・バスルーム・ウィンドウ／ゴールデン・スランバーズ／キャリー・ザット・ウェイト／ジ・エンド／ハー・マジェスティ

◉ 1970

☆ Let It Be / You Know My Name (Look Up The Number)

レット・イット・ビー／ユー・ノウ・マイ・ネーム（ルック・アップ・マイ・ナンバー）

★ Let It Be

レット・イット・ビー

Side One: Two Of Us; Dig A Pony; Across The Universe; I Me Mine; Dig It; Let It Be; Maggie Mae.

サイド1：トゥ・オブ・アス／ディグ・ア・ポニー／アクロス・ザ・ユニバース／アイ・ミー・マイン／ディグ・イット／レット・イット・ビー／マギー・メイ

Side Two: I've Got A Feeling; The One After 909; The Long And Winding Road; For You Blue; Get Back.

サイド2: アイヴ・ガッタ・フィーリング／ワン・アフター・909／ザ・ロング・アンド・ワインディング・ロード／フォー・ユー・ブルー／ゲット・バック

◉ 1969

★ Yellow Submarine
イエロー・サブマリン

Side One: Yellow Submarine; Only A Northern Song; All Together Now; Hey Bulldog; It's All Too Much; All You Need Is Love.

サイド１：イエロー・サブマリン／オンリー・ア・ノーザン・ソング／オール・トゥゲザー・ナウ／ヘイ・ブルドッグ／イッツ・オール・トゥ・マッチ／オール・ユー・ニード・イズ・ラヴ（愛こそはすべて）

Side Two: Seven instrumental tracks from the soundtrack to the film,Yellow Submarine; performed by the George Martin Orchestra.

サイド２：ジョージ・マーティン・オーケストラによる演奏

☆ Get Back / Don't Let Me Down
ゲット・バック／ドント・レット・ミー・ダウン

☆ The Ballad of John And Yoko / Old Brown Shoe
ザ・バラッド・オブ・ジョン・アンド・ヨーコ（ジョンとヨーコのバラード）／オールド・ブラウン・シュー

★ Abbey Road
アビイ・ロード

Side One: Come Together; Something; Maxwell's Silver Hammer; Oh! Darling; Octopus's Garden; I Want You(She's So Heavy).

サイド１：カム・トゥゲザー／サムシング／マックスウェルズ・シルバー・ハンマー／オー！ダーリン／オクトパス・ガーデン／アイ・ウォント・ユー

★The Beatles
ザ・ビートルズ

Side One: Back In The U.S.S.R.; Dear Prudence; Glass Onion; Ob-La-Di,Ob-La-Da; Wild Honey Pie; The Continuing Story Of Bungalow Bill; While My Guitar Gently Weeps; Happiness Is A Warm Gun.

サイド1：バック・イン・ザ・U.S.S.R.／ディア・プルーデンス／グラス・オニオン／オブ・ラ・ディ，オブ・ラ・ダ／ワイルド・ハニー・パイ／コンティニューイング・ストーリー・オブ・バンガロウ・ビル／ホワイル・マイ・ギター・ジェントリー・ウィープス／ハッピネス・イズ・ア・ウォーム・ガン

Side Two: Martha My Dear; I'm So Tired; Blackbird; Piggies; Rocky Raccoon; Don't Pass Me By; Why Don't We Do It In The Road; I Will; Julia.

サイド2：マーサ・マイ・ディア／アイム・ソー・タイアード／ブラックバード／ピッギーズ／ロッキー・ラックーン／ドント・パス・ミー・バイ／ホワイ・ドント・ウィ・ドゥ・イット・イン・ザ・ロード／アイ・ウィル／ジュリア

Side Three: Birthday; Yer Blues; Mother Nature's Son; Everybody's Got Something To Hide Except Me And My Monkey; Sexy Sadie; Helter Skelter; Long,Long,Long.

サイド3：バースデイ／ヤー・ブルース／マザー・ネイチャーズ・サン／エヴリボディーズ・ゴット・サムシング・トゥ・ハイド・エクセプト・ミー・アンド・マイ・モンキー／セクシー・セディ／ヘルター・スケルター／ロング・ロング・ロング

Side Four: Revolution 1; Honey Pie; Savoy Truffle; Cry Baby Cry; Revolution 9; Goodnight.

サイド4：レボリューション１／ハニー・パイ／サボイ・トラッフル／クライ・ベイビー・クライ／レボリューション９／グッド・ナイト

サイド2：ウィズイン・ユー・ウィズアウト・ユー／ホエン・アイム・シックスティー・フォー／ラヴリー・リタ／グッド・モーニング・グッド・モーニング／サージェント・ペパーズ・ロンリー・ハーツ・クラブ・バンド（リプリーズ）／ア・デイ・イン・ザ・ライフ

☆All You Need Is Love / Baby, You're A Rich Man
オール・ユー・ニード・イズ・ラヴ（愛こそはすべて）／ベイビー・ユア・リッチ・マン

☆Hello, Goodbye / I Am The Walrus
ハロー・グッドバイ／アイ・アム・ザ・ウォルラス

★Magical Mystery Tour, Extended Play
マジカル・ミステリー・ツアー

Side One: Magical Mystery Tour; Your Mother Should Know.
サイド1：マジカル・ミステリー・ツアー／ユア・マザー・シュッド・ノウ

Side Two: I Am The Walrus.
サイド2：アイ・アム・ザ・ウォルラス

Side Three: The Fool On The Hill; Flying.
サイド3：フール・オン・ザ・ヒル／フライング

Side Four: Blue Jay Way.
サイド4：ブルー・ジェイ・ウェイ

◉1968

☆Lady Madonna / The Inner Light
レディ・マドンナ／ジ・インナー・ライト

☆Hey, Jude / Revolution
ヘイ・ジュード／レボリューション

サイド2：グッド・デイ・サンシャイン／アンド・ユア・バード・キャン・シング／フォー・ノー・ワン／ドクター・ロバート／アイ・ウォント・トゥ・テル・ユー／ゴット・トゥ・ゲット・ユー・イントゥ・マイ・ライフ／トゥモロー・ネバー・ノウズ

☆Bad Boy, (The only original song released on the Christmas album A Collection of Beatles Oldies.)
バッド・ボーイ（クリスマス・アルバム，ア・コレクション・オブ・ビートルズ・オールディーズ（オールディーズ）で初めてリリースされた唯一の曲）

◉1967

☆Strawberry Fields Forever / Penny Lane
ストロベリー・フィールズ・フォーエバー／ペニー・レイン

★Sgt Pepper's Lonely Hearts Club Band
サージェント・ペパーズ・ロンリー・ハーツ・クラブ・バンド

Side One: Sgt Pepper's Lonely Hearts Club Band; With A Little Help From My Friends; Lucy In The Sky With Diamonds; Getting Better; Fixing A Hole; She's Leaving Home; Being For The Benefit Of Mr.Kite.

サイド1：サージェント・ペパーズ・ロンリー・ハーツ・クラブ・バンド／ウィズ・ア・リトル・ヘルプ・フロム・マイ・フレンズ／ルーシー・イン・ザ・スカイ・ウィズ・ダイアモンズ／ゲッティング・ベター／フィクシング・ア・ホール／シーズ・リーヴィング・ホーム／ビーイング・フォー・ザ・ベネフィット・オブ・ミスター・カイト

Side Two: Within You Without You; When I'm Sixty-Four; Lovely Rita; Good Morning Good Morning; Sgt Pepper's Lonely Hearts Club Band (Re-prise); A Day In The Life.

サイド１：ドライヴ・マイ・カー／ノーウェジアン・ウッド（ノルウェーの森）／ユー・ウォント・シー・ミー／ノーホエア・マン（ひとりぼっちのあいつ）／シンク・フォー・ユアセルフ（嘘つき女）／ザ・ワード（愛のことば）／ミッシェル

Side Two: What Goes On; Girl; I'm Looking Through You; In My Life; Wait; If I Needed Someone; Run For Your Life.

サイド２：ホワット・ゴーズ・オン（消えた恋）／ガール／アイム・ルッキング・スルー・ユー（君はいずこへ）／イン・マイ・ライフ／ウェイト／イフ・アイ・ニーデッド・サムワン（恋をするなら）／ラン・フォー・ユア・ライフ（浮気娘）

◉ 1966

☆ Paperback Writer / Rain
ペイパーバック・ライター／レイン

☆ Eleanor Rigby / Yellow Submarine
エリナー・リグビー／イエロー・サブマリン

★ Revolver
リボルバー

Side One: Taxman; Eleanor Rigby; I'm Only Sleeping; Love You To; Here, There And Everwhere; Yellow Submarine; She Said She Said.

サイド１：タックスマン／エリナー・リグビー／アイム・オンリー・スリーピング／ラヴ・ユー・トゥ／ヒア・ゼア・アンド・エヴリホエア／イエロー・サブマリン／シー・セッド・シー・セッド

Side Two: Good Day Sunshine; And Your Bird Can Sing; For No One; Doctor Robert; I Want To Tell You; Got To Get You Into My Life; Tomorrow Never Knows.

☆ Help! / I'm Down

ヘルプ／アイム・ダウン

★ Help!

ヘルプ！（４人はアイドル）

Side One: Help!; The Night Before; You've Got To Hide Your Love Away; I Need You; Another Girl; You're Going To Lose That Girl; Ticket To Ride.

サイド１：ヘルプ／ザ・ナイト・ビフォア／ユーヴ・ゴット・トゥ・ハイド・ユア・ラヴ・アウェイ（悲しみはぶっとばせ）／アイ・ニード・ユー／アナザー・ガール／ユー・アー・ゴーイング・トゥ・ルーズ・ザット・ガール（恋のアドバイス）／チケット・トゥ・ライド（涙の乗車券）

Side Two: Act Naturally; It's Only Love; You Like Me Too Much; Tell Me What You See; I've Just Seen A Face; Yesterday; Dizzy Miss Lizzy.

サイド２：アクト・ナチュラリー／イッツ・オンリー・ラヴ／ユー・ライク・ミー・トゥ・マッチ／テル・ミー・ホワット・ユー・シー／アイヴ・ジャスト・シーン・ア・フェイス（夢の人）／イエスタデイ／ディジー・ミス・リジー

☆ We Can Work It Out / Day Tripper

ウィ・キャン・ワーク・イット・アウト（恋を抱きしめよう）／デイ・トリッパー

★ Rubber Soul

ラバー・ソウル

Side One: Drive My Car; Norwegian Wood (This Bird Has Flown); You Won't See Me; Nowhere Man; Think For Yourself; The Word; Michelle.

ド（ぼくが泣く）／シングス・ウィ・セッド・トゥディ（今日の誓い）／ホエン・アイ・ゲット・ホーム（家に帰れば）／ユー・キャント・ドゥ・ザット／アイル・ビー・バック

☆I Feel Fine / She's A Woman

アイ・フィール・ファイン／シーズ・ア・ウーマン

★Beatles For Sale

ビートルズ・フォー・セール

Side One: No Reply; I'm A Loser; Baby's In Black; Rock And Roll Music; I'll Follow The Sun; Mr.Moonlight; Kansas City/Hey,Hey, Hey,Hey!

サイド1：ノー・リプライ／アイム・ア・ルーザー／ベイビーズ・イン・ブラック／ロックンロール・ミュージック／アイル・フォロー・ザ・サン／ミスター・ムーンライト／カンサス・シティ～ヘイ・ヘイ・ヘイ・ヘイ

Side Two: Eight Days A Week; Words Of Love; Honey Don't; Every Little Thing; I Don't Want To Spoil The Party; What You're Doing; Everybody's Trying To Be My Baby.

サイド2：エイト・デイズ・ア・ウィーク／ワーズ・オブ・ラヴ／ハニー・ドント／エヴリー・リトル・シング／アイ・ドント・ウォント・トゥ・スポイル・ザ・パーティー（パーティーはそのままに）／ホワット・ユー・アー・ドゥーイング／エヴリボディーズ・トライング・トゥ・ビー・マイ・ベイビー（みんないい娘）

◉1965

☆Ticket To Ride / Yes It Is

チケット・トゥ・ライド（涙の乗車券）／イエス・イット・イズ

◉ 1964

☆ Can't Buy Me Love / You Can't Do That
キャント・バイ・ミー・ラヴ／ユー・キャント・ドゥ・ザット

★ Long Tall Sally, Extended Play
ロング・トール・サリー（のっぽのサリー）

Side One: Long Tall Sally; I Call Your Name.
サイド１：ロング・トール・サリー（のっぽのサリー）／アイ・コール・ユア・ネーム

Side Two: Slowdown; Matchbox.
サイド２：スロウ・ダウン／マッチ・ボックス

☆ A Hard Day's Night / Things We Said Today
ア・ハード・デイズ・ナイト（ビートルズがやって来るヤァ！ヤァ！ヤァ！）／シングス・ウィ・セッド・トゥデイ（今日の誓い）

★ A Hard Day's Night
ア・ハード・デイズ・ナイト

Side One: A Hard Day's Night; I Should Have Known Better; If I Fell; I'm Happy Just To Dance With You; And I Love Her; Tell Me Why; Can't Buy Me Love.
サイド１：ア・ハード・デイズ・ナイト（ビートルズがやって来るヤァ！ヤァ！ヤァ！）／アイ・シュッド・ハヴ・ノウン・ベター（恋する二人）／イフ・アイ・フェル（恋におちたら）／アイム・ハッピー・ジャスト・トゥ・ダンス・ウィズ・ユー（すてきなダンス）／アンド・アイ・ラヴ・ハー／テル・ミー・ホワイ／キャント・バイ・ミー・ラヴ

Side Two: Any Time At All; I'll Cry Instead; Things We Said Today; When I Get Home; You Can't Do That; I'll Be Back.
サイド２：エニイ・タイム・アット・オール／アイル・クライ・インステッ

テイスト・オブ・ハニー（蜜の味）／ゼアズ・ア・プレイス／ツイスト・アンド・シャウト

☆From Me To You / Thank You Girl

フロム・ミー・トゥ・ユー／サンキュー・ガール

☆She Loves You / I'll Get You

シー・ラヴズ・ユー／アイル・ゲット・ユー

★With The Beatles

ウィズ・ザ・ビートルズ

Side One: It Won't Be Long; All I've Got To Do; All My Loving; Don't Bother Me; Little Child; 'Till There Was You; Please Mister Postman.

サイド1: イット・ウォント・ビー・ロング／オール・アイヴ・ゴット・トゥ・ドゥ／オール・マイ・ラヴィング／ドント・バザー・ミー／リトル・チャイルド／ティル・ゼア・ウォズ・ユー／プリーズ・ミスター・ポストマン

Side Two: Roll Over Beethoven; Hold Me Tight; You Really Got A Hold On Me; I Wanna Be Your Man; Devil In Her Heart; Not A Second Time; Money (That's What I Want).

サイド2: ロール・オーバー・ベートーヴェン／ホールド・ミー・タイト／ユー・リアリー・ゴッタ・ホールド・オン・ミー／アイ・ウォナ・ビー・ユア・マン（彼氏になりたい）／デヴィル・イン・ハー・ハート／ナット・ア・セカンド・タイム／マネー

☆I Want To Hold Your Hand / This Boy

アイ・ウォント・ホールド・ユア・ハンド（抱きしめたい）／ディス・ボーイ（こいつ）

〈ビートルズ曲目リスト〉

リストはイギリスの公式盤にもとづく。
☆はシングル盤で，★はアルバム。
ＥＰ盤については，その盤のみでリリースされた曲を含む盤を記載。（他のシングルあるいはアルバム等に収録されている曲を含んだ盤は未掲載）

◉ 1962

☆ Love Me Do / P.S. I Love You

ラヴ・ミー・ドゥ／P.S. アイ・ラヴ・ユー

◉ 1963

☆ Please Please Me / Ask Me Why

プリーズ・プリーズ・ミー／アスク・ミー・ホワイ

★ Please Please Me

プリーズ・プリーズ・ミー

Side One: I Saw Her Standing There; Misery; Anna(Go To Him); Chains; Boys; Ask Me Why; Please Please Me.

サイド１：アイ・ソー・ハー・スタンディング・ゼア／ミズリー／アンナ／チェインズ／ボーイズ／アスク・ミー・ホワイ／プリーズ・プリーズ・ミー

Side Two: Love Me Do; P.S.I Love You; Baby It's You; Do You Want To Know A Secret; A Taste of Honey; There's A Place; Twist And Shout

サイド２：ラヴ・ミー・ドゥ／P.S. アイ・ラヴ・ユー／ベイビー・イッツ・ユー／ドゥ・ユー・ウォント・トゥ・ノウ・ア・シークレット／ア・

本書は、1997年7月に小社より単行本として刊行されました。

"For readers wishing to know the sourcing and documentation for all statements of fact in this book, please consult the references found in the English language edition of A Day In The Life, first published in 1995 by Delacorte Press, now a division of Penguin Random House."

Haruki Bunko
ハルキ文庫

ハ 1-1

ビートルズ

著者　マーク・ハーツガード
訳者　湯《ゆ》川《かわ》れい子《こ》

2019年11月18日第一刷発行

発行者　角川春樹

発行所　株式会社角川春樹事務所
〒102-0074 東京都千代田区九段南2-1-30 イタリア文化会館

電話　03（3263）5247（編集）
03（3263）5881（営業）

印刷・製本　中央精版印刷株式会社

フォーマット・デザイン　芦澤泰偉
表紙イラストレーション　門坂 流

ISBN978-4-7584-4306-7 C0198 ©2019 Reiko Yukawa Printed in Japan
http://www.kadokawaharuki.co.jp/［営業］
fanmail@kadokawaharuki.co.jp［編集］　ご意見・ご感想をお寄せください。